quinteto

John Updike

Busca mi rostro

Traducción de Jordi Fibla

TUSQUETS
EDITORES

Título original: *Seek My Face*

Cesare Cantù, 8. 08023 Barcelona
www.tusquetseditores.com

Diseño de la cubierta: Opalworks
Ilustración de la cubierta: *Mujer desnudándose* (1914), de Egon Schiele, guache sobre lápiz y papel. Fotografía de Geoffrey Clements. © Geoffrey Clements / Corbis / Cover
Primera edición: mayo de 2007

Depósito legal: B. 16.756-2007
ISBN: 978-84-9711-031-0
Impresión y encuadernación: Litografía Rosés, S. A.
Printed in Spain - Impreso en España

El derecho a utilizar la marca Quinteto corresponde a las editoriales ANAGRAMA, EDHASA, GRUP 62, SALAMANDRA y TUSQUETS.

Biografía

John Updike (Shillington, Pennsylvania, 1932) es uno de los grandes maestros de la narrativa norteamericana contemporánea, autor de una extensa obra que abarca poesía y ensayo, narración breve y novela. Galardonado con el American Book Award (1982) y en dos ocasiones con el Premio Pulitzer (1982 y 1991), se le considera uno de los más ácidos cronistas de la sociedad estadounidense. Tusquets Editores ha publicado los cinco títulos de la serie protagonizada por Harry «Conejo» Armstrong —*Corre, Conejo; El regreso de Conejo; Conejo es rico, Conejo en paz* y *Conejo en el recuerdo y otras historias*—, además de sus memorias —*A conciencia*—, un libro de relatos —*Lo que queda por vivir*— y de las novelas *El centauro, Memorias de la Administración Ford, Brasil, Parejas, La belleza de los lirios, Hacia el final del tiempo, Gertrudis y Claudio* y, la más reciente, *Terrorista*.

NOTA DEL AUTOR

Ésta es una obra de ficción, y nada de cuanto contiene es necesariamente cierto. No obstante, sería vano negar que gran número de detalles proceden del admirable y exhaustivo volumen *Jackson Pollock: An American Saga,* de Steven Naifeh y Gregory White Smith (Clarkson N. Potter, 1989),* o que ciertas afirmaciones de mis artistas de ficción están estrechamente relacionadas con las recogidas en *Abstract Expresssionism: Creators and Critics*, una iluminadora antología de cuya preparación e introducción se encargó Clifford Ross (Harry N. Abrams, 1990).

J.U.

* Hay traducción española: *Pollock,* editorial Circe, Barcelona, 1991. *(N. del E.)*

Me hablas al corazón y dices: «Busca mi rostro».
Sí, Señor, tu rostro busco.

Salmo 27

Los libros aún se regían por la antigua regla,
Nacida de la creencia en que la belleza visible
Es un espejito que refleja la belleza de existir.

Czeslaw Milosz, *Tratado de poesía*

¿Qué dirán los hijos de nuestros hijos
Sobre nuestros monstruos artísticos en futuros años,
Cuando la calma cristiana serene las naciones
Y, como en el resplandor solar del Renacimiento,
La pintura sea espléndida y, espero, sagrada?

Karl Shapiro, *Juicio de un poeta*

–Permítame que comience leyéndole una afirmación suya procedente del catálogo de su última exposición, del año 1996.

La mujer que le habla es joven, de figura esbelta, vestida de negro, y está sentada con rigidez en el borde de la silla poltrona de desvaída tapicería de cuadros y anchos brazos de roble barnizado con una tonalidad anaranjada, la silla que Hope viera por primera vez en la galería de la casa de Germantown, con su abuelo sentado en ella leyendo el periódico y la cabeza hacia atrás para servirse mejor de las gruesas gafas bifocales, hace más de... sí, hace setenta años.

De niña, Hope se sentaba en aquella poltrona, tratando de experimentar aquello en lo que consistía ser adulto, apoyaba los codos pequeños y redondeados en los anchos brazos y extendía los dedos, con un montículo de grasa entre los nudillos, sobre el extremo de la espiga, colocada en la suave curva que describe el brazo ligeramente curvo, una especie de moneda de madera con una franja pálida, el tope de la cuña que mantenía prieta la espiga. Los brazos de la silla estaban demasiado separados para que ella pudiera apoyar a la vez ambos codos y manos. Debía de tener..., ¿cuántos?..., cinco o seis años. Incluso cuando era nueva, en los años veinte o en la primera década del siglo pasado, la poltrona debió de ser un mueble feo y pasado de moda, un mueble de verano que se había tostado en la galería de múltiples ventanas junto a las macetas de filodendros y el escabel asimétrico, cuya parte superior estaba dividida, como una tarta, en largas porciones triangulares de cuero de distintos colores. Cuando la muerte de su abuela, en los años cincuenta, descompuso por fin la casa de Germantown, Hope codició la vieja poltrona y, sin la menor objeción por parte de su regocijado hermano, se la llevó a Long Island y la colocó en la habitación de arriba, que ella llamaba su estudio, donde a veces intentaba leer junto a la ventana encarada al norte, con el viento aullador que soplaba desde el canal de la isla de Block colándose por el marco, mientras en la planta baja Zack escuchaba discos de jazz (Armstrong, Benny Goodman, un crepitante Beiderbecke), con el volumen demasiado alto, y más adelante en el piso que compartió con Guy y los niños en la Calle 79 Este, en la habitación suplementaria que se encontraba al fondo, las paredes pintadas de color pardo, junto al radiador que golpeteaba como un preso enloquecido mientras ella trataba de establecer su propio ritmo con el pincel empapado de pintura. Y luego en Vermont, donde ella y Jerry compraron una casa, la renovaron y se aprestaron a resistir en ella los embates de sus últimos años de vida, una poltrona transportada desde la bochornosa Pennsylvania a un clima más frío, de tierras altas, pero que, sin embargo, no se desdecía con el sencillo y austero salón de techo bajo, las patas delanteras redondeadas descansando sobre la alfombra ovalada hecha con retales trenzados en espiral, las patas traseras, cuadradas, sobre las tablas del suelo pintadas de un tono rojo cereza oscuro y reluciente, los marrones, verdes y carmesíes atenuados de la tapicería de cuadros diluyéndose todavía más en un solo color canela claro, allí, bajo la luz tenue y azulada de los primeros días de abril. Hope piensa en lo extraño que resulta que los objetos nos sigan de un lugar a otro, más leales que los amigos de carne y hueso, quienes nos abandonan al morir. La casa de Germantown era demasiado grande en los últimos y solitarios años de la abuela, sus gruesos muros de arenisca ocultos hasta los alféizares de la primera planta por tristes arbustos floridos, hortensias, acebo y un fustete cuyas ramas se rompían en cuanto descargaba una tormenta de lluvia helada o con la nieve blanda, que hacían que el jalbegue se descamara y el rejuntado se cayera en forma de migas quebradizas y alargadas que se perdían entre los tallos de las peonías y las raíces del acebo. Cuando Hope era muy pequeña le encantaba vivir allí, pero, después de que sus padres se mudaran a Ardmore, experimentaba una sensación extraña cada vez que visitaba la gran casa, pues el enorme pinabete se había vuelto siniestro, el suave césped del jardín olía a vegetación calentada e inmóvil, como la atmósfera de un invernadero, el columpio que su menudo y ágil abuelo, la primera persona de cuya muerte Hope tuvo conocimiento, le había colgado de una rama del nogal se estaba pudriendo, cuerdas y tablas por igual, con un aspecto de eterno descuido que la asustaba.

La joven, como un flamante cuchillo de hoja estrecha metido en la vieja y gruesa funda de la poltrona, lee con su voz nerviosa de neoyorquina, una voz que se inclina hacia Hope con cierto apremio, como si estuviera inquieta, pero también con lo que a ella le parece, a la luz temblorosa de los últimos años de la vida, una especie de afecto filial.

–«Durante largo tiempo he vivido como una reclusa, temiendo las numerosas pruebas de la inexistencia de Dios en las que el mundo abunda. Poco a poco he llegado a comprender que el mundo es la botarga del diablo, llena de color en vez de pureza. En las telas que pinto ahora, limito el color a tonalidades grises muy próximas entre ellas, como en los instantes que preceden al amanecer, antes de que la luz empiece a revelar los perfiles. Es posible que intente pintar la santidad. Supongo que debería sentirme halagada cuando los críticos consideran esta fase como la mejor de las mías, y dicen que por fin me he librado de la sombra de mi primer marido. Pero podría decirse que, milagrosamente, ha dejado de preocuparme lo que piensen, así como la idea que puedan hacerse de mí los desconocidos.» Fin de la cita. Usted hizo estas manifestaciones cinco años atrás. ¿Diría que siguen siendo ciertas?

Hope intenta que la joven afloje el paso, y responde lentamente, como si estuviera pensando.

–Yo diría que eso es bastante cierto, aunque parece un tanto teatral. Tal vez decir que vivía «temiendo» sea exagerado. «Sintiendo inquietud y desagrado con respecto a» podría haber sido más exacto... y apropiado.

La presencia de la agresiva y nerviosa intrusa le pone a Hope un nudo en la garganta. Tiene la palidez de quien se pasa la vida en la ciudad, las manos largas, con las uñas pintadas de un color oscuro, su negro atuendo sin la menor concesión a la frivolidad, el jersey negro con cuello de cisne, la chaqueta negra de imitación de cuero, con una ancha cremallera central, el cabello negro recogido detrás de las orejas mediante un par de pasadores curvos y que le cae holgado y en forma de abanico por la espalda, todo rematado por los siniestros zapatos, pesados y de punta cuadrada, una especie de botas de combate, atados a través de más de una docena de ojalillos, como dos minúsculas escalas negras que ascendieran hacia las perneras acampanadas de unos pantalones confeccionados con una tela de fino cordoncillo que refleja vagamente la luz y que Hope nunca había visto hasta ahora, una tela sin nombre. Esa nueva clase de botas de tacón alto que se ensanchan a los lados pero se estrechan al revés, de delante hacia atrás, no pueden ser muy cómodas, a menos que ahora se considere cómodo el estilo viril. Estamos en un nuevo siglo y, lo que todavía resulta más espantoso, un nuevo milenio. Para Hope, esta realidad milenaria es una gran puerta lisa que se ha cerrado bruscamente, dejando tras ella su vida como una criatura que se asfixiara dentro de un frigorífico abandonado.

La voz de la visitante, cuya insistencia, si bien con un

atisbo de enojo, no carece de flexibilidad femenina, se insinúa en el oído de su presa, y afirma:

–La educaron en las creencias cuáqueras.

–Bueno, decir que me «educaron» es utilizar un término amable. Es cierto que mi abuelo era anciano de la secta, pero mi padre, sobre todo después de que nos trasladáramos a Ardmore, sólo asistía a las reuniones una o dos veces al año. Los Ouderkirk habían sido cuáqueros holandeses, aquellos cuáqueros holandeses que se instalaron en Germantown, un nombre inexacto, por cierto, de la misma manera que a los holandeses de Pennsylvania habría que llamarlos con propiedad alemanes de Pennsylvania. Ciertos grupos de esos cuáqueros holandeses habían vivido en la cuenca del Rin, y los Ouderkirk procedían de Krefeld. Penn en persona los visitó en la década de 1670 y les habló de su encantadora colonia, su «sacro experimento» al otro lado del mar. Cuando llegaron, en la década de 1680, algunos se instalaron en cuevas hasta que pudieron construir sus casas. Pero mi madre era muy episcopaliana, y a pesar de su característica tibieza en cuanto a la fe, jamás se habría considerado irreligiosa. Fuimos todos a las reuniones unas cuantas veces, creo que muy pocas, aunque para la mentalidad infantil un poco vale por mucho. Recuerdo sobre todo la luz y el silencio, a todos aquellos adultos que esperaban a que Dios se manifestara a través de uno de ellos... toses reprimidas, arrastre de pies, el crujido de un banco. Eso me apuraba al principio, ya sabe cómo son los niños, siempre se azoran por lo que hacen los adultos. Entonces cambió la calidad del silencio, las cosas empezaron a mejorar, como si pasara un ángel, y comprendí que aquello era una especie de juego que no hacía daño a nadie. Los Amigos hablan de «silencio vivo». En realidad, alguien acababa por hablar. Lo acordaban siempre antes. Desde luego, los cuáqueros trazaban un plan, pero dejaban espacio a Dios, por así decirlo, para que lo desbaratara. En todo aquello había una especie de estudiada cortesía. Tiempo atrás, los ancianos y los ministros registrados habían tenido un banco de la primera fila reservado para ellos, pero en la época que recuerdo, debía de ser a finales de los años veinte y principios de los treinta, yo tenía diez años en 1932, los bancos estaban colocados en forma de cuadrado, de manera que nadie tuviera prioridad en los asientos. Aunque mi abuelo nunca nos hizo sentar en un banco de las filas de atrás.

«Modérate», se dice Hope. Éste siempre ha sido su defecto, hablar, dar, coquetear, empeñarse demasiado en complacer, esforzarse por seducir. Su abuelo recurría a una expresión de los cuáqueros, «de la criatura», aplicable a cuanto era excesivo, demasiado humano, demasiado mundano, demasiado egoísta y cruel. La guerra era cosa de la criatura. Como la lujuria y la embriaguez, desde luego, pero también la razón y el conocimiento excesivo. Las artes, salvo el doméstico y edénico arte de la jardinería y el oculto arte de ganar dinero, eran propias de la criatura, alaridos para obtener reconocimiento y singularidad. Las cosas de la criatura eran débiles, sucias e indignas; eran una forma de ruido. De niña, Hope charlaba demasiado, notaba que el entusiasmo le ruborizaba el rostro redondeado y pecoso, y el corazón le latía con tanta fuerza que parecía estar a punto de romperse; experimentaba físicamente, de la cabeza a los pies, de la coronilla a las plantas, la necesidad de ser amada, abrazada, deseada. Incluso ahora, ya con un pie en la sepultura, cuando sólo falta mes y medio para que cumpla los setenta y nueve, el próximo mayo, trata de hechizar a esta ágil desconocida vestida de negro, a pesar de que ha perdido su encanto, con esos holgados pantalones de pana marrón, el jersey de algodón amarillo con el lacio cuello de cisne y la gruesa camisa de lana de cuadros con los faldones por fuera del pantalón, como si tratara de ocultar la barriga cuando en realidad llama la atención sobre ella; tiene el abdomen prominente, pero los senos y las nalgas hundidos, sus prendas de vestir cubren a la bruja desnuda de Schongauer en que se ha convertido, cuyos íntimos son duendes de dolor artrítico, o a la soñadora Saskia de Rembrandt al cabo de varias décadas, apenas reconocible bajo la carne colgante y las arrugas. Su lustroso flequillo castaño oscuro, un rasgo distintivo cuando era joven, ahora ni siquiera es gris sino blanco, tan ralo, seco y sin cuerpo, cada hebra proyectada hacia fuera como si tuviera voluntad propia, tan sólo un mero recuerdo de lo que antaño le cubrió la frente con el suave pandeo de una coraza de cobre. Entonces llevaba el cabello corto, dos puntas que se curvaban hasta tocar los ángulos de la mandíbula, que era ancha y delimitaba el pálido pentágono que le devolvía la mirada en el espejo con una serenidad engañosa, la firme mirada de sus ojos de color avellana, la nariz pequeña y recta, los labios no muy llenos pero pulcros y siempre a punto de expresar receptividad, de reír, de sonreír, incluso de reírse de sí misma mientras examinaba con tal minuciosidad su rostro en el espejo y de repente aparecía un hoyuelo en la parte inferior de la mejilla izquierda. De niña se preguntaba adónde iba a parar la imagen reflejada cuando ella se alejaba del espejo. En la casa de Germantown, los espejos colgaban de las paredes como cuadros cuyo tema cambiase constantemente. Los años sesenta la liberaron del rojo de labios y de aquellas permanentes ensortijadas que se estilaban en los cuarenta y cincuenta, así como de fajas y ligas; se dejó crecer el cabello, que le caía largo y liso a la espalda y que recogía con rapidez en una cola de caballo para pintar o hacer las tareas domésticas, mediante un amplio surtido de ingeniosas horquillas y redondos pasadores con goznes, de carey, y de marfil antes de que el peligro de extinción de los elefantes fuese un problema. Ahora tiene recogido el fantasma gris de la cola de caballo detrás de la cabeza, sujeto con uno de esos anillos elásticos de color caramelo que venden en la tienda de «todo a cinco y diez centavos» de Montpelier, la capital del estado (una de las pocas que quedan, y ya nadie las llama así; esa denominación revela la edad de Hope, pues hoy en día no se puede comprar nada con diez centavos), y usa unos gruesos calcetines del color de la borra y unas medias Birkenstock que también indican su edad. Los años sesenta fueron para ella una grata liberación, una etapa jubilosa, aunque durante la mayor parte de esa década fuera ya cuarentona. Había dejado atrás las preocupaciones económicas y conyugales, era una manhattaniense dueña de un criadero de caballos en Connecticut y se había casado con Guy Holloway, el niño prodigio del arte pop, que había gozado de un éxito colosal, y, lo que resultaba incluso más divertido, era madre de tres criaturas. Con su minifalda de dril y el flequillo castaño rojizo, empujaba un carro de la compra en cuyo asiento infantil había acomodado a la pequeña Dot, con un peto de pana (aquellos petos que tenían por bolsillo un osito de peluche o un canario de ojos redondos), seguida por los dos chicos que le pedían quejumbrosos esto y aquello mientras recorrían los pasillos del Gristede's de la avenida Lexington, bajo todos aquellos arracimados colores del consumo bañados por el frío resplandor de las luces del techo, naranjas satinados, verdes fosforescentes, el color ácido del caqui, una década de descarados arco iris, de pan de oro y vuelta de los tonos plateados a los lienzos, de trémulos viajes psicodélicos. Sin embargo, los entrevistadores siempre le preguntaban por los tristes y horrendos años cuarenta y cincuenta: la primera década, de color gris plomo, la segunda, de ese enfermizo azul pálido que se aprecia en las desvaídas películas de los años cincuenta que dan por televisión.

–Como las telas de su primer marido –le propone la entrevistadora, satisfecha de la relación–. Atacada desde cada lado de la tela, sin prioridad.

Hope comprende que la joven se ha referido a la casa de reunión de los cuáqueros.

–Zack no tenía nada de cuáquero. Carecía por completo

de sosiego interior. Después de que su padre se marchara, la madre de Zack trató de integrar a la familia en una de esas grotescas sectas del Oeste, de las que suben a la cima de altos montes y a la espera de que el Señor descienda y acabe con todo. Ésa era una de las cosas que él no comentaba nunca, una de las muchas cosas. Todavía estaba resentido.

–¿Resentido porque le obligaban a subir al monte o porque el Señor no bajaba?

Hope encuentra la idea divertida. Tal vez no sea necesario ofrecer una férrea resistencia a la joven, la cual sigue hablando, de voz punzante y sedosa al mismo tiempo

–La falta de prioridad también me hace pensar en sus cuadros, en los últimos que ha pintado. Todo uniforme, nada demasiado intenso. Cada centímetro cuadrado de la misma importancia que el resto.

–Nunca he establecido esa relación –replica Hope, categórica.

Podría haber suavizado la rotundidad añadiendo el nombre de la joven. Su nombre... ¿Cuál era el nombre que aparecía en las cartas y los correos electrónicos que le remitieron a Hope desde su galería en la Calle 57, el nombre que le repitió después por teléfono y finalmente cuando le abrió la puerta? Allí estaba aquel ser animado, en contraste con las eternas montañas que se alzaban a su espalda, una llamativa y alta mujer, de negros cabellos, la palidez de la vida urbana en el rostro, enfundada en una capa violeta con una capucha enorme, como una aparición de la muerte en una película de Bergman. Hope visualiza la «K» sobresaliendo por encima de la línea y la «y» descendiendo por debajo de ella: Kathryn. Esa curiosa y amanerada ortografía. Ahora que la gente se ha alejado de los antepasados y de la Biblia, ponen los nombres más extraños, nombres inventados; hay madres negras que viven de la asistencia social y que llaman a sus muñecas Luceen, Baylee, Maryvonne. Hope tiene cinco nietos y no hay un John ni una Mary entre ellos, ni siquiera un Bill o una Barbara. Ahora se dice Barbra. Ardmore y Shipley estuvieron llenos de Barbaras y Mary Anns. Hope se pregunta si su visitante es judía. Nunca ha desarrollado esa habilidad que tienen los antisemitas y los mismos judíos para distinguir a un judío. En los círculos artísticos se supone que cualquiera con algo de brío o presencia lo es, cualquier persona que habla rápido, con cierto tañido consonántico, y que pronuncia la «g» final, pero ni siquiera esa peculiaridad es siempre fiable. Los únicos judíos que ella conoció en toda Filadelfia fueron sus dentistas. A pesar de que tanto los cuáqueros como los judíos habían sufrido persecución y estaban más cerca de la religión bíblica que, pongamos por caso, los católicos romanos, eran miembros de distintos bufetes de abogados, de diferentes clubes de campo. La familia de Hope pertenecía al Club de Cricket de Germantown, porque, a diferencia del Club de Cricket Merion, tenía piscina, si bien el techo del comedor era tan bajo que resultaba deprimente. Esos clubes, amueblados a imitación del estilo Tudor, alfombrados de céspedes tupidos y rodeados de altos setos, eran enclaves de los que unos invisibles agentes inmobiliarios excluían a los judíos. Creía, por ejemplo, que Bernie Nova, tan afectado que usaba monóculo y lucía un mostacho de guías curvas y enceradas, era alemán o incluso armenio, como el grande y loco Korgi, que lo era realmente. Bernie y Roger Merebien eran los miembros del grupo de competidores de Zack con los que se sentía más cómoda, más fraternalmente apreciada; eran los más elocuentes, autores de declaraciones y cartas a los directores de los periódicos, hombres que formulaban credos y escribían arrogantes cartas a la prensa, lo cual explicaba que los demás, Zack, Phil y Seamus, se mostraran más bien condescendientes con ellos, pues tenían demasiada labia para alcanzar la sublimidad y carecían de la característica e inefable pasión norteamericana. La piel de Kathryn tiene el tenue brillo, la flexibilidad de la raza, pero, dado que hoy en día buena parte del aspecto de una mujer se debe al maquillaje, lo mismo podría ser de origen mediterráneo que del Este de Europa. Todos estamos tan asimilados.... El sábado pasado, Hope estaba viendo el noticiario de la noche, y reparó en que la locutora que sustituía a Tom Brokaw el fin de semana era una joven estupenda de veras, con ojos de topacio claro tan separados como los de una gata, boca ancha de comisuras bien marcadas y una inflexión rápida y perfecta al pronunciar, más norteamericana que nadie, más resuelta, con un toque de esa voz brusca y rápida que se escucha en las películas de gángsteres y las comedias románticas de los años treinta; cuando dijo su nombre al despedirse, ni siquiera era griego, sino más bien turco, un veloz entrelazamiento de sílabas, como una palabra inglesa pronunciada al revés. La vegetación está recubriendo el viejo tronco americano. Ya era hora, desde luego, no hay ninguna razón para apenarse. Al contrario. Ella y Zack pertenecían al viejo tronco: cuáqueros, yanquis, pioneros del Oeste, protestantes, cada uno de ellos un sacerdote por su cuenta, trasladados todos desde las brumas del norte europeo a esta tierra de un sol intenso y que provoca cáncer.

–Dígame, Kathryn –le dice Hope, afianzándose en el asidero del nombre–, ¿va a tratarse de un nuevo artículo sobre Zack? ¿No se han escrito ya demasiados?

–No se trata de Zack sino de usted, de todos ustedes. El momento, el momento histórico, la explosión, cuando se conjuntaron todos los elementos y Estados Unidos sucedió a París para encabezar por primera vez el mundo del arte. ¿Por qué? ¿Cómo?

Parece una locutora que lee en el *teleprompter* a medida que éste se desenrolla. Hope se siente abrumada por el peso de la realidad que esta joven le asigna, que necesita asignarle para justificar el tiempo que emplea, la energía que gasta, el aburrido viaje por la autopista Thomas E. Dewey hasta Vermont, y después el serpenteante avance por entre descoloridas granjas cuyas vacas pacen en pedregosos pastos, las urbanizaciones demasiado extensas, con chalets de tejado de doble vertiente para los esquiadores, pequeñas escuelas experimentales para los hijos difíciles de los ricos, gasolineras que son asimismo galerías comerciales en miniatura, pequeños restaurantes que cuelgan cortinas blancas en las ventanas para parecer hogareños y que suelen estar cerrados en esta época del año, y luego la noche de sueño inquieto en el motel, todo a fin de estar en casa de Hope a las nueve y media, pues la pintora le había dicho por teléfono que sus jornadas empezaban al amanecer y, tras unas horas en el estudio, concluían temprano. La joven teme no obtener suficiente información después de un viaje tan largo.

Pero esas palabras, «todos ustedes», han sido amables. A Hope nunca la consideraron un soldado importante, sino tan sólo una de esas meretrices que acompañaban al ejército para solaz de los combatientes, una de tantas, y luego una esposa, cosa que pocas meretrices acompañantes consiguen. El hecho de que pintara incomodaba a Zack, de alguna manera era una subversión de su virilidad, por lo que confinaba a la pintora al piso de arriba, como sucedía en *Jane Eyre* con la loca señora Rochester.

–Bueno –responde–, por decirlo de la manera más simple, la guerra había dejado arruinados a los demás países. Estaban exhaustos. Por esa misma razón nos impusimos en los Juegos Olímpicos de 1948, porque el resto del mundo seguía aún débil a causa del hambre.

Kathryn deja de lado esta explicación, por jocosa, por indigna. No puede concebir que el hambre y la pobreza sean auténticos factores culturales. Su rostro se adentra unos centímetros más en el espacio que media entre Hope y ella misma, ella en la cómoda y mullida poltrona de la galería, Hope en el duro balancín, un balancín confeccionado por antiguos *hippies* de Burlington, al que acompañaba un folleto muy bien impreso (en tinta verde) en el que se explicaba que estaba compuesto nada menos que por cinco clases distintas de madera, cada una de las cuales se contraía a un ritmo diferente, de modo que el encaje iba ajustándose mejor a medida que el mueble envejecía. Se lo regaló a Jerry por su primer cumpleaños en la casa, y la afirmación del folleto todavía no se ha revelado falsa. Soporta el peso de Hope cuando ésta echa el cuerpo atrás para mantener a su inquisidora a distancia. La cruel claridad de la luz matinal (ni una nube en el cielo azul, el barro del suelo reluciente al otro lado de la puerta de la cocina, cuando cargó el comedero de pájaros diez minutos antes de que Kathryn llegara con una puntualidad excesiva) despoja de belleza la cara de la entrevistadora y la revela caballuna y sin gracia, los ojos de color ciruela a los lados de la nariz larga y con una pequeña protuberancia, los labios hacia abajo en un gesto que expresa su determinación de no dejarse distraer o encantar con demasiada facilidad, unos labios que podrían fundirse si los besaran pero que corren el peligro de fruncirse en una agria y permanente mueca de ambición insatisfecha. Kathryn examina las hojas de papel equilibradas sobre su negro regazo, sus delgados muslos muy apretados, páginas de preguntas escritas con ordenador para ayudarse durante la entrevista, mientras gira la cinta en el aparatito, un Sony de dos tonos grises cuyo runruneo metálico es audible en las pausas de silencio; descansa sobre la mesa baja situada entre ellas, que no es tal mesa sino un baúl de marinero que Hope compró en los años cuarenta, en Riverhead, por veinte dólares, y que lijó y barnizó, en aquellos pocos años del comienzo, cuando ella y Zack estaban entusiasmados por la perspectiva de construir su hogar en la luminosa punta de Long Island azotada por el viento, a una distancia inconmensurable, de lo que él llamaba con un eufemismo que ocultaba sus juergas de bar en bar, el «desgaste» de Manhattan. Como si Hope fuese sensible a esas cuestiones, Kathryn se apresura a decirle:

–Ya sé que, en el aspecto político, los Rockefeller y la CIA, entre otros, explotaron el triunfo, pero en sus orígenes no lo veo como un movimiento político, sino como algo inocente, el último resplandor de nuestra inocencia idealista.

–Ah, querida –replica Hope–, no nos sentíamos tan inocentes, sino muy sofisticados y un poco perversos. Y los pintores no nos conocíamos igual de bien unos a otros, o quizá debería decir que no nos gustábamos igual. Había varios, los más intelectuales y mejor organizados, a los que Zack no les gustaba gran cosa, sobre todo después de que sus pinturas se hicieran tan famosas y las consecuencias de su afición a la bebida volvieran a ser terribles. No era fácil que te gustara Zack; ni siquiera, al cabo de cierto tiempo, era fácil amarle.

Hope deja estas confidencias en el aire durante unos instantes, atormentando así a su interlocutora, tentándola a lanzarse prematuramente sobre esa palabra que ha quedado panza arriba, «amor», pero Kathryn hace caso omiso de la provocación, y Hope tiene que proseguir, dar explicaciones, aclarar lo que siempre habría sido mejor dejar que siguiera siendo misterioso. Los entrevistadores y los críticos son los enemigos del misterio, la indeterminación que da vida al arte. Agita una mano (nudosa, pecosa, con olor a disolvente de pintura) en el extremo de la manga de esa camisa masculina de cuadros.

–Ahora esperan de ti que te vuelvas del revés cuando te lo piden, como las semillas de la hierba de Santa Catalina al tocarlas o... ¿cómo se llama esa planta?... el pepino del diablo. Zack detestaba las entrevistas; ofendían su sentido de la dignidad, una dignidad propia de la clase baja según la cual hay cosas que no se dicen. Todos nosotros, yo, Clem, Peggy, Betty, Herbie Forrest, le instruíamos sobre lo que debía decir, pero cuando llegaba el momento él se negaba a decirlo o lo farfullaba. Era su forma de arrogancia... Creía que uno no debía buscar el reconocimiento, que debería recibirlo sin tener que pedirlo. Lo deseaba con locura y, sin embargo le parecía despreciable participar en el juego.

Zack vuelve a tientas hacia ella, su cara cuadrada y perpleja de chico travieso, con sus tres hendiduras en la carne, unos hoyuelos profundos que son como una amplificación, una reafirmación más briosa, del solitario hoyuelo de Hope, y con su rostro le llegan las calles de Manhattan en aquel entonces, antes de la arquitectura a base de grandes superficies de vidrio y las bolsas de basura de plástico: los bordillos de la calle Novena llenos, los días de recogida, de corroídos cubos galvanizados, mellados en el borde por la brusquedad con que los alzaba el mecanismo hidráulico del camión, y el enorme ruido metálico que producían en plena noche los basureros al desquitarse de todos aquellos que dormían confiados por encima de ellos. Entonces los cubos olían inequívocamente a basura y la lucha de clases no se ocultaba, los sindicatos contra la dirección, los rojos contra los ricos. No te pedían que pasaras un buen día; los edificios de Manhattan se parecían a los de cualquier otra ciudad, de ladrillo y cuatro pisos de altura. Cada manzana constituía una aldea, con un zapatero remendón, una barbería, una mercería regentada por un par de hermanas, una lavandería china, una carbonería y un *drugstore* con un mostrador de mármol para tomar refrescos. La calle Octava era una especie de zoco donde los empujones te enviaban al arroyo, y las zonas norte y este de Washington Square tenían un furtivo aire europeo, con la iglesia de la Gracia, cuyo campanario gris estaba decorado con un motivo geométrico similar al de un gofre alzándose allí donde Broadway se curva ligeramente como una serpenteante calle medieval, y Cooper Union, erguido y flotante en su cuadrado como un pardo palacio veneciano. University Place era una ristra de bares, entre ellos la Taberna Cedar, que siempre hacía que uno experimentase una sensación de calor al abrir la puerta y era lo bastante penumbrosa para que los defectos de uno se quedaran en la calle. Olía a humo y aserrín.

–Él era... –dice Hope, y se detiene, consciente de que, para esta mujer de ojos negros y móviles como un péndulo, su vieja cabeza es errática y está desgastada, inútil salvo por ciertos jirones de memoria que es preciso entretejer en la vida de otra persona–... era demasiado indulgente consigo mismo y su formación era apenas autodidacta. Y bebía mucho, desde luego. Pero todos bebíamos en exceso, eso formaba parte de la guerra, las restricciones de luz, nuestro desesperado y sombrío estado de ánimo, la presencia constante de la muerte, los periódicos que se ocupaban a diario de la muerte, centenares, millares, cifras que hoy requerirían grandes titulares. Era un mundo masculino. El arte era un mundo de hombres. Apenas podían hacernos espacio a las mujeres, aunque se casaran con nosotras. Era un mundo duro y viril. Se refiere a Zack y los demás como si fuesen héroes de ese momento histórico que usted ha... ¿cómo se dice ahora?... estructurado, los ve como titanes en las nubes, pero lo cierto es que los titanes fueron un grupo triste que tuvo un lamentable final, si no recuerdo mal lo que decía el libro de Bulfinch que leí en mi infancia. Al margen del viejo y chistoso Bernie, que se había casado con una mujer rica, y de Roger, que tenía un fondo fiduciario, y de Onno, que empezó a vender su obra antes que cualquier otro (tenía ese instinto europeo que tratantes y clientes ya podían comprender, no ese avance a tientas que nos caracterizaba a los pobres americanos, algo que surgía de las profundidades, Jung y todos aquellos arquetipos), todo el mundo era pobre y llevaba años siéndolo, viviendo del Proyecto, el Proyecto Federal de las Artes,* antes de la guerra e incluso durante

* Un proyecto de la Work Progress Administration creado durante la época de la Depresión de los años treinta, que proporcionaba trabajo a una gran variedad de artistas. Éstos recibían un salario semanal y tenían que entregar una obra en una fecha concertada o trabajar una serie de días en un mural. *(N. del T.)*

ella, aunque el subsidio se estaba acabando. En el momento que usted menciona, la posguerra, incluso después de que hubiera empezado a intervenir la publicidad, Zack seguía sin vender sus telas. Vendía unos pocos grabados y obra gráfica, pero no los grandes cuadros. Empezaba a ser famoso, pero seguíamos siendo sorprendentemente pobres, y eso lo enfurecía. La galería de Peggy mantenía a Zack con una pequeña suma, como un subsidio, y tuvimos que pedirle un préstamo para comprar la casa, una casa y algo más de una hectárea de terreno por cuatro mil dólares, imagínese, cuando hoy sólo el terreno valdría un millón, allá cerca de los Hamptons. Él nunca pudo devolver el préstamo, así que la galería se quedó con sus cuadros. Los tuvo durante años. La mayoría de la gente no tenía ni idea de que estaba ocurriendo algo maravilloso. No sabían que había empezado otra era artística. Todavía pensaban en Piccaso, Miró y los surrealistas. En Dalí no... A Dalí lo despreciábamos tanto como a Benton, pues representaba todo cuanto nosotros odiábamos.

–Claro –murmura Kathryn, en tono apaciguador, pues percibe que Hope se enardece y lo que desea es que siga desgranando sus recuerdos.

–Dalí era un circo de un solo hombre, un escaparatista para grandes almacenes. Lo cierto es que decoró algunos escaparates de Bonwit's, pero cuando los directivos insistieron en vestir a los maniquíes, que estaban... qué sé yo, dentro de bañeras forradas de piel y tendidos en lechos de carbones al rojo vivo, con montones de plumas y manos descarnadas que sostenían espejos, armó la gorda y destrozó su obra. Salió en todos los periódicos, lo cual, por supuesto, era lo que él deseaba. Entendía la publicidad y era un desvergonzado. Los europeos lo son cuando vienen aquí. Eso ocurrió antes de que me trasladara a Nueva York, pero Zack había estado allí y lo contaba riendo, aunque también era una ofensa para su dignidad que un artista se vendiese de esa manera. Puede que Zack vistiera harapos, que estuviera sucio tras pasarse la noche en el arroyo, pero tenía ese ideal de dignidad, de... ¿cómo lo diría?, de que el artista no es un actor y una sanguijuela de la sociedad sino un trabajador, y por lo menos tan digno de respeto como un predicador o un banquero. Ésta era una de las cosas que me encantaban de él.

Hope se siente animada, se le enciende el rostro, el corazón le late con vigor, se esfuerza por complacer, temerosa de dar la impresión de que chochea. Las privaciones y el ridículo de antaño se le antojan tan cercanos como si esta intrusa fuese uno de aquellos simplones periodistas, especializados en el mundo del arte que hacían fáciles y chistosos comentarios en las revistas *Time* y *Life* de los años cuarenta. Pero cuando esas publicaciones repararon en ellos, el curso de los acontecimientos había cambiado.

–Habla usted de un momento histórico, Kathryn, pero toda la atención estaba centrada en unas pocas galerías, con unos cuantos críticos que, por cierto, tenían otras cosas que hacer, como hacerse un nombre... Clem utilizó a Zack para cobrar relevancia, y cuando Zack dio un traspié, Clem fue el primero en abandonar el barco. Las telas, las que más adelante todo el mundo pudo ver que eran magníficas, y que valían millones, ¿de qué servían? Eran demasiado grandes, arte público sin un público. Era patético ver cómo Zack, cuando estaba bebido, le decía a la gente qué gran inversión sería su obra, y, desde luego, estaba en lo cierto. Un hombre de los Flats (Jimmy Quinn, dueño de una tienda que en realidad no era más que un puesto de verduras con pretensiones) aceptó como pago una pequeña tabla de madera conglomerada, de setenta y cinco centímetros por un metro, que Zack había pintado, y hace unos diez años acabó vendiéndola por dos millones de dólares. Todavía va por ahí con una desvencijada camioneta. Eso le habría gustado a Zack.

Hope hace una pausa, y Kathryn despega los labios para lanzar otra pregunta a la grabadora, pero la pintora no ha concluido su larga y tortuosa rememoración. Quiere rematar la imagen de Zack que está presentando, aunque ese recuerdo amenaza con engullirla de nuevo, con llevársela mar adentro, como las olas que se retiraban rodeándole de espuma los tobillos en una de las remotas y pedregosas playas más allá de los peñascos, más allá de las antiguas factorías de pescado, hacia la Punta, donde los dos permanecían mientras se amortiguaba la luz intensa de la tarde y el cielo se enrojecía, empezaba a soplar la brisa y al sur no había nada más que el Atlántico y unos pocos buques grises que se recortaban en el horizonte, como indicadores de índice en un archivador.

–Todos bebíamos –repite–, pero en el caso de Zack la bebida era un veneno que liberaba demonios. Como les sucede a tantos bebedores famosos, no sabía beber. Yo aguantaba el alcohol mucho mejor que él, y eso que, a los veintitantos años, estaba en los huesos.

Zack era treintañero cuando empezaron a salir juntos. Estrechas caderas, pecho y hombros revestidos de una lanilla rubia, incluso sus pies descalzos eran hermosos, nudosos y anchos de un extremo a otro de los dedos, y los empeines tan blancos como la piel del dorso de un brazo femenino. Ella, a su lado, notaba el tirón de las olas que le llegaban a los tobillos, esa manera que tienen de arrastrar la arena debajo de los talones. El rumor de las olas espumosas, el aroma de la playa que se extendía a una gran distancia, aquel olor a salitre, yodo, organismos marinos en descomposición, peces y medusas cuyos redondos cadáveres de color ocre quedaban como charcos de barniz sobre las rocas, postrados, incapaces de volver a su elemento, su anatomía vagamente visible dentro del charco, inútiles, desperdiciados, todavía con algo parecido a la respiración, pobres criaturas condenadas, como todos nosotros. A Hope le había gustado que Zack no fuese mucho más alto que ella, como algunos hombres, Ruk incluido; se sentía como una Eva hecha a su medida, como en aquellas maravillosas tablas de Cranach que vio en Pasadena, o los dos frescos de la capilla Brancacci, el Masaccio tan angustiado y avergonzado, el ángel rojo sobre sus cabezas, desterrándolos, y el Masolino tan sereno, majestuoso y altivo, la cabeza de la pequeña y benigna serpiente sobre la de la imperturbable Eva de rubios cabellos con raya en el medio, en absoluto arrepentida, antes de la Caída, la hendidura del sexo sin ocultar, al igual que el pene de Adán. Hay que reconocerlo: esta joven también es hermosa. Hope imagina el cuerpo desnudo de Kathryn, la curva que traza la cadera hasta convertirse en muslo, los senos de pezones rosados como la raíz de la granza que penden de la caja torácica, el triángulo púbico de un puro negro de marfil y oleoso como en una tela de Corot... Ve todo esto en un instante y entonces renuncia a la imagen: es propio *de la criatura.* Hope siempre ha sabido que su sensibilidad a la belleza es lo que ha hecho de ella una artista de segunda fila. Los grandes van más allá de la belleza, la desdeñan como los santos del desierto desdeñaban las visiones de concupiscencia y comodidad: el mundo como la recompensa que ofrece el diablo.

–El momento al que usted se refiere –le dice a la entrevistadora–, cuando Norteamérica adquirió merecida fama en el mundo artístico, no fue inesperado. Desde la Exposición del Arsenal,* los artistas venían diciendo que eso iba a suceder, y ¿qué fue el llamado regionalismo sino un intento de lograr que sucediera? Benton y los de su estilo, los murales de la WPA.** Éramos marginales a más no poder, la abstracción era un sueño imposible, lo mismo que el comu-

* Se refiere al Arsenal del Regimiento Sesenta y Nueve de Nueva York, donde, en 1913, se celebró una exposición de arte moderno que fue decisiva para el desarrollo del arte norteamericano. *(N. del T.)*

** WPA: siglas de Work Projects Administration, una agencia federal estadounidense que funcionó entre 1935 y 1943, encargada de administrar obras públicas a fin de paliar el paro laboral de la época. *(N. del T.)*

nismo. Los medios de comunicación, a los que entonces no llamábamos así, nos utilizaban para hacer reír; éramos unos bufones chalados. El país entero estaba encandilado con nosotros. Aquellas fotos de Zack en *Life*, y luego la peliculilla que rodó aquel alemán terrible y mandón, Hans nosequé... eso fue en realidad lo que le mató. Se odiaba a sí mismo por haberse convertido en una celebridad, en el nuevo Dalí, supongo que por verse obligado a admitir que convertirse en una celebridad era lo que había deseado desde el principio. La verdad es que tenía muy poco talento, como le sucede a la mayoría de los estudiantes de arte... sólo ese terrible impulso de ser grande. Ansiaba con desesperación no ser sólo bueno sino *grande*. Otros también creían tener ese impulso, pero no lo mantenían, su talento los distraía. Zack no se desviaba así de su objetivo, sino que perseveraba. No tenía más que esa... –no quiere decir «esperanza», así que prosigue–: Era enormemente torpe con un pincel en la mano. Parecía tener las manos demasiado gruesas para manejarlos. Y, en comparación con la mayoría de la gente, no sabía nada. Se había hecho amigo de Benton en la Liga de Estudiantes de Arte. Supongo que Benton se veía reflejado en él, por lo menos su faceta fanfarrona, esa forma de ser propia del oeste del Mississippi, y el talento de Zack no era ninguna amenaza; y luego, de regreso a California Zack, conoció a Siqueiros y sacó jugo del desorden, las nuevas pinturas industriales, la protesta social o lo que fuera, todo desordenado y nuevo, y fue a la Universidad de Pomona para ver el mural de Prometeo que había hecho Orozco, y cuando regresó al Este fue a Darmouth para ver aquellos orozcos, y le encantaron, los colores terrosos, el dibujo deficiente, y, como todo el mundo en la Nueva York de los años treinta, absorbió el surrealismo, pero sin percibir apenas las teorías psicológicas en las que se apoyaba, sólo le interesaba la manera en que podía aplicarse a él, al gran Zack McCoy en persona. Ha mencionado usted la política, pero no recuerdo que le prestáramos mucha atención, que nos ocupáramos de esas cosas de las que hoy habla la gente. Truman, el Plan Marshall, China bajo el régimen de Mao y Europa en la cuerda floja, y todos aquellos ensayos, las sirenas de los ensayos, las conversaciones sobre la aniquilación. Nada de eso tenía que ver con nosotros. Éramos totalmente egoístas. Ni siquiera la guerra... Aunque no todo el mundo se libró del servicio, muchos sí lo hicieron. Los médicos militares los clasificaban como locos u homosexuales, incluso aunque estuvieran casados. Cuando llegué a Nueva York a los veinte años me impactó lo indecible que nadie mencionara la guerra en el peor año del conflicto, cuando daba la impresión de que podríamos perder y que Hitler y Tojo dominarían el mundo. De lo único que hablábamos era de pintura y de quién jodía con quién.

–Pero muchos miembros del grupo –objeta la entrevistadora, con su escrupuloso conocimiento libresco– tenían una profunda conciencia política, eran muy izquierdistas en los años treinta. Bernie Nova y Jarl Anders, sobre todo. Si lee usted sus manifiestos de la posguerra son completamente... ¿cómo diría?... apocalípticos. A su modo de ver, lo que estaban haciendo era una revolución. Anders dijo... debo citar de memoria, pero dijo que iba a reparar dos mil años de falsedad y traición del espíritu humano.

¿Por qué razón aquella joven le narraba a Hope su propia vida? Y ni siquiera lo hacía con precisión. A Bernie le gustaba hacer declaraciones, tanto mejor cuanto más escandalosas, pero también era un hombre de lo más divertido, envolvente, amable, un oso de bigote encerado y bufonesco monóculo de anciano elegante, que hablaba por los codos y que estimulaba con amistosos toques y abrazos a Hope cuando la tenía a su lado. Jarl era más distante, más limitado, de cabello grisáceo y macilento de un cuerpo insepulto tan lento en sus movimientos que parecía estar algo paralizado, y te miraba fijamente, con unos ojos velados como los de un vampiro de película, monomaniaco pero también dotado de cierta ternura, certera como un halcón que se abatiera sobre ti, capaz de comprender en un instante a una mujer, algo que no estaba al alcance de Zack. Éste sólo veía a una madre, una enemiga íntima, fuera quien fuese la mujer que contemplara: una suavidad amenazadora, un tirón bajo los pies en las playas pedregosas, donde improvisaba esculturas con las piedras, sobre todo si había allí niños ajenos a los que entretener. Le encantaban los niños, pero no tenía el menor sentido de la responsabilidad. Creía que los suyos serían como los de cualquier otro, niños a los que se vuelve la espalda una vez que el juego ha terminado.

–Todos eran mayores que yo –admite Hope–. Yo era la pequeña; ellos habían luchado durante la Depresión para ser artistas, y podrían haberse muerto de hambre o dedicado a otra cosa de no haber sido por el Gobierno y el Proyecto General de las Artes. En esa época, veintitrés dólares a la semana era una fortuna. Algunos pertenecían a una generación mayor y, sí, es cierto, quedaba en ellos mucho de la vieja izquierda. Creían que debía existir una sociedad mejor que aquélla, con un tercio de los hombres en el paro y los ricos con chistera y diciendo infamias de Roosevelt. La guerra suprimió todo eso, pero no del todo. La necesidad de la revolución siguió existiendo de una manera clandestina, y pasó al arte. Las privaciones del tiempo de guerra se dieron también en la vida artística. De alguna manera las noticias pasaban de largo, excepto las relacionadas con el arte. Cuando llegué a Nueva York, a los veinte años, me sorprendió que las escuelas de arte siguieran en pleno funcionamiento. Por todas partes había racionamiento, bonos de guerra y propaganda, y las calles estaban llenas de uniformes, y aun así...

–Claro –le interrumpe suavemente Kathryn, confundiendo la pausa de Hope con una laguna mental debida a la senilidad–, estaban los inmigrados, Duchamp, Mondrian y los surrealistas, Breton, Max Ernst...

–Sí –la interrumpe Hope–. Nosotros, yo, al menos; porque usted sí podría haber accedido a ellos, nunca los veíamos. Los ricos los convirtieron en mascotas. Vivían en Connecticut y en Upper East Side, y de todos ellos sólo Mondrian no tenía una actitud esnob con respecto al estilo de vida americano, aunque podía aprender de él... pero estaban allí, sí, en nuestra orilla del Atlántico, subiendo la apuesta inicial, creando una atmósfera. Se celebraban exposiciones, y ésa era una de nuestras quejas, que las galerías cedían todo su espacio a los europeos. Y claro está, en aquella coyuntura, Barr, del Museo de Arte Moderno, sólo podía ocuparse del arte europeo...

Hope se pregunta quién se habrá creído que es esta joven para inmiscuirse (debe de ser judía, sin duda) en su vida, y ponerse a leerle cómo fue a ella, que la ha vivido, a partir de esas hojas impresas repletas de minuciosa información. A medida que la pintora envejece, los hechos externos de su vida, incluido su legendario matrimonio con Zack, parecen cada vez menos relacionados con su vida interior, una vida que comenzó al fijarse en las pinturas y reproducciones que colgaban de las paredes de la casa de Germantown, obras rebuscadas y coleccionadas por un tímido gusto cuáquero: unos pocos ejemplos de la caligrafía y el dibujo ornamental llamado *Fraktur,* empleado por los descendientes de alemanes que habitan en Pennsylvania; certificados matrimoniales indescifrables, con figuras semejantes a muñecos hechas con manchas de acuarela; oleografías enmarcadas, con una calidad de páginas de revista, de la *Pinkie* de Lawrence y la *Mujer con un jarro de agua,* de Vermeer, y cabezas de mejillas rosadas y cabello empolvado, tal vez retratos de Copley procedentes de Filadelfia, del grande y melancólico museo de color caramelo y que ella veía desde el asiento trasero del Packard de papá cuando se dirigían al centro de la ciudad a lo largo del Schuylkill, negro como el carbón. Y en la casa de su abuelo había algunos cuadros originales: en el interior de unas cajas forradas de terciopelo que pendían de las paredes, unos retratos ovales en miniatura de Ouderkirks muertos mucho tiempo atrás y descompuestos en sus tumbas, imágenes punteadas, diminutas y relucientes, a las que se les veían las pestañas, los pliegues de las orejas y los tirabuzones si Hope las examinaba con atención; y acuarelas de lánguidas capuchinas o el brillo trémulo del riachuelo Brandywine entre los árboles, las sombras de cuyo follaje ella podía observar proyectadas en el agua, obra de alguna prima o tía de sus abuelos que había tomado lecciones de pintura a comienzos de siglo y a quien sus amigas de buena familia consideraban muy dotada; y óleos cuya pintura se había solidificado formando picos y sierras, en uno de los cuales se representaba un cuenco cargado de fruta sobre un mantel de cuadros, un motivo que Hope, ya a muy temprana edad, había considerado de extrema dificultad, con aquellos cuadros que subían y bajaban, y los pliegues y las arrugas de la tela; y otros, más grandes, de bosques, de troncos caídos como cuerpos costrosos descomponiéndose, oscuras pinturas que no eran agradables pero sí imponentes, de una húmeda tristeza que la niña podía percibir con la extraña certeza de que esa sombría y musgosa maraña, esa diseminación sobre el capote de hojas de un pardo amarillento, ese rincón de bosque descuidado, de la genuina naturaleza virgen de Pennsylvania en la que merodeaban los indios, estaría ahí tanto si había alguien con un caballete como si no. Hope tocaba las pequeñas y ásperas protuberancias de la pintura y comprobaba que se había endurecido (la niña estaba a solas en la habitación, no había nadie para impedirle que la tocara). La pintura solidificada aportaba un atisbo de una eternidad radiante junto con el movimiento de tanteo de la mano y los ojos del pintor. Hope percibía en ello una magia infinita que se expandía cada vez más, así como el elemento de protesta que despertaba en la gente el deseo de clavar en la pared fragmentos de un mundo que siempre se deslizaba bajo sus pies; el mundo era una cadena de montaje que no paraba de verter bienes, formando un montón de lo perdido y lo olvidado. A la protesta le acompaña una alegría, la que suponen las pequeñas y desafiantes victorias sobre el tiempo a través de la creación de «objetos que conservar».

La madre de Hope fue quien conservó sus esmerados dibujos y le propuso que un vecino de Ardmore, adonde se habían mudado tras dejar el hogar de sus abuelos en Germantown para ocupar una gran casa de falso estilo Tudor recién construida en una calle curvilínea y umbrosa, le diera clases de dibujo a domicilio. Ella tenía entonces ocho o nueve años. Por mucho que Hope se esforzara, no lograba ver lo que aquel hombre corpulento, con sus desacostumbrados olores a tabaco de pipa, jerez para cocinar y dentadura en mal estado, veía en las sombras, los verdes en los rojos, los azules ocultos en los marrones. El pequeño «don» de la niña tendía a deshacerse bajo el peso de la atención masculina de aquel hombre, que se llamaba Rudolf Hartz, y se sentía aliviada cuando su familia alquilaba una casa de veraneo en Maine y concluían así las lecciones estivales, tomadas bajo el sol de la calinosa Filadelfia, que le producía dolor de cabeza, en el patio lateral o a la sombra del sauce o el nogal inglés, una vegetación de tonalidades cromáticas que variaban sutilmente como las de sapos y culebras. Las lecciones bajo techo tenían lugar en la biblioteca. Extendían páginas del *Evening Bulletin* sobre la mesa baja, cuya taracea formaba una larga cadena cuadrada de fragmentos de madera más claros, triangulares y romboidales. Era como si su padre, esbelto y silencioso, hubiera engordado y hubiese adquirido el olor de los vicios y la fuerza bruta alemanes, y se inclinara por encima de su hombro, una mano velluda tomando su pincel para mojar las cerdas en el vaso de agua y deslizarlas con impaciencia por los rectángulos ahuecados de colores puros en la pequeña bandeja plegable del estuche de acuarela, mezclando los tonos hasta obtener un color terroso que parecía incorrecto pero que, una vez aplicado en su lugar, respondía con precisión al tema (el jarrón o la muñeca o el pimiento amarillo), adquiría de alguna manera solidez. La pequeña Hope se sentía demasiado insignificante para que la pasión artística del señor Hartz la estimulara, tenía la sensación de que el profesor perdía el tiempo con ella, y su olfato percibía, junto con el olor a tabaco y el que despedían las axilas sudorosas, y la mediocridad, la decepción de aquel hombre. Hartz formaba parte de la legión de ilustradores frustrados de Filadelfia, relegado a pintar de vez en cuando un retrato encargado por un amigo o un decorado para un teatro de aficionados en las afueras.

Las lecciones cesaron, incluso las que le daba los fines de semana en invierno. Sus padres debían de haber hablado de una manera cortés, como lo hacen los adultos, con el señor Hartz. Hope se apartó discretamente del arte y de su borroso anhelo (el vaso de agua enturbiada por el pincel sumergido, la lustrosa paleta de madera de tilo con sus anillos de colores al óleo agitados que van volviéndose grises a causa de la mezcla), como lo habría hecho de un muchacho que, por fascinante que fuese, nunca sería un marido adecuado. Tenía entonces diez u once años y, como parte de una educación apropiada, visitaba museos: el que se encontraba en lo alto de Fairmount era por dentro como un banco de mármol con unos pocos visitantes que se desplazaban arrastrando los pies y susurraban bajo las claraboyas, mientras fuera de su alcance una Diana delgada y desnuda mantenía el equilibrio sobre la punta de un pie. La Academia de Bellas Artes de Pennsylvania, más eclesial (papá la llamaba «bizantina»), tenía una larga escalera que ascendía entre dos grandes e imponentes telas de Benjamin West, ambas de tema bíblico, que daban acceso a unas salas con estatuas blancas y desnudas, porque eran diosas y no seres humanos, y con antiguos cuadros de acantilados y cascadas y retratos de Ben Franklin, con sus labios pequeños y maliciosos, y de George Washington, que parecía afligido y ruborizado. En las salas del fondo se exhibía la obra de los alumnos de la Academia, dibujos al carbón de monumentales y malhumorados rostros de negros obreros que miraban fijamente desde el exterior de fábricas cerradas, tocados con gruesas gorras de paño bajo cuyas viseras se ocultaban frentes que reflejaban la vergüenza del desempleo, arrugadas por la injusticia, mientras que la perspectiva en escorzo los encorvaba y empequeñecía como una invisible prensa industrial que exprimiera todo el color del mundo. En la cercana localidad de Merion, cierto doctor Barnes había invertido los millones ganados con su producto Argyrol en una colección de pintura, y para albergarla había levantado una mansión con columnas dóricas en la que, admitidos mediante un cauteloso acuerdo previo, unos pocos selectos, incluidos grupos de alumnas que se reían con disimulo, vestidas con faldas plisadas de color verde y calcetines a juego hasta las rodillas, contemplaban las paredes cubiertas por hasta cuatro hileras de cuadros, llenos de carne francesa y sol provenzal, el impresionismo y sus hijos más desmandados, policromos avances hacia un nuevo paganismo, el arte despojado de sus deberes para con la historia, la piedad, todo lo que no fuese la gloria de cada día y su moteada superficie de color. Esas visitas silenciosas, esos contactos permitidos, mantenían vivo en Hope el asombro de su infancia ante los vislumbres que recibían el nombre de arte.

En Bryn Mawr, durante los dos primeros años de la nueva década, con la guerra europea ennegreciendo el horizonte más allá del Atlántico, el departamento de historia del arte, donde aún estaba vivo el recuerdo de Georgiana Goddard King, amiga personal de Gertrude Stein, que había fallecido poco antes, reavivó el interés de Hope por la belleza de creación humana; lo reavivó en grado suficiente para comprender que Bryn Mawr no bastaba, que estudiar y admirar no bastaba, que a menos de dos horas de tren había un mundo donde el arte era vida, donde su cuerpo joven y virginal, con su cerebro y sus ojos, podría ser un instrumento, podría actuar y existir de una manera que su desvaída y suave Filadelfia jamás le permitiría. Al finalizar el segundo curso, cuando su madre aún no tenía decididos los detalles de su traslado a la isla de Maine, donde, cansado de alquileres improductivos, su padre había comprado una casa de ripia, el coste de cuyo mantenimiento era superior al que siempre habían supuesto los alquileres, Hope se dirigió a Nueva York en plena canícula para convertirse en artista. Fue una conmoción para sus padres, pero era aquélla una época de conmociones, ella tenía veinte años y corría 1942. Su hermano mayor no esquivó el reclutamiento; el menor ya se había alistado. El pacifismo cuáquero quedó invalidado, y la pasividad femenina también. Hope emprendió el viaje con lo que, visto desde ahora, era un absurdo equipaje, una panoplia de maletas azules, incluidas dos sombrereras en forma de tambor para tener ocupada a «la criatura», la vida llena de colorido, con sus pigmentos y sus trampas. Mientras caminaba por las peligrosas calles, avanzando entre ojos en los que su imagen aparecía con un movimiento rápido como el de un pincel, su libertad la entusiasmaba.

La voz de Kathryn la sorprende inmersa en esas aceras tan concurridas por la noche. La entrevistadora sigue el ritmo del pensamiento de Hope.

–Dejemos para más adelante las galerías y el Museo de Arte Moderno. –Echa un vistazo a los papeles que tiene sobre el negro y alargado regazo–. Primero estudió en la Escuela de Arte para Mujeres perteneciente al colegio mayor Cooper Union para el Progreso de la Ciencia y el Arte.

–En efecto. Tenían sus dudas, pero me admitieron, tras examinar unos dibujos que había hecho en la escuela y un autorretrato con los senos desnudos, en acrílico. En aquel entonces el colegio Cooper Union era muy académico, tenía una orientación muy práctica. Las clases se graduaban en «espacios». En el primer espacio, los alumnos dibujaban valiéndose de manos y pies de yeso como modelos. En el segundo espacio los modelos eran vaciados de torsos; y en el tercero, de la figura completa. Tenías que llegar al cuarto espacio para que los modelos fuesen de carne y hueso. Me marché antes de acceder al espacio de los modelos vivos. El profesor del segundo espacio, no recuerdo su nombre, ni siquiera quería promoverme al tercer espacio, porque me consideraba demasiado lineal; pero me promovió para librarse de mí. Supongo que era una alumna problemática. Me emocionaba tanto hallarme en Nueva York, en el Village...

–El profesor era un escultor conocido, Leonard Wilton –señala la entrevistadora tras haber consultado sus notas–. Pero antes de marcharse tuvo usted una... una relación con otro profesor, el retratista Gregor Rukavishnikov.

–En realidad Ruk era un profesor sustituto, pues habían reclutado al titular.

Hope reprime el anhelo de salir al aire libre y dejar que el aire fresco e incoloro acaricie su cabeza. Al otro lado de la ventana, en los arbustos de forsitia que se arquean contra los alféizares, más allá de su cabeza prisionera, los cabellos recogidos bajo los pasadores de plata, ve un nido donde los polluelos empiezan a moverse bruscamente, excitados por alguna corriente que se transmite entre ellos: el reino animal es el primero en experimentar la emoción de la primavera. Una ardilla extraviada aparece de improviso y logra encontrar una nuez que ella u otra ardilla enterró en noviembre; sentada en una piedra plana y caliente del muro, la sostiene entre las dos patas delanteras, como si fuese una mazorca, y el sonido que produce al atacarla con los dientes parece el de una diminuta máquina de escribir eléctrica.

–Quiero decir que ya tenía bastante con sus retratos de personas distinguidas –sigue explicándole a Kathryn–, su obra era *chic*, no tenía necesidad de dar clases, al contrario de lo que les sucede a tantos artistas. La verdad es que las cosas le fueron muy bien hasta que sufrió las consecuencias de la bebida. No trataba de ocultar la indiferencia por su tarea de profesor, pero era amable con todos y cada uno de los alumnos, bastante galanteador, pero jamás grosero... Ni que decir tiene, las chicas lo adorábamos, aunque desconfiábamos de su estilo artístico, porque era muy comercial y, ya en los años cuarenta, se había quedado un tanto empalagosamente anticuado: cuellos largos, delicados contornos, gavillas de cabello esculpido en franjas estilizadas, un aspecto de bajorrelieve de Art Decó. Estilizado. Sus retratos tenían, ¿cómo diría yo?, esa falsa expresividad que se apreciaba en los chistes ilustrados de *Vanity Fair*.

–Ese retrato al pastel que le hizo a usted y que ahora está en el Corcoran es precioso.

–Sí, el perfil, ese flequillo metálico y reluciente. Supongo que los músculos de la garganta. Pero al mismo Ruk esa facilidad le parecía demasiado tramposa. Desdeñaba su propia obra y admiraba a los brutos desmañados, Soutine, Kokoshka, Picasso cuando no era neoclásico, el Monet medio ciego en sus últimos años de vida. Creía que Dubuffet, que empezaba a llamar un poco la atención en Estados Unidos, iba en camino de hacer algo importante. Insistía en que me relajara.

Hope percibe que Kathryn está insatisfecha. Sin duda desea que profundice más en su relación con el pobre Ruk, el querido y desorientado Ruk. ¿Acaso quiere que le cuente cómo era hacer el amor con él? Eso no tenía la menor importancia en su caso. Hacía bien el amor, cuando estaba medio sobrio, pero ponía en ello menos entusiasmo que en el baile. Tenía que exhibirse, ésa era su debilidad, y, aunque fue el primer amante de Hope, ésta no tardó en percatarse de que era ella la que aportaba la mayor convicción en la cama, la mayor voluntad de arriesgarse a la turbación a fin de experimentar unas sensaciones que era incapaz de congelar o tratar de exhibir, unas sensaciones hermosas pero efímeras.

–Era hermoso –dice, exactamente lo que él habría querido que dijera–. Era el hombre más hermoso que he conocido jamás. Más de metro noventa, frente alta y blanca, esos ojos almendrados de los eslavos, azul claro como los de un perro siberiano, grisáceos alrededor de la pupila. Tenía el cabello tan lacio y mimado como el de una mujer, y a él mismo le encantaban sus piernas, tan largas y con los tobillos tan delgados. Decía que era ruso blanco, claro que eso significaba muy poco para una americana, pues todos los rusos que veías entonces en la calle eran blancos, en contraposición a los rojos. Los rojos estaban en Rusia, peleándose con los alemanes. ¿Le basta con estos datos acerca de Ruk?

Kathryn alza el rostro, las mejillas con un brillo amortiguado, y abate un instante los párpados lubricados para acusar la hostilidad de Hope e indicarle que puede encajarla.

–No del todo –admite–. ¿Lo quería?

–Sí, claro, estoy segura. ¿No es eso lo propio de una mujer joven, con poco más de veinte años, que tiene una idea romántica del arte y los artistas? Le diré algo a favor de Ruk: me enseñaba cosas. Fue él quien me enseñó Nueva York. Tenía un Lincoln amarillo, Dios sabe de dónde sacaba la gasolina para llenar el depósito. Me llevaba por las avenidas, de un lado para otro, íbamos hasta los garitos de Harlem, los cafés, las fiestas. Él decidía mi manera de vestir, y yo me sometía por completo... Ruk sabía lo que estaba haciendo. Cierta vez hizo que me vistiera de monja para ir a un baile de disfraces, y allí fui con un hábito que él mismo había confeccionado, o que había robado, no sé. Tal vez se lo hubiera robado a una monja auténtica... me dijo que sus hermanas eran rusas ortodoxas y muy fanáticas, como la emperatriz Alejandra. Le gustaba que me vistiera de negro, con medias brillantes que me realzaran las piernas. Mis piernas... Decía que, aunque no era alta, tenía las piernas de una mujer alta. Me pintaba franjas de color en la cara y me ponía unas cuantas plumas en el pelo, y entonces me llamaba su Pocahontas cuáquera. Hacía que despuntara en nuestro pequeño grupo de Cooper Union. Me llevaba a las inauguraciones y me decía qué era bueno y qué no lo era tanto: Picasso no era tan bueno, porque podía hacer demasiado y con una facilidad excesiva, mientras que Matisse era bueno porque con esfuerzo había logrado llevar toda su obra, la de un sencillo burgués, hasta el límite. Picasso era un gitano, un bandido, un bolchevique. –Casi alcanza a percibir la voz de Ruk, aquella voz resbaladiza y de tonos profundos, una voz de coro ruso, vibrante a través de su cortina de sofismas–. Decía que los surrealistas acertaban en la medida en que los movimientos y la conversación tenían que depender del subconsciente, pero erraban al ser todos ellos literarios, empeñados en hacer tan sólo juegos de palabras y ocuparse de la política. Al mismo tiempo, producía aquellos retratos de mujeres mimadas con sus lindos hijos e incluso con sus lindos perros. Ruk destacaba sobre todo en el retrato de perros, de ciertas razas. Pero bebía. Jamás había visto beber a nadie como lo hacía él, pues mi abuelo no bebía ni una gota y mi padre sólo tomaba vino en ocasiones especiales. Puede que viera a los padres de mis amigos con un whisky en la mano cuando me asomaba a la biblioteca, pero se me antojaba un accesorio, no sabía que beber podía ser una religión. También yo bebía, como le he dicho. En cualquier caso, Ruk... bueno, yo era demasiado joven para darme cuenta de que estaba echándose a perder, se le hinchaba el cuerpo, le temblaban las manos, le amarilleaban los dedos a causa de la nicotina, perdida ya la esperanza de ser un genio bronco, uno de los grandes brutos. Por otra parte, cualquier hombre de entonces que no estuviera en las fuerzas armadas y fuese contigo del brazo te convertía en una subespecie. Los hombres lo notaban, aunque se rieran de esa percepción. Creo que Ruk tenía el corazón reumático. Reumático además de romántico. Eran muchas las cosas que no me decía, o sobre las que me contaba mentiras.

Kathryn desliza la pequeña grabadora Sony un par de centímetros sobre la superficie amarilla y barnizada del baúl de marinero y, con una sonrisa afable, interrumpe a Hope:

–He leído que se jactaba de acostarse con las mujeres de clase alta a las que pintaba.

–Se acostó con algunas. Yo lo sabía, aunque no quería que me lo contara. Él deseaba decírmelo. Eso era lo suyo, pavonearse. Pero no representaba un gran problema, pues también yo tuve mis aventurillas durante los dos años que estuvimos juntos. Es posible que intentara volverle celoso, o tal vez lo hiciera por el gusto de hacerlo. En lo que respecta al sexo, no había sido nada precoz, y para mí era como un juguete fantástico. Entrañaba poder, sumisión y peligro, era una forma de conocer a alguien y hacer que te conociera. Era una manera de tejer una especie de disfraz a base de secretos. ¿Sigue siendo así?

¿Se ruboriza Kathryn? Desde luego desvía un poco la cabeza, modifica su ángulo como lo ha hecho con la grabadora.

–Sí, quizá –responde–. Supongo. Pero tenemos el sida y queda muy poco de esa sensación de un juguete fantástico. Se ha esfumado la idea de que forma parte de una revolución. La idea de la película porno de calidad. El sexo como una causa.

Hope se siente rechazada y, para defenderse, adopta un brioso tono de reprobación.

–Bueno, querida, nosotras no teníamos el sida pero sí el embarazo. Estaba la gonorrea. No se hablaba de ladillas, como en los años sesenta. Y también estaba la sífilis, en el colmo de la mala suerte. Yo siempre tuve suerte, y supuse que la causa era la pureza de mi corazón. Tampoco me acostaba con cualquiera, como lo hacían algunas de las chicas y modelos, yo necesitaba sentir respeto hacia el hombre. Tenía que considerarlo serio, por lo menos en cuanto a la pintura. En fin, volvamos a Ruk, puesto que parece interesarle tanto.

Fue amable conmigo, tan amable como puede serlo un alcohólico narcisista. Ensanchó mis horizontes, me llevó a todas partes. Sabe Dios lo que veía en mí.

–Si estaba hundiéndose, como usted dice –le sugiere Kathryn–, usted era una tabla de salvación. Usted era Hope.*

Otra broma. Sus ojos, densos y opacos como ciruelas, se ensanchan y destellan mientras observa la reacción de la anciana. Las bromas de Kathryn no causan ningún efecto en Hope, pues ésta sospecha que son maniobras y no la espontánea y desinteresada entrega al absurdo que debe ser el humor. En sus noches de champaña y vodka, Ruk y ella se reían sin parar. Todo el mundo parecía ridículo y patético a medida que las consonantes mal articuladas en su retumbante voz de coro se deslizaban en el oído una caricatura tras otra.

–El retrato que le hizo muestra lo que veía. Su aspecto es el de una mujer con una vitalidad y una confianza en sí misma extraordinarias.

La intimidad de este planteamiento, el hecho mismo de que haya otra persona que respira en la sala, como un humidificador que sisea suavemente, hace que Hope se sienta incómoda. Está acostumbrada al árido sosiego de la soledad, a los puros y resecos días invernales. A fin de recuperar la distancia entre las dos, comenta:

–Gracias a Ruk conocí a Korgi y Onno de Genoog.

–¿Y cómo eran?

Esos hombres se han desvanecido, están muertos... ¿Por qué la voz de Kathryn se vuelve más cálida, evasivamente despaciosa, como si contemplara la posibilidad de apropiarse de ellos?

–La verdad es que eran iguales, ambos inmigrantes y con ese *élan,* ese entusiasmo continental. Daban por sentado que el mundo estaba hecho para el placer humano, una

* *Hope* equivale a Esperanza. *(N. del T.)*

opinión muy esnob y bárbara, desde luego, pero que les dotaba de atractivo; les permitía darse aires y les daba libertad para pintar con aquellos encantadores colores claros que empleaban. Curiosamente, ambos eran de la misma edad, aunque se diría que Korgi es de una generación anterior. Él fue quien se consolidó primero. Quiero decir que, en el campo de la abstracción, hubo las figuras de Kandinsky, Malevich y Mondrian, por supuesto, pero fueron como bengalas en el mar, señales solitarias, de una religiosidad enloquecida a la que no podría esperarse en serio de nadie que la imitara..., en fin, sólo hay que pensar en la teosofía y Madame Blavatsky, ¡lo que se nos pedía que nos tragásemos! Todo eso se remonta a Kandinsky, sus ensayos y *Der Blaue Reiter*, el espiritualismo que nos rescata del materialismo y el tremendo Renacimiento loco por la perspectiva, y cosas por el estilo, como estoy segura de que usted sabe mejor que yo, puesto que lo ha estudiado todo en profundidad. Pero a lo único que todo eso le llevó a Kandinsky fue a un montón de feas y nerviosas obras geométricas, mientras que el lugar al que llegó Korgi resultó ser una isla, una gran isla llena de esas fantásticas flores comestibles. Me refiero a que todo el mundo podía comerlas y crecer sin parar. Después de que Korgi se suicidara... ¿cuándo fue eso? En el cuarenta y ocho, precisamente cuando su influencia triunfaba... Onno contaba su primera visita al estudio de Korgi, en Union Square, en los años treinta, y decía que la atmósfera estaba tan saturada de belleza que la cabeza empezó a darle vueltas. Fue una revelación que jamás superó. Eso es evidente en los colores que ambos hombres emplearon, el rosa coral, el azul celeste, los rápidos trazos entre formas ovales como amebas u hojas de nenúfar que flotaban en la tela como... como esos filamentos que ves al mirar una pared desnuda, en el humor vítreo, aunque por supuesto en el caso de Korgi, todo se hace transparente, mientras que Onno intentaba espesarlo en una feroz masa de trazos, aunque los colores aún son juguetones, incluso infantiles. Korgi era como Ruk, de una altura increíble, casi monstruosa, y a pesar de que el inglés que hablaba era una lengua adoptada, a veces tenía rasgos de ingenio. Decía de la escuela regionalista que era «pintura pobre para gente pobre».

Hope ríe al recordar el acento aterciopelado, la capa y el sombrero de ala ancha, la altiva indignación, el brillo de los inquisitivos y tristes ojos de largas pestañas del armenio cuando le escrutaba el rostro tratando de descubrir las oportunidades que tenía con ella. Aunque la relación que mantenía con la Liga de Estudiantes de Arte era parasitaria, Korgi lograba una abundante cosecha en los maduros campos de las entusiastas del arte. Le decía a una chica: «Ven a mi estudio y sé mi *mujé*». Pero Hope se reía. Nunca se dejó tentar. Se parecía mucho a Ruk en su modo de actuar, aunque con un genio ingenuo e intransferible del que Ruk carecía, y Hope percibía en él unas reservas de nihilismo con el que la naturaleza veleidosa de Ruk no le amenazaba. Pensaba que era demasiado joven para unirse a un hombre atribulado, aunque pocos años después se uniría a Zack.

–Y fue Ruk –le informa a Kathryn– quien me dio la pista de Hermann Hochmann y su pequeña escuela, que era donde hervía la acción. Entonces no hablábamos de vanguardia. ¿Qué decíamos? Tal vez «lo más avanzado». Teníamos esa idea militar del avance. Hochmann se había instalado en una habitación de grandes dimensiones en la tercera planta de un edificio de la calle Novena Oeste. El día que entré allí por primera vez, la clase entera, unos veinte alumnos ante sus caballetes, se había congregado en torno a una naturaleza muerta muy rara: unos fragmentos de cerámica, un Kleenex arrugado, un naipe y un ovillo de cordel comprado en la ferretería, todavía con el precinto de papel, con un fondo de celofán rastrillado por la luz lateral que transformaba todo en un conjunto de reflejos y sombras fragmentados. Era casi imposible mirarlo, y no digamos pintarlo. No obstante, todo el mundo pintaba, y, tras haberme pasado un año dibujando vaciados en yeso en Cooper, el olor de la pintura auténtica era una delicia. Como el viento en la cara cuando patinas sobre hielo.

–¿Cómo era Hochmann?

–Ah, Kathryn, pensará que soy muy tonta al decir esto, pero era guapo. Por aquel entonces, todo hombre con el que me topaba me parecía guapo. Hochmann pasaba de los sesenta, pero era alto, de anchos hombros, con el pelo largo como un músico y unas facciones muy grandes (la boca sensual, imperiosa), y sin embargo muy alemán, muy solemne, muy difícil de entender, tanto por su pronunciación del inglés como por lo que decía. Tenía ya los cincuenta cuando llegó aquí y se fue a la costa Oeste. Era un misionero que traía el evangelio de la modernidad a una escena artística en la que, por supuesto, dominaba la llamada «ola americana»: los campesinos de Benton al estilo de El Greco, Grant Wood, Rockwell Kent y aquella estilización de una falsa épica. El estilo mural del «hombre corriente». Hurra por la democracia. Algunos de ellos, como John Steuart Curry o los hermanos Soyer, hoy no parecen tan terribles; esa clase de pintura se ha incorporado a la historia del arte, pero en aquella época la despreciábamos. Lo interesante de Hochmann era que, mientras mucha gente hablaba vagamente de la abstracción como la única manera ética de pintar, él ofrecía una receta concreta. Decía unas cosas asombrosas, o al menos a mí me asombraban. Afirmaba que cuando trazas una sola línea en un papel no hay manera de saber cuál es su dirección, pero si trazas una línea más corta debajo, la línea más larga se mueve y la más corta va en la dirección contraria. Decía que en ese momento la hoja de papel se había convertido en un universo, que estaba en movimiento. Decía que los bordes del papel también se transformaban en líneas. Y que (esto debía de proceder de Hegel o Kant, la tesis y la antítesis y todo eso), cuando había un tercer objeto, como sucede en la música cuando dos notas se combinan para producir un tercer sonido, ese tercer objeto era espiritual, no físico, surreal. Y eso le parecía mágico. Las dos líneas que se movían en direcciones opuestas tenían tensión entre ellas, y eso las convertía en un ser vivo, lo que él llamaba «una unidad viva». Con el color, la cosa se complicaba. Decía que el color nos hacía sentir de una manera determinada, eufóricos, deprimidos. Unos colores retrocedían mientras que otros avanzaban. Una y otra vez mencionaba «el empuje y el tirón».

El inglés lento y pesado de Hochmann, como hormigón cayendo en el interior de una hormigonera; su rostro grande y armonioso, vulnerable a la luz de su cotidiano anhelo de comunicar a los alumnos la profundidad espiritual de la pintura; los alumnos con sus batas sucias, de colores salmón o gachas de avena, calcetines blancos, mocasines y zapatos bicolores que asomaban por debajo. Los chicos, fumando apoyados en las tiznadas paredes de la sala; las chicas, con las rígidas imitaciones que se hacían en los años cuarenta de los peinados de Hollywood, de moda por entonces, a lo paje, con flequillo, ondas rígidas hechas con aquellos largos rizadores que, al insertarlos, se abrían como picos de aves; las cabezas de los atentos jóvenes hirvientes de esperanzas, de crispadas conexiones con el pasado y el futuro, y al otro lado de las ventanas, las calles pardas y grises, codeándose en la mente de Hope como hileras de casas aldeanas en un Chagall o un Kirchner, incluso como los rascacielos en el lejano centro de la ciudad, el edificio Chrysler, el Empire State, envueltos por el hollín, las tóxicas nubes de la guerra. Mientras, Hochmann se esfuerza por impartir su mensaje salvador: «*Begrenzung*. ¿Cómo lo decís en inglés? Limitación. La tela es una limitación. Sin conciencia de la limitación no puede haber ninguna expresión del Infinito. *Unendlichkeit*. *Ewigkeit*. Beethoven crea la Eternidad en la limitación física de la sinfonía. Toda limitación puede subdividirse hasta el infinito. Esto trae consigo el problema del tiempo y la relatividad. Una sola estrella vista solitaria en el espacio no nos dice nada acerca del espacio. El espacio debe ser vital y activo. El espacio en la tela debe tener una vida espiritual, la vida de una mente creativa. El espacio pictórico es sólo bidimensional. Cuando se viola la bidimensionalidad de una pintura, ésta se divide, por así decirlo, en partes, crea un efecto de espacio naturalista, un caso especial, una porción de tridimensionalidad, y esto es una expresión incompleta de la experiencia del artista. Así pues, es adecuada. El lego tiene dificultades para comprender que la creación plástica sobre una superficie plana no debe destruir esa superficie plana. La profundidad se crea por medio de una recesión de objetos aparentes hacia un punto de fuga, como en la perspectiva renacentista, pero negando por completo esta doctrina con la creación de fuerzas superficiales en el sentido de *empuje y atracción*. Tampoco hay que tratar de crear profundidad mediante una gradación tonal, de la misma manera que no debe intentarse practicando un agujero en la pintura. Para crear el fenómeno de empuje y atracción sobre una superficie plana es preciso comprender que el plano de la pintura reacciona por naturaleza y de modo automático en la dirección opuesta al estímulo recibido, siempre y cuando reciba estímulo en el proceso creativo. La función de empuje y atracción con respecto a la forma atesora el secreto de la monumentalidad de Miguel Ángel. Cézanne entendía el color como una fuerza de empuje y atracción, y en sus pinturas creaba una enorme sensación de volumen; respiraban, pulsaban, se expandían, se contraían mediante el uso del color. El color es un medio de creación plástico, ah, *Abstände*. Intervalos. Los intervalos son armonías de color producidas por relaciones o tensiones especiales. El mundo, tal como lo experimentamos, se nos aparece a través del reino místico del color. El color nutre todo nuestro ser. De igual modo, la cualidad mística del color debería hallar expresión en una obra de arte. El entusiasmo generador de vida en una obra artística está profundamente incrustado en su sustancia cualitativa. El *Geist*, el espíritu, en una obra es sinónimo de su calidad. Lo real en arte nunca se extingue, porque su naturaleza es predominantemente *geistig*, espiritual». Su prédica era incesante, y sólo hacía una pausa cuando se le ocurría primero un término alemán, un concepto kantiano, y se veía obligado a traducirlo, trabajosa e inexactamente.

–Aun así –Hope le dice a Kathryn–, nos hacía creer que el arte era la más elevada y pura de las actividades humanas, la mayor aproximación a Dios, a un Dios que se crea a Sí mismo con ese empuje y atracción de colores.

No obstante, sus clases, su apostura, su entusiasmo y su influencia tenían una faceta irónica: no permitía que los alumnos contemplasen su propia obra. Era tímido, la empresa era ingente y el Ideal, un supervisor demasiado severo. A medida que envejecía y otros cosechaban la gloria que él había predicho, su propia obra quedaba extrañamente inerte en su cuna de teoría: cuadrados y rectángulos de colores crudos, como el muestrario de un fabricante, sin empuje ni tirón. En la época en que enseñaba a Hope, sus formas todavía eran orgánicas, bulbosas y fijadas en un movimiento descendente, como el primer Kandinsky pero sin aquel vagabundeo ruso de pinceladas errantes con todos los colores a la vez, como la decoración rústica. «Liso, liso», le decía Hochmann por encima del hombro. «Mantén el plano de la pintura liso. Estás haciendo hoyos. Haz que los colores canten.» Cantar como Beethoven, aquellos trémulos acordes cargados de perdición que era imposible representar en la pintura, en rectángulos hechos con la espátula. A fines de los años sesenta, tras la muerte del pintor, Hope visitó una gigantesca exposición retrospectiva de Hochmann que ocupaba toda una sala del museo Whitney, y comprobó que las pinturas que la rodeaban no existían. Se habían evaporado, convertidas en paredes cubiertas de telas en las que se acumulaba el polvo. Zack no se había evaporado así, a pesar de que Hochmann lo miraba por encima del hombro, considerándolo un matón americano, un ignorante desmandado. Un bandido, como habría dicho Ruk.

–Empuje y atracción –repite Kathryn, dando muestras de un cortés regocijo–. ¿Se sentía... atraída por él como hombre?

–¿Quiere decir si nos acostábamos? Por favor... Pasaba de los sesenta, y yo tenía... ¿cuántos? ¿Veintidós? Tiene razón, lo habría hecho si me lo hubiera pedido, le tenía afecto. Nos hacía ver qué vocación tan noble era la pintura. Probablemente una persona de su generación no puede comprender lo esencial, lo importante, lo inmensa que la pintura nos parecía entonces. Era como el sexo, sí, está en lo cierto al sugerir eso. Aún no había sido domesticado, no había sido puesto en su lugar, en su página de la sección de Vida, con una palmadita en su pequeña y ensortijada cabeza.

La visitante se ríe, con tal vigor que de la larga y blanca nariz emerge un húmedo gangueo. Kathryn baja la vista y busca un pañuelo de papel en su amplio bolso negro, que permanece abierto al lado de la silla con tapicería de cuadros. Su turbación es lo que más simpatía le inspira a Hope. El moco es humano, una de nuestras secreciones. En cambio, la joven le gusta menos por la facilidad con que se ríe, por encontrar a la anciana entrevistada demasiado divertida, una persona que está hecha un cascajo y en la que cualquier atisbo de descaro o petulancia es una sorpresa hilarante. Esa tendencia a reír es reveladora de celos y aprensión. Hope vivió de una manera ingenua, audaz y fructífera, una vida que a esta joven le está negada; Hope se amó a sí misma, pues la educaron en la ilusión de un Dios amoroso. Las peculiaridades de su cuerpo le parecieron asombrosas, a medida que emergían de la oscuridad bajo el edredón y el silencio de los cuáqueros con respecto a esas cuestiones. Se acariciaba la piel desnuda y sedosa, dejando los óvalos amarillentos impresos por las yemas de los dedos en la superficie rosada y pecosa, cuando permanecía en pie, después de bañarse, ante los espejos deslustrados y empañados del piso en la calle Jones que compartía con Cindy Jasinski, el estrecho baño por donde pululaban las cucarachas, el suelo de minúsculas baldosas hexagonales, el ventanuco abierto dos o tres centímetros como una boca que respirase el aire del Village con sus aromas matinales a café y cubos de la basura vaciados y los sonidos nocturnos del jazz y los cláxones de taxis. Cada nuevo día se preguntaba qué maravilla podía esperarle. El mundo de Kathryn está hecho a prueba de maravillas, elaborado de antemano, todas las emociones y los impulsos analizados y denigrados antes de que puedan florecer, fragmentados en libros prácticos y programas de televisión, todo reducido a impulsos electrónicos, *bits*, información, una información que cada vez tiene menos sentido a medida que los cerebros se empequeñecen demasiado para contenerla, todo el proceso realizado en el exterior de la mente y el corazón por unas máquinas frías e insonoras. Las ventanas de la nariz de Kathryn adoptan una leve tonalidad rosada mientras mete el pañuelo de papel convertido en una bola en el gran bolso negro. Esta mujer tiene la debilidad del habitante de la ciudad: los metros, los ascensores, las respiraciones ajenas, siempre corriendo, fatigados. Los neoyorquinos se pasan todo el invierno resfriados; a Hope también le ocurría, cuando los niños traían a casa los gérmenes de la escuela, pero ahora que vive sola en Vermont, donde el crepitante aire frío de la montaña es antiséptico, rico en radiación ultravioleta, casi nunca tiene la nariz congestionada, y su viejo organismo acumula anticuerpos en las antípodas de la fertilidad y sus tormentas químicas. Kathryn ha traído a esta casta sala las manchas y el desequilibrio de la fecundidad, el óvulo mensual que desaparece por el desagüe del inodoro, la histeria del enredo con varones. Hope se dice que es bueno estar más allá de todo eso.

Es esa hora de la mañana, hacia las once, en que los rayos ladeados del sol le producen una sensación de alivio, la hacen pensar que de momento ha hecho lo suficiente, y tiene la costumbre de prepararse una segunda taza de té con la bolsita usada, que no se ha olvidado de dejar en la pila de acero inoxidable, erguida como un diminuto bolso pardo negruzco junto al redondel del desagüe. Su primera etapa de concentración se habría vuelto más lenta y difusa desde el desayuno, y la bolsita de té utilizada de nuevo alimentaría una segunda etapa, un intento de exprimir algún provecho más de sí misma antes de que el mediodía la hiciera sumarse a la humanidad en las vulgares tareas del mantenimiento cotidiano, comprar, limpiar y usar el teléfono para tirar de los pocos hilos que le quedan en la vida, muchos de los cuales la unen a especialistas médicos. Su dentista le dice una y otra vez que sus dientes, las pocas piezas frontales que tienen la pulpa dentaria en buenas condiciones y no necesitan fundas, estarían mucho más brillantes si no los empapara a diario en té, pero no hay mañana en que no experimente ese deseo imperioso de la primera taza, que la anima; y luego, una o dos horas después, con la segunda taza, de líquido más claro, puede contemplar su obra todavía húmeda con el deslumbramiento y la adoración hacia sí misma que alternan de un modo tan extraño con la certidumbre de que nada de lo que hace tiene suficiente calidad, de que es totalmente prescindible. A menudo le acomete el temor de haber desperdiciado la vida; el temor, en el fondo, de haber desagradado a Dios, que no está ahí, o que tan sólo está ahí en forma de luz, una luz que ella entiende racionalmente como una lluvia de protones sin sentido, un universo de partículas que en un momento determinado surgieron de un estallido absolutamente inmotivado. Pero tiene a sus espaldas una larga vida que nadie le puede arrebatar, cinco nietos que albergan en su interior alguna faceta de ella, obras expuestas en el Hirschhorn y el Whitney, en Tokio, Zúrich y São Paulo, y un cajón de archivador repleto de críticas, algunas de ellas muy halagadoras, incluso entusiastas. El pobre Zack no tuvo nada de eso. Durante los primeros inviernos en la isla, salía de casa para ir al pequeño granero, cuyas paredes de flojas y mal encastadas tablas dejaban escapar el calor con tanta rapidez como la estufa de leña lo producía, y allí trabajaba tan sólo una hora, antes de que el frío le paralizara sin remedio las manos, enfundadas en ásperos guantes de trabajo cuyos dedos había cortado. Sólo tenía ese desesperado impulso creativo, ese apetito de algo incluso más allá de la fama y la riqueza, tan ciego como el instinto de un animal enfermo que impulsa a éste a buscar intimidad refugiándose bajo el porche. En aquellos años Zack bebía menos, pues veía cómo reaccionaba ella a su sobriedad y aún deseaba complacerla, pero por la mañana su tos de fumador tardaba horas en desaparecer.

Hope, deseosa de que esta chica siga desprevenida, le confía:

–Comprenderá usted que, para que se produzca un auténtico progreso artístico, no sólo es preciso que haya individuos tenaces sino también, ¿cómo diría?, cierta corrupción extendida en aspectos que sólo unos pocos iniciados son capaces de detectar. A veces creo que es ese olfato para lo corrompido lo que comporta la sensibilidad y el valor.

También el temor le atenazaba las entrañas antes de las clases de Hochmann, antes de que se concentrara en la pintura, olvidada de sí misma en aquel estado de éxtasis, similar al que causa la droga, cuando empezaban a suceder cosas en la tela, en la pintura, como Zack solía decir. El empuje y la atracción. Puesto que Kathryn, que se mueve hacia delante en la silla para inspeccionar la grabadora, no muestra señales de haber oído ese oráculo bruscamente efectuado, Hope le pregunta en un tono más amable:

–¿Le apetece una taza de té?

Kathryn mira irritada el pequeño aparato gris que ronronea sobre el restaurado baúl de marinero con hileras de tachones de latón.

–¿Por qué no seguimos hasta que se agote la cinta? –insiste la joven–. ¿Podría contarme cómo recuerda su encuentro con Zack?

Hope se siente presionada, percibe que la otra no se ha enterado de la sutileza de lo que ha dicho, y sólo ha dejado que la grabadora escuche por ella, y, con una cortesía fingida, replica:

–Me gusta esa manera de plantearlo. Lo que una recuerda sustituye poco a poco a lo que realmente aconteció. Sucede como con los fósiles. –Piensa que lo que dice no está claro, y añade–: Del mismo modo en que las partículas minerales llenan la forma de un organismo que se ha podrido, una especie de moldeado en cera, tal como lo entiendo. Zack –vuelve al tema principal, molesta ante la idea de que la joven la tome por una vieja tonta que desperdicia una preciosa cinta magnetofónica–. Recuerdo que fue en uno de los bailes que daban los sábados en la Unión de Artistas, en la esquina de la calle Dieciséis y la Sexta Avenida. Aquel borracho me asió del brazo y me preguntó si quería follar, ésa fue la palabra, que por entonces se consideraba muy grosera, incluso entre los llamados bohemios. Fingiendo bailar, se apretó contra mí para demostrarme que tenía una erección, y le di una bofetada. Eso pareció despertarle, porque de repente se volvió muy cortés, como un chiquillo. Me pidió perdón una y otra vez, y no podía librarme de él. Estaba demasiado bebido para que me recordara después de aquello, pero yo sí que le recordaba, y le veía en la taberna Cedar, adonde Ruk solía llevarme antes de que abandonara súbitamente Nueva York para reunirse con su familia en Minneapolis. Donde de alguna manera, las cosas les iban bien allí. ¿Le he dicho que nunca entendí cómo su familia había logrado sacar su dinero de Rusia? Quiero decir que aquel Lincoln amarillo costaba un buen pico. Supuse que se trataría de joyas, que habrían sacado cosidas a las fajas. Ya conoce usted la Cedar, estoy segura, un local muy sencillo, el interior pintado de un lúgubre tono verde, y por fuera indistinguible de otra docena de bares a lo largo de University Place. Pero los pintores la preferían por alguna razón, o porque de las paredes no colgaba un solo cuadro, o porque la dirección se había resignado a soportar a los artistas temperamentales. Se reunían al fondo, en los reservados con bancos tapizados de piel sintética, y discutían sobre arte.

–¿Quiénes, exactamente?

–Eso variaba. Los más aficionados a discutir, los que lo hacían mejor, eran Bernie Nova y Roger Merebien. Y Mahlon Strunk, aunque éste no hablaba tanto y parecía mayor, o tal vez daba esa sensación de madurez porque los críticos y las galerías empezaban a reparar en él mientras que a los demás aún los dejaban casi por completo de lado. Mahlon era el que se tomaba más en serio las teorías del surrealismo, a pesar de que procedía de un entorno rural, de que era muy tranquilo y práctico y de que estaba casado, cosa que por sí sola resultaba un tanto surreal. Él y su mujer, Myrtle, deambulaban por el Village como una pareja de la clase obrera que sale a pasear el domingo, con abrigos grises a juego. Él siempre llevaba paraguas, tan previsor era, pero creía en el automatismo. Por entonces Masson se encontraba en este país, y le montaron una exposición en la Galería Buchholz. Era el surrealista al que podíamos tomar en serio, al contrario de Dalí, quien, como le digo, técnicamente era todo lo que despreciábamos, aunque, después del fotorrealismo, ahora me pregunto por qué todos nos sentíamos tan superiores. Que fuese un español tan distinto a Picasso podría haber sido el problema, aunque los dos, cada uno a su manera, eran teatrales. Perdone, no es esto lo que quiere que le cuente, ¿verdad?

–Quiero cuanto pueda usted decirme. Todo ayuda a formar una visión de conjunto.

–Recordar con precisión es muy difícil, al cabo de cincuenta, casi sesenta años. Mahlon era muy amable con Zack, eso lo recuerdo bien, y desde luego a Zack le resultaba atractiva la idea de que al dejar que ocurran accidentes en la tela puedes permitir que hable el subconsciente, pues era muy desaliñado. Ya en los años treinta dibujaba directamente sobre la tela con el tubo, y repasaba una y otra vez una pintura, hasta que la imagen original quedaba totalmente cubierta. Éramos pobres, pero con la pintura no escatimábamos. No nos interesaba tanto el oficio o el producto terminado como lo que pintar hacía por el pintor. Ése era el meollo entonces, el tema del que todo el mundo hablaba: exteriorizar el yo, plasmarlo en la tela. Por eso la abstracción tenía tanto atractivo, porque era *yo* en su totalidad. Sé que todo esto debe de parecerle muy ingenuo a su generación, que no cree en el yo, que está convencida de que el yo es sólo una construcción social, de la misma manera que no se cree que haya escritores, sino sólo textos que se escriben a sí mismos y que pueden significar cualquier cosa.

A Hope la embarga una sensación de culpabilidad por sus sentimientos de resistencia hacia su entrevistadora, de contratransferencia, en términos de psicología, e intenta dirigir su mente hacia atrás, hacia esa turbiedad opaca del pasado.

En el penumbroso fondo del local, la zona de reservados con bancos tapizados de piel sintética, el rostro hinchado y redondo de Roger Merebien, cuyo aspecto juvenil no correspondía a su edad, parecía una luna blanca que, revestida de sudor, insistía en hacerse visible a través del humo de tabaco y los efluvios de la cerveza. «La llamada "estética"», afirmaba con una voz bastante aguda y afectada, lustrada por los años de formación en Stanford y Columbia y complementada con algunas vocales británicas adquiridas durante un año de posgrado en Oxford en el que se había concentrado no sólo en el arte sino también, remontándose a los griegos y la ontología, en la filosofía, «es tan sólo el aspecto sensual del mundo, no es el fin del arte sino un medio, un medio para alcanzar el, llamémosle así, último término infinito del sentimiento para condensarlo en un objeto de percepción. Estos objetos de percepción son básicamente estructuras relacionales, que eliminan la necesidad de representación. El impulso del inconsciente, el momento del automatismo, es sólo un instante, una manera de conseguir que la mente pintora siga adelante, que sondee, encuentre y complete. El *collage* es otra manera de lograr la intervención del azar, pero el modo de manipular los fragmentos depende del sentimiento, y ahí interviene una sutileza infinita, un pasmoso» –su cabeza redondeada parecía girar sobre el cuello como el haz luminoso de un faro, como si desafiara a alguien a que criticara el uso de ese adjetivo– «juego del conjunto que forman la mente y el cuerpo y que intenta liberarse de las reacciones sociales mecánicas, convirtiéndose así en esencialmente moral, al subvertir e incluso derribar el orden social establecido en Norteamérica, inhumano en sus impulsos y reacciones. Nuestro propio fascismo, podríamos decir.»

«¡Exactamente!», exclamó Bernie Nova; «el regionalismo es pintura fascista; recurre al mismo *Lumpen*, etiqueta todo lo demás como degenerado, de la misma manera que el nazismo satisface el orgullo herido y un amor propio pervertido. Detesta lo francés, detesta a los inmigrantes, es la América rural: los aperos, las gruesas reses, los campos de algodón, el campesino de Oklahoma en su auto viejo y destartalado, los granjeros buenos, sencillos, en pie y erguidos, el buen Cristo, las pulcras hileras de cañas de maíz, el tornado que desciende en el horizonte... la América rural con todo su aislacionismo contrario a los negros, a los judíos, a las ciudades. La guerra, bendita sea, ha barrido el aislacionismo, y lo mismo puede decirse del American Scene,* aunque su populismo de tira cómica justifica la propaganda de guerra, incluso la buena propaganda de la izquierda».

«Propaganda no, expresión», objetó comedidamente Mahlon Strunk, quien a pesar de lo soso que parecía era un socialista doctrinario. «Lo que decían esos pintores de escenas urbanas estaba ahí, era evidente. La pobreza, el hacinamiento, los bloques de pisos. Concédeles eso, Bernie.»

Varios pintores trataron de hacer alguna objeción, y empezaron a mostrarse sardónicos, pero la voz entrecortada de Bernie, una voz de natural del Bronx a la que era imposible callar, se impuso a las demás. Con la ceja arqueada, se colocó el monóculo y, moviendo el mostacho adelante y atrás mediante un fruncimiento lateral de los labios, siguió diciendo altivamente: «Fábricas de Pittsburgh, colas del pan, negros zanquilargos que se alejan a paso largo por la calle Ciento veinticinco... reconozcámoslo, todo eso es vulgar pintura de género, Benton y Grant Wood sin sus monos de trabajo. El arte norteamericano se ha convertido en una fábrica de postales. Cada nación tiene sus artistas comerciales», afirmó resueltamente, al ver que los otros deseaban intervenir, «pero ni siquiera los nazis pretenden haber hecho una aportación a la historia del arte. Los tradicionales motivos norteamericanos no sirven para hacer buen arte de este país; el proyecto norteamericano», se quitó el monóculo y gesticuló con ese descarnado emblema de la visión, «ha de crear las condiciones de las que puedan surgir grandes pintores, grandes mentes, grandes visionarios. Es hora de que los artistas rechacen el éxito fácil, el dinero de los filisteos aislacionistas; es hora de que repudien a los marchantes y los directores de museos, es hora de que nos olvidemos del éxito».

* Término que designa el principal estilo de pintura realista y antimoderna que se popularizó en Estados Unidos durante la Gran Depresión, en los años treinta, y que fue una reacción contra el estilo europeo moderno. *(N. del T.)*

Bernie proclamó estas últimas frases ante un grupo que ya sabía lo que era tener un éxito escaso, y sus palabras habían retumbado con la sonoridad, como de toque de tambor, con que el presidente Roosevelt se dirigía a los radioyentes. Su pintura, unos débiles, toscos, modestos en tamaño, ecos de las obras de Miró y Mondrian, con un turbio empaste tomado de los muralistas mexicanos, aún no contenía más que el deseo de la acción revolucionaria, no su logro. Jarl Anders, flaco y pálido, hijo de un predicador de Minnesota, un chamán sin sentido del humor, gritaba ronco de ira en la taberna Cedar, tal como recordaba Hope: «¡Bazofia! ¡Desde la Exposición del Arsenal, tradición sintética y corrupción absoluta! La Exposición del Arsenal fue bazofia, el fruto echado a perder de la decadencia de Europa occidental, vertido sobre los palurdos americanos con todas sus evasiones laberínticas, y desde entonces ha habido una confusión total. El griterío a favor del individualismo y la manipulación de los conceptos académicos o los fetiches técnicos no pueden ser realmente liberadores. Ningún juego literario, ningún automatismo idiota, ni las esterilidades de la Bauhaus ni los títulos pseudorreligiosos ni la obscena y servil adulación de los zalameros agentes del control social pueden llegar siquiera a la altura de las uñas de los pies de lo sublime».

«¡Cielos!», tuvo que exclamar Myrtle Strunk, apretada contra su marido debido a la precariedad del asiento, «"las uñas de los pies de lo sublime"... ¿A qué altura dirías que te has elevado, Jarl? ¿El tobillo? ¿La rodilla?»

«Puedes burlarte si lo deseas», replicó él, con su torso tan rígido como las figuras chamánicas casi abstractas que destacaban en su obra, «pero corresponderé a tu descortesía con una respuesta sincera. Desde 1941, y cito el año con precisión, por algo más trascendente que cualesquiera acontecimientos inflados en Pearl Harbor, el espacio y la figura en mis telas se han resuelto en una entidad psíquica total, liberándome de las limitaciones de ambos, pero fusionándose en un instrumento que no tiene más límites que los de mi energía y mi intuición. Ahora tengo una sensación de absoluta libertad y eso es infinitamente estimulante. Una sola pincelada, mi burlona Myrtle, una sola pincelada apoyada por una mente que comprende su potencia y sus consecuencias, puede devolverle al hombre la libertad perdida en veinte siglos de excusas y artefactos pictóricos de subyugación. La Imaginación, ya sin las trabas de las leyes del miedo, se fusiona con la Visión. El Acto, intrínseco y absoluto, se convierte en su sentido y en el portador de su pasión.»

El severo arrebato de Anders originó un murmullo, segui do por un estrépito, de comentarios más prácticos mezclados con peticiones al camarero, pero Hope, con el arrebol de la primera juventud, tuvo la sensación de que todos estaban impresionados, como un grupo de feligreses dubitativos, por la posibilidad de que existiera semejante absoluto. El parlanchín Bernie, corpulento y atildado, con un traje de cuadritos negros y rojos, intervino: «Exacto. La imagen reconocible... muerta. La sensación, la plasticidad.... muertas. La belleza ha muerto: el impresionismo empezó a matarla, y el redescubrimiento del arte primitivo y arcaico la liquidó del todo. La belleza y la comedia pertenecen a la misma mentira cristiana. Lo dijo Nietzsche: "La verdad es fea", y añadió: "Poseemos el arte para no perecer a causa de la verdad". La única virtud que nos queda a estas alturas es el valor ante lo irremediable. El único arte es aquel cuyos símbolos captan la verdad fundamental de la vida, su tragedia. El arte primitivo es mágico porque lo que le da forma es el terror. El hombre moderno tiene su propio terror, y nosotros...».

Strunk objetó: «Eso no es todo, Bernie. Como Roger ha dicho, está todo cuando sentimos, incluida la alegría. Está el reino interior, y la pintura lo exterioriza. Nuestro yo descubre sus leyes en lo que Jarl ha llamado el Acto».

«El yo... una muñeca de trapo, un fetiche», replicó bruscamente Bernie. «¿A quién le importan los sentimientos y la personalidad del pintor? Tus amigos surrealistas son *playboys* franceses que juegan con Freud, quien ya era bastante juguetón. ¿Quién dice que estar dormido es más profundo que estar despierto? Los sueños son un embrollo, el légamo del cerebro. Lo que cuenta no es la psique sino la metafísica, la penetración en el misterio del mundo, y para ello la mente del pintor debe ser tan pura como la del científico y la del filósofo. Llamo *plásmico* a este proceso: la finalidad del arte abstracto es convertir el color y la forma en plasma mental.»

«Dios mío, qué bazofia pseudoeuropea», protestó Jarl Anders.

Bernie Nova insistió: «La tela hace que el espectador comparta de buena fe el pensamiento del artista. Es, ante todo, una expresión de la mente, y todo aquello que sigue aún tiene que ver con los sentidos es secundario, un mero accidente.. La verdad ante el placer».

La reluciente y redondeada cabeza de Roger Merebien emergió del abrazo con la chica de espesa cabellera que le acompañaba aquella noche. Con su voz aguda, cultivada en exceso, comentó: «Yo encuentro en el proceso de pintar dos experiencias distintas. A una la llamo "modalidad del descubrimiento y la invención", y a la otra "modalidad de la alegría y la variación". La primera encarna mi problema más profundo, la lucha más encarnizada, que consiste en rechazar todo lo que no siento y creo. La otra surge cuando quiero pintar por el puro gozo de hacerlo. En este caso, la tensión de enfrentarme a lo desconocido y lo absoluto ha desaparecido. Cuando necesito gozo, la encuentro haciendo variaciones libres sobre lo que ya he descubierto, lo que sé que es mío».

«Ten cuidado», le advirtió Bernie, «no vayas a ser decorativo.»

Para ellos, la peor forma de descalificar una obra era tacharla de «decorativa». Zack temía tanto ser decorativo que cuando sus telas aún estaban húmedas les arrojaba tierra y fragmentos de vidrio, y las pisoteaba con las sucias suelas de los zapatos.

Phil Kaline, hijo de un obrero de Detroit y que aún no había descubierto su estilo característico, sus grandes pinturas en blanco y negro, comentó: «Mira que sois borregos. No se trata de saber sino de dar. Cuando has terminado de dar, la tela te sorprende tanto como a cualquiera. Para mí, es libre asociación de principio a fin, es el procedimiento lo que al fin proporciona un resultado. A veces hago dibujos preliminares, pero la pintura tiende a destruirlos. La pintura nunca parece comportarse del mismo modo. No se seca del mismo modo. No se queda ahí y te mira del mismo modo».

Se solidifica, pensó Hope. Nada de aquello sería importante si la pintura no se solidificara.

Un pintor destacaba por su silencio. Sus rasgados ojos de color ámbar oscuro, el color siena crudo de la hierba muerta, con los párpados de rubias pestañas cada vez más rosados a medida que las cervezas o los whiskies se acumulaban en sus entrañas, iban sin cesar de un rostro a otro. A veces Hope le veía aspirar aire o tensar los labios como si fuese a hablar, pero no decía nada, y una expresión enternecedora, como si estuviera congestionado, le contraía la cara y la frente. Parecía como si su rostro tuviera más músculos que la mayoría de la gente. La frente se le contraía con facilidad, llenándose de arrugas, y los músculos le formaban unos hoyuelos en el centro del mentón y al lado de los pliegues de una boca que tenía un rictus meditabundo. La cabeza se le hundía un poco más en los hombros cuando los labios de aspecto inerte se movían adelante para apresar un cigarrillo, y a cada calada se encorvaba. No era mayor, aunque Hope le suponía diez años más que ella. Su cabello más bien rubio escaseaba en la parte superior de la cabeza y dejaba ver el cuero cabelludo bronceado. Vestía una camiseta blanca bajo una desgastada chaqueta de cuero, que se había quitado, por lo que la imagen que Hope conserva de él debe de corresponder a un tiempo más cálido, el verano de 1944, cuando, después del Día D, los titulares de ocho columnas seguían el avance de la invasión y todos los días se producían centenares de bajas norteamericanas. Como le había dicho a Kathryn, era extraño que mientras la carnicería continuaba y se bombardeaban las catedrales y los palacios, ellos se mostraran tan alegres, tan autocráticos, tan inconscientes en sus dogmáticas manifestaciones acerca de la misión redentora de la pintura, pero así era: el deber de los vivos consistía en vivir, y el componente valeroso y válido de su vida era la pintura. Por aquel entonces ella trabajaba bajo la influencia beneficiosa pero pesada de Hochmann, haciendo *collages* y practicando la técnica de la pincelada negra de aspecto oriental, al estilo de Merebien, quien trabajaba de nuevo sus pocas imágenes (una puerta rectangular, una hilera de óvalos negros como judías gigantescas apretadas en el interior de una vaina) con un talante de alegría y variación, y cuya cara redonda, suave y afable sudaba entre las de ellos y, no obstante, en lo alto de un cuello alto y delgado como el de un niño, también flotaba por encima de ellos, deseoso de ser su líder, su teorizador. Si a Hope le hubiera atraído la inteligencia, se habría sentido atraída por Merebien. Pero su propio padre le había mostrado las limitaciones del refinamiento, de la inteligencia bien educada.

No le entusiasma hablar de Zack con Kathryn. Ya ha hablado de él con demasiados entrevistadores, con una multitud de personas que siguen convencidas de que el arte puede salvarlas. Reprime el recuerdo de esa noche, compuesto por muchas noches similares, en la Cedar o en la cafetería Stewart's o en el Waldorf de la Sexta Avenida, a la altura de la calle Octava, en el San Remo o el Romany Marie's de la calle Grove, Ratner's en Delancey o The Jumble Shop en la esquina de las calles Octava y MacDougal, noches en que la cara de Zack parecía suspirar por la suya, perpleja y semidormida, algo que a ella parecía inquietarle cada vez más, con el rostro del pintor dirigido hacia ella y alojado en su galería interior.

–El yo –repite, y le dice a la otra mujer–: Pero nosotros... ellos... no sólo se gritaban teorías unos a otros; eso, la verdad, era infrecuente. ¿Qué decía Matisse? «A los artistas habría que cortarles la lengua.» En general, todo el mundo se amadrigueraba en su estudio, celosos de los éxitos imaginarios del prójimo. Cuando nos reuníamos era para beber y divertirnos. En la Unión de Artistas se celebraban bailes todos los sábados, y recuerdo que fui a uno de ellos... un baile de disfraces por Navidad, después de que Ruk se hubiera marchado de la ciudad, yo y esa otra chica, Cindy Jasinski, con quien compartía una habitación en la calle Jones... disfrazadas de hotentotes, hoy se consideraría una cosa muy racista pero entonces no parecía haber ningún mal en ello, fuimos disfrazadas de hotentotes, cubiertas de grasa y polvo de carbón, con unos collares de grandes cuentas de vidrio y poco más, el pelo recogido en haces atravesados con un falso hueso comprado en una tienda de animales domésticos, y me sentía bastante satisfecha de mí misma... claro que entonces tenía una figura esbelta, sin desmesuras ni flacideces, así que podría haber llevado unos leotardos... hasta que, entrada la noche, bajé la vista y observé que los hombres con los que había bailado se habían llevado el polvo de carbón al restregarse contra mí, ¡y estaba desnuda por delante, salvo por el tanga de color lavanda que Cindy me había dado y que era de cuando actuaba en una revista de variedades en Jersey City para mantener a un amigo que estudiaba derecho!

Kathryn parpadea. Percibe que esta imagen, la de Hope desnuda salvo por la capa de polvo de carbón, no tiene más objetivo que tomarle el pelo, provocarla. Una mueca de disgusto aparece al instante en su rostro, y vuelve a examinar las páginas de notas que tiene en el regazo.

–En una entrevista que le hizo la revista *Artforum* en los años sesenta, usted dijo que si hubiera sabido las dificultades que iba a causarle Zack...

Hope no puede permitir que desaparezca esa imagen juvenil, revestida de polvo de carbón y grasa y con el pelo teñido de negro. Todavía puede notar el aire fresco de aquella buhardilla en contacto con su cuerpo cuando ella y su acompañante se separaron, quienquiera que fuese; debía de estar muerto ya, sin duda, como todos los testigos de su juventud, muertos como todos los que la tuvieron entre sus brazos en aquellos sudorosos bailes de los años cuarenta, con la guerra al otro lado de las ventanas, más allá de las salidas de emergencia, oscureciendo la ciudad donde la vida civil seguía chillando como un grupo de gatos en un callejón.

–Claro que la desnudez no era gran cosa, muchos hacíamos de modelo, por lo menos entre nosotros. –Se da cuenta de que no ha respondido a la pregunta. Algo acerca de Zack y las dificultades, y dice–: Cualquiera podía ver a primera vista que iba a ser muy problemático. Estaba allí sentado, sin decir nada, como si no supiera hablar inglés, y luego resulta que estaba lo bastante bebido para hacer acopio de valor y gritar «que os jodan» a todo el mundo, y cosas como «todos sois unos mierdas pretenciosos» y «algún día lo único que importará de vosotros será que estuvisteis lo bastante cerca de mí para besarme mi peludo culo», y luego farfullar e ir tambaleándose a la chimenea de mármol de Peggy o a cualquier otra parte para mear. Zack meaba mucho, como le sucede a todo el que bebe tanto, claro, pero lo hacía en público más de lo necesario. Era como si estuviera diciendo: «Esto no me sirve de gran cosa en la cama, pero, desde luego, puedo mear con ella».

–¿Peggy Guggenheim?

A la voz de Kathryn le asoma un cuernecillo de ansiedad cada vez que surge un nombre, un nombre de antaño, famoso y escandaloso, y esta tendencia a impresionarse por la fama le resultaba a Hope bastante desagradable. Preferiría que Kathryn evidenciara más el *je-m'en-foutisme* que imaginaba que ella tuvo a esa tierna edad. Antes de poseerla, Hope consideraba vulgar la celebridad, y también una afrenta al proletariado, cuya dictadura anónima estaba a punto de llegar, en cuanto la guerra hubiera limpiado la atmósfera de plutócratas y príncipes. ¿También quedaría limpia la atmósfera de estrellas de cine? Éstas eran lo que parecía importarle al proletariado; pendían sobre la nación oscurecida por la guerra como globos plateados.

–Creo que sí. He olvidado de quién era la chimenea de mármol, y desde luego Zack se meó en más de una. Cuando estaba borracho era patético. No podía aguantar el alcohol, al contrario de Ruk, que jamás perdía el dominio de sí mismo ni la compostura. Zack volvía a la infancia, a esa etapa de inseguridad y megalomanía drásticas, parloteaba, enseñaba el pene, hacía lo que hiciera falta por convertirse en el centro de atención, golpeaba a alguien. Le gustaba volcar una mesa recién puesta. Eso me lo hizo en más de una ocasión.

La fiesta de Acción de Gracias con su familia de California; la fiesta en la galería después de que se publicara el artículo en *Life* y la celebridad le volviera desagradable; las incesantes y aparatosas humillaciones de aquellos últimos años en Long Island, cuando él desbarataba todos sus intentos de tener un hogar respetable y se rebelaba contra ellos, han afectado inesperadamente a los ojos de Hope. Es lo que pasa cuando una tiene muchos años: senilidad de los conductos lacrimales. En su juventud se enorgullecía de no llorar jamás, por mucho que la hiriesen o insultaran... de no dar jamás esa satisfacción, como si fuese un niño, a ese mundo perverso y variopinto.

La voz de Kathryn se suaviza, el duro cuernecillo se retrae y, al servirle de apuntadora, se vuelve casi ociosa.

–Fue Herbert Forrest quien insistía para que Peggy se fijara en Zack. A ella no le gustó su obra durante mucho tiempo.

–La verdad es que no le gustó nunca. El pobrecillo Herbert, sí, creo que la obra de Zack le encantaba, como me sucedía a mí, excepto que a él le gustaban también aquellas terrosas pinturas a lo Picasso de los años cuarenta, con símbolos junguianos garabateados. A mí no. Herbie era un desgraciado, el pobre... demasiado gordo, enfermizo, con una epilepsia tremenda, que él trataba de ocultar, pero tenía formación, había estado en París, tenía ojo para distinguir a un genio como Zack. Desde el principio le llamó genio. Yo, que era una ignorante, veía demasiado tanteo y búsqueda en la obra de Zack. En cambio, no veía demasiados hallazgos. Como le he dicho, Zack no sabía dibujar muy bien, y, hasta que empezó a usar pinturas industriales compradas en la droguería, me parecía que su color era lúgubre. Pero, ¿qué sabía yo? Era tímida y pulcra; detestaba ensuciar una tela limpia con unos primeros trazos que, según Hochmann, eran tan importantes. No, lo que me atraía no era la pintura de Zack, sino éste en persona, su cuerpo, su cara. Era hermoso, pero, al contrario de lo que sucedía con Ruk, descubrir esa hermosura requería cierta creatividad. Creerá usted que todos los hombres me parecían guapos, que era la consabida cuáquera calentorra que ha perdido las inhibiciones, pero no... era Zack, algo que tenía la forma y el color de su cara. Su piel, de la que yo pensaba que era una piel del Oeste, curtida pero suave, no se arrugaba sino que formaba pliegues, y conservaba una especie de bronceado cetrino durante el invierno, mientras que en verano nunca usaba loción. Su cara tenía unos encantadores accidentes musculares en bajorrelieve, incluso en la frente, los dos lugares altos y en diagonal desde los surcos profundos donde se unían las cejas, el ceño, que siempre tenía fruncido. A medida que iba perdiendo el cabello, cada vez daba menos la impresión de que alguna vez lo hubiera tenido; en realidad tenía la calva más natural y favorecedora que yo había visto jamás. Cuando vi fotos de su juventud, con la espesa cabellera rubia, experimenté una especie de repugnancia. En todas sus descripciones físicas se mencionan los hoyuelos, pero había algo en las, por así decirlo, zonas planas, algo así como un empuje y un tirón perfectamente simétricos, que tal vez correspondiera al concepto del que Hochmann siempre hablaba. Y unas orejas perfectas, sólo tiene que mirar las fotografías, verá que son asombrosas, grandes pero perfectas, sin lóbulos. Y el resto de su anatomía... en aquellos días jamás nos referíamos al trasero masculino, pero él lo tenía prieto y muy bonito, no podía verlo, por lo que no era consciente de ello, las dos nalgas bien prietas con esa vellosa inocencia (tenía mucho vello corporal, pero era de tonalidad clara), y las piernas parecían casi arqueadas, tan redondeados eran los músculos de las pantorrillas, siempre le decía a la gente que había sido vaquero, y era mentira, pero por su físico se diría que era cierto. No se puede sumar un elemento tras otro para dotar de hermosura a una persona, lo que se necesita es unidad, y el cuerpo de Zack tenía un balanceo, un empuje, supongo que podemos decir sin ser demasiado freudianos, que me dejaba sin aliento cuando él no se daba cuenta de que estaba mirándole. ¿Ha visto esos cuerpos viriles que pintaban en los murales, como los del Rockefeller Center, no los que traen la bombilla eléctrica o lo que sea, sino los obreros que manejan la maquinaria capitalista o que alzan balas de algodón en los muelles? Zack tenía esa clase de cuerpo, pero como nunca hacía ejercicio si podía evitarlo, no había en él nada de lo que pudiera enorgullecerse. Sentirse satisfecho de su cuerpo habría violado su sentido de la virilidad. Su arte estaba estrangulado por la inseguridad, antes de que alcanzara una grandeza repentina, pero su cuerpo siempre tuvo ese garbo. Salvo, ahora que lo pienso, que no sabía bailar. Era incapaz de armonizar sus pasos con los de su pareja, o dejarse llevar por ella.

Hope se da cuenta de que Kathryn opina que ya ha hablado lo suficiente sobre ese tema, pero prosigue con una insistencia desdeñosa.

–Es cierto que era problemático, pero la vida es problemática, querida. Bernie decía que la vida trastorna la calma mineral inconsciente de la materia, y que por eso tenemos un deseo de muerte. –A fin de situarse de nuevo entre los límites de una entrevista, Hope le dice de improviso a la joven–: He intentado recordar el año de ese baile al que fui disfrazada de hotentote, podría haber sido 1944, en Año Nuevo, pero el talante, la temperatura de la guerra en el exterior parece corresponder más bien a 1945. Ya no teníamos tanto miedo, el final, por lo menos en Europa, estaba a la vista, aunque la gente olvida lo encarnizado que fue el avance hacia Alemania, aún no parecía imposible que Hitler nos hiciera retroceder de nuevo al Canal de la Mancha. Hitler hizo lo imposible. Era una figura surrealista, era el coco que se escapó del subconsciente colectivo y encontró un país al que dirigir. Los alemanes siguieron todas sus órdenes, por locas que fuesen, hasta el mismo búnker de Berlín. Ahora todo eso parece absolutamente increíble. Y mientras, a nosotros nos dirigía un lisiado aristocrático, y a Gran Bretaña un viejo macerado en coñac. Resultó que Stalin era más diestro matando rusos de lo que había sido Hitler. Fue el más grande y el peor cuento de hadas que el mundo había visto jamás, uno de esos carnavales con gigantes que tienen la cabeza de cartón piedra.

Kathryn, que tal vez sea estúpida después de todo, parece tensa y empeñada en concretar algo que pueda utilizar.

–¿Ha dicho usted, si no he entendido mal, que no creía que Zack tuviera futuro como pintor?

Hope busca la manera de evitar darle satisfacción.

–Es bastante difícil recordar lo que una hizo, y no digamos lo que sintió. Yo quería que me gustara como artista porque me gustaba como persona. Tenía sus defensores, como el pobre Herbie, y en 1943, antes de que nos liáramos, su obra estuvo representada en la exposición de Peggy *Arte de este siglo* (¿quién podría haber soñado que «este siglo» llegaría a ser algún día «aquel siglo») y recibió la célebre aprobación de Mondrian, aunque es posible que tras ese gesto hubiera cierta política, porque en la exposición figuraba otro artista que ayudó a Mondrian a huir de París, y por eso visitó la exposición, no estaba bien, murió al año siguiente... pero la verdad es que me impresionó menos la obra de Zack que la tenacidad con que la creaba, luchando contra unas fuerzas abrumadoras. De todos modos, estaba perdiendo entusiasmo, sus juergas empeoraban y podía estar fuera de combate dos o tres noches seguidas. Si quería seguir con él, teníamos que marcharnos de la ciudad.

–¿Es cierto que insistió en que se casaran por la Iglesia?

–Yo había insistido en que nos casáramos, pues una cosa era vivir en pecado con un hombre en la ciudad y otra hacerlo en la rural Long Island y en 1945. Me habría conformado con la ceremonia en el Ayuntamiento, pues mi iracunda familia ya me había dejado por imposible, la muerte de mi hermano menor en la guerra los había convertido en meras sombras de lo que fueron, incluida su tendencia a desaprobarlo todo, pero sí, fue Zack quien insistió en que nos casara un religioso, y pensé que lo hacía sobre todo para dificultar tanto las cosas que al final lo dejara correr, pero Myrtle Strunk y yo encontramos a un menudo y viejo predicador congregacionalista en una mohosa y triste iglesia más allá de Bleecker, un hombre al que no le importó gran cosa que yo no estuviera bautizada (los cuáqueros no celebramos el bautizo, ¿sabe?), y Zack no sabía si estaba bautizado o no, y su formación religiosa había sido muy apocalíptica e intermitente. El ministro nos sonreía sin cesar, como un demente (su cara carecía por completo de color, te dabas cuenta de que se había pasado la vida entera bajo aquella roca de Manhattan inferior) y con Myrtle y Herbie como testigos nos echó un sermón breve y curiosamente bonito, en el que nos habló del matrimonio y la Creación y de lo hermosas que serían nuestras vidas ahora que la guerra había terminado. Lo único que nos pidió fue que yo llevara sombrero y Zack chaqueta y corbata, y por suerte aún tenía mis sombrereras, con el resto de mi equipaje azul, en un armario detrás de mis secas pinturas de estudiante de arte. Por mi parte, lo que le pedí a Zack fue que se mantuviera sobrio, y me obedeció. Se lo tomó en serio. No sería fácil decir cuáles eran sus creencias, pero era evidente que creía en algo. Había pasado por una serie de psiquiatras, todos junguianos, que trataron de abordar su problema con la bebida. Eso tenía que ver con su pintura, desde luego: los arquetipos, la magia de los símbolos, la exhumación del yo más profundo. Lo que nunca pudieron hacer fue curarle de su adicción al alcohol. De modo que, sí, como respuesta a su pregunta, fue una boda por la Iglesia. El templo era pequeño, su interior blanco como el lino, con bancos de madera y altas ventanas de cristales romboidales transparentes, uno de los lados sin luz debido a un edificio contiguo, como la Sainte-Chapelle, y muy por encima del altar un vitral de Jesús con un cordero. Jesús con un manto de color uva y un cordero de color lino crudo. Ah, tengo la boca seca y la cabeza me da vueltas de tanto hablar. La verdad es que ya he hablado más de la cuenta. Voy a hacerme un té. Si le apetece, con mucho gusto le preparo también una taza.

Con el ceño fruncido, Kathryn se inclina hacia la grabadora y la apaga a regañadientes.

–Preferiría café, si tiene –replica la entrevistadora, tal vez sin percatarse de su descortesía.

–Café... Dejé de tomarlo hace tanto tiempo que ni siquiera tengo cafetera, pues me dijeron que así me bajaría la tensión arterial y eso alargaría mi vida, y supongo que así ha sido. No tengo ni café natural, pero creo que hay un tarro de instantáneo en uno de los armarios. Puede mirar en los estantes de arriba, usted es más alta que yo.

No obstante, cuando las dos mujeres se levantan, Kathryn, a pesar de que calza botas, no parece tan alta, sólo mide unos pocos centímetros más que Hope, y se rinde.

–El té estará bien; nunca he sido muy entusiasta del café instantáneo. Supongo que esas cafeteras tan automáticas que tenemos ahora te acostumbran mal.

–Es instantáneo pero selecto –aduce Hope, sintiendo lástima por el pequeño tarro con etiqueta roja que acumula polvo en el fondo del estante. Hace años que no se sube al taburete para echar un vistazo, pero recuerda que el tarro tiene una especie de cintura, una sutil y amistosa depresión, para que sea más fácil asirlo y verter su contenido.

–No, de veras, tomaré té. Mi madre me lo daba cuando estaba enferma, media taza de té y media de leche.

–De acuerdo, si le parece bien –le dice Hope.

Se levanta de la mecedora y da los primeros pasos con cuidado, por si las rodillas se han vuelto rígidas o se le ha dormido un pie. La alfombra de retales la ha hecho caerse más de una vez, cuando se apresuraba hacia la puerta al oír el timbre, un timbre que nadie que la conozca a ella o a la casa utiliza jamás, o al incorporarse tras haberse enfrascado en la lectura de un libro en la poltrona con tapicería de cuadros, una buena novela de misterio o un *thriller* internacional escrito por el hijo de algún viejo amigo. Ah, ser joven y creer que el mundo consiste en semejante conspiración... Cierta vez, no hace muchos años, quedó espatarrada en el suelo, cuya brillante pátina de color rojo negruzco giró ante sus ojos mientras revisaba mentalmente su cuerpo en busca de la señal, primero sorda y luego con una frenética pulsación, de un hueso roto. Conocía las sensaciones porque se rompió la tibia cuando, a los dieciséis años, esquiaba en el Poconos; entonces las fijaciones apenas tenían algún sistema para soltarlas, los cables de remolque eran de cuerda y las sillas metálicas, gélidas a través de los pantalones de esquí y la prenda interior de lana, todo era muy incómodo, pero los chicos lo hacían, así que ella también tenía que hacerlo.

–Calentaré un cazo de agua, puesto que somos dos. Cuando estoy sola, meto la taza en el microondas, aunque por alguna razón el agua no se mantiene mucho rato caliente. Supongo que es por la manera en que el microondas agita las moléculas.

Uno de los motivos por los que a Hope no le gusta hablar con los jóvenes es el temor de mostrarse como una estúpida con respecto a las nuevas tecnologías que han ido apareciendo... no desde su juventud, sino desde 1980 más o menos. El vídeo fue la línea divisoria; hasta entonces se usaba la tecnología que ella consideraba suya y era capaz de manejarla, pero nunca ha podido programar el vídeo, ni siquiera poniéndose las gafas de leer.

Ahora que está en pie y erguida, le parece como si su voz, crepitante y confusa, se originase a cierta distancia de la cabeza, como una de esas pequeñas radios que antes estaban en todas partes y emitían seriales diurnos en las tiendas, los consultorios dentales y los mostradores de las tintorerías, antes de que la gente tuviera teléfonos móviles y receptores de televisión que les hicieran sentirse conectados. Ahora, cuando Hope va a Montpelier, se asombra al observar que todo el mundo tiene móvil, incluso los escolares que caminan con las mochilas a la espalda, y en verano ve a todas esas chicas empeñadas en hacer autoestop, con pantalones muy cortos, el móvil en una mano y el botellín de agua mineral en la otra, de repente, en el nuevo milenio, a todo el mundo le da por deambular provisto de una botella de agua. Parece que cada vez hay menos fuentes públicas de agua potable cuando antes estaban por todas partes, y que fueron una de las grandes cosas de América, donde siempre podías beber agua gratis. Detrás de la casa de su padre, cerca del gigantesco pinabete de ramas caídas, en un lugar al que se accedía bajando por una pasarela de tablas resbaladizas, había un manantial cuyo chorro se vertía en una concavidad entre piedras musgosas en cuyo borde había un cazo de lata para quien quisiera beber, incluso un transeúnte, si se atrevía a adentrarse por el sendero de ladrillo paralelo a la casa. Según una antigua tradición, los desconocidos podían ser ángeles.

Para ir a la cocina hay que rodear una mesa sobre la que descansa un anticuado teléfono negro de disco y, a su lado, una silla con respaldo de tablillas en forma de escala y asiento de mimbre, por si la conversación es tan larga e importante que Hope necesita sentarse, cosa que sucede cada vez con menor frecuencia, y seguir por un corto pasillo con la estrecha y empinada escalera a un lado y, al otro, la puerta trasera con su contrapuerta. A través de los cristales dobles (nueve hojas de quince por veintidós centímetros, en ambas puertas, aunque no están alineadas del todo) el aire libre la llama, el día brillante, crudo, todavía invernal, con restos de nieve visibles en el bosque, como las prendas diseminadas de una colada, y el césped lateral bajo el comedero con la capa gris que forman las cáscaras de semillas de girasol que los pájaros o las ardillas han vertido. Una rápida mirada al haya de cuya rama pende el comedero hace que el cerebro, todavía desplazado por el esfuerzo para recordar el pasado, perciba al árbol como la fotografía de una explosión plateada, monstruosa, multiforme, que se extiende hacia afuera como una construcción de alambres del escultor Richard Lippold, los brotes de las hojas, estrechos y de punta blanca, todavía muy prietos en sus vainas pero adoptando ya una jugosa tonalidad rojiza. En el bosque que se extiende más allá hay zonas de color bermejo, en los lugares donde se agrupan los arces, y las calvas del césped descolorido tienen el brillo tenue de la tierra que se deshiela, aunque la época del barro no ha llegado todavía, no llega tan pronto en esta parte de Vermont. El césped aún parece lo bastante recio para caminar por él, y Hope imagina el suelo pedregoso y crujiente bajo sus pies. En la parte umbría del bosque, donde sigue habiendo nieve aquí y allá, esa blancura semeja humo, como ella ha observado a menudo en sus paseos, y lo mismo sucede, curiosamente, con las lejanas montañas, un lago e incluso una casa azul vistos a través de las ramas: para los ojos siempre abiertos de un pintor, el mundo abunda en ilusiones ópticas. El otro día, junto a la ventana del comedor, se quedó pasmada ante lo que parecía una hoja de papel translúcido, encerado, atrapada en uno de los arbustos que crecen al borde del césped, temblorosa en la brisa, y se preguntó quién sería la persona desconsiderada que la había arrojado allí, hasta que se dio cuenta de que se trataba de una ardilla gris aferrada a un vástago de aliso, lo bastante grueso para ocultar a medias el cuerpo del animalillo, pero tan esbelto que lo hacía oscilar.

Ésta es la época de la quema. Si la joven se marchara pronto, Hope podría dedicar una hora a recoger las ramitas muertas que se desprenden sin cesar de hayas y nogales para la fogata de broza que Jason Warren encenderá el sábado, si no sopla demasiado viento. Aunque es uno de esos hombres para los que las mujeres son siempre un estorbo, extraños animales bípedos que no paran de hablar y que se encuentran de vez en cuando en las laderas de las montañas, a Hope le gusta acompañarlo y alimentar la fogata con haces de ramas y tallos secos recogidos en el jardín, notar el calor en el rostro, un calor lo bastante intenso para chamuscarle las cejas si éstas no se hubieran reducido a meros vestigios hace mucho tiempo. Hasta que cumplió los setenta, hacía ella misma todo el trabajo de jardinería, pues Zack, a pesar de lo mucho que ella lo difama, le enseñó todo cuanto uno puede hacer sin ayuda de nadie. Cuando vivían allí, en los

Flats, eran demasiado pobres para poder contratar los servicios de alguien. Zack derribó tabiques, reemplazó tejas de madera y pilares del porche y trasladó el granero cuesta arriba, de modo que no obstaculizara el panorama de la marisma y la lejana franja de mar que en realidad era un puertecillo. Logró que unos vecinos, Andy Silcox y Glenn Urquhart, le ayudaran a mover el granero sobre unos rodillos, pero sólo conseguían avanzar diez o doce centímetros cada vez que tiraban de él, y cada vez menos a medida que la cuesta se empinaba; al final tuvieron que recurrir a un pescador, que tenía un torno de recoger redes barrederas en la caja de su camioneta, para que subiera la destartalada construcción hasta la plataforma de cemento que el mismo Zack había preparado, dislocándose un hombro mientras extendía el hormigón por el suelo. Los Flats fueron una frontera para ellos, aunque los marineros ingleses y sus endogámicos descendientes se habían dedicado allí a la agricultura y la pesca desde 1640. Los vecinos se ayudaban entre sí, y Zack pagó la deuda que había contraído trabajando en sus propiedades: reconstruyó el porche de los Urquhart y ayudó a Silcox en la recolección de las patatas.

–Aquello era el final del mundo –dice Hope en voz alta–. Tenían que enfrentarte a los elementos.

–¿A qué se refiere? –le pregunta Kathryn a sus espaldas, demasiado próxima, le parece a Hope, temerosa de que le pise el talón de las sandalias y le arranque una correa. Las sandalias Birkenstock son cada vez más difíciles de encontrar, las auténticas, no esas imitaciones que enseguida pierden firmeza y cuyas correas acaban desprendiéndose.

–Los Flats. Perdone, estaba pensando en voz alta. Una hace eso cuando vive sola. Aquí está la cocina, pero hay un baño a la izquierda, bajo las escaleras, si lo necesita.

–No, gracias, Hope. Aún no lo necesito.

Así que la llama Hope. Hay que ver las libertades que se toman los jóvenes... Como esas cartas que le llegan sin «Sra.

Dña.» en el sobre, sólo «Hope McCoy», como si no hubiera tenido dos maridos ni hubiera firmado su obra como «H. Ouderkirk». Y encima se jacta de su control de la vejiga. La verdad es que no debería dejarlos entrar, consumen tu tiempo, hacen que te acuestes mareada y luego escriben lo que ya habían decidido escribir antes de visitarte. Años atrás estuvo sentada con un joven hasta cerca de medianoche, un profesor de bellas artes de alguna localidad del Medio Oeste que estaba preparando su primer libro, un desarrollo de su tesis de licenciatura, y cuando se publicó la obra vio que todo cuanto ella le había dicho se reducía a una nota al pie en la que contradecía a alguien. Pero había transcurrido bastante tiempo desde la última vez que le solicitaron una entrevista, no sólo Zack estaba quedando al margen de los intereses de quienes se ocupan del arte, sino también Guy, de quien ella nunca habría pensado que le ocurriría tal cosa, con unas ideas tan juveniles y alegres en el sentido que estos términos tenían antes; tan atrevido, fresco e incansable, él mismo constituía un movimiento artístico por sí solo, hasta que cargar con todo eso empezó a pesarle demasiado. Zack experimentó el peso sólo durante un breve periodo, y se zafó de la carga.

–Cuando nos mudamos, poco después de la guerra, la mayor parte de las casas en la zona de los Flats aún tenían los retretes en el exterior. Aquel primer invierno fue terrible, y cuando intentábamos ir al nuestro, el viento casi nos alzaba del suelo para lanzarnos contra un gran arce plateado, y cuando estabas dentro, el viento se colaba con un aullido por debajo de la puerta; todo era muy alarmante.

Entran en la cocina, y a Hope le preocupa que la joven haya entendido que se refiere a la casa en que se encuentran ahora, que ella y Jerry adquirieron en otra época, en otro matrimonio. Arrancaron (pagaron a unos operarios para que lo hicieran) el suelo de linóleo y los bajos fregaderos de piedra, y tiraron la vieja y defectuosa nevera, y lo pusieron todo nuevo, pero eso fue una generación atrás, y las modas en cuestión de fogones, fregaderos, hornos y encimeras han cambiado. Los armarios suspendidos, pintados con espray de un color cremoso como el de la carrocería de un coche, tienen ahora los tiradores flojos. Las zonas que sus dedos tocan con más frecuencia están mugrientas, y la superficie de formica de la larga encimera bajo los armarios se ha partido, debido a que la madera que hay debajo se ha vuelto compacta y ha encogido. Los negros dientes del quemador de la cocina que utiliza más a menudo están desportillados, y las grandes ventanas de la acreditada marca Andersen, que ofrecen una amplia panorámica del manzanar escalonado en la cuesta en dirección norte ya no se abren y cierran fácilmente, porque la lluvia y la nieve fundida se han infiltrado lo suficiente a través del marco para hinchar la madera. Es una cocina espaciosa y cara que está volviéndose destartalada. Sólo la sinuosa superficie de la isla sobre la que están los quemadores de gas se ha revelado inmune al paso del tiempo, y sus vetas conservan los remolinos y las ondas y las motas de mica del flujo metamórfico fundido en un momento tan remoto que es inconcebible, millones y millones de años, el tiempo suficiente para que la especie humana se extinga un centenar de veces, una roca metamórfica más antigua que las Montañas Verdes que se erosionan a su alrededor, pero que ahora se muestra fría y satinada al tacto de Hope, que con la otra mano coloca la tetera redonda y con pitorro encima de los dientes desportillados de su quemador de gas preferido. Su mano se extiende de una manera grotesca en el improvisado espejo que es el aluminio reflectante de la tetera; su cara es una mancha pálida y distante con un ridículo flequillo blanco, un poco de humo, paja blanca demasiado seca para domarla.

Hoppe enciende el gas y hace que la señal del mando señale las doce, hasta que su piñoneo más bien frenético produce una impetuosa llama azulada que ella reduce haciendo girar el mando de modo que la señal apunte al lugar donde estarían las once. Nota que Kathryn está mirando a su alrededor en la cocina, la pintura que se desprende aquí y allá, el revoltijo de objetos, y que le intriga adónde ha ido a parar el dinero de Hope. No se lo va a preguntar, pero si lo hiciera Hope tiene una respuesta a mano. Ha guardado el dinero y lo ha invertido de una manera conservadora, para legarlo a sus hijos, la mayor parte a su hija: un dinero para tener la conciencia tranquila, pero sobre ese particular no entrará en detalles. Su padre desperdició la herencia del suyo, por lo que ella se siente orgullosa de su astucia y su frugalidad. Retuvo las obras de Zack a pesar de que su valor no dejaba de aumentar, y luego Guy fue un sagaz e industrioso explotador del pingüe mercado del arte en los años sesenta y setenta. Jerry, por su parte, fue generoso y le dejó la misma parte de su fortuna que la destinada a los hijos que tuvo de su ex mujer, y, desde el principio, puso a su nombre la casa de Vermont. La finca pertenecía a Hope, era tan suya como lo era su búsqueda de silencio y sencillez rural, una búsqueda en la que Zack fue su compañero durante cierto tiempo. Acostumbrado desde su infancia a la vastedad del Oeste, necesitaba espacio por el que vagar, como lo hiciera aquel primer verano, el de 1946, deslumbrado por la naturaleza en flor de la marisma y las dunas.

–Lo que me encantaba de los Flats –le dice a Kathryn–, era la luz, la manera en que la tierra la aceptaba, como si fuese la palma de una mano en el extremo de un brazo extendido. Daba la sensación de que era el fin del mundo. Usted ha estado allí, claro, para realizar su investigación, pero no lo ha visto tal como era entonces, después de la guerra. Nada había cambiado durante muchísimo tiempo. La tierra de labor carecía entonces de árboles, aunque en nuestro terreno teníamos el arce plateado y un árbol de aspecto tropical con unas flores rosadas y blancas que parecían de gasa y finas hojas similares a las del algarrobo que, al contacto de la mano, intentaban cerrarse como las páginas de un libro. Era una albizia, o árbol de seda, aunque la gente lo llamaba mimosa. Uno de los agricultores propietarios de la finca debió de plantarlo allí, como adorno. En aquel extremo de Long Island apenas había casas que no fuesen de campo (una iglesia, una logia masónica), y los campos de patatas se extendían por todas partes. La tierra no cultivada era arenosa, pantanosa, y aquí y allá había grandes cantos rodados dejados por el glaciar. Montauk fue una isla hasta que el glaciar llenó la brecha con una morrena. Como nuestra casa estaba orientada al este, veíamos una franja de mar, el puerto McGonicle, más allá una franja de tierra y un cielo enorme y de mucho viento. Agua, aire, arena, el sol. Pero apuesto a que desea que no hable sin la grabadora en marcha.

–Lo preferiría, aunque tengo una memoria bastante buena. De todos modos, es mejor contar con sus palabras exactas.

–Por Dios, ¿importa eso de veras? Apenas confío ya en mis palabras, siempre he tenido el defecto de decir lo que creo que la gente quiere oír. Y dudo mucho de que pueda decirle algo que no haya sido publicado ya en alguna parte. ¿Qué le gustaría añadirle al té?

–¿Mi té? Oh. No, sin nada, gracias.

¿Por qué la ha alarmado una pregunta tan simple? La mente de la entrevistadora debía de estar en otra parte. Hope descubre que eso le duele, esa falta de atención cuando ella se está tomando tantas molestias, la de hacer té, la de expresarse tan libremente. No obstante, esta desconocida debe de tener una vida, allá en la ciudad... amigos, preocupaciones laborales, el alquiler que pagar, o lo que es más probable en estos tiempos, la cuota de la comunidad de propietarios. Cuando Hope era joven las cosas eran más fáciles, pagabas el alquiler semanal y esquivabas al casero cuando te retrasabas en el pago. Él tenía que aguantarte hasta cierto punto, puesto que el desahucio suponía la molestia de unos trámites legales, por lo que la situación daba cierto margen de juego. Kathryn está mirando a su alrededor, decepcionada por la sencillez imperante, el calendario con ilustraciones florales de Pierre-Joseph Redouté, algo que cualquiera puede comprar en una tienda de objetos de regalo, los armarios con los tiradores sucios, los electrodomésticos que pasaron de moda hace veinte años, los desvaídos recuerdos fotográficos, instantáneas tomadas en vacaciones y fotos escolares oficiales de los nietos, retratados uno a uno en un espacio delimitado por cortinas y fijadas en el frigorífico con imanes con forma de verduras.

–¿Le gustaría ver mi estudio? –le pregunta Hope a la entrevistadora.

–Sí, claro, me encantaría.

Sin embargo, el entusiasmo de la joven carece del fervor que Hope ha creído que su ofrecimiento merece: el taller de la hechicera, la escena del milagro cotidiano.

Las casas de campo del norte de Nueva Inglaterra parecen trenes, con los vagones unidos a fin de ahorrarle al agricultor el desplazamiento por la nieve. Cuando ella y Jerry adquirieron la finca, un granero fuera de uso y deteriorado estaba conectado a la cocina mediante un espacio techado que servía de almacén, lleno de bidones de leche de veinticinco litros y otros utensilios para la extinta tarea del ordeño. Ahora, en ese espacio largo y bajo están los aperos de jardinería que Hope ha ido dejando en manos de los vástagos de Warren, quienes se ocupan del jardín una vez a la semana. Incluso toca menos de lo que quisiera las pequeñas herramientas para el cuidado de las flores, los desplantadores, los raspadores, las horquillas, las podadoras, y esos soportes de alambre para las peonías que se enredan como rompecabezas chinos de una manera tan exasperante; parece que levantarse de la cama y trabajar un rato por la mañana en el estudio es todo lo que puede hacer, aunque esta primavera tiene el firme propósito de ocuparse nuevamente del jardín, con más energía si cabe. El olor a rancio de los fertilizantes del año pasado y los sacos de mantillo a base de cáscara de alforfón llenan este espacio largo y frío con una esencia destilada de tierra cultivada, el aroma de una estación venidera pero aún fuera de alcance. Pasa ante un banco con tiestos, boquillas de manguera bruñidas y haces de estacas pintadas de verde, por delante de la joven, que se encoge para evitar a su elegante atuendo negro un roce que lo ensucie, las botas de puntera cuadrada tanteando a lo largo del agrietado suelo de hormigón como si salvara un arroyo sobre piedras pasaderas, y cruza las puertas dobles accionadas electrónicamente del elegante estudio que Jerry le construyó, el regalo por su sexagésimo aniversario, allí donde el antiguo establo, con sus vigas fatigadas, se vencía a un lado, la enredadera entretejida con las tablas laterales, una hilera de malvalocas, de suaves colores a lo Kate Greenaway, las plantas de dos metros y medio de altura, a lo largo del lado sur que no se reconstruyó. El alto espacio cuadrado tiene un grueso revestimiento aislante y está iluminado por una claraboya de plexiglás inclinada hacia el norte, en una mañana rebosante de un azul tan profundo que llega al añil, constituido a base de capas de átomos de pura ilusión. Zack nunca tuvo un tinglado tan perfecto, aunque al planearlo Hope no pudo hacer más que reconstruir el viejo estudio de aquel artista, mejorándolo, eso sí. En el techo hay unos rieles de los que penden largas lámparas fluorescentes. Hope enciende varios de los interruptores que hay en un cuadro al lado de la puerta y, tras unos parpadeos, un intenso brillo artificial realza la luz natural del norte.

–Oh, qué brillante –dice Kathryn.

–Para verla mejor, querida.

La visitante de Hope (cuya postura podría ser mejor, pues era como si, en el último acelerón de su crecimiento se hubiera encogido y agachado para no descollar entre los compañeros de clase) se acerca a la tela que está en el caballete central, todavía con la humedad del trabajo matutino, una tela de metro ochenta por metro cincuenta, con franjas horizontales. ¿Es acaso corta de vista? Mira la tela con tal fijeza, de tan cerca, que un repentino movimiento lateral le hace rozar la mesa cubierta de tubos de pintura al óleo a medio usar, frascos de aceite de linaza y las hojas de vidrio, vulgares y corrientes, de veintidós por treinta centímetros, que Hope utiliza en lugar de paletas de madera. Alarmada por el contacto, Kathryn se apresura a retroceder, y las dos mujeres tratan de descubrir si algo de pintura ha estropeado los pantalones negros, de exótica tela de cordoncillo.

–No veo nada –le asegura Hope.

–Yo tampoco, no se preocupe. –Como desconfía de los ojos de la anciana, ha inspeccionado la prenda por su cuenta, sacudiendo nerviosamente la zona de contacto, que no está en absoluto manchada. Por fin alza la vista y cambia de tema–: Es un cuadro delicioso, tan refinado.

–Mientras lo miraba, hace un momento, me he preguntado si los dos tonos grises están lo bastante juntos. Lo primero en que uno repara no debe ser la división en franjas, no me he propuesto hacer Op-art. Lo que deseo es que sean tan sutiles que *alboreen.* Lentamente.

–Como esos rectángulos de Ad Reinhart. Nos hace entrar en la pintura, ver que no todos son del mismo tono marrón violáceo. También Seamus O'Rourke produce el mismo efecto... el carácter esquivo, ese estar ahí pero no del todo.

Hope se estremece al oír la nota falsa, la nota de la estudiante. Pero ¿acaso lo hacen mejor los propios pintores cuando expresan sus opiniones? A los artistas habría que cortarles la lengua.

–Creo que ésa era una de sus ideas –replica con tacto–. Sumergir al espectador, pintar a tal escala que el espectador deja de ver los bordes de la tela.

–Usted nunca se ha inclinado por pintar a gran escala –le dice Kathryn, e inquiere–: ¿Tiene eso que ver con el hecho de que es mujer?

–Es probable. Además, la teoría nunca me ha parecido bien fundada. A las enormes telas de Bernie Nova se les ven los bordes precisamente porque son tan enormes, porque se extienden tanto en la pared. Piensas en el espacio en que debe de haberlas pintado, y te preguntas si es posible colgarlas en alguna parte que no sea un museo. En los murales renacentistas el mismo edificio es el borde, y todo se fusiona, fluye en algo que no es claramente distinto. Pero en un museo, con las paredes blancas, el vigilante en un rincón... sólo en algunas de las telas más grandes de Zack, las tres que pintó en 1959, antes de que se le agotara el talento, sucede de veras, nos perdemos en la pintura, tal como él decía que le pasaba. E incluso entonces, tropezamos con algo, un abejorro, la pisada de una zapatilla, una colilla de cigarrillo deslizada hasta ahí y que nos recuerda lo que estamos mirando, una tela de gran tamaño con bordes. Creo que es muy arriesgado basar cualquier enfoque de la pintura en lo que el hipotético espectador hará o sentirá. Tiene que ser entre tú y la tela... pregunta y respuesta, empuje y atracción, y dejar que el espectador entre como pueda.

Pese al olor a resina, espirituoso, de la pintura fresca, Hope nota el perfume de Kathryn, una dulzona vaharada pseudofloral superpuesta a un aroma más áspero, el aura química de un joven animal hembra. Bajo la luz implacable, una pequeña rojez que no llega a ser un grano destaca al lado de una ventana de la larga y cerosa nariz; el colorete, como una finísima capa de polvo de tiza, imprime a los pómulos unos tonos pastel anaranjado, y los reflejos de alheña parecen oxidar los metálicos filamentos negros que le brotan de la frente hacia atrás. Tiene el rostro alargado, pero el cabello arranca en una cota bastante baja de la frente. Hope imagina la fiebre del deseo que presiona tras esa frente, dándole esa inquieta textura, esas sombras de tensión. Al contrario de lo que sucedía en la generación de Hope, estos jóvenes de ahora saben que por mucho que consigas nunca será suficiente. El sexo se agria, la riqueza se funde, la fama dura quince minutos. Los ojos húmedos, serios, de color ciruela (sombreador azul en el párpado superior, una línea de rímel en el inferior, las pestañas lo bastante largas para curvarse hacia atrás pero casi con toda seguridad naturales) se precipitan hacia los rincones de la gran sala implacablemente iluminada, donde otras telas grises de Hope, ya secas, con sus tenues insinuaciones de una belleza al borde de una calma invisible, se apoyan en unas obras más llamativas de sus dos primeros maridos, menores y que nunca se vendieron. Las conserva por la impasible compañía que le hacen y como un seguro para su vejez, como si esa época aún no le hubiera llegado. Fotografías en las que ella está con otras personas en tiempos que se remontan a los años veinte en Ardmore; también hay certificados enmarcados de graduación y distinciones *(Commandeur de l'ordre des Arts et des Lettres, Erster Preis Kunsfest München)*, los horribles trofeos de cristal y metal pintado que una recibe en señal de reconocimiento y gratitud públicos (el más feo de todos entregado tímidamente por el primer presidente Bush, un alto y juvenil caballero de Connecticut, al parecer tan agradablemente sorprendido de encontrarse en la Casa Blanca como ella misma lo estaba; luego, durante la comida, sentado junto a ella, le indicó a Hope, para que lo admirase, las flores cada día renovadas, los guardias de la Infantería de Marina uniformados con elegancia, la espléndida e imponente etiqueta que les rodeaba momentáneamente, en aquel ambiente en que ambos eran hijos formales de la desvaída hegemonía protestante): esos recuerdos, todavía en el apresurado orden en que los dispuso una tarde, recién construido el estudio, atraen la atención de Kathryn menos de lo que Hope había esperado. Sólo las viejas fotografías tientan a la intrusa y se aproxima a ellas con el cuello estirado de una manera desgarbada.

–Qué guapa era.

–Nunca me he considerado guapa, pero procuraba ser divertida y nada perezosa. Si te han educado en las creencias cuáqueras, el mundo te parece muy emocionante, como una fiesta a la que no esperabas que te invitaran. La fiesta del diablo, si tomamos en serio ese anticuado aserto.

Hope piensa que valía la pena decir eso, y lamenta que Kathryn no tenga la grabadora encendida. Claro que, ¿de qué sirven las palabras grabadas en una cinta, las palabras impresas en papel, si nadie escucha y nadie lee? Todo se vierte en la oscuridad, la oscuridad que existe incluso en medio de la luz; la misma luz es ciega.

–Éste es el mejor –le dice Kathryn, cuando el circuito de su atención ha vuelto a la pintura en el caballete. La rotunda afirmación desconcierta a Hope. ¿Quién es esta chica para juzgar?

La pintora exhala un suspiro con el que resta importancia a su obra.

–Es muy parecida a todas las demás, pero hay pequeñas diferencias perceptibles. Cada una de estas telas es una aventura, incluso a mi edad.

–No debe pensar tanto en su edad. Yo nunca pienso en la mía.

–A su edad, yo tampoco lo hacía.

¿Es eso cierto? Hope lo duda. En su juventud estaba en vigor la antigua manera de pensar, todavía configurada por la religión, la de que vas por un camino, haciendo un viaje del que pueden apartarte en cualquier momento para que rindas cuentas. Es incapaz de imaginar cómo concibe esta joven su única existencia: ¿cómo un inexplicable tiempo presente, un *ahora* sin marco que le impone deberes, como esta entrevista, sin la posibilidad de un fracaso drástico, perenne? Hope conoce a suficientes jóvenes, sus hijos y nietos, para empezar, a los que jamás se les ocurriría sentirse agradecidos por la existencia. Parece como si el universo fuese para ellos una especie de broma sin importancia, un estornudo cósmico que se disipa rápidamente en la nada original. ¿Qué es lo que merece alabanza? ¿A quién se puede culpar? De niña, Hope percibió que su padre tenía un sentido religioso del fracaso, a pesar de su hermosa casa con vigas falsas, estuco y ladrillos terrosos, y de su despacho, que daba a la calle Market desde una altura adecuada, y también de su guapa y enérgica esposa, que le organizaba la vida social y las casas de veraneo, y su alegre hija de cabello castaño rojizo y sus dos hijos, ambos con su mismo excelente armazón óseo, el cabello rubio y sedoso y una serenidad reflexiva y un tanto melancólica. Los piadosos antepasados de su padre, aquellos fanáticos que se arriesgaban a que los ahorcaran u obligaran a exiliarse por el entusiasmo con que querían eliminar las adherencias del cristianismo y devolverle su esencia incorrupta, lo hacían sentirse un fracasado en su entorno mundano, un discreto vástago de los antepasados más inmediatos que triunfaron en el comercio, en la manufactura (una fábrica de alfombras el estrépito de cuyos telares, con su movimiento alternativo de subida y bajada, y la sensación de encierro constituía uno de los primeros recuerdos de Hope, el de una visita que hizo con su abuelo poco antes de que la fábrica, incapaz de competir con los salarios más bajos del sur, se viera obligada a cerrar) y las inversiones en ferrocarriles, carbón y barrios marginales. Para «comer a dos carrillos», como a él tanto le gustaba decir, una década tras otra, para que sus hijos comieran a dos carrillos, para vestirlos y otorgarles las credenciales necesarias de modo que conservaran la pertenencia a su clase social, y para mediar, en una época en que los abogados también actuaban como asesores financieros, entre la añeja riqueza de Filadelfia y los riesgos de un mundo siempre renovado que era el anfitrión de un derrumbe bursátil seguido por un presidente demócrata radical que se reía de los privilegios, cuando él mismo era un privilegiado... nada de esto, visto a la luz que ardía tenuemente en su interior, le parecía al padre de Hope suficiente. Apenas protestó cuando su hija, tras rebelarse, se desmandó en Nueva York.

Hope piensa que a Kathryn ya le basta con lo que ha visto del estudio. Es importante para ella que ese espacio conserve su atmósfera secreta, como una extensión de su cerebro, inundada por un silencio que favorece el pensamiento, una fluorescencia de la que han desaparecido las huellas de los visitantes.

–¿Dónde tiene el té? –le pregunta.

–¡Oh! ¡Me lo he dejado en la cocina!

–Me parece que el té no es lo suyo. Mejor así, porque mancha los dientes y usted tiene unos dientes muy bonitos. Debería sonreír más a menudo.

Pasan de nuevo junto a los sacos de fertilizante y mantillo de alforfón y, ya en la cocina, Kathryn, en busca de algo que le permita sonreír, dice:

–Aquí se está más caliente.

–Sí, el estudio se enfría. El sistema de calefacción es distinto. Es eléctrico, y como sale demasiado caro, lo bajo a doce grados cuando he terminado de pintar.

–Le estoy robando demasiado tiempo. Écheme cuando tenga que hacerlo.

–¡Pero si sólo hemos llegado a 1946!

–Es cierto. –Los ojos inquietos de la entrevistadora perciben, no sin cierto temor, que la anciana está dispuesta a continuar–. Creo que aceptaré su ofrecimiento del lavabo antes de...

–Volver al trabajo –concluye Hope por ella–. Vaya al vestíbulo, doble a la derecha, debajo de las escaleras, y a su izquierda verá una puerta estrecha. Tuvimos que aprovechar el poco espacio que había.

Al quedarse un momento a solas, Hope vierte el resto que queda en las tazas (la suya, casi vacía, la de Kathryn casi llena) en el fregadero. Entonces las enjuaga con agua caliente y las coloca bocabajo en el secaplatos. Todos los animales domésticos que ella y Jerry tuvieron han muerto, pero incluso estas tazas, con sus loros pintados y sus franjas rojas y verdes, poseen esa cualidad de los animales domésticos, la de compartir tu vida más íntima, de tal manera que, tras una incursión en la sociedad humana, regresas a casa, donde ellos te esperan, con una sensación de agradecimiento. Gracias a ellos, una persona vuelve a ser ella misma, recupera su yo después de que otros lo hayan ensuciado y aturullado. Hope permanece ante la doble puerta que da acceso a la zona lateral del jardín, irritada por enésima vez porque las hojas de vidrio no están bien alineadas, y tiene la sensación de que ese comedero que oscila pendiente del alambre, ese abedul gris y el bosque que se extiende más allá, con su tonalidad rojiza y las brechas pálidas que parecen humo blanco, son amigos cuya verdad silenciosa ella está traicionando al hablar así con una intrusa, sin el menor asomo de reserva. Anhela la soledad como si fuese el paraíso. ¿Qué dijo Freud que era la felicidad? Descargar la tensión, cuyo modelo era la liberación sexual. ¡Qué excéntrica y desmedida le parece su propia actividad sexual desde esta altura de la vida! La conducta de los bichos, la repulsiva complejidad de los genitales y las estrategias de los insectos, unas estrategias en las que la muerte del individuo está incluida con toda naturalidad. Hurgar, picar, lanzar un chorro, morir. Bernie, a quien le gustaba la idea nietzscheana de que la verdad es repulsiva, solía hablar de esas cosas. Cuando era adolescente, sus padres le regalaron un microscopio, y dibujaba para Hope genitales de insectos, pues sentía curiosidad por ver si le repugnaban. No sucedía tal cosa. Algún deslumbramiento hormonal le había permitido ver los genitales masculinos, sobre todo cuando el miembro estaba erecto y turgente (la vena azul, la cabeza de color lavanda, la piel translúcida dolorosamente tensa), como objetos hermosos, tanto que los quería en su interior, incorporados a ella, poseídos. ¿Cuál será la sensación del insecto hembra que lo hace someterse?

Le llega desde el vestíbulo el ruido del agua que corre en el lavabo. Kathryn se ha levantado del asiento, tras haberse enjugado la hendidura oscura y jugosa con unos pañuelos de papel. A veces, en aquel lavabo encajado bajo la escalera, el agua no para de fluir: el dispositivo de cierre se queda en equilibrio vertical sobre su gozne y no cae, por lo que el agua corre sin llenar la pila de loza. Hope aguza el oído para percibir el revelador cambio de sonido en el murmullo del lavabo, indicador de que el dispositivo de cierre ha caído. Cree oírlo, a través del ruido de un grifo abierto: Kathryn está lavándose las manos. ¿Se ha acordado Hope de colocar una toalla limpia? La mujer sale del lavabo y se mueve con ese curioso modo de andar, cauteloso, como si caminara sobre unas piedras a través de una corriente de agua, un paso de mantis religiosa. La pintora se pregunta si seguirá el ejemplo de la joven, pero prevé que el asiento estará caliente, que eso supondrá una extraña intimidad no deseada, y se dice que puede esperar. El té tardará una hora más o menos en querer salir.

Kathryn regresa a la sala con ese paso sigiloso y una media sonrisa titubeante, y Hope lamenta haberle dicho que debería sonreír más a menudo; tan empeñada está en complacer, que la lengua parece escapársele de la boca. Se sienta en la poltrona tapizada de cuadros del abuelo Ouderkirk. La entrevistadora dirige una mirada nerviosa a la pequeña grabadora gris, se la acerca a la cara, como si fuese miope, para comprobar si la nueva cinta está girando y vuelve a dejarla sobre el viejo baúl de marinero, entre los tachones de latón.

–La boda por la Iglesia –le apunta.

A Hope le irrita esta insistencia.

–Como le he dicho, en 1945 habría sido muy difícil vivir juntos en una comunidad rural como los Flats sin un certificado de matrimonio. Eso ni siquiera era posible en Hollywood, lo cual explica que actrices como Lana Turner y... ¿cómo se llama?... la de los ojos violeta, se casaran una y otra vez. La gente del pueblo nos miraba con bastante suspicacia. No entendían cómo Zack se ganaba la vida. Y la verdad es que ganaba muy poco... el acuerdo con Peggy le suponía ciento cincuenta al mes, menos de los veintitrés dólares con ochenta y seis centavos que recibía del Proyecto Federal de las Artes más los sesenta mensuales que mi padre me había ido enviando. Naturalmente, esos envíos cesaron cuando nos casamos. En cuanto a que lo hiciéramos por la Iglesia, Zack tenía esa conmovedora tendencia a respetar ciertos convencionalismos. Tal vez pensó que me satisfaría, y lo cierto es que así fue. Tenía que ponerme uno de mis sombreros.

–¿Y su obra? ¿Pintaba usted mucho entonces?

–Pintaba algo. En el otoño del cuarenta y cuatro había prescindido de Hochmann y trabajaba como camarera en un restaurante italiano, Eugenio's, al sur de Central Park. Intentaba pintar por la noche y los fines de semana, pero una vez que Zack hubo entrado en mi vida, dejé de disponer de mucho tiempo para mí.

–¿Era exigente?

Hope suspira, con la sensación de que eso es un lugar común.

–Fue el menor de cinco hermanos, y era como un niño, porque tenías que prestarle atención en todo momento. Excepto cuando pintaba, carecía de recursos interiores. Incluso cuando estaba ausente, tenías que preocuparte por él, temiendo que lo mataran, que lo atropellara un coche o que algún tipo con el que se peleara en un bar le rompiera la crisma. Siempre se peleaba y siempre salía mal parado. En eso le sucedía lo mismo que con la bebida. Era torpe para esas cosas. Yo tenía una teoría sobre ese asunto: había sido el más pequeño de sus hermanos, y el hecho de que ahora le zurraran le recordaba el hogar. Quiero decir que para él buscar camorra era como volver a casa.

–O quizá pensaba que alguna vez ganaría –replica Kathryn.

Hope no se enoja, está lo bastante acostumbrada al servilismo de los entrevistadores para que esa observación le moleste. ¿Acaso cree esta chica que, gracias a su investigación, conoce a Zack mejor que su mujer, que lo tomó de la mano para que saliera de la miseria del Village y alcanzara la grandeza?

Kathryn percibe la rigidez de Hope y añade en un tono suave:

–Así sucedió con su pintura. Fue un ganador.

–Cierto –concede Hope–. Pero luego dio al traste con todo. Odiaba el éxito, le parecía de mal gusto. Tenía que aparecer demasiado en público, sentirse al descubierto le resultaba penoso, aunque había creído que era eso lo que deseaba.

–Su pintura... –le dice Kathryn, como para hacerla entrar en vereda–. ¿Era abstracta en ese periodo, más o menos hacia la época de su traslado?

–Reincidía una y otra vez, ¿cómo lo ha sabido? Fragmentos de la ciudad... caras del restaurante en Little Italy, luz de neón reflejada en las aceras mojadas, las siluetas del centro de la ciudad que veía desde el piso, en un edificio sin ascensor, de la calle Novena Este... esos motivos se introducían continuamente, a través de lo que Hochmann llamaba «agujeros» en la tela. Zack se mostraba despectivo. «¿Qué es esta mierda figurativa?», me preguntaba. «¿Quién te crees que eres? ¿Hopper?», y me decía: «Deja que Levine y Ben Shahn hagan los chistes ilustrados sobre políticos». Jack Levine era grande antes de la guerra y en los años cuarenta, y a Zack le desagradaba especialmente, creo que por su capacidad de hacer aquellas cosas al estilo de los titanes de antaño, dibujos anatómicos, trabajar con las sombras y la luz, algo que Zack no podría hacer aunque su vida dependiera de ello, de la misma manera que no podría componer un cuadro pseudorrenacentista con una iluminación uniforme al estilo de Benton.

–Tal como usted lo ve, era mucho lo que Zack no podía hacer.

La chica cree que conoce mejor a Zack, y lo quiere más.

–Pero había algo que podía hacer –replica Hope–. Embutía en la obra una especie de emoción, de verdad sofocada que procedía de aquella infancia tan esforzada y sin recompensas, con una madre rara y dominante. Incluso Alfred, del Museo de Arte Moderno, tuvo que verlo, aunque su gusto se decantaba más por los pintores de estilo más europeo entre los americanos jóvenes (Roger, Onno), que sabían francés y pintaban bien. En 1945, Barr autorizó la compra de una de las confusas telas junguianas de Zack, la del lobo que parece una vaca. Los seiscientos dólares que le pagaron nos permitieron hacer muchos arreglos en la casa el primer año de nuestra vida en los Flats.

–Hábleme de los Flats. Allí fue usted feliz, por lo menos durante los primeros cinco años, antes de que Zack se diera de nuevo a la bebida.

–Feliz... Deje que lo piense. Estábamos muy ocupados, lo que viene a ser lo mismo. El propietario anterior dejó la casa en un desorden total, atestada de muebles achaparrados y penosos y ropa vieja. El pequeño granero lleno de utensilios agrícolas oxidados que no se habían usado desde la Depresión. Como le he dicho, no había calefacción central ni agua caliente ni baño. Aquel primer invierno fue brutal, el peor en muchos años, según nos dijeron los naturales del lugar. Cuando llegaba una tormenta desde el océano, parecía que nuestra casa era la primera atacada. Y no teníamos coche, cuando había que ir a la ciudad tomábamos el tren. Henry Drayton, que estaba al frente de la tienda que vendía de todo a ochocientos metros carretera abajo, le prestó a Zack dos dólares para que se comprase una bicicleta de segunda mano con la que ir y volver. Sí, Henry vendía de todo, y en invierno a crédito: alimentos, material de ferretería, licores, pinturas. En muchas de sus pinturas

Zack empleaba esmaltes industriales (Duco, Devoe), que procedían de los estantes de Henry. En los Flats sólo había otro establecimiento comercial, un bar llamado La Gota de Limón, como a kilómetro y medio de distancia, un poco lejos para ir a pie con mal tiempo, aunque Zack lo hacía. Se quejaba de que nadie hablara con él como en los bares de Manhattan. Los habitantes de la zona se limitaban a sentarse y beber, intercambiando gruñidos de vez en cuando. Claro, se veían a diario y todos estaban emparentados. Se llamaban «tío» unos a otros... al principio Zack creía que le insultaban, pero no era más que su manera de hablar. Las mujeres eran «muñecas», los niños «chicos» y consideraban a los veraneantes poco menos que como vagabundos. A nosotros, pese a nuestra pobreza, nos consideraban veraneantes. Desconfiaban de nosotros, ¿cómo no iban a hacerlo?, y eso a Zack le importaba más que a mí. Se esforzaba por quebrar su resistencia... bromeaba con Henry, y los habituales de La Gota de Limón se animaban. Pero aquel primer invierno el viento y el frío fueron tan intensos que no salimos durante días... envueltos en mantas, nos acurrucábamos junto a la estufa de leña y tomábamos café para mantenernos calientes. Todo acabó averiándose: la bomba de agua del sótano se rompió, el porche se caía a trozos, las ventanas matraqueaban como ametralladoras. No es que fuéramos felices, estábamos frenéticos. Zack apenas pintaba, pues hacía demasiado frío en la habitación del piso superior que había despejado de cachivaches. De todos modos, era muy agradable que no estuviera con resaca la mayor parte del día. Había que ver el inocente orgullo que sentía por ser propietario de una casa. Su familia, después de que el padre se marchara, nunca tuvo casa propia. Nos habían pedido cuatro mil quinientos dólares por ella, y conseguimos que rebajaran el precio a cuatro mil justos. Para hacer el pago inicial, Zack tuvo que vender prácticamente su alma a la galería de Peggy. Los bancos no querían saber nada de nosotros, hasta que por fin uno de ellos, de East Hampton, después de que Roger intercediera por nosotros, nos concedió una hipoteca. También él se había trasladado a la isla, pero, por supuesto, en unas condiciones muy diferentes. East Hampton estaba a once kilómetros de distancia, carretera de Fireplace abajo, pero aquellos días, desde el punto de vista social se encontraba a años luz.

–¿No les pesaba la soledad?

Hope reflexiona un instante. Quiere ser sincera, pero no tiene ganas de satisfacer el deseo que muestra esta joven inquisidora de interponerse entre ella y Zack, de hacer que su matrimonio encaje en un marco de algún modo halagador para ella.

–Quería estar sola, quería estar sola con Zack, porque le quería y porque el aislamiento era lo mejor para él y su obra. Acabábamos de casarnos, estábamos de luna de miel.

–¿Qué edad tenía usted?

–Nos mudamos en noviembre del cuarenta y cinco, y en mayo del año siguiente cumplí veinticuatro años.

–¿No era demasiado joven para hacerse cargo de semejante situación?

–Durante la guerra nadie parecía joven. Zack me llevaba diez años, pero, como le he dicho, era un niño. Le faltaban más o menos la mitad de los componentes de un ser humano maduro.

–¿En serio?

–Por favor, Kathryn, ¿cómo puede dudarlo? Ya sabe lo que sucedió después. –Esta última observación silencia a la mujer que duda, y Hope prosigue–: Y entonces, por fin, llegó la primavera. Y la verdad es que, aquel verano, se adelantó. En los arbustos de las dunas, que la gente llamaba uva de oso, brotaban florecillas rosadas. Los agricultores empezaban a arrancar el ballico con el arado, para plantar patatas, y los pescadores a lanzar las redes para capturar róbalos. El océano, aquel océano que había sido un enemigo tan enconado y sombrío mientras padecíamos los rigores del invierno, adquirió un color más suave, un azul claro de porcelana. Zack estaba entusiasmado, y yo no podía retenerle en casa. Removió una gran extensión de tierra y plantó un huerto de verduras y melones, tal como hiciera su padre años atrás. Trajo a casa un perro mestizo del que un vecino quería librarse, pues de niño había tenido un perro moteado que se le parecía. Paseábamos con aquel perro, que se llamaba *Trixie,* a lo largo de kilómetros, e íbamos a todas partes en bicicleta, íbamos a Montauk o a East Hampton y volvíamos. Pedalear era un placer, pues no existía el tráfico de hoy. La última vez que visité los Flats, para echar un vistazo al museo instalado en nuestra antigua casa, me sorprendió la sensación de ahogo que todo produce: a lo largo de la carretera veintisiete, avanzabas pisando el freno y arrancando sin cesar, y es que la gente de Nueva York se lleva consigo su congestión de tráfico, junto con los ordenadores portátiles y los cafés Starbucks.

Hope recuerda la sensación, nueva para ella, de asentar los reales en una región, de hacer suya una extensión de paisaje con su historia, como les sucedió a ella y Zack cuando hallaron un frondoso rincón de Estados Unidos donde pudieron saborear la libertad. Las más sencillas transacciones de la vida campestre eran una satisfacción para ella, el simple hecho de que, cuando entraba en la tienda de Henry Drayton, éste la saludara llamándola «Madame Mc Coy» con un irónico gesto de la cabeza, un ademán revelador de que sabía lo que Hope estaba soportando, pero que respetaba su vivacidad y su juventud inasequibles al desaliento. El hombre anotaba las compras en la cuenta, cada vez más larga, de la pareja, y ella regresaba a casa en bicicleta, esforzándose por compensar la oscilación delantera debida a la cesta cargada, pedaleando entre los campos de patatas recién sembrados y los cerezos silvestres en flor a los lados de la carretera. Los signos más mundanos de su aceptación por parte de la comunidad le recordaban la época de Ardmore, donde los comerciantes, en la puerta trasera, le parecían gigantes convertidos en miembros de la familia. El fontanero de los Flats, Al Treadwell, entraba en la planta baja haciendo ruido, para advertirles de su llegada por si estaban en el piso superior haciendo el amor, mientras instalaba, poco a poco, un sencillo pero útil baño que pondría fin a las salidas bajo el viento invernal para ir al retrete externo. A finales de aquel verano, y durante dos semanas, mientras las ligeras flores de la albizia caían sobre el césped, en cuyo centro algún propietario anterior había dejado como media docena de grandes cantos rodados, cada día sin lluvia Hope y Zack se despertaban al oír los silbidos y golpeteos de Jimmy Herick y sus dos hijos adolescentes que llegaban para pintar la casa, las desgastadas ripias de blanco, los adornos de madera y las ventanas de azul. La posesión de la casa le devolvía a Hope ciertos sencillos aspectos de su infancia, cuando casas y patios delimitaban espacios de seguridad y el agua se extraía de pozos profundos, misteriosas cisternas de las reservas comunitarias llenas hasta el borde.

–Me sorprendió que Zack tuviese tanta maña –le dice a Kathryn–. La verdad es que no sabía gran cosa de su adolescencia, sólo que su padre tenía ocho hectáreas de tierras de labor en los alrededores de Santa Fe, y después de que la actividad agrícola fracasara y el padre desapareciera (trabajaba en la construcción de carreteras, como agrimensor, volvía a casa cada vez menos, nunca hubo una ruptura clara), la madre se marchó con los chicos a California y cambió continuamente de domicilio. A veces eran pequeñas pensiones de las que se marchaban sin pagar, no sé cuántas; como le he dicho, a él no le gustaba hablar de su pasado, su familia le hacía sentirse muy incómodo, lo cual tal vez podría ser otra de las cosas que teníamos en común. Lo que trato de decir es que no temía ponerse manos a la obra. Fontanería, instalación eléctrica... se ocupaba de esas cosas.

Él y Eddie Strode, un bombero al que conoció en La Gota de Limón, arrancaron todo el tejado de la casa de Eddie, hasta las vigas.

En la mente de Hope aparece la silueta de Zack sentado, sin camisa y riendo, con una lata de cerveza en la mano, las piernas colgando a los lados de la viga de caballete descubierta, y unos brillantes nubarrones de tormenta acumulados a sus espaldas contra un cielo de un azul tan intenso como el cielo añil que acaba de ver a través de la claraboya de su estudio. La calva le relucía.

–Ni a él ni a mí nos gustaba la manera en que este deteriorado granero se interponía entre nosotros y el panorama del puerto, así que Zack tendió él solo una base de cemento a treinta metros de altura, en un lado de la cuesta, y luego, con la ayuda de varios hombres, rodearon el granero y su cobertizo con tablas e intentaron subirlo cuesta arriba, pero al final tuvieron que recurrir a un pescador de la localidad, que se llamaba Brick, acabo de acordarme, Brick Lester, murió poco después, para arrastrarlo por medio del torno instalado en la caja de su camioneta.

¿Ya le ha contado a Kathryn esta anécdota o sólo ha pasado por su mente? El traslado del granero, un relato épico que merece ser contado a menudo. Hope todavía experimenta en sus entrañas y en las ingles la sensación de libertad cuando el torno chirrió, los cables se tensaron, los calzos debajo de las ruedas traseras de la camioneta resistieron y el granero, grande y hueco como el caballo de Troya, se movió y avanzó tambaleándose bajo el gran arce plateado aquel bochornoso día de verano, mientras los espectadores, con las camisas húmedas de sudor tras su vano esfuerzo, lanzaban vivas, intercambiaban a gritos advertencias y palabras de estímulo e iban de un lado a otro para comprobar si el cinturón de tablas se mantenía en su sitio. La cara de Bricks enrojecía, con su mano gruesa y blanca en la negra palanca del torno. El motor petardeante proporcionaba energía a la bobina del cable, y todos los clavos y remaches resistían mientras el ingenio humano y la buena suerte transformaban majestuosamente el deseo en movimiento. Brick tenía una tripa enorme y caída, que le arrastraría a la muerte no mucho después.

–Yo servía limonada a todo el mundo y, cuando terminaron el trabajo, cerveza –le dice a Hope a Kathryn–. Si no hubiera hecho eso, imagínese, el granero no habría estado lo bastante cerca de la casa para utilizarlo como estudio, y Zack no habría hecho cuadros de mayor tamaño que los del caballete. En lo alto de la pared encarada al norte abrió una gran ventana, pero cuando le sugerí que abriera otra más abajo, hacia el puerto de McGonicle, dijo que no, que no quería que ningún paisaje le distrajera. Le encantaba el paisaje, podía pasarse horas sentado en las dunas, contemplándolo, y las marismas, como los patos y las aves negras de alas rojas, pero quería que el estudio estuviera aislado. No sabía expresarlo, pero era lo bastante listo para saberlo... ahora su pintura tenía que salir totalmente de dentro.

Llega así a un callejón sin salida, una especie de muro liso, un monumento levantado a ese algo tenaz y astuto que, pese a todos los límites de Zack, le alzó muy por encima de ella. Cuando se casaron, creyó que se alegraba al ver que Zack recobraba la salud y el espíritu emprendedor, pero lo cierto era que también le irritaba la manera en que él se aprovechó de su iniciativa y aceptó los servicios que le ofrecía, durante aquellos primeros y gloriosos años en la isla, al tiempo que la excluía, dejándola como artista muy por detrás de él.

–Las pinturas que hizo en 1946 –le dice Kathryn– dan una encantadora sensación de aire libre, son como acuarelas. Esos colores pastel claro, casi a lo Matisse, melocotón, verde lima y azul pálido. Y las pinceladas –prosigue un tanto jadeante, adoptando su tono de crítico de arte– fluyen con tal libertad, transparentes, por así decirlo, en el extremo opuesto de las oscuras telas llenas de grumos que pintaba sólo un año antes...

–Esas pinturas nunca me gustaron, aunque a Herbie sí –replica Hope con una rotundidad deliberada, refrenando el arrobamiento de la otra, y entonces dice con firmeza–: Éramos felices. Nos levantábamos tan tarde como queríamos, por la mañana estábamos juntos en el jardín, por la tarde él trabajaba en el estudio y yo iba a la compra o hacía las tareas domésticas, con el crepúsculo paseábamos con *Trixie* y al volver a casa cenábamos, escuchábamos discos y hacíamos el amor. Hacer el amor siempre me había resultado fácil, al contrario de lo que le ocurría a Zack. Por eso, cuando había empinado el codo, hablaba tanto de joder y era tan grosero con las mujeres.

«Y habría sido grosero contigo si hubieras estado allí», añade para sus adentros.

No obstante, recuerda, y casi puede saborearla, una pepita amarga en medio de aquella felicidad translúcida, la ambición de Zack, el temor que mantenía encerrada esa ambición como en un compartimento estanco y la insultante necesidad que él tenía de los intervalos, propiciados por el alcohol, en los que se olvidaba de sí mismo. Nota con sorpresa un calor y una humedad en los ojos.

–Hacía el amor con él –le dice a Kathryn– para impedir que por la noche corriera a La Gota de Limón. Pero de todos modos, en cuanto terminaba de echar el polvo, se vestía y se iba de casa. Caminaba más de kilómetro y medio en la oscuridad para estar con aquellos hombres ignorantes que ni siquiera hablaban con él.

–Usted lo convirtió en heterosexual –le explica Kathryn, como haciéndole un reproche, con esa desenvuelta astucia neoyorquina que marchita cuanto toca.

Hope nota que la sangre se le agolpa en el rostro, en su afán por desviar esa impúdica insinuación.

–Zack nunca se consideró así. Los biógrafos han exagerado ciertos incidentes sin importancia. En su adolescencia, cuando sus hermanos abandonaban uno tras otro el hogar, su madre trabajaba hasta altas horas de la noche y él se pasaba mucho tiempo solo en Los Ángeles, y luego, cuando fue a Nueva York y no tenía un lugar donde alojarse... pero, de veras, en el mundo de clase trabajadora de donde procedía, que le gustara emborracharse con otros hombres no tenía nada de homosexual, eso era lo propio de los hombres, sencillamente. Era torpe con las mujeres, pero no indiferente. Créame, querida. No me pida que le cuente los detalles.

–¿Puedo preguntarle si... en su manera de hacer el amor había algo fuera de lo corriente? ¿Tenía usted que hacer algo poco habitual para excitarle?

A Hope le cuesta creer que la entrevistadora le haga esta pregunta, pero debe admitir que se lo tiene merecido, por hacer gala de su sexualidad delante de esta joven, restregándosela por las narices, como suele decirse, con esa cháchara sobre lo maliciosa que era y su asistencia a un baile de disfraces vestida con poco más que polvo de carbón. Así intentaba fastidiar a Kathryn, impedir que la agobiara, pero no había manera de tener a raya la exigencia implacable y desabrida de que le revelara los aspectos más íntimos de su vida. Y todo eso sucedió hace demasiado tiempo, antes incluso de que mediara el siglo pasado, cuando ella y Zack llegaron a los Flats, aquella zona soleada y batida por los vientos, y el sonido de sus voces llenó la casa de campo vieja y abandonada, donde a su calor corporal sólo se sumaba el de la estufa de leña que les resecaba la piel y el cabello cuando estaban muy cerca, pero que desaparecía a mitad de la escalera que conducía al frío dormitorio.

–En muchos aspectos era un hombre anticuado –le dice a la otra mujer–. En general, bastaba con que me viera desnuda. No se daba la importancia que se da ahora al sexo oral y anal, aunque le gustaba poseerme por detrás. Yo lo consentía para satisfacerle, aunque desde luego no me hacía mucha gracia, aparte de las caricias. A veces me quedaba insatisfecha, y supongo que enfadada, pero aún flotaba en el ambiente aquella idea, reforzada por la guerra, de que las mujeres estaban para servir a los hombres, porque ellos eran nuestros amortiguadores en los choques con el mundo real, el mundo cruel. Ellos ganaban el dinero y luchaban en la guerra. Cuando nos marchamos de Nueva York, aprendí a cocinar, porque en la costa Oeste la madre de Zack siempre le había hecho unas comidas decentes y copiosas. En cuanto al sexo, si realmente necesita saber esta clase de cosas, usaba diafragma, tenía que adivinar cuándo iba a tener que necesitarlo y a veces mi suposición era errónea, lo cual resultaba humillante. Acierta usted, Kathryn, en su intuición de que, por lo general, más bien era necesario engatusar a Zack para que hiciera el amor, en vez de tener que estar siempre a punto. El licor era un obstáculo cuando bebía, y estaba constantemente preocupado por esa necesidad de ser un gran pintor, no un artista de suficiente calidad y serio como lo era Mahlon Strunk, ni siquiera uno famoso como Benton o Mondrian, sino grande de una manera profunda, definitiva, «existencial», como decían todos ellos, algo que no habría podido admitir en público, pero que todos los pintores que conocíamos más o menos compartían. Lo suyo era la caza mayor. Zack carecía de la aptitud y la formación intelectual de Roger o Bernie, y si un hombre como Onno estaba tan bien dotado para la pintura que podía pasarse horas ante la tela y luego olvidarse de ello, como un ejercicio natural, en el caso de Zack no era natural: él tenía que encontrar, o *inventar* sería un término más apropiado, un estilo con el que pudiera ser fluido como los demás, y aunque Herbie le tenía afecto, Peggy le ayudaba económicamente, a la manera de Fagin,* y Clem pensaba que probablemente acertaría si

* Personaje de la novela *Oliver Twist*, de Charles Dickens, un anciano malvado que emplea a jóvenes como ladrones. *(N. del T.)*

lo elegía como el artista con el que establecer su nombre como crítico de arte, no se le ocultaba a Zack que aún no había encontrado ese estilo. Esas pinturas a lo Matisse, con aspecto de acuarela y temática de aire libre que usted ha alabado no eran todavía eso, aunque tiene razón, eran más íntimas, más libres, se había alejado de aquellos muralistas mexicanos y sus fatales marrones y de la confusión surrealista mironiana. Lo que trato de decir con todo esto (¡ah, su pobre grabadora!), es que, si bien Zack no era muy introspectivo, sabía que el traslado conmigo a Long Island podía significar su última oportunidad de alcanzar la grandeza. Estoy segura de que eso de ser grande le parece a usted estúpido e ingenuo, mas para Zack esa posibilidad era muy palpable, y para los demás pintores también, como le he dicho, sin duda una idea muy norteamericana, una especie de santidad... imagínese si Picasso se hubiera molestado en tener una ambición tan vulgar, ¿cómo podría haber actuado de la manera que lo hizo?... y el tiempo se acababa. Además, ahora me tenía a mí para ocuparme de cuanto interfería en su trabajo, de una infinidad de tareas rutinarias, y para que estuviera horas al teléfono tratando de fomentar su reputación en la ciudad... fingía creer en él más de lo que creía, y luego, hacia el segundo año de residencia en la isla, llegué a hacerlo de veras. Así que Zack tenía un motivo para tratar de no poner los pies en La Gota de Limón, o en la Taberna Cedar y las fiestas en los áticos cuando acudía a la ciudad. No era sólo follarme lo que le retenía en casa, porque Zack no necesitaba compañía para coger una trompa de vino o cerveza. Roger tenía una casa en East Hampton, en el distrito de Georgica; Onno y Renée, por su parte, habían comprado en Two Holes de Water Road una cochera que pintaron de ese sardónico tono violáceo un tanto pascual para jorobar a los neuróticos vecinos, y Bernie y Mahlon fueron allí en 1948 (Mahlon y Myrtle fueron los que más se alejaron, al instalarse en Montauk, con lo que prosiguieron de algún modo su costumbre de aislarse), de modo que había una auténtica colonia de artistas cada vez más numerosa, que celebraban innumerables fiestas en las que corría el alcohol, y el día que Roger trajo una botella de Jack Daniel's a la casa de Fireplace Road, cuando invitamos a comer a él y Tasha junto con otras dos parejas y Herbie, Zack se la devolvió con gesto solemne, le miró a los ojos (siempre se habían tratado mutuamente con cierta mala uva, pues Roger era en gran medida, sin esfuerzo, como de paso, lo que Zack no había llegado a ser) y le dijo: «Gracias, pero ya no necesito este brebaje».

¿Estaba segura de todo aquello? Es cierto que esa escena se produjo, pero ¿fue Onno quien le ofreció la botella? Bernie no sería, pues era demasiado sensible. Además, no había mencionado los tranquilizantes que le recetó el médico de Southampton y que aturdían a Zack y lo volvían amable, hasta tal punto que no se acercaba al granero y se pasaba el día entero paseando a *Trixie* por los campos y las dunas. Tampoco había mencionado las curdas que agarraba de vez en cuando en La Gota de Limón, cuando volvía a casa tambaleante a las tres de la madrugada, después de haber perdido el sentido en el bosque, al lado del camino. Tras pasarse dos años pedaleando y pidiendo a los conocidos motorizados que los llevaran en coche, lograron reunir el dinero suficiente para comprarse su propio automóvil, un Ford modelo A de noventa dólares, y Hope permanecía despierta en el piso de arriba, temerosa de que se estrellara contra un árbol. Sus borracheras habían adquirido una potencia letal. No obstante, Zack colaboró con ella en la lucha contra la bebida, ambos enfocaban el problema desde el mismo ángulo, y si para solucionarlo era preciso que ella se mantuviera en un segundo plano más de lo que habría querido, al fin y al cabo se trataba de la vida de Zack, «de la criatura», y el posible premio valía la pena. A Hope le encantaría la grandeza en ascenso que emanaba de él. Y, en honor a la verdad,

Zack era hermoso, con aquel vello rubio, los pelillos rizados pálidos en contraste con el bronceado de su piel y el musculoso empuje y atracción de su torso a la luz del verano, desde la clavícula y los pezones hasta el vello púbico, todo el terreno clásico de la anatomía humana dividido simétricamente como los vaciados en yeso de los *kouroi* en la Cooper Union, un abdomen juvenil, que en el Zack de treinta y cinco años sólo era un poco tripudo, pues el abotargamiento del alcohol estaba compensado por la carpintería doméstica, los paseos por el bosque y el trabajo en el jardín. Cuando la marea del alcohol menguaba en su organismo, Zack olía a tabaco, aceite de linaza, suelo del jardín y aire salobre. Cuando *Trixie* asustaba y hacía huir a una mofeta, el olor de la rociada lanzada por el animal se extendía desde el pelaje del perro a las manos y los tejanos de Zack, y de éstos a Hope, pero como estaban tan solos en aquellas primeras estaciones, gloriosas y rudas, no les importaba. Conserva una nítida imagen de sí misma desnuda, arrodillada y lavándose la espalda, en la vieja bañera de hierro colado con patas en forma de garra que Al Treadwell había salvado en otro de sus trabajos de restauración y que, ahorrándoles dinero, como les decía una y otra vez, instaló en el nuevo y pequeño cuarto de baño, o esa otra imagen, de sí misma, con los brazos redondeados y pecosos, los dedos largos y bronceados, enjabonando la espalda y los hombros de Zack mientras él fumaba un cigarrillo incluso en la bañera, manteniendo una mano seca para quitárselo de la boca de expresión meditabunda y echar la ceniza en la lata de cacahuetes que hacía las veces de cenicero.

–¿Cuándo empezó a utilizar la técnica del goteo?* –le pregunta Kathryn, y ella misma se apresura a responder–:

* En inglés, *dripping*, sistema de pintar que consiste en dejar chorrear los colores o barnices directamente sobre la tela de modo que se extiendan, por lo menos en parte, guiados por el azar. *(N. del T.)*

¿A principios del cuarenta y siete? ¿Qué recuerda de aquel momento? ¿Les parecía a usted y a Zack que aquello era trascendental? ¿Se refería él a ese sistema como si fuese algo revolucionario?

Bruscamente hastiada, sintiendo que le ronda el desconsuelo ocasionado por las mismas preguntas trilladas de siempre, como si la tocara una mano húmeda y pegajosa, Hope busca una escapatoria mirando por la ventana y ve que unas nubes pequeñas e hinchadas, unos simples retazos, han aparecido en el azul impoluto rico en ozono enmarcado por la claraboya una hora antes. A medida que el sol calienta las montañas, esos jirones de vapor se hacen visibles por encima de los valles. Las ventanas de la sala, con sus cortinas de desvaída cretona cuyas rosas estampadas son más marrones que rojas, tienen unos montantes muy delgados, que fueron uno de los encantos de la casa cuando Hope se enamoró de ella y persuadió a Jerry para que la comprara. Él no veía claro que fuesen a vivir allí toda su vida, pero ella sabía en lo más hondo de su ser que sería suya para siempre. No sólo los marcos corredizos de las ventanas, sino también el mismo vidrio, las hojas con burbujas, una ligera ondulación y una leve tonalidad violeta le dieron una impresión de delgadez, como la piel de una persona anciana. Basta un soplo de brisa desde cierto ángulo o tan sólo el descenso de la temperatura por la noche para que la ventana vibre como un arpa tañida. La casa le habla. Esta muchacha no evita lo evidente, como Hope creyó que se lo prometía su voz cortés y objetiva cuando hablaron por teléfono. La pintora percibió en su propuesta algo disperso y descentrado que la impulsó a aceptarla y establecer una fecha bastante lejana entonces y que es la fecha de hoy. Si Hope estuviera al aire libre, podría guardar silencio y el pasado permanecería intacto, como el mantillo en el bosque: apartas con el pie unas hojas y las cochinillas se escabullen, absolutamente desprotegidas, presas del pánico bajo la luz deslumbradora. Los años junto a Zack le dejaron un dolor considerable que no ha desaparecido; el dolor irremediable que él padecía afectó también a Hope y se convirtió en un ámbito de vergüenza y de culpa. Ella hizo que Zack se pusiera en marcha hacia la grandeza que ansiaba, le encontró el espacio que él necesitaba, pero tal vez lo hizo para rendirse un servicio a sí misma, no a él. La naturaleza de Zack era demasiado frágil para soportar el éxito.

–Lo esencial –responde Hope, obedeciendo a la entrevistadora– era el mismo granero, convertirlo en un estudio. Él nunca había tenido una sala lo bastante grande para trabajar. Desde que nos conocíamos, le había visto mover la tela en el caballete, mirarla de lado o del revés, e incluso pintar en esas posiciones... su instinto lo impulsaba a liberar la imagen de la gravedad. Incluso aquellas escenas familiares figurativas de los primeros años cuarenta... los comensales que cenan alrededor de una cena como si se vieran desde arriba.

–O como las pinturas en la arena de los indios navajos que viera en su infancia.

Hope se mueve un poco en la mecedora y procura que su tono sea ecuánime para ocultar el odio que está empezando a sentir hacia esta mujer entrometida e interesada.

–A pesar de que le gustaba fingir lo contrario, Zack nunca tuvo muchos rasgos de la costa Oeste. En todo caso, era un *angelino:* pasó los críticos años de la escuela secundaria en Los Ángeles, y allí tuvo sus primeros profesores de bellas artes, que no fueron en modo alguno estimulantes. Pero, sí, una vez que hubo fijado con cinta adhesiva la tela al suelo del granero, pudo atacarla desde todos los lados, y entonces empezó a aplicar la técnica del goteo. Salpicaba la pintura a fin de alcanzar el centro de la tela. Desde luego, en sus primeras obras hay gotitas de pintura, pues pintaba directamente con el tubo incluso antes de la guerra, y los surrealistas habían recurrido al derrame o la caída de la pintura para obtener sus efectos automáticos. Ya sabe, Matta, Masson... Pero Zack siempre insistía en que su «chorreo» no tenía nada de accidental, que todo cuanto aparecía en sus telas obedecía a una intención. Es cierto que aprendió a rebajar la pintura y a determinar la utilidad de las distintas herramientas, palos, ramas secas, utensilios de vidrio para enlardar pavos... Hasta entonces, nadie había tenido necesidad de dominar con precisión esas habilidades. Era maravilloso contemplarle, tan airoso y seguro de sí mismo cuando no lo había estado en absoluto; un giro completo. Creo que fue eso, el atletismo, lo que generó la publicidad, el atractivo para las masas: era como lo que veían en el cine. Ese bello torso con camiseta negra, los tejanos oscuros y prietos, la cabeza calva, la fuerza. No sólo era algo que nunca había sido hasta entonces, garboso, era... decisivo, sí. Cuando aquel horrible alemán, una y otra vez me olvido de su nombre... –Kathryn se lo dice–. Sí. Cuando Hans hizo aquellas películas, se quejaba de que Zack no titubeaba lo suficiente; no reflexionaba, se lanzaba sin pensárselo dos veces, salpicando y sacudiendo el palo mojado en el aire. Eso formaba parte del método, esa rapidez, cuando, como él solía decir, «estaba metido en ello».

–¡Debía de ser maravilloso mirarle mientras trabajaba! –exclama Kathryn, y a Hope le parece que lo hace de una manera espontánea y no para demostrar que ama a Zack, a ese hombre muerto veinte años antes de que ella naciera, de una manera más pura de lo que Hope podría hacerlo jamás.

–No lo miraba a menudo. Eso habría sido violar su intimidad, interrumpir el proceso. –Sigue insistiendo en su queja–: La idea que tenía Hans de cómo trabaja un pintor era la de un director de cine, la de que uno pinta con mucha contemplación. Por la noche, Zack entraba en el granero y entonces se entregaba a la contemplación, y le he visto pasarse el día entero contemplando la obra en marcha, sin tocarla. Pero cuando estaba en acción, necesitaba mantener un ritmo. Era una especie de jazz, en el que tus pies no pueden tocar el suelo, y el alemán le estropeaba ese ritmo. Había nuevas tomas, y esperas mientras el cámara se colocaba en una nueva posición o cargaba otro rollo de película. Zack permanecía allí en pie con el bastón de gotear en la mano, mientras el alemán le hablaba. El hecho de ser dirigido, y de aceptar las instrucciones con mayor o menor docilidad fue lo que causó la recaída de Zack en la bebida, lo creo sinceramente así. Una persona corriente habría quitado importancia al asunto, considerándolo como un camino para conseguir dinero (porque aún no ganábamos dinero, unas pocas ventas por un par de centenares de dólares aquí y allá, durante todos los años cuarenta, cuando, gracias a la revista *Life*, él se había hecho muy famoso, o quizá sería más apropiado decir «notorio»... pero Zack no era una persona corriente. Tenía un sentido del honor viril, anticuado, y exhibirse de esa manera... aunque Picasso podía hacerlo, incluso en bañador, cuando ya era viejo... en fin, exhibirse así era para Zack traicionar a lo único en que creía, la pintura. Lo que pintaba mientras le filmaban carecía de valor para él, nunca miraba esas telas ni las exponía, eran fracasos porque Zack no estaba en ellas, estaba en la cámara. Por supuesto, su manera de trabajar ocasionaba fracasos. A veces los cuadros eran, como él decía, «sucios»: demasiadas gotas de pintura, demasiadas salpicaduras, toda la superficie cubierta, por lo que se perdía cualquier ritmo. Entonces, para aligerar la pintura, cortaba fragmentos, estructuras biomórficas a lo Miró, montaba el resto en paneles de madera conglomerada y salpicaba el tablero... estas obras nunca me hicieron mucha gracia, pero su testarudez actuaba de nuevo, negándose a abandonar, pensando que podía sacar algo de cualquier estropicio que hiciera. Durante aquellos inviernos de 1947 y 1948 estábamos tan apurados para comprar telas que él pintaba encima de mis viejos trabajos para Hochmann, vertía la pintura en aquellas marañas y la dejaba secar, y tres semanas después volvía a ella, iba al granero aunque hiciera tanto frío que sólo podía trabajar durante una hora, y luego volvía a la casa temeroso de que los dedos se le hubieran congelado y los acercaba a la estufa.

–Maravilloso –repite Kathryn, más débilmente, y observa el rostro de Hope para cerciorarse de que no la ofende, de que no traspasa el límite.

–Esas telas figuran entre mis preferidas –observa Hope–, tal vez porque presencié el sufrimiento de Zack cuando las pintaba. Eran las primeras, cuando aún titulaba las obras y su forma era más vertical que horizontal. *Galaxia*... en cierto modo todas eran galaxias. Allá, en la isla, veíamos el cielo lleno de estrellas, con una nitidez que era imposible en la ciudad. Obras como *Cinco brazas* y *Cambio en el mar*, cuando todavía algunas pinceladas se mezclaban con el chorreo. *Catedral*, *Fosforescencia*... Había descubierto la pintura alumínica, que compraba en grandes cantidades en la tienda de Henry Drayton. Nunca había hecho nada parecido a los cuadros que pintaba en aquellos primeros y fríos inviernos. Se quejaba del frío, pero la luz, reflejada por la nieve, era espléndida en el granero. El resultado le entusiasmaba, estaba tan orgulloso que, esto ya lo sabe usted, al terminar uno de los primeros, que tenía el tamaño de un mural, deslizó la mano embadurnada de pintura negra por la parte superior, como si dijera: «Esto lo he pintado yo». Utilizar el cuerpo para pintar se convirtió en un lugar común, pero Zack fue el primero en hacerlo. Él solo en aquel granero, con sus palos y sus pinturas compradas en la droguería, estaba inventando el arte de la *performance*.

Tras una pausa reverente, al ver que de momento Hope no tiene más imágenes verbales que ofrecerle, Kathryn le pregunta:

–¿Y qué pintaba usted en esa época?

–Absolutamente nada, querida. Tenía el caballete arriba, en la pequeña habitación que Zack había dejado libre, pero lo único que se acumulaba allí era el polvo. Estaba atareada con la clase de trabajo femenino que no deja huella. Cocinar, como le he dicho. Zack quería que le hiciera unas comidas decentes, como las de su madre, y tuve que aprender casi desde cero, pues mi madre siempre había tenido cocinera. Cuando era chiquitina les hacía gracia verme en la cocina, pero cuando dejé atrás la edad infantil, me echaban de allí. Ya sé que otras chicas habrían insistido en aprender más, pero me gustaba estar fuera de casa, jugando con chicos. Luego me casé con un artista y por él me convertí en una esclava del hogar. Organizábamos cenas, sobre todo en verano, cuando podíamos tomar unas copas al aire libre, sentados a la sombra, en los cantos rodados. Ocho o diez invitados como máximo, nosotros dos incluidos (tal vez otro pintor, uno sólo, con su esposa, un crítico y la suya y alguien del mundo de las galerías de arte), todo ello ideado, como comprenderá, para promocionar la carrera de Zack. Yo hablaba mucho por teléfono, empeñada en conseguir más ventas. Las obras más pequeñas, en papel, eran las más vendibles, porque resultaban más económicas, y podías colgarlas en una pared de reducidas dimensiones, un vestíbulo o un dormitorio. No exigían todo el oxígeno de la sala como ocurría con las grandes telas.

–Algunas de ellas son preciosas, me refiero a las obras más pequeñas en papel. Son como ideogramas chinos. Ésas en las que el esmalte negro se secó dejando un borde plateado, las que tienen un color inesperado, como naranja o azul cerceta. Dan una sensación totalmente zen.

Hope está de acuerdo, pero se resiste a admitirlo. Bien mirado, ¿qué sensación no es zen?

–No le gustaba mucho hacer esas obras, las consideraba de pacotilla. Creo que las calificaba de esa manera. No eran lo bastante grandes para que le estimularan a penetrar en ellas, por así decirlo.

Su engreimiento y su vanidad empeoraron tras el artículo publicado en *Life*, cuando el mundo mostró señales de que aceptaba su ingenua sobrestima. En ocasiones se venía abajo, unas veces durante las cenas que ella preparaba con tanto cuidado, otras en el curso de un viaje a Nueva York, donde la sensación de ser una figura pública, las brillantes luces y las posibilidades de hacer una fortuna a medida de la prosperidad de la posguerra que habían alcanzado al mercado del arte, hacían que Zack fuese presa del pánico, huyera al fondo oscuro de un bar y nadie pudiera localizarlo hasta que estuviera bebido e insultase. Se orinaba en la cama. Hope ha intentado olvidar ese aspecto de su borrachera, pero era el más humillante para ella. Se le encoge la piel bajo la ropa al recordar el contacto de la humedad viscosa, cálida cuando él la emitía en su inconsciencia, pero fría cuando llegaba a ella y la despertaba. Con las sábanas y el colchón mojados, el sueño se hacía imposible, como también era imposible despertar a Zack para cambiar la ropa de cama. Ella lo abandonaba y se iba al sofá de la sala o a la habitación de invitados, el camisón de lana empapado a medias y ahora inútil por completo, las sábanas que no le proporcionaban suficiente calor en la gélida casa, los momentos previos al amanecer saturados de su humillación y su incomodidad infantil. Enojada e incapaz de serenarse, su mente acabaría por desgranar la letanía de su vergüenza, derrota y cautiverio conyugal, y por la mañana quizá se despertaría al oír los ruidos y el tarareo de Zack mientras colocaba las sábanas mojadas en los respaldos de unas sillas para que las secara el calor de la caldera recién encendida. Se enorgullecía de salir de sus farras, por degradantes que fuesen, con la energía viril intacta, deseoso de tomar el desayuno, con una página nueva ante él. A su modo de ver, la incontinencia urinaria era una descarga, una liberación, una manifestación más de su contrato con la naturaleza. Nada maravilla más en los alcohólicos que la manera en que logran que el mundo asuma la carga de su mala conducta.

Hope decide qué va a decirle a Kathryn.

–Cuando intenté dedicarme de nuevo a la pintura, él me acusó de imitarlo, y dijo que lo hacía fatal, como lo haría toda mujer.

–¿Cuándo fue eso? –le pregunta Kathryn con vehemencia, y se apresura a mirar la grabadora Sony para asegurarse de que la cinta sigue girando.

–En el cuarenta y ocho o el cuarenta y nueve. Ocurría una y otra vez. Todo se repetía indefinidamente. Él bebía, pintaba, asistíamos a fiestas, consultábamos a los psiquiatras. Sus hermanos, con sus mujeres e hijos, nos visitaban el Día de Acción de Gracias y en Navidad, y traían a su madre a remolque. La madre era como una carroza en un desfile, impresionante y separada del resto, ya sabe, la multitud que llena las aceras aplaude, los que están a bordo de la carroza sonríen y agitan las manos, el desfile prosigue, y lo mismo sucede de nuevo calle arriba. Su madre tenía todas esas habilidades domésticas, cocinar, lavar la ropa, ganchillo, *découpage,** hacía una infinidad de trabajillos artísticos, se instalaba sucesivamente en toscas poblaciones del Oeste, procurando estar por encima de todo, creando su isla, ¿entiende? Hacía caso omiso de los vecinos, siempre tenía las cortinas corridas, prescindía de la arena, la suciedad y la desolación al otro lado de la puerta, ajena al hecho de que sus hijos se asilvestran y hace años que su marido no vive con ellos. Aquella mujer era... ¿cómo lo diría?... «inmune», tenía ese encantador don de la abnegación propio de gente venida a menos, y creo que Zack heredó de ella su capacidad de concentración, de aislarse de todo. Heredó de ella su don artístico, si considera usted la técnica pictórica del goteo como una especie de enorme ganchillo. Me gustaba, aunque no era muy conversadora y no tenía manera de eti-

* Arte de decorar algo con recortes de papel, linóleo, plástico u otro material liso al que se aplica barniz o laca. *(N. del T.)*

quetarme. Para ella era una chica rica y tonta de Filadelfia. Había una sola razón para que yo le gustase, y era que había liberado a la familia del problema que suponía Zack y su vicio de la bebida. Él era su pequeño, y los bebés grandes suelen ser una lata. Tenía una manera fantástica de sosegar a Zack cuando estaba junto a él. Creo que, como era el menor de los hermanos, nunca obtuvo suficiente atención por parte de su madre, y todavía la esperaba. Aquella mujer era como... ¡ah, esas palabras!, no envejezca nunca, Kathryn, todo se le irá de la cabeza... un «basilisco», ¿no es eso lo que quiero decir? Tenía la costumbre de mirarte fijamente. En fin, usted no me había preguntado sobre ese particular. Intenta ceñirse a mí y mi obra, y yo no hago más que esconderme detrás de Zack... lo cierto es que en aquel tiempo mi trabajo no era muy interesante, Zack había hecho unos progresos asombrosos y no había suficiente espacio en una pequeña casa de campo para dos artistas interesantes, y si me puse a pintar de nuevo fue sobre todo para adquirir un poco de amor propio, un minúsculo espacio donde no me aplastara por completo aquella cosa tremenda que Zack estaba haciendo, los parásitos que empezaban a amontonarse a su alrededor y las entrevistas que se veía obligado a aceptar, y él tenía razón, mis intentos de hacer los grandes gestos no eran muy convincentes. A veces me volvía quisquillosa y trataba de retocar, de arreglar los agujeros, como los llamaba Hochmann, y me dolía que hubiera manchas. Estar tan fuera de control no encajaba en mi filosofía y algunas de las telas de Zack eran tan grandes y gruesas que la pintura cuajaba y se ondulaba al secarse, porque aquellos esmaltes Duco que él traía a casa no estaban destinados a ser vertidos juntos de ese modo, mezclados con arena, ceniza de cigarrillo y bichos que habían cometido el error de perderse en el granero. Por otro lado, yo carecía de un espacio como el del granero, tenía un cuartito en el piso de arriba con una ventana a la que el arce daba sombra, por lo que el interior siempre estaba en penumbra, habría sido una pieza excelente para revelar fotografías en días nublados, o una sala de costura con una lámpara de pie que tenía un brazo horizontal movible sobre un gozne, por lo que me veía limitada a usar los pinceles y el *collage*, que es una técnica todavía más delicada... no podía imitarle, no tenía el equipo necesario, y supongo que eso era lo que él estaba diciendo. Me faltaba la verga.

Cuando la nublada mañana rebasa el mediodía, el rostro alargado de Kathryn adquiere un lustre de cera. Cuando estudiaba en Cooper Union, la piel y su color era una de las cosas que más esfuerzo le costaban a Hope, la translucidez de la piel y la manera en que absorbe la luz a distintas profundidades y brilla desde dentro. Si tuviera que pintar a Kathryn, debería usar mucho verde para captar la opacidad, la mínima densidad de color, el tono etéreo. En verano, una piel así adquirirá un bronceado intenso y uniforme, a enorme distancia de las pecas rosadas de Hope. La mujer se mueve un poco en la poltrona con tapicería de cuadros en la que Hope se midiera a sí misma de niña, y carraspea para eliminar la sequedad de la garganta. Tal vez se propone hacerle una pregunta y, para impedírselo, la pintora se apresura a seguir hablando:

–Así pues, luchaba por mantenerme a flote a la sombra de Zack, y me interesaba mucho lo que estaban haciendo otros pintores. Todos se habían instalado en la isla y en su mayoría vivían a unos quince kilómetros de East Hampton. Digamos que en el cuarenta y ocho o el cuarenta y nueve, después de que Zack se hubiera consolidado como artista, aunque a ninguno de ellos le gustara admitirlo, cada uno había hecho suya una especialidad, un estilo propio, confiando en que sería tan identificador como el goteo de Zack. Quiero decir que todos hablaban todavía de la pintura desde el punto de vista de la exploración del yo y de una atormentada autenticidad que revolucionaría el mundo y todo lo que quieras, pero los resultados eran un poco como logotipos de empresa, todos trabajaban a la escala del arte académico del siglo diecinueve, pero cada uno tenía que encontrar alguna simplificación llamativa. Phil Kaline tenía sus vigas negras y blancas, y Jarl esas escamosas formas parecidas a llamas en dos o tres colores mate, y esas telas verticales que llegaban a ser tan altas que tuvieron que reformar una vieja iglesia metodista fuera de uso en Amangasett para trabajar en ella, y Seamus, el pobre, gordo y buen Seamus, que incluso en la época de su realismo urbano, en los años treinta (¡sus maravillosas escenas del metro!), pintaba con una especie de cuadrícula tomista, podríamos decir, realizaba entonces aquellas nubes flotantes rectangulares, borrosas y de color lechoso, con las mismas pinturas de droguería que usaba Zack pero muy diluidas. Los conservadores de museo dicen que son terriblemente inestables, cosa que podría haber sido una de sus intenciones: *vita brevis, ars brevis* también. Roger, que siempre estaba sumido en profundas meditaciones y rebosaba de teorías francesas (simbolismo, existencialismo, estructuralismo) antes de que ningún otro hubiese oído jamás hablar de ellas, en realidad tenía un solo cuadro, de unas formas negras y ovales como habichuelas gigantescas apretadas entre apoyalibros verticales con unas pinceladas de color asomando por detrás, y Bernie, la otra gran inteligencia de nuestro grupo, empezó a pintar unas franjas de color anchas como cinta adhesiva protectora entre unos gigantes y llanos campos de color. Tanto a mí como a la mayoría de los demás nos parecía bastante árido y doctrinario, pero él siempre hablaba de la gran pasión con la que pintaba, y lo cierto es que la dirección de Bernie fue la que tomó la pintura en los años cincuenta y que, en ese sentido, él fue el más influyente y el menos árido. Bernie me encantaba, pero me sentía más cerca de Roger como pintor, que no podía deshacerse de aquellas enormes habichuelas apretadas, no dejaba de trabajar en eso, aunque en realidad hacía también otra cosa, algo a lo que él llamaba, no sin grandilocuencia, «portales», unas formas rectangulares, un solo rectángulo, delineado parcialmente, sobre unas preciosas y grandes hojas de papel verjurado, cada una de las cuales debía de costar unos cuantos dólares... bueno, usted ha estado en los museos, ha visto todo eso, pero entonces no estaba tan claro que aquello fuese lo que se había buscado, la mayoría de edad del arte norteamericano, aquellas grandes abstracciones que tenían algo de caricatura, casi me parecía una renuncia, la reducción de un proceso subjetivo complejo a *ideas*, en comparación con lo que Zack, que seguía sus instintos, estaba haciendo. Dos que no podían dejar de pintar, y al estilo antiguo, con pinceles, variedad y una especie de figuración, y que aún ponían títulos a sus obras *(Enano, Mujer)* eran Mahlon y Onno, y de repente comenzaban a parecer rebuscados, ni calientes ni fríos. ¿Cómo dice la Biblia?... *voy a vomitarte, tibio.** Debí de dejar que se manifestaran algunas de mis reservas, porque recuerdo que allá, en la cochera pintada de violeta con la que Onno y Renée habían castigado el paisaje, me rodeó la cintura con el brazo y, atrayéndome hacia sí, me dijo: «No te preocupes por mí, Hope. Mondrian ha muerto, Picasso sigue adelante». Con esto quería decir que lo que él estaba haciendo, aquellas alocadas ráfagas multicolores de las que apenas adivinabas que eran mujeres sentadas, con zapatos de tacón alto y las piernas cruzadas, sobrevivirían a los artefactos inventados por hombres como Roger y Bernie, intelectuales que en realidad eran incapaces de pintar al estilo tradicional. Respetaba a Zack, sabía que éste era riguroso consigo mismo y no permitía que su trabajo se volviera mecánico. Si Zack hubiera estado dispuesto a convertirse en la maravillosa «máquina de chorreo» de Norteamérica, no se

* La cita completa reza: «Ojalá fueras frío o caliente; mas porque eres tibio y no eres caliente ni frío, estoy para vomitarte de mi boca». Apocalipsis, 16, 3. *(N. del T.)*

habría quedado atascado después de 1950. No se habría suicidado. La conducta de Zack era repetitiva, pero no su pintura. No permitía que lo fuese, y eso lo mató.

Con el cabello claro y su estilo holandés, las pestañas blancas, los labios gruesos, el mentón alargado y unos ojos verde botella cuya mirada parecía rozar la cara de Hope, Onno era apuesto. La mano con que le rodeaba la cintura era ancha, de obrero; aunque bebía y fumaba con suficiente temeridad para formar parte del grupo y había adorado al locuelo y sentenciado Korgi, a Hope le pareció una persona sensata, con una sensatez de la que Zack carecía. La pincelada de Onno tenía un aspecto desenfrenado y estaba sometida a tales recursos de *dérèglement* como pintar con la mano izquierda o presionar un periódico sobre una tela húmeda y transferir la impresión a otra tela y comenzar de nuevo, todas éstas eran maniobras racionales para reprimir su facilidad natural, su infancia picassiana como un producto precoz de la formación artística clásica europea. Había aprendido a imitar la violencia norteamericana, mientras que Zack, nacido en ese medio, estaba cautivo de ella. La mano de Onno descansó el tiempo suficiente en la cintura de Hope para transmitirle un mensaje. Él y Renée formaban una de esas parejas de la Europa continental que, cuando estaban en público, parecían demasiado armoniosas para ser creíbles. Hope tenía veintiséis, veintisiete años, una edad suficiente para creer que se merecía un genio que no necesitara una niñera. Y ella misma podía apañárselas con un poco de cuidado. El aliento que salía de entre los labios carnosos e inquisitivos de Onno poseía, por debajo del olor a tabaco, una especie de dulzura de regaliz.

–Onno de Genoog –menciona Kathryn–. ¿Le gustaría hablar de su relación?

–La verdad es que no. Era un hombre simpático, amable, muy trabajador, y un pintor estupendo. Me brindaba su apoyo cuando lo necesitaba, cuando Zack... ¿cómo diría?... se desmoronaba.

Kathryn se inclina adelante para comprobar si la grabadora sigue funcionando y, con una voz de la que ha desaparecido por completo la sensación de camaradería, le pregunta:

–¿Es cierto que, a principios de los años cincuenta pensó en dejar a Renée para irse con usted?

–No, jamás. Renée y él estaban muy unidos, y yo nunca habría querido separarlos. Ella ha sido la perfecta viuda de un gran hombre, ha cuidado castamente de la llama, nunca ha vuelto a casarse, a diferencia de mí.

–Usted tuvo que representar ese papel cuando era mucho más joven que ella –puntualiza Kathryn–. ¿Qué me dice de la ocasión, a principios de los cincuenta, en que Zack se rompió el tobillo cuando se estaba peleando con Onno? ¿Luchaban por usted?

–En absoluto. Como le he dicho antes, querida, las mujeres no contaban gran cosa en aquel mundo machista. Estaban borrachos y cada uno se metía con el otro, había entre ellos una rivalidad artística, y Zack se cayó en una hondonada que había en el terreno situado alrededor de la famosa casa violeta.

–¿Es cierto que Onno definía la obra de Zack como «orinarse en la tela»? –le pregunta Kathryn, seria e implacable una hora después de tomarse el té de Hope, usar su lavabo y dar una sensación de torpeza y culpabilidad en el pasillo que conducía al estudio.

Hope sonríe.

–Ésa no era una observación cruel. Todos los conocidos de Zack sabían que siempre estaba orinando, y que lo hacía en público si podía. Solía decir que había visto orinar a su padre desde un saliente rocoso en Arizona y que eso le causó una gran impresión; para su mentalidad infantil, ese arco dorado y destellante definía la masculinidad. Recuerde, Kathryn, que cuando uno de los artistas pop, he olvidado cuál pero no era Guy, intentaba parodiar a Zack lo hacía orinando sobre una tela cubierta de pintura metálica de cobre, de modo que la oxidación creaba unos dibujos. Pero eran unos dibujos feos, como manchas, mientras que las pinturas de Zack realizadas con la técnica del goteo son bellas, asombrosamente bellas, ¿no le parece?

–Oh, sí, desde luego –responde Kathryn, pero la ofende que la anciana la haga salir al escenario de esa manera, para dar una opinión que quedará recogida en su cinta magnetofónica.

–Los primeros, como tal vez le he dicho, y perdone si me repito, son mis preferidos. La tela en el suelo, pero todavía de un tamaño a escala humana, metro ochenta por metro veinte, más o menos, antes de que empezara a ponerles los títulos numerados. Antes de una exposición, me llamaba al granero para que lo ayudara a poner los nombres a los cuadros. Ésa era una de las cosas que hacíamos juntos, una de las pocas maneras en que podía colaborar con él. Previamente había usado mucha pintura alumínica, y las obras daban una sensación de firmamento, de rotación, así que le sugería nombres tomados de un libro sobre las estrellas que Zack compró cuando llegamos a la isla y veía las estrellas con tanta nitidez como las había visto en el Oeste. A una pintura de aspecto especialmente frío la llamamos *Sirio*, y a una de tonalidad rojiza *Betelgeuse*. A otra yo quería llamarla *Casiopea*, porque recordaba que el personaje mitológico se había jactado de lo hermosa que era su hija Andrómeda, o tal vez ella misma, pero Zack no quería que la gente buscara constelaciones en las salpicaduras, por lo que empleamos unos términos más generales, como *Galaxia* y *Cometa*, y la verdad es que contiene un cometa, sus gotas eran más rectas entonces que en los años cincuenta, cuando se puso a hacer lo que él llamaba dibujos en el aire, lo que fotografió aquel alemán cuyo nombre sigo callándome. A una pequeña, en tonos azules y pintura alumínica sobre yeso negro, la llamamos *Nube de Magallanes*. Zack tenía muy poco interés por viajar (era una de sus inseguridades) pero solía manifestar su deseo de ir a Sudamérica para ver la Cruz del Sur, la nebulosa Saco de Carbón y las Nubes de Magallanes que había visto en su libro sobre las estrellas. Yo trataba de encontrar nombres de cuento de hadas, como *Simbad* y *Wotan*. A él le gustaba la idea junguiana de los arquetipos míticos, pero no quería que la gente pensara que sus pinturas eran en modo alguno retratos, así que, a partir de 1948, Zack y Peggy las etiquetaron con números y los colores dominantes: *Azul, Rojo*, *Amarillo; Amarillo*, *Gris*, *Negro*. La triste verdad, que sólo le diría a usted, Kathryn –un rasgo de ironía, para ver si la entrevistadora todavía le está prestando atención–, es que las últimas telas me gustaban un poco menos, en parte porque yo no había intervenido en la adjudicación de los nombres. Y no mucho después de ese periodo empecé a pintar de nuevo, algo que Zack interpretó como un gesto hostil, y no andaba errado del todo.

–Sí, a eso quería volver.

–No tenía que preocuparse, querida. Fue bastante triste, mi faceta de buena esposa chocaba una y otra vez con la de pintora. Como le he dicho, traté de ser una expresionista abstracta, como la gente empezaba a llamarlo (creo que el primero fue aquel crítico de arte pelirrojo del *The New Yorker*, Coates, Bob Coates, y sólo puso en mayúscula la «e»*) pero, como señaló Zack, no me daba mucha maña, mi obra carecía de aquel control misterioso que tenía Zack, por muchos guijarros de la playa o colillas de cigarrillo que incorporase a la tela; él tenía un sentido del equilibrio, de los ritmos equilibradores, que desde entonces los críticos han atribuido a los años en que estuvo bajo la influencia de Benton, nada menos. Lo que yo hacía, empeñándome en ser libre, venía a ser el equivalente de haber quemado la cena, así que em-

* Lo llamaba *abstract Expressionism*, aunque lo correcto sería escribir *Abstract. (N. del T.)*

pecé a seguir el ejemplo de Roger, a imitarle, supongo que podríamos decirlo así, y a hacer esos *collages* austeros, papel sobre papel, con unas pocas líneas a lápiz de color Conté o un pincel de caligrafía japonesa, buscando el punto de equilibrio, el aspecto de serenidad. Lo extraño del caso, Kathryn (ya sé que no ha venido hasta aquí para escuchar mis fanfarronadas sobre unas obras que ya han recibido montones de críticas), lo extraño de las telas de Zack ejecutadas con la técnica del goteo es que, pese a la violencia de los detalles, la salpicadura, el encharcamiento mucilaginoso, el efecto de conjunto tenía esa... esa serenidad. Alguien, en alguna parte, tal vez fuese Frank O'Hara, el viejo y divertido Frank con sus poemas garabateados en trozos de papel que se metía en los bolsillos, llamaba a Zack «nuestro Ingres». Ahí es nada, nuestro Ingres. Años después de su muerte, cuando el alboroto que Zack siempre creaba a su alrededor ya se había extinguido, eso me hacía pensar, incluso me hacía llorar. En sus pinturas había esa paz, ese equilibrio y esa calma, y yo sólo podía decirme que ése era su talante, cuando estaba allí, en el frío granero, lejos de mí, lejos de los críticos inteligentes, lejos de las maliciosas mujeres ricas y los astutos extranjeros que dirigían las galerías, lejos incluso de su necesidad de beber: estaba en paz, salivando de placer mientras ejecutaba un diseño encima de otro hasta que debía detenerse y esperar a que la pintura se secara. Y era tanta la inocencia de ese hombre que brinca y se arrodilla alrededor de la tela en el suelo, era tal la adorable absorción infantil en el trabajo, que deseaba abrazarle y rogarle que me perdonara por haberle llevado a un lugar donde podía competir con el otoño para plasmar la belleza y, no obstante, ser incapaz de mostrarle cómo podía obtener una felicidad duradera por haberlo conseguido.

La imagen de Zack pintando, y luego de los dos, codo con codo, poniéndole nombre a las telas como si fuesen bebés, acongoja tanto a Hope que se le hace un nudo en la garganta y tiene que interrumpirse. Tal vez la felicidad no puede ser duradera. Tal vez el núcleo de pesar y confusión en el interior de Zack había rebasado la posibilidad de disolverse. No obstante, el recuerdo de aquel hombre con su habitual ceño fruncido (aquel surco formado por el exceso de piel entre las cejas) y unos zapatos viejos manchados de pintura que producía unas obras bellas en un estilo hasta entonces desconocido, para un público que casi nunca compraba ninguna, para el propietario de una galería que estaba perdiendo el interés por él, mientras el humo del tabaco que acababa de expulsar volvía a sus ojos entrecerrados y el frío le helaba las manos, le parece a Hope la imagen de la vida perdida, una vida hermosa que se liquida a sí misma, como su cuerpo joven cuando apareció su palidez manchada a medida que la agitación y el sudor del baile prolongado durante horas eliminaron el polvo de carbón.

A fin de romper el silencio que se ha hecho, Kathryn le dice:

–¿Por qué tenía usted que mostrarle la manera de cosechar la felicidad? Sin duda eso era responsabilidad de Zack.

Hope se aclara la garganta y sonríe, con un amago de lágrimas en los ojos, para agradecer a la otra mujer que le haya devuelto la voz.

–Sí, ya sé que eso es lo juicioso, que cada uno es responsable de sí mismo, ésa es la teoría ahora vigente, y hace que sea más fácil romper una relación, pero en aquellos días la mujer, incluso una mujer que, como yo, era en cierto modo una niña, con diez años menos que él, tenía que hacerlo todo por el marido, de la misma manera que lo hacía por los hijos (si algo le salía mal al niño, la culpa era tuya), y Zack era muy dependiente, en realidad era peor que una criatura, puesto que una cargaba con la culpa y no conseguía la menor obediencia; era culpable pero no se le atribuía ningún mérito. Ahora las mujeres aspiran al poder y tienen a su alcance una serie de empleos pagados, pero en aquellos años se consideraba a la mujer omnipotente, sin salario alguno, y si algo iba mal en tu entorno, tú eras la única culpable. Por ejemplo, el rencor por la educación que me habían dado siempre lo centraba en mi madre y no en mi padre; él nos mantenía, sí, pero por lo demás lo considerábamos un perfecto inútil, como un hombre en un chiste de Thurber.*

–¿Por qué aspectos de su educación sentía rencor?

¡Con qué rapidez es capaz de abalanzarse esta intrusa larguirucha!

–Bueno... –responde Hope lentamente–, no eran muchos. Nuestra comodidad, supongo... pensaba que la disfrutábamos a costa de los pobres. Lo satisfechos que nos sentíamos de nosotros mismos, aunque yo jamás ayunaba y vestía igual que las demás chicas de Shipley. Nuestra herencia cuáquera me parecía muy vaga y sosa... soñaba despierta en que era católica romana y tenía todos esos santos e imágenes pintadas. Pensaba que mis dos hermanos recibían toda la atención *seria*, y se esperaba de ellos que hicieran algo serio, mientras que de mí sólo esperaban que pescara un buen partido. En fin, las cosas consabidas que harán sentir rencor a una de buena familia.

De las palabras de Hope se desprende que eso es un callejón sin salida, y Kathryn lo acepta así, por lo menos de momento, y cambia de postura en la ancha poltrona donde se sentaba Isaac Ouderkirk y leía el *Evening Bulletin* con las gafas bifocales en la punta de la nariz.

–¿Hablaba alguna vez con Zack de la posibilidad de tener hijos?

–Sí, lo hacíamos. Según él, le gustaban mucho los niños.

* James Thurber (1894-1961), escritor y dibujante norteamericano. En sus obras representa al hombre urbano como un ser que se refugia en la fantasía porque le aturde y acosa un mundo que él no ha creado y que no comprende. *(N. del T.)*

–¿Según él?

–Zack tenía sus entusiasmos, pero, aparte de la pintura, no perseveraba con nada. Yo le decía que no quería criar hijos con un hombre tan inestable.

En realidad le había dicho: «No quiero que un loco sea el padre de mis hijos».

El semblante de Zack se quedó un momento inerte. Entonces entrecerró los ojos hasta que se redujeron a dos rendijas en las que destellaba el dolor, y replicó: «¿Quién dice que estoy loco?».

Apremiada por Zack para tener hijos, ella respondía con más aspereza de lo que deseaba, pero no podía pedirle perdón, porque eso sería tanto como darse por vencida. En el carácter de Zack, la tendencia a congraciarse, a mostrarse zalamero, coexistía con el impulso destructivo; la criatura de ceño fruncido se había convertido en el niño encantador. Rehuía astutamente la insistencia de Hope, y utilizaba contra ella la debilidad que constituía su educación de niña bien. «La junta de reclutamiento, por ejemplo», le dijo ella. «Conseguiste que el psiquiatra dijera que no podías seguir la disciplina del ejército, y no te lo discutieron.»

Esto le dolió a Zack, como ella sabía que iba a ocurrir. «Las cosas no fueron tan sencillas, gilipollas.»

Hope intentó cubrir con unas palabras apresuradas la herida que había infligido: «Me importa un bledo que te incorporases a filas o no, me educaron en el pacifismo, mi hermano acabó muerto porque no se ocultó detrás de los Amigos,* pero sé que todo esto a ti te importaba un pimiento, quieto en Nueva York con un puñado de maricas inútiles durante toda la guerra. No pienso peor de ti por ello, Zack, pero no quiero tener un hijo, tu hijo, cualquier hijo. Somos artistas. Somos pobres. Ahora vas camino de la gloria y no

* Sociedad de los Amigos o Iglesia de los Amigos, denominación oficial del movimiento religioso cuáquero. *(N. del T.)*

quieres cambiar pañales. Ni siquiera estoy segura de que supieras cambiar un pañal».

Eso era injusto. A menudo Zack era un experto en las pequeñas tareas mecánicas. Y los niños, los de sus hermanos y los de sus amigos, pues muchos pintores tienen vástagos, despertaban fácilmente en él sentimientos de ternura. En las reuniones que tenían lugar en la playa o las fiestas en los jardines donde los niños, desatendidos por los adultos, permanecían en segundo plano, Zack tendía a desplazarse hacia ellos, vaso en mano, como si en el fondo aún fuese uno de ellos, un tío indulgente y réprobo. Pero ella le había dado una negativa, en los términos más rudos de los que era capaz, diciéndole que no servía, que como padre en perspectiva era un inútil. Su deseo de tener un hijo equivalía para ella al deseo de hacerla madre, de inmovilizarla de forma estúpida por las necesidades de un pequeño cuando trataba de recuperarse como artista, como artista independiente. ¿Cuándo sucedía esto, en 1949? Aunque él aún sería productivo durante otro año, la estación soleada de su matrimonio había quedado atrás. El rechazo de Hope a un deseo tan normal se interponía entre ellos. Ella recordaba que Zack se tomó el desaire entrecerrando los ojos como un niño que, tras recibir injustamente el golpe de un padre cruel, se mantiene firme, a la espera de otro golpe, jurando en silencio vengarse.

–La paternidad podría haberle vuelto más estable –se atreve a decirle Kathryn.

–O tal vez no. Entonces habríamos sido dos los sufridores, toda la noche sentados sin saber dónde estaba o si le habían matado.

–Pero eso sucedía en el periodo en que bebía menos.

–Aún había noches de desmadre.

–¿La maltrató alguna vez? ¿Llegó a pegarle?

Hope intenta ser sincera.

–Esa situación llegó más adelante, en los años cincuenta,

cuando él estaba bloqueado como creador. Era yo quien lo golpeaba en ocasiones, porque podía llegar a ser muy frustrante, muy terco e inalcanzable. Pero creo, ahora me gustaría creerlo así, que ambos entendíamos la razón de esa violencia: lo quería y no soportaba ver que estaba destruyéndose. No pegarme nunca era una manera de mantener su distancia, insistiendo en su superioridad. O así era como yo lo percibía. Recuerde que sólo tenía veintisiete o veintiocho años, y aún era muy romántica. Los psicólogos todavía se referían con aprobación al masoquismo femenino. No me habría importado que me pegara, si eso significaba un verdadero contacto.

–En 1950, cuando él hizo aquellas tres telas enormes, tan distintas entre sí, usted tenía veintiocho años. Esas tres obras me hacen pensar en las tres últimas novelas de Henry James.

Botas de combate negras con cordones, y además lectora de James. Tal vez permitirle venir no haya sido un completo error, pues los jóvenes tienen sus bolsas de conocimiento, su sorprendente humanidad.

–Excepto que James tenía sesenta años y Zack aún no había cumplido los cuarenta –replica Hope–. ¿Cree usted que sabía que iba a morir? Eso es algo que la gente me pregunta y nunca sé responder.

–Creo –replica Kathryn, como si ahora la cinta magnetofónica también girase para ella, ella y sus opiniones– que había eliminado las barreras de seguridad. Estaba cortejando a la muerte. Pero eso no significa necesariamente que la muerte vaya a dar el sí. Podríamos decir que tuvo suerte al ser infortunado.

–Es una fría manera de plantearlo.

Vivo, incluso cuando estaba tan hinchado por el alcohol que tenía los ojos porcinos, unas rendijas de color leonado, cierta faceta de Zack apostaba por más de lo mismo, por una vida lo bastante larga para obtener la redención que una obra maestra aporta. Podría lograrlo, podía lograr algo de la misma manera que había conseguido prescindir de la imagen y pintar nada más que pintura. Hope recuerda que a veces el calor de sus manos era sorprendente, cálidas en su cintura y sus nalgas cuando estaban acostados. Aunque ella se consideraba de sangre caliente, un cuerpecillo pulcro y llenito demasiado deseoso de complacer, a veces Zack se sobresaltaba cuando ella lo tocaba, quejándose de que tenía las manos frías.

«¿Cómo van a estar frías?», replicaba ella, dolida.

«La circulación», le explicaba él. «Las mujeres tenéis el corazón más pequeño que los hombres, y la sangre no llega a las extremidades.»

Era tan infrecuente que se aviniera a explicarle algo, que a Hope la divertía oírle aplicar su sentido práctico y mecánico a ellos mismos, a sus yoes que ella veía a través de un prisma nebuloso y espiritual. Para Zack los dos eran como ejemplos de cañerías flexibles y verticales.

Kathryn le sonríe, en busca de una concesión.

–Precisamente tengo veintisiete años –le dice a la anciana–. ¿Acaso esta circunstancia hace de mí una romántica?

Hope nota que el rubor le calienta las mejillas.

–Tal vez más de lo que usted cree. El romanticismo no es una función de la mente sino de la sangre; es la fiebre gracias a la cual la naturaleza consigue hacer su trabajo.

Como ha ocurrido antes, cuando Hope se muestra suave con ella, Kathryn se endurece.

–¿Veía usted alguna contradicción entre el amor que sentía por Zack y su negativa a tener un hijo suyo?

–Sí, claro, pero estaba muy segura de que yo tenía razón, por su bien tanto como por el mío. El niño era él; lo mismo que una criatura, quería lo que quería y cuando lo quería. Zack tenía muy poca capacidad de reflexión... de imaginar, por así decirlo, más allá de los bordes de la tela. Como le he dicho, aquel alemán se asombró al ver lo poco que Zack titubeaba o pensaba acerca de lo que estaba haciendo. No podía entender el funcionamiento de una mente como la suya. Tampoco yo podía, si he de serle sincera. Si Zack hubiese tenido una mentalidad normal, no podría haber hecho lo que hizo. Habría intentado encontrar la manera de sortearlo, como Roger y Bernie. Incluso Onno, a pesar de sus frenéticas pinceladas y su *dérèglement* surrealista, pensaba... era astuto. Sólo Phil y Seamus tenían tan poca astucia como Zack, su estilo consistía en sumergirse en el trabajo y poner en juego su alma. Y ambos murieron jóvenes, ambos bebieron hasta matarse, con la ayuda de píldoras en el caso de Seamus. Siempre intentaba hacer régimen. Y mire sus cuadros... la pintura está cada vez más diluida, hasta que no es más que una capa, un espectro de pintura. Se decía de ellos que bebían para alimentar sus visiones, pero creo que era porque sabían que no les sería posible mantener esa manera de hacer las cosas, la intensidad, la pintura *sin ninguna razón...* nada a lo que agarrarse pero con las manos por delante, moviéndose.

Kathryn alza el mentón, los ojos protuberantes y opacos le brillan como los de un depredador que husmea una presa. Quiere que la disposición analítica de Hope se siga expandiendo, pero el esfuerzo ya ha azorado a la anciana, por su descaro. ¿Quién es ella para hablar de aquellos hombres muertos, sólo porque los ha sobrevivido?

–No quiso tener hijos con Zack, y sin embargo con Guy...

–Guy estaba cuerdo –dice bruscamente Hope–. Era de lo más sensato. El arte pop se ocupaba de la cordura, de la moderación, de aceptar el mundo tal como era, banderas, basura, anuncios y viscosas hamburguesas, y no intentaba sacar del pobre y nebuloso yo algo de imposible trascendencia. Guy era resuelto e irresistible; me hacía reír, y a los chicos también, cuando les prestaba alguna atención. Al principio lo hacía. Los adoraba.

–Antes de que nos ocupemos de Guy...

–No nos ocupemos de él. Aún vive.

–Pero tiene Alzheimer.

–Lo sé, pero nuestros hijos no lo tienen. No quiero que les duela la charlatanería de su vieja madre.

Kathryn baja los ojos mientras se reorganiza. Las ventanas de la nariz se mueven hacia adentro, la blanca mano con las uñas pintadas de oscuro avanza, como para tocar la grabadora, y entonces retrocede y se posa en el largo y negro regazo.

–¿Ha dicho usted, o entiendo que ha dicho tal cosa, que la incapacidad de Zack para hacer el servicio militar originó las dudas que tenía sobre su propia sexualidad, o tal vez las reforzó?

–No creo haber dicho eso, pero otros lo han hecho. Piense que, aparte de su pintura, Zack no era crítico consigo mismo. Si es cierto que tuvo algunas experiencias homosexuales, cuando eso ocurrió estaba demasiado borracho para recordarlas. Debió de pensar que cualquier cosa es válida en caso de apuro. El hecho de que lo hubieran considerado inútil para el servicio militar le molestaba menos de lo que yo había creído. Estaba más allá de la política, o por debajo de ella; si Hitler y los japoneses hubieran invadido el país, no estoy segura de que, durante algún tiempo, se hubiera dado cuenta. Su padre fue uno de aquellos Wobbly de izquierdas,* y creo que ésa es la razón de que Zack sintiera cierto desprecio por el sistema, antes de que lo llamaran así. En sus tratos con el Proyecto Federal de las Artes, tomaba lo que le ofrecían y devolvía lo menos posible. Jamás aceptó intervenir en el proyecto de un mural, aunque uno de sus hermanos trabajó en el que restauraron en la Terminal Aérea

* *Wobbly* es la denominación informal de los miembros de Industrial Workers of the World, sindicato industrial internacional organizado en Chicago en 1905 y que desapareció en los años veinte. *(N. del T.)*

de la Marina. Lo esencial que sacó Zack de los muralistas mexicanos fue su escala y los símbolos arcaicos.

–No me refería exactamente a eso. He leído entrevistas y declaraciones de varios hombres, efectuadas en Nueva York durante la guerra, y afirmaban haber tenido relaciones sexuales con Zack y que éste participaba en orgías sólo de hombres.

–Bueno, eso... qué horror. –A Hope le repele esta mujer y sus preguntas... tan trilladas, tan encaminadas al tráfico de escándalos. Y le disgusta tener que ocuparse de un tema en el que debe dudar de su propia sinceridad–. Quiere usted saber hasta qué punto Zack era un pervertido –le dice a Kathryn–. Como ya le he dicho, en el aspecto sexual era tímido, pero en la intimidad conmigo no había –se irrita consigo misma al notar que se está ruborizando– ninguna perversión. Era un americano de su generación, totalmente puritano. Cierta vez, cuando aún vivíamos en Nueva York, me pidió que me masturbara delante de él, pero al cabo de uno o dos minutos se sentía tan violento que desvió la vista. –Si éste es el tema, golpeará con él a la entrevistadora, la castigará con él–. Nuestras relaciones sexuales eran del todo normales, y lo hacíamos con mucha frecuencia en aquellos primeros años en la isla, luego, alrededor de 1949, no tan a menudo y, en los últimos años, cuando él salía con aquella patética admiradora, casi nunca. Éramos como dos animales caídos en una trampa, todo garras y dientes. Pero el mismo día de su muerte me envió flores y un telegrama a mi hotel en Venecia. El telegrama decía: «Te echo de menos», y lo firmaba «Desesperado».

–¿Dónde está ese telegrama? Me encantaría verlo.

–Dios mío, hace mucho que no lo tengo. Creo que ni siquiera lo traje a casa, porque al día siguiente me llegó el cable con el anuncio de su muerte.

Eso es una mentira desvergonzada. Ambos telegramas están en el piso de arriba, en el cajón de un archivador metálico, junto con críticas de antiguas exposiciones suyas, de Zack y de Guy, cartas de su familia que reflejaban valor y preocupación, de la época, durante la guerra, en que ella era joven y vivía en Nueva York, un recorte de *The Public Ledger* que mencionaba su presentación en sociedad, en 1939, y hasta su anuario escolar de Shipley, con la frase «toda la suerte del mundo» y las firmas de las chicas que conocía. ¿Por qué habría de revolver sus cosas para que esta intrusa de mentalidad adocenada vea y sobe esos telegramas de antaño (tiras de teletipo pegadas a un papel amarillo que se deshace, el más barato posible, destinado a durar un día) que cierta vez tuvieron la potencia suficiente para dejarla sin aliento? El segundo fue un golpe del que no creyó que pudiera sobrevivir. En cuanto al primero, Zack había querido que sólo lo leyeran sus ojos. El intento de acercamiento por parte de Zack, su tímido juego de palabras,* le levantaron el ánimo, pero enseguida volvió a hundirse en el hastío, pues no se le ocultaba lo que supondría su retorno, la terrible carga de aquel hombre saturado de alcohol supondría para su vida, una vida que él había perdido la capacidad de dirigir. La lástima y el recelo reñían en su interior, allí, en la habitación del Hotel Danieli, con el Gran Canal al otro lado de la ventana, recorrido por *vaporetti*, gabarras y unos pocos veleros más allá de San Giorgio Maggiore, que resalta dentro del resplandor marino y las multitudes de turistas, norteamericanos y alemanes ya indistinguibles en 1955, prósperos, suaves, rubios, los perdedores haciendo una imitación perfecta de los vencedores, moviéndose por la ancha acera para contemplar como es de rigor el Puente de los Suspiros, tratando de imaginar las pasiones de los prisioneros con grilletes, condenados a morir.

No hay pájaros a la vista al otro lado de las ventanas de delgados cristales, el silencio ha espesado el aire. A los pe-

* Entre *Hope* (esperanza) y *Hopeless* (sin esperanza, desesperado). *(N. del T.)*

queños jirones de nubes se les ha vuelto la lisa parte inferior de color azul plomo, mientras que la superior tiene forma de coliflor. Hope se pregunta si invitar a comer a esta chica pondría fin a la entrevista, que cada vez resulta más invasora. Resulta curiosa la manera en que, en esta época desvergonzada, una violación de la intimidad proporciona al violador más y más derechos, como si el ladrón de una casa empezara a mover los muebles de un lado a otro y a ridiculizar en voz alta la decoración, y así ella tiene que defender su vida sexual con Zack afirmando que fue normal y hacer una descripción de sí misma desnuda salvo por una capa de grasa y polvo de carbón. ¿O acaso ésa ha sido una idea propia, sacar a relucir semejante escena, sintiendo de nuevo la caricia del aire en su abdomen desnudo en aquella sala de baile demasiado caldeada en tiempo de guerra? Ruk la consideraba una exhibicionista, y citaba como ejemplo la facilidad y la indiferencia con que su «Pocahontas cuáquera» se desnudaba para posar como modelo, y Bernie, en el rústico desván que olía a madera recién cortada y que utilizaba como dormitorio, bromeaba con ella llamándola su Renoir pelirrojo. Por entonces, al rebasar los treinta, y debido a que bebía para acompañar a Zack y mitigar el sufrimiento conyugal, Hope había ganado unos kilos.

–¿Puedo ofrecerle una comida sencilla, Kathryn? No sé con exactitud qué es lo que tengo... lonchas de pavo ahumado para hacer un bocadillo, o una lata de atún con la que podría preparar una ensalada. Debe de estar hambrienta, yo lo estoy.

La joven responde con una inocente efusión propagandística de su valía profesional:

–Oh, cuando estoy interesada por lo que hago me olvido totalmente de comer. Luego, alrededor de las cuatro, me pregunto por qué me siento tan mareada. Pero usted se levanta tan pronto y...

... es vieja y frágil y tiene muy pocos placeres aparte de la co-

mida. Pero no dice eso. Alimentos y recuerdos. ¿Qué es lo que tratamos una y otra vez de recuperar de nuestro pasado, qué maravilla dejada fuera de lugar y pisoteada en nuestra prisa por vivir los días, esos días que, una vez desaparecidos, adquieren la majestad de un eterno testimonio: *estuve allí, hice esto, aquellos tiempos fueron así, era guapa y tenía todo mi potencial, mi hermoso futuro?*

–Estoy bien –le asegura vivamente a Kathryn–. Sigamos hasta el final de la cinta. Será bueno para nuestra silueta. Pregúnteme lo que quiera.

–Esa «admiradora»... ¿Ha leído sus memorias? Son mejores de lo que cabría esperar, y presenta una imagen de Zack bastante distinta de la que usted ofrece. Hábil, afable incluso, un hombre de mundo, y no sólo del mundo artístico.

–Hábil, tan hábil que la habría matado si ella no hubiera salido despedida del descapotable cuando Zack se estrelló en el bosque. La amiga que la acompañaba no tuvo tanta suerte y quedó debajo del coche cuando volcó. Zack no... voló de cabeza contra el tronco de un roble como una bala de cañón humana. Durante el funeral el ataúd permaneció cerrado, debido al terrible aspecto de su cabeza, un desastre.

La palabra «desastre» le detiene la lengua, sabe a algo perdido, escuece, es una palabra que a Zack le gustaba mucho usar, la empleaba para referirse a un cuadro donde el exceso de capas de pintura al intentar borrar la imagen había ido demasiado lejos, y tenía que eliminar ciertas zonas con una cuchilla para que la vida regresara a la tela.

–No, no he leído el libro de la admiradora. Sólo podría ser un texto interesado y semianalfabeto.

Kathryn parece sobresaltarse. El tono de Hope es nuevo para ella, y sus palabras no figuran en el vocabulario crítico de quien no quiere erigirse en juez al que ella está acostumbrada. Como si así mejorase el sentido del oído, se acaricia ligeramente las largas y negras hebras de cabello por encima de la oreja, y responde con prudencia:

–No le parecería del todo malo, si se decidiera a leerlo. Esa mujer escribe que, después de que usted le diera a Zack el ultimátum y se marchara a Europa, ella intentó sustituirla, pero cuando llevaba una semana en la casa, casi siempre en ropa interior (es evidente que aquel verano hizo más calor de lo normal) él se volvió por completo indócil. No probaba las abundantes comidas que ella le hacía, no la defendía cuando los viejos amigos de usted la desairaban, se bebía una caja de cervezas al día. No hacían el amor. Escribe que, cuando la miraba, sólo la veía a usted. Le había dicho a la amiga que murió debajo del coche que su relación no iría bien jamás, aunque él encarnaba todo cuanto ella quería, un gran artista. Su libro mantiene ese tono elegiaco, pero admite que no puede imaginar cómo habrían podido seguir juntos. Él todavía pensaba demasiado en usted.

–Es patético, como le he dicho –replica Hope, en tono inmisericorde.

Piensa que Kathryn debería dejar de darle ese condumio rancio, un alimento que en el pasado pudo ser delicioso para los traficantes de escándalos y los enamorados del arte, pero que al cabo de cincuenta años es por completo insípido. Zack había recreado con... ¿cómo se llamaba?, tenía un nombre de chico... con Meredith, y durante un par de semanas, la rudimentaria crueldad que ella soportó durante diez años. Mucho antes de que Zack se animara a buscar otra mujer, o de que ella lo hubiera encontrado en la Taberna Cedar, aquel territorio donde ahora se acechaba a las celebridades, Hope comprendió que su matrimonio estaba perdido. Mientras pintara, haciendo gestos con sus esmaltes diluidos sobre las grandes telas rectangulares en las que caían remolinos de aluminio líquido, lavanda, marrón y blanco, que se convertían en trémulos reflejos de movimiento, átomos, respiración, la moteada profundidad del mismo aire; mientras las exposiciones anuales en la galería de Peggy, y luego la de Betty, pues ésta, contra su propio criterio, tuvo que hacer suyo el mísero acuerdo con Zack cuando Peggy se largó a Europa, aparecieran fielmente en las revistas de arte, relacionadas entre las mejores; mientras hubiera realmente una clase de pintura que sólo él, en toda la historia del arte, pudiera crear, sería posible soportar la confusa rapacidad del concepto en que él mismo se tenía, y ella podría considerarse una compañera y creer que su entrega cotidiana se tenía en cuenta y figuraba en un celestial libro mayor. Pero cuando, después de aquella película dirigida por el alemán, Zack volvió a empinar el codo con ganas y ella, en aquella pequeña y penumbrosa habitación en el piso de arriba, reanudó su obra como el único camino hacia un futuro tranquilo, entonces el verdadero rostro de su matrimonio se reveló y la dejó aterrada. Una mañana, en aquel momento del día en que antaño, recién llegados a la isla, trabajaban con ahínco en el huerto, ahora convertido en una descuidada extensión de hierbajos con las vallas combadas y cuya cancela medio podrida, construida por Zack, ya no se abría, él subió pesadamente la escalera hasta el estudio de Hope, examinó la tela húmeda en el caballete y las obras colocadas a lo largo de las paredes, la pintura seca y endurecida, y le dijo con voz pastosa: «No está mal. No es fabuloso, pero no está mal».

Ella le replicó en un tono más cortante y hostil de lo que había pretendido. Estaba en su propio terreno, por estrecho que fuera. «Por lo menos lo intento. No me oculto detrás del alcohol, no voy dando tumbos por ahí en un viejo Oldsmobile, fastidiando a nuestros amigos. Los pocos amigos que nos quedan.» Habían sustituido el Ford por un gran Olds descapotable de segunda mano que parecía una embarcación blanca, ante cuyo volante Zack se había convertido todavía más en un peligro para sí mismo y el prójimo.

«¿De qué coño me estás hablando?» Parecía no saberlo de veras.

«De ti, Zack. Estoy hablando de ti.»

«Esos amigos, por llamarlos de alguna manera, ¿dicen que los fastidio?»

«No tienen necesidad de decirlo. Basta con que les mires las caras cuando entres tambaleándote. En las fiestas, mira cómo la gente se va al otro lado de la sala para evitarte, porque quieres liarte a golpes.»

Él bajó la mirada, azorado. «Que los jodan. ¿Quién es esa gente?»

«Roger. Onno. Bernie. Bernie me ha dicho que intenta aguantarte por consideración hacia mí. Incluso Clem, el que más bombo te ha dado hasta hace poco, convencido de que ha sido él el que ha cimentado tu fama y te ha proporcionado la teoría que necesitabas para realizar tu obra, incluso Clem te evita.»

«Me ha machacado en su última crítica.»

«Está preocupado por ti. Quiere que vuelvas al trabajo. Que te lo tomes en serio.»

La presencia de Zack, pesada y fragante, cuando estaba muy cerca de ella anunciaba peligro. Oía su respiración, húmeda, laboriosa tras haber subido la escalera, detrás de ella mientras intentaba aplicar un largo y suave trazo de alizarina carmesí para equilibrar una mancha roja en lo alto de la tela, como un sol que ardiera a través de la niebla marina. Hope había querido que fuese una obra desmadrada, llena de empuje y atracción, pero le estaba saliendo apagada, nebulosa, compuesta con un rigor, un cuidado del que no podía prescindir.

«Clem es un desgraciado. Soy yo quien le ha hecho, no él a mí. Y Roger es un maricón.»

En el áspero humor de estas palabras había un atisbo de reconciliación. Hope aprovechó aquel momento en que Zack no la apremiaba torpemente para que le ayudara a determinar si el trazo carmesí devolvía la vida al resto de la tela, la vida que, en opinión de Hochmann, surgía de la tensión entre los colores.

Zack vio la dirección de su mirada, desviada de él, y eso le molestó.

«Si quieres que te diga la verdad, apesta», le dijo. «Apesta a paisaje. Ahí está el puñetero sol, asomándose entre las jodidas nubes grises. Mira, ahí está nuestra mierda de casa, ahí está el granero, esas jodidas líneas serpenteantes deben de ser nuestros árboles.» Movía las manos al hablar, y sus dedos rozaron la pintura húmeda. Se limpió la mano en la bata de Hope; la bata estaba cubierta de pintura, pero aquello la enfureció de todos modos.

«No me toques, estúpido alcohólico. Y mantén los dedos apartados de mi cuadro. No sabes lo que estás haciendo.»

El surco entre las cejas de Zack se hizo más profundo. «Soy un alcohólico y tú eres una tía», le explicó con una altanera serenidad de borracho. «Las tías no sabéis pintar. Hay pucheros y pinceles, los pucheros no pintan. No sobresalen. Los palos y los pinceles pintan. Mira.» Con el extremo romo de un pincel que descansaba en el estrecho estante del caballete, dio unos toques a la pintura húmeda, haciendo uno de sus desgalichados jeroglíficos.

«Te he dicho que no tocaras mi maldita tela, Zack.»

«Le estoy dando cierto valor. Mira, la firmaré, será mi contribución. El precio inapreciable. Esto hará que algún día valga un millón de pavos.»

Zack se agachó, resollando por la nariz, para garabatear su firma con el extremo del mango del pincel a lo largo del húmedo trazo de alizarina carmesí. A ella nunca le había gustado esa firma, que le parecía propia de una persona semianalfabeta. Le apartó la cabeza de un codazo, y la pintura que tenía en la manga de la bata dejó una mancha en la calva y reluciente parte delantera de la cabeza de Zack. Le dolía el codo, y debía de haberle hecho daño, porque él tenía los ojos acuosos y estrechados, tanto que su color leonado había desaparecido. Todavía esforzándose por salir de su aturdimiento y enseñarle, le dijo: «No seas engreída y gilipollas, el mejor pintor del mundo te está dando consejos. Déjalo correr. Lo que estás haciendo es una mierda. Mierda pseudofigurativa. Nunca lo conseguirás, Hope. Tu héroe, Hochmann, era un farsante cabeza cuadrada que tampoco lo consiguió jamás. Podía hablar más que una cotorra, pero no tenía redaños para ser un pintor de veras. Tú eres como él, empeñada en encontrar la jodida manera de abrirte paso».

«Déjame en paz, Zack. Déjame pintar durante una hora al día y el resto del tiempo seré tu esclava idiota. Sólo una hora, eso es todo lo que te pido. Aquí estoy contigo y sin poder moverme, sin más compañía que la de esos vagabundos con los que te reúnes en la Gota de Limón... has ofendido a todos los demás, nunca nos invitan a ninguna parte, en las casas de Onno y Bernie todo se paraliza cuando entras tambaleándote.»

Ella insistía en ese aspecto de las cosas porque a Zack le dolía pensar que era cierto. Pese a todo, se imaginaba encantador, el hermano pequeño, la mascota de su madre. Y él seguía metiéndose con la pintura de Hope porque sabía que ése era el modo de hacerle daño, su punto flaco. Zack tenía un solo pensamiento: aguijonear, atacar; era como uno de esos abejorros que se posaban en sus telas y sobre los que caía la pintura chorreada; la pintura se solidificaba y el cuerpo peludo y seco del insecto quedaba allí para siempre, momificado. «Das pena, siempre pensando en abrirte paso. Deja de pensar. Deja de trajinar aquí. No vas a conseguir nada. Vete abajo de una puñetera vez y limpia un poco la casa, que está hecha una pocilga. Por lo menos cuando mi madre estaba aquí...»

«No me compares con tu madre, no hacía más que ocuparse de la casa, se engañaba a sí misma, creía que si tejía a ganchillo suficientes pañitos de adorno todo sería respetable, pero no erais respetables, erais un puñado de indisciplinados y sinvergüenzas sin padre que os largasteis de casa en cuanto os fue posible, lo único que a ella le encantaba era la apariencia de respetabilidad, de estar un poco por encima de lo que realmente era.»

«Mi madre era una mujer muy valiente. Nos alimentaba y vestía con la limosna que enviaba mi padre, y mantenía el hogar en buenas condiciones. Otros chicos querían venir a mi casa, por lo agradable que era el ambiente. Les daba galletas que ella misma había horneado. No vivía en una mansión de Main Line infestada de criados, lo hacía todo ella misma. Lo que tu dura cabecita no puede entender es que nosotros no tenemos criados, somos los criados.»

«Querrás decir que yo soy la criada. Me ocupo de la cocina, de la limpieza, hago las camas, intento segar el césped, puesto que tú has abandonado esa tarea y no haces más que beber, y si la casa parece una pocilga es porque en ella habita un cerdo: tú. Un cerdo borracho como una mofeta. No es de extrañar que nuestros amigos nos odien. Nuestros ex amigos. Tus colegas. Les damos lástima, Zack.»

«Soy el pintor más grande del mundo y lo saben. En ese periódico italiano han dicho que mi obra relega al pasado a la de Picasso, ¿cómo le llamaban, el *povero* Picasso? Escucha, mocosa desgraciada, a mi madre no le llegarás nunca ni a la suela de los zapatos.» El furor había apartado por un momento la bruma de su cerebro, pero ahora divagaba y se tambaleaba de nuevo.

«Vete de aquí, por favor», le pidió Hope. «Éste es mi *povero* y pequeño estudio, es oscuro y minúsculo, pero es mío, el único sitio en esta casa donde puedo encontrar algo de paz y dignidad.»

Zack no se movió, como un abejorro atrapado en alguna de sus pinturas. Su semblante perplejo buscaba algún destilado, alguna moraleja que la mención de su madre le había recordado que yace en la base de toda circunstancia.

«El lugar de una mujer», se le ocurrió decir, «está detrás de la escoba o tendida boca arriba.» Parecía una frase que había oído decir en la Gota de Limón.

«¿Ah, sí?», replicó Hope. «¿Es así como me quieres? ¿Tendida boca arriba? Vamos a ello, muchacho, hace siglos que no lo probamos. Dame un minuto para que limpie los pinceles y me ponga el diafragma.»

«Bueno, déjalo estar.»

«¿No te das cuenta, Zack, de que ya no puedes ni follar? Necesitas ayuda.»

«El objetivo de follar es tener hijos», replicó él.

«Vuelves a salir con eso, como si estuvieras en forma para ser padre. El objetivo de follar es la salud, la salud psicológica y emocional.»

«¿De eso se trata?», se burló él. «Vete a hacer puñetas, Hope. No eres mi psiquiatra.» Pero ella había conseguido que se marchara; le estaba dando la espalda. «Vete a follar con otro.»

Su situación no tardaría en ser irrevocable.

«No, Zack, espera. No quería decir eso. No quería decir la mitad de las cosas que he dicho. Lo único que ocurre es que me siento muy frustrada, porque te quiero.»

«Te digo que te vayas a follar con otro. Deja de fastidiarme.»

Se había vuelto a medias, pero giró lentamente para enfrentarse a ella de nuevo, para darle la cara, hinchada y con una mancha de alizarina roja en el lugar de la frente donde el codo de Hope lo había golpeado, pero todavía suya, aquellos tres hoyuelos, los aros de músculo, dando aún la impresión de afabilidad y energía masculina. «Deja de fastidiarme de una puñetera vez», repitió, sin poder moverse, e intentó concentrar la mirada en ella pero no lo consiguió, y el aleteo del amor, el imperioso impulso de reconciliación, se extinguió en ella, horrorizada ante lo que veía: que a él no le importaba. Ella no le importaba en absoluto. Se había convertido en un simple ruido en su oído, un impedimento en su visión; sólo le importaba la búsqueda emprendida en el fondo de su cerebro, la búsqueda en el granero, donde ahora no encontraba nada. Antes solía permanecer sentado, contemplando las telas empezadas durante horas, pero al cabo actuaba, añadía pintura. Ahora no hacía nada. Su lesionado cerebro de alcohólico estaba paralizado, y ella no era ninguna ayuda, no era nada para él, una figura envuelta en una niebla tan densa que tanto podía estar ahí como no, en todo caso la odiaba, porque le planteaba exigencias, como las plantea una mosca que se te posa una y otra vez en la muñeca y los labios y te produce un cosquilleo insoportable. Él necesitaba silencio y quietud, lo único que le importaba era el arte, el fuego en el fondo de la caverna, y el resto del mundo era una ilusión, una molesta distracción, se la quitaba de encima como a esa mosca y, enfrascado como estaba en otra cosa, ni reparaba en que se había ido, sacrificaba cuanto era ordenado, decente y cotidiano a la llamarada hosca y obsesiva de su arte, su arte estúpido y egoísta. Últimamente, sumido en su atasco creativo, realizaba unas pinturas en blanco y negro, en las que volvía a la creación de imágenes, caras y figuras, garabatos que manifestaban de nuevo lo que las pinturas con la técnica del goteo, tan deslumbrantes, habían ocultado: que no sabía dibujar. La cara que a ella siempre le pareció hermosa, con el frunce de desconcierto y los ojos leonados y vigilantes, ahora le parecía un muro, una ingrata extensión lisa contra la que ella había arrojado y desperdiciado su joven vida. Incluso ahora, la revelación recordada le hace notar en la boca un sabor cáustico, el sabor del agua del grifo que ha recorrido kilómetros por unas cañerías corroídas.

–Supongo –le dice Hope a Kathryn– que debería complacerme saber que Zack trató a Meredith tan mal como a mí, pero la pobrecilla se relacionó con él cuando ya estaba muy deteriorado. No conoció al Zack sobrio, al Zack que trabajaba duro y que amaba el aire libre, al Zack que era cariñoso con los niños. En la playa solía llevarlos a un lado y les construía torres con guijarros redondeados. Aquel alemán hizo fotografías de algunas de ellas, como si también fuesen obras de arte. ¿Me estoy repitiendo? –Sonríe para ocultar el sabor en la boca, el sabor a tristeza y derrota–. Y tal vez lo fuesen... algo así como los objetos extraños en las obras de Yves Tanguy. Hay ocasiones, Kathryn, en que todo este mundo del arte, que ha constituido mi vida, por supuesto, parece de lo más transitorio y desechable. Ahora visito los museos y miro esas telas demasiado grandes y jactanciosas de Zack, Phil y Jarl, y todas ellas me producen una sensación de enorme fatiga... las pinturas de Phil, sobre todo, se han agrietado y arrugado, el negro parece alquitrán que se ha secado en una terraza al sol, y los colores de Seamus han sufrido un cambio químico; ha desaparecido aquella maravillosa ilusión de *cernerse en el aire* que tenían, los rosa y los tonos salmón parecen de yeso, borrosos, se han vuelto apagados, y hasta la pintura alumínica que Zack utilizaba tanto a finales de los años cuarenta se ha ennegrecido, he hablado con los conservadores del museo y dicen que no se puede hacer nada, pero recuerdo que esos elementos te llamaban la atención con sus destellos. –Mira a Kathryn, como si ésta, de alguna manera, hubiese puesto en duda sus palabras. Suspira y sigue diciendo–: No eran obras maestras del pasado, ni siquiera eran comparables a Picasso. Aquellas pinturas cubistas que éste y Braque hicieron uno al lado del otro en aquel pueblecito de los Pirineos en 1910, ¿cómo se llamaba?... Céret... están todavía tan frescas como si fuesen nuevas, las miré la última vez que estuve en el Museo de Arte Moderno de Nueva York, hace unos años, tal vez bastantes años, ahora que pienso en ello. Zack y los demás no se preocupaban de la permanencia, no molían sus propios pigmentos ni tenían aprendices que lo hicieran, tomaban los materiales que encontraban a la venta, no les importaba lo que ocurriría al cabo de cien años, tal vez creían que, con la bomba atómica, no existiría un futuro tan largo; en cierto modo eran como los artistas de *performances*, buscaban el efecto en el presente y no pretendían hacer algo eterno. Bernie era un poco diferente... se interesaba por los métodos tradicionales, pintaba lentamente, en telas de tamaño normal. En esa ocasión en que visité el Museo de Arte Moderno, los dos o tres grandes Novas que hay allí tenían el mismo aspecto de siempre, eran viejos y queridos amigos.

–Hay declaraciones suyas en las que usted afirma tener escaso interés por el arte de las *performances* –le dice Kathryn.

–Bueno, por un lado es... ¿cómo se dice?... una redundancia, porque todo arte es actuación, desde las pinturas rupestres en adelante. Por otro lado, lo que se entiende en general por esa clase de obras es contrario a todo cuanto yo creo que constituye el arte. La *vida* es la actuación; el arte es lo que sobrevive a la vida. Lo cual, por supuesto, es la motivación de esos creadores: lo hacen para desconcertar a las personas como yo. Pero ha pasado de moda con mucha rapidez, ¿no es cierto?

En lugar de responderle, Kathryn le formula otra pregunta, en un tono de voz que intenta ser idéntico al que envolvía a la pregunta anterior, pero que al oído de Hope le suena envuelto en un barniz, una capa transparente que se endurece, como por medio de la acción química, para neutralizar su ingreso en una región de la memoria más íntima.

–¿Qué importancia tenía para usted su relación con Bernie Nova?

Hope le da tan sólo la satisfacción de un instante de silencio antes de replicarle:

–Fue importante como una transición. Bernie siempre había bromeado conmigo, yo sabía que le gustaba, todos lo sabíamos, y al morir Zack no hubo muchos entre el antiguo grupo de la taberna Cedar que quisieran relacionarse conmigo. Estaban celosos de la fama de Zack... casi en el momento en que chocó con aquel árbol, se convirtió en *el* pintor de su época, tanto el realizador como el símbolo, pero hacia el final de su vida había sido un pelma beodo de tal calibre que una especie de hedor se aferraba también a su viuda. Yo sólo tenía treinta y tres años cuando Zack murió... tenía una vida larguísima y vacía por delante. –Trata de aclararse la garganta, invadida por una repentina aspereza; es el nudo de la desolación rememorada–. Oh, Dios mío –dice riendo, mientras los ojos se le humedecen y ve borroso el severo rostro de Kathryn–. De repente me ha entrado esta terrible carraspera. Mi garganta no está acostumbrada a hablar tanto. Tendríamos que comer algo.

–Antes de que lo hagamos –porfía Kathryn–, hay algo a lo que me gustaría volver. Habla usted de los últimos cinco años de Zack como si hubieran sido un puro desastre, pero en los años noventa varios críticos examinaron con mucha atención lo que consiguió hacer en ese periodo. El año pasado, en una subasta de Sotheby's, uno de aquellos biomorfos con la pintura vertida a medias en blanco y negro se vendió por casi tres millones de dólares.

–Pobre Zack, jamás tuvo dinero. Vivíamos de esas asignaciones que nos daban a regañadientes.

–Como sabe, *La enramada del ángel* se utilizó en un sello para la serie de artistas de posguerra. Siempre me ha encantado su regreso a los colores como los de Matisse.

–Yo le puse ese nombre, fue uno de los últimos cuadros en los que me permitió que le ayudara a bautizarlo. Estaba ese rincón a la sombra donde tendió una hamaca, debajo del arce plateado, a este lado del granero. ¿Pero no le pareció que era... cómo podría decirlo amablemente... un garabato?

–No, me parece que está muy pensado. Y en cuanto a la gran tela vertical que hizo en el cincuenta y cuatro, *Número Sesenta y uno*, las lenguas vibrantes que corroen el centro negro, los críticos la consideran su homenaje a Jarl Anders, pero yo creo que supera lo que hacía Anders y que tiene lo que éste nunca tuvo, que refleja pasión y duda y da una sensación de *abrirse paso luchando* hacia algo, atravesando otra cosa. A mi modo de ver, en la obra de Anders todo sucede sin suficiente resistencia.

–El padre de Jarl fue pastor protestante. Jarl le enviaba a Zack unas cartas enloquecidas, escritas a máquina y llenas de frases tachadas con la letra equis, en las que le instaba a mantener su integridad, a librar la buena lucha, revolucionar la humanidad, arrojar a los mercaderes del templo, etcétera, y Zack se lo tomaba como un estímulo. Creía que el otro dirigía esas palabras a lo mejor de sí mismo. Nadie más pensaba que él poseyera algo como aquello, tan celosos estaban de su fama y tan disgustados por su vicio de la bebida y su rudeza. Creo que, en cierta manera, Jarl hacía que Zack recordara a Benton, uno de esos hombres de la América profunda, irritables y de intereses típicamente masculinos. Y de alguna manera las dificultades de Zack después de 1950 le demostraron que Jarl tenía razón cuando decía que la sociedad era una trampa totalitaria y que la comunidad artística estaba corrompida sin remedio. Pero cuando Zack subía al viejo Oldsmobile (nunca tuvo un coche nuevo, jamás, imagínese, sólo el modelo A y aquel trasto tan potente que a lo mejor gastaba un litro de gasolina para recorrer cinco kilómetros y, cada vez que se detenía a repostar, se tragaba por lo menos un litro de aceite) y emprendía el largo recorrido hasta la casa de Jarl y Frieda en Amagansett, la vieja iglesia metodista abandonada donde Jarl trabajaba, éste no salía de debajo de su Jaguar, al que siempre le estaba haciendo una reparación u otra. Al contrario de mí, Frieda tenía algún dinero. Mi padre aún vivía, y mi hermano mayor, el que no murió en la guerra, volvía a tener una posición ventajosa en Filadelfia. Los dos desaprobaban mi matrimonio con Zack, al que veían como un bruto borracho, y no podían imaginar qué atractivo le encontraba yo. De hecho, si necesita conocer estos detalles, Kathryn, no quedaba gran cosa de la fortuna familiar. Mi padre había derrochado casi todo lo que heredó de mi abuelo y podría decirse, si la gente de hoy todavía utilizara esa clase de expresiones, que estuvo a punto de quedarse con una mano delante y otra detrás. Bueno, ¿por dónde iba? Ah, sí. Jarl. Soñaba con eliminar la influencia europea de la pintura norteamericana, lo cual venía a ser lo mismo que tratar de eliminar la sangre europea de la población. Decía de la obra de Zack que era «impresionismo sin desembrollar». Decía cosas ingeniosas y divertidas, pero la verdad es que, entre los hombres a los que conocí en esa época, Jarl era uno de los pocos que no me resultaba atractivo. Era alto, demacrado, de color cetrino, con un pelo que parecía muerto y los dientes protuberantes. Y una mirada feroz. Qué mirada. Yo tenía la sensación de que me encogía ante ella. Tampoco él me aprobaba. Me consideraba una chiquilla alocada. Me veía como miembro del partido del Demonio.

Kathryn se inclina cautelosamente hacia delante para examinar la pequeña grabadora y comprueba que sigue ronroneando.

–Dígame, Hope, ¿le importaría volver un momento a su relación con Bernie Nova?

Ante esa súbita muestra de familiaridad, Hope toma una iniciativa, para ella violenta, y se levanta. La mecedora hecha de distintas clases de madera, aliviada de su peso, se inclina hacia atrás desde el reverso de las piernas. Le duelen las rodillas, tiene la garganta seca, el vacío en su estómago es un analgésico que no ha podido digerir.

–Ah, querida –le dice a la entrevistadora–. Eso sucedió hace demasiado tiempo. Vamos a comer algo, debe de estar famélica.

Aunque no es alta, estar en pie altera su perspectiva, de manera que la estancia, esta sala cuadrada, con escaso mobiliario, ventanas de espléndidos marcos y cortinas de cretona de color marrón desvaído, le parece súbitamente extraña: la repisa de la chimenea, sustentada por unas columnas jónicas, de pequeño tamaño pero de factura impecable, pintada de color crema; su carga, formada por un pequeño reloj de caja dorada, dos candelabros de latón y un marco de plata con la fotografía en color, de sus tres hijos en bañador al lado de una piscina de color turquesa, en Connecticut, cuando todos ellos tenían menos de diez años, hace más de treinta y los colores de la imagen ya están desvaídos; la redonda mesa de nogal, sobre la que descansa la gruesa bola de cerámica azul que es un pie de lámpara y un rimero de cuatro posavasos de corcho, como otras tantas fichas de póquer de tamaño desmesurado; la poltrona con tapicería de cuadros escoceses y una oxidada lámpara de pie con brazo transversal, no menos añeja, la pantalla de papel ennegrecida, como si se hubiera chamuscado, y con la imagen de un *setter* apuntando con el morro en la dirección por la que llega el olor de la presa; la alfombra oval hecha con retales multicolores trenzados; las tablas del suelo, de madera de pino pintada de rojo oscuro y más anchas que las tablas más anchas que hoy es posible obtener; las paredes de yeso auténtico, desnudas y con una sutil irregularidad, tristemente decoradas con unos pequeños grabados abstractos, regalos de viejos amigos ya fallecidos; contra la pared, una estantería cuyos estantes inferiores son demasiado estrechos para los libros de arte cuyos lomos sobresalen. Todo parece envuelto en un manto de extrañeza, la extrañeza que debe de producir la otra vida, por muy parecida que sea a nuestra vida en la Tierra, a los que acaban de morir. Hope no suele sentarse en esta sala, y su territorio habitual se ciñe a la cocina, el dormitorio que está arriba y el estudio situado más allá. Cada noche, después de haber añadido el plato y el vaso de la cena a los que ya aguardan a que el lavavajillas esté lo bastante lleno para ponerlo en marcha, piensa en entrar ahí y correr las cortinas detrás de la poltrona para eliminar la corriente de aire y leer su libro de la semana, o incluso mirar las láminas de uno de los libros de arte en los que se va acumulando el polvo, pero no suele hacerlo y prefiere subir al caldeado dormitorio. Subir la escalera, «trepar por la cuesta de madera», como decía su abuelo, hace que le duelan las rodillas y la cadera izquierda, pero cree que eso la ayuda a mantenerse en movimiento, la ayuda a vivir un año más fuera de una de esas residencias para ancianos, con cuidadores, suelos de goma y prohibición de subir escaleras, donde a sus dos hijos les gustaría verla instalada para la tranquilidad de su conciencia, pues su imagen resultaría dañada si la anciana muriese sola y angustiada en la escalera de su casa, como le ocurrió a la poetisa Edna St. Vincent Millay. Es tan infrecuente que se siente en la sala, que el espacio desde su perspectiva cuando está en pie y, por un instante, aturdida, parece el reflejo de un sobresalto, los rincones en huida tras recibir una sacudida, elásticos y al sesgo como los rincones en las habitaciones de Van Gogh o Lucien Freud. Hay una tonalidad lavanda, un matiz psicodélico en las paredes empapeladas, en los cristales delgados y alabeados, que en ciertos momentos llega lateralmente a los ojos de Hope, como si quienes habitaron ahí en el siglo que se ha ido hubieran exhalado una tonalidad de sus vidas sobre esas superficies.

Se vuelve para preceder a la entrevistadora camino de la cocina, y a sus espaldas Kathryn apaga la pequeña grabadora, su fiel testigo, impasible como una cámara de seguridad cuya borrosa prueba acaba por ser rechazada por un tribunal de justicia. Al pasar ante las ventanas, ve que el cielo, esta mañana tan despejado y de un azul tan puro, está cubriéndose. Las blancas nubes diseminadas se expanden hasta llenar los espacios entre ellas, se juntan tan prietas como losas grises, con algo vaporoso que surge entre los resquicios, de modo que la luz del sol que se filtra a su través es trémula, como los reflejos temblorosos de las ventanillas de un tren que pasa. Cuando vuelven las sombras después de esos intervalos relucientes, la luz parece más profunda, más encerrada, tras haberse hundido en algún elemento oscuro, de manera que las ramitas y ramas alrededor del comedero de los pájaros tienen un aspecto húmedo y oscuro. Hope enciende la luz de la cocina, unas portillas abiertas en un falso techo que oculta el verdadero, hecho de hojalata troquelada, pintada de color calabaza y manchado por el humo que estaba ahí cuando ella y Jerry compraron la casa veinte años atrás. El reloj digital del microondas señala la 1:22 en números rojos segmentados.

–Hace demasiado tiempo de eso –repite Hope–, y sé que Bernie desearía que fuese discreta. Él y Jeanette tenían entre sí la clase de discreto acuerdo a la que Zack y yo jamás llegamos. Yo era demasiado joven e idealista, y Zack demasiado primitivo, demasiado carca a su manera. Bueno, Kathryn, pensemos juntas. Puedo calentar una sopa enlatada, de guisantes o pollo con arroz, y preparar una ensalada de atún. Sé que me queda una lata, porque anoté que debía comprar más en Montpelier.

–¿Qué comería usted si estuviera sola?

–Pero no lo estoy. Si estuviera sola, probablemente saldría de casa con un puñado de nueces del Brasil y orejones... hay una tienda dietética en Montpelier donde todo es comida para monos, que comes con las manos, toda clase de frutos secos y galletitas saladas recubiertas de yogur, que imaginas estupendas para tu salud pero que en realidad están cargadas de calorías y azúcar. La gente habla de alimentos naturales como si, en última instancia, la naturaleza no fuese el origen de todo. Voy a mirar en el frigorífico, pero no comeremos bocadillos, ¿verdad? Demasiado almidón, ¿quién dijo que el pan es el sostén de la vida? O fue Jesucristo o fue el señor Pepperidge.* Y la sopa enlatada, sa-

* Arnold «Milagro» Pepperidge, emprendedor panadero que, a comienzos del siglo xx, cuando empezaban a popularizarse los «perritos calientes», descubrió cuál era el número exacto de panecillos que debía contener un envase, a fin de evitar el enorme desperdicio de pan. Más adelante se menciona un pan de centeno «Pepperidge Farm». Se trata de una gran empresa norteamericana que fabrica productos de panadería y pastelería. *(N. del T.)*

turada de sal y conservantes. Usted debe de matarse de hambre para guardar esa línea... a pesar de las bebidas y las comidas pesadas que sus amigos le hacen consumir cuando salen con usted, tratando de impresionarla con sus gruesos billeteros. ¿O acaso tiene eso que ahora llaman una relación estable?

–Corro –replica Kathryn, haciendo caso omiso de la última pregunta–. Me encanta correr desde que era pequeña.

–También yo corría, pero entonces no se consideraba apropiado después de cierta edad, cuando eres demasiado mayor para practicar deportes. Ahora hacer ejercicio está de moda, en verano la gente corre por las carreteras de estos alrededores, es asombroso que no muera más gente atropellada.

–Vivo en la calle Liberty, cerca del World Trade Center, y puedo correr por Battery Park City, a lo largo del río.

–¿Y no es arriesgado?

–Qué va. Vivo en un edificio feo, pero el alquiler es menor que en la zona de TriBeCa. Mi piso está situado encima de una tienda de colchones y una peluquería. Durante el día frecuenta la zona mucho joven cachas que se dedica a las finanzas, pero luego se van a casa, a Nueva Jersey, o donde sea que se viva más tranquilo. Es un lugar muy seguro.

–Estupendo. Antes Nueva York era segura de una a otra punta, o así lo creíamos cuando éramos jóvenes y necios. Siéntese. ¿O prefiere echar un vistazo y recoger detalles para su artículo?

–No se trata exactamente de esa clase de artículo.

–¿De que clase de artículo me dijo que se trataba... exactamente?

–Mis artículos no son como los de otros... son más bien ensayos. Impresionistas, podríamos decir. Nunca sé del todo qué voy a decir hasta que empiezo a decirlo.

–Una excelente manera de proceder. Ojalá fuese capaz de pintar más de ese modo, pero siempre, como soy tan apocada, he de mirar hacia el futuro. Bueno, veamos... ensalada de atún. Aquí está el atún. ¿Será tan amable de abrir la lata? Mis manos todavía son útiles para casi todo, pero dar vueltas a esa manecilla me dispara la artritis, ojalá nunca la sufra, ataca a un nudillo tras otro. Lo noté por primera vez cuando apretaba con un dedo las páginas de un libro para señalar el lugar mientras respondía al teléfono. Esa pequeña presión me causaba dolor. Desde entonces, basta cualquier presión para desencadenarlo, sobre todo en días como hoy, en los que se está preparando nieve o lluvia. Uno de los motivos por los que ahora diluyo la pintura con aceite de linaza es que así tengo que apretar menos el pincel. Apio... hay apio en uno de los cajones, espero que no esté muy pasado.

–¿Quiere que lo corte?

La cara de la joven, por encima de la lata de atún redonda y achaparrada que ha abierto con destreza, también parece haberse abierto, como si se mantuviera infantilmente a la expectativa bajo la cruda luz de la cocina; aquí la luz inunda cada grieta y forma un baluarte contra la oscuridad exterior, donde las sombras de las nubes se deslizan por el césped marchito como golondrinas en verano. Kathryn se sienta en un taburete, ante el panorama de aquella isla coronada de serpentina, y la lata de atún abierta libera un genio de olor aceitoso: es el atún sacado de su elemento, que se contornea boqueando, boquea entre congéneres moribundos, a miles de millas océano adentro, en medio del agitado Atlántico, resbalando coleante por la cubierta del barco que cabecea.

–No, no, usted siga sentada. Imagino su fatiga, después de haber dormido mal en la cama extraña de un motel. ¿Volverá ahí esta noche?

–Oh, no, esta noche vuelvo a Nueva York. Había pensado que a estas horas ya estaría en camino.

Hope se siente aliviada. Esta intrusa se marchará pronto,

o por lo menos su visita tiene un final a la vista. ¿Por qué razón Hope no puede establecer el límite, imponiendo las prerrogativas de su edad y su prestigio superior? Su deseo de complacer, de ser querida, la ha importunado durante toda la vida. Incluso ahora, ¿quién le pedía que ofreciera el almuerzo a la chica? A juzgar por su aspecto, puede alimentarse ella misma o saltarse una comida. Si es judía, su mamá la habrá cebado desde el primer día, esa gente cuida de los suyos, en comparación con la madre de Hope, que dejaba el asunto en manos de la cocinera o alimentaba a la niña con su misma parquedad dietética –un poco de cereal para desayunar, una pera en conserva sobre una hoja de lechuga–, que engullía humo de tabaco en vez de comida y detestaba la gordura que la rodeaba en Pennsylvania. No es de extrañar que, con semejante modelo, Hope haya sido una madre nerviosa e imperfecta. Ahora nota el afanoso latido de la sangre en las mejillas y la garganta, y la mano que sujeta el largo cuchillo le tiembla al aplicarse a esta tarea del todo innecesaria. Le da la espalda a la joven, en pie ante la pila y la tajadera que está al lado, bajo la franja luminosa instalada en la parte inferior de los armarios, a un paso del frigorífico. Arranca los duros y filamentosos tallos externos del apio, corta dos varillas interiores más pálidas, formando arcos de centímetro y medio, y, juntándolos rápidamente con la mano izquierda en un montoncito, corta los arcos en fragmentos más pequeños que dados, la mano derecha moviendo el cuchillo arriba y abajo sobre el fulcro de su punta letal. Entonces, de un cajón en el compartimento inferior del frigorífico que contiene una serie de exquisiteces abandonadas (ha de recordarse que debe seguir cocinando, seguir viviendo, esforzarse por no caer en una senilidad maniática y limitarse a mordisquear nueces y pasas), saca un pimiento rojo que, perdida la frescura, comienza a encogerse, un ramillete de perejil marchito, todavía ceñido por la cinta de papel del supermercado, y un limón que se está volviendo de un blanco verdoso en un extremo. Pica el perejil, corta el limón por la mitad y tira a la basura la parte mohosa. Abre el pimiento, extrae el núcleo cuajado de semillas, convierte el resto en tiras y las corta al través. Retira la lata de atún de entre las ociosas manos de Kathryn, largas y de uñas pintadas de oscuro, en el lugar donde la joven está sentada, contemplando aquella isla verde de serpentina, y la vacía en un escurridor que sostiene sobre la pila, para eliminar el exceso de líquido, y mezcla la carne de pescado, color de ante y rosa, que se desmenuza fácilmente pero que no hace mucho era un pez flexible y rápido en el frío Atlántico, en un cuenco de Pyrex con una cucharada de mayonesa, añadiendo los fragmentos de apio y pimiento rojo, y repara en que muchos de éstos tienen forma de rombo. En el fondo de su memoria parpadea la imagen de las manos de su madre, unas manos vigorosas, de deportista, los dedos demasiado delgados para sus grandes anillos de brillantes, realizando con rapidez alguna tarea en la cocina al nivel de los ojos de la niña, sobre un viejo mostrador de madera. Así pues, de vez en cuando su madre se aventuraba en la cocina. Mientras Hope mezcla los ingredientes, exprime encima todo el zumo de la mitad sana que cederá a la presión de sus dedos doloridos y deformados por la artritis. Más que el dolor, y por vano que sea, le preocupa la penosa imagen de sus dedos deformados, unos dedos que ya no están paralelos, y le molesta que se rocen. Mientras exprime el limón y remueve, le dice a la entrevistadora:

–Bernie era reconfortante. También por aquel entonces, a principios de los años cincuenta, tenía sus motivos de aflicción. Sus exposiciones en la galería de Betty, en el cincuenta y el cincuenta y uno, fueron fracasos absolutos, las ridiculizaron... aquellas grandes telas con una o dos franjas verticales tras haber manifestado con tanta pesadez sus opiniones nietzscheanas o lo que fueran en los años cuarenta.

No lo incluyeron en la exposición *Quince norteamericanos* organizada en el Moderno en 1952, y eso lo enfureció. La gente se reía de él, de su monóculo, su mostacho, su manera de hablar grandilocuente. Parecía un desastre total, mantenido por su mujer. Jeanette compartía con otros socios la propiedad de un negocio de decoración de interiores en la avenida Madison. Pasaba mucho tiempo en la ciudad; habían conservado su piso en Central Park Oeste, podían permitírselo, mientras que el pobre Zack y yo...

Percibe la tensión que experimenta su interlocutora: Kathryn teme que Hope le cuente los detalles de su relación con Bernie Nova mientras la grabadora permanece ociosa en la otra estancia. Se inclina adelante, como si fuera a levantarse, y le pregunta:

–¿Puedo ayudarla en algo?

–No, querida, usted siga sentada. Esto es muy sencillo.

Hope ha sacado una lechuga de la variedad iceberg, la golpea sobre la tajadera para aflojar las hojas del cogollo, y arranca cuatro grandes hojas para dividirlas entre los dos platos (tienen los bordes rosados y desportillados e imágenes botánicas de flores silvestres en el centro, *Veronica anagallis-aquatica* de color lavanda para Kathryn, amarilla *Diplotaxis muralis* para ella), y con una cuchara de servir de plata de ley que ha visto muchas veces en la mano reluciente de su madre, intenta repartir unas porciones iguales de mucilaginosa ensalada de atún sobre las hojas de lechuga superpuestas. Espolvorea encima el perejil picado e, impulsada por una última inspiración, corona los montículos con unas mitades de nuez que extrae de un sobre de plástico colocado en un estante de la puerta del frigorífico y que tiene el nombre de una tienda de alimentos dietéticos.

–Dígame qué desea beber.

–¿Qué hay para elegir?

Sí, su madre la mimaba, le servía, como Hope está haciendo ahora.

–Leche desnatada, zumo de arándano, zumo de naranja, agua del grifo, cerveza de jengibre, pero la botella está abierta y no puedo garantizarle que no esté insípida. Yo tomaré zumo de arándano.

–¿No la hace mear? Quiero decir, que suele tener ese efecto. Como voy a pasar un buen rato en el coche...

Hope tiene que sonreír al observar cómo esta joven sigue ofreciendo la esperanza de su marcha y, sin embargo, dice cosas como «mear» y parece cada vez más, a medida que aumenta su confianza, dependiente de ella.

–No he observado ese efecto en mi caso. Claro que casi siempre estoy en casa. Puede tomar agua, pero no será el agua mineral a la que está acostumbrada, los grandes recipientes de plástico son demasiado pesados para que una anciana como yo pueda traerlos a casa desde el supermercado, y aquí el agua es de nuestro propio manantial, que está colina arriba, tan pura como Dios la hizo.

Supone que la palabra «Dios» en sus labios es tan torpe como «mear» en los de Kathryn. Cada una se está acostumbrando demasiado a la compañía de la otra. Son como boxeadores cuyos reflejos se vuelven más lentos en los últimos asaltos.

–¿Está filtrada?

–Por la arena del suelo.

–Sí, me gustaría probarla. Auténtica agua de manantial. La ensalada tiene un aspecto estupendo. Añadirle nueces es una idea fantástica.

–Le habría añadido aceitunas y anchoas de haberlas tenido.

–Me siento abrumada, no tenía intención de quedarme a comer, de veras.

–Es un verdadero placer, porque siempre he de comer sola. Sentémonos aquí.

La mesa de la cocina, bajo la ventana Andersen, es un círculo de roble de metro y medio de diámetro y diez centímetros de grosor, atornillada a una columna octogonal cuyos cuatro largos pies de roble requieren un trozo de cartulina doblado (un librito de fósforos es demasiado grueso) para nivelarlos. Esta mesa es una reliquia del matrimonio de Hope con Guy, y procede de la cocina que tenían en el piso de la calle Setenta y nueve. Todos comían en ella, los niños, el servicio... Guy y ella lo hacían entrada la noche. Ahora siempre hay en ella dos tapetes individuales de paja, tejida con un trenzado continuo que sigue el mismo principio de la ovalada alfombra de retales en la sala. Hope trae tenedores y servilletas de papel, y a continuación los vasos de zumo de arándano y el agua del manantial privado.

–Dicen que los viejos acabamos por olvidarnos de comer –prosigue–, pero a mí eso no me ha ocurrido del todo. La comida es... ¿cómo diría?... la última intimidad. No queremos abandonarla. –Empieza a comer y se dice que al atún le falta algo de sal. El zumo de limón tiene un sabor fuerte, está a punto de agriarse–. Supongo que nos iría bien un poco de pan –añade.

–Por mí, encantada –replica la joven. Tiene interés por la comida, eso es sano a su edad–. Permítame que lo traiga –se ofrece, y al momento se levanta, con un roce y un taconeo de botas y patas de taburete.

–En el cajón grande del medio, en el extremo, junto a la pila –le dice Hope– hay una panera empotrada. La tapa tiene unos agujeritos para levantarla, pero con mis dedos es difícil. Hay pan de centeno Pepperidge Farm.

Se da cuenta de que tal vez ponga «pan de centeno judío» en la etiqueta, pero decide que no importa, puede que la chica no sea judía, su cabello negro a la luz de la cocina tiene un tono rojizo, más evidente que un simple tono, es más eléctrico, francamente antinatural, propio del siglo XXI, ésta parece ser la moda, ya nadie deja su pelo en paz, no confía en que es bastante bonito. El *piercing* y los tatuajes no pueden resultar más extraños a una generación como la suya, para la que el cuerpo sin adornos, intocado, puro como el mármol impoluto constituía el ideal, la máxima belleza (incluso en la vieja y formal Filadelfia, las esclavas griegas y las doncellas indias estaban desnudas en las galerías, esculpidas en Roma por victorianos estadounidenses... ¿cómo se llamaban?), de modo que las pecas en los brazos y las espinillas de Hope y la zona tostada por el sol encima del blanco surcado de venas azules de los senos eran para ella un defecto, perdonado por la penumbra de un dormitorio. Al principio se sentía desconcertada en la luminosa casa de Bernie. Mientras la joven abre con dificultad la panera y busca en los armarios un plato apropiado (como sucede con la mayoría de los niños, se dice Hope, y piensa que habría sido mejor que lo hiciera ella misma), la anciana ve, a través de la ventana orientada al oeste, junto a la que está la mesa, al tiempo que domina su impaciencia y aguarda a que las torpezas culminen con la llegada del pan, que el cielo se oscurece detrás de las nubes apelotonadas y que un nuevo cielo ha aparecido detrás del que había, una calina gris azulada tras las cimas de las coliflores nubosas, un dibujo de franjas y jirones agitados como los copos que van aumentando de tamaño en un cuadro de Jarl Anders colocado en sentido horizontal, pero, dada su futilidad, más grandes que cualquiera de las obras creadas por Jarl, tanto más apacibles cuanto que son impremeditadas, no producto de unos indignos cálculos para alcanzar la gloria o para anular dos mil años de corrupción, serenas en su movimiento distanciado pero apremiante, esos espaciosos remolinos atmosféricos que expresan una perturbación en el oeste, una vaporosa convulsión que se aproxima desde el estado de Nueva York.

–Perfecto, muchas gracias –le dice a Kathryn cuando la joven trae una bandeja de postre con más de diez veces el pan que van a necesitar. También trae el plato en forma de vaca con la mantequilla, encontrado en un rincón de la puerta del frigorífico.

Kathryn come con delicadeza, tocándose una y otra vez las comisuras de la boca con la servilleta de papel a fin de evitarle a Hope cualquier atisbo de la pegajosa ensalada de atún masticada entre los bonitos dientes y la lengua.

–Y, sin embargo –le dice a la pintora–, la obra de Bernie Nova fue lo que condujo a la segunda etapa, la pintura a base de campos de color,* el minimal...

Hope está tan deseosa de demostrar su acuerdo, que no deja que la otra llegue a pronunciar «ismo».

–¡Lo sé! ¿Quién lo habría dicho? Los artistas jóvenes veían en Bernie algo que podía serles de utilidad, mientras que Zack, Onno y Phil... no podías hacer nada más en su línea si no eras *ellos*. Su individualismo llegaba a tal extremo, eran tan rabiosamente ellos mismos, digamos...

La entrevistadora la interrumpe a su vez.

–Eran tan apasionados... –dice Kathryn, todavía cuidando de su boca empapada en aceite, la lengua y los dientes revestidos por el aroma salobre del pescado, pero deseosa de llegar a alguna confluencia con la línea de pensamiento de Hope–, la única dirección a seguir que quedaba era la del arte frío, imperturbable.

–Sí, me alegro de que Zack no llegara a ver lo que vino después, porque lo habría enfurecido, le habría parecido demasiado trivial e insincero.

Ella y Bernie se acostaban juntos algunas de aquellas tardes en que Jeanette estaba en la ciudad, trabajando en el piso de un cliente, pero no tantas tardes furtivas como pudieron ser, de haber sido el sexo la esencia de su relación. Artísticamente eran como niños abandonados, allí perdidos, hacia el extremo de Long Island, entre la fluctuante maestría de Onno y la liberación de Zack cuando éste empezó a utilizar aquella técnica pictórica que marcó época, el goteo.

* *Color-field*, técnica característica de la pintura abstracta en la que se extienden sobre la tela grandes zonas lisas de color uniforme. *(N. del T.)*

Incluso Roger, el eterno colegial que producía sus *collages* de sabor francés y sus guiones y manchas negros de aire zen en enormes y lujosas hojas de papel verjurado blanco, se sentía seguro en el acomodado mundo de los críticos y los coleccionistas, los museos y las galerías, que magnificaban su modesto talento y le daban sustancia, le proporcionaban un asidero en la resbaladiza moda artística. A Hope la desmoralizaba el hecho de que Zack desdeñara su obra diciendo que era patéticamente femenino, mientras que a Bernie lo desmoralizaba que los medios artísticos lo despreciaran por petimetre y «literario». Durante la hora en que huía de una casa donde todo era malhumorada resaca, rencor inflamado, bloqueo diurno y juerga nocturna, encontraba estímulo en la casa recién construida de Nova, las relucientes tablas del suelo, de arce claro, las vigas de roble al descubierto, las ventanas panorámicas, con franjas de mar brillante y cielo lechoso sobre un campo con hileras de patatas de un verde polvoriento, el estudio de dos plantas donde las telas monocromáticas de Bernie que tantas burlas habían recibido plantaban cara, cada vez de mayores dimensiones, luciendo títulos en latín que eran como medallas que el propio pintor se hubiera concedido a sí mismo. El segundo piso de la casa era un enorme desván que daba, más allá de una balaustrada baja, al espacio superior del estudio, de modo que las pinturas eran presencias que compartían los dormitorios, con fragancia de madera nueva, y tenía la sencillez de un gabinete personal, en tonalidades escandinavas de teca y rojeces claras y lana sin blanquear, más severas en la habitación para invitados, donde, en un colchón colocado sobre un tablero de madera terciado, Bernie hacía de anfitrión de las redondeces de Hope, cuyo cuerpo, incluso en invierno, aparecía cubierto de pecas rojizas, unas pecas tan densas en los hombros y las espinillas que llegaban a fusionarse y se aproximaban al bronceado mediterráneo de las otras esposas. Hope pensaba que su cuerpo desnudo era un trueque justo por el humor sardónico y engreído de Bernie, las bromas visuales de aquella especie de dandi que eran su monóculo y sus trajes ingleses a medida, el paternal retumbo de su voz en el pecho, ancho como el de un cosaco. Era un judío ruso de tercera generación; su nombre, una simplificación de Novakhov efectuada por él mismo, y su mostacho, como un detalle de Gógol, parecía dotado de vida propia. Cuando hablaba, las puntas de las guías enceradas se movían con celeridad, y era fácil olvidar el resto de su cara, la nariz roma y porosa, los ojos de color oso pardo, los labios ocultos y bastante femeninos, con los que se expresaba de una manera rápida y rotunda.

«Me la trae floja si vuelvo a exponer en Nueva York o no», le dijo a Hope. «¿Para qué voy a molestarme? Todo es política, no sacas más que insultos. Me tienen miedo, soy demasiado serio para esos cabrones chismosos como mariquitas. Los asusto al pensar con seriedad, al pensar religiosamente. No están preparados para que una revolución trastorne su acogedor mundillo lleno de cháchara... una revolución que llega desde dentro, que surge de la pasión de un artista. Ahora pinto de una manera que es pura pasión, recia pasión pura y simple, y hace que esos mequetrefes se caguen encima. Los asusto porque, mientras ellos se limitan a hablar, yo actúo; mientras ellos rumian las viejas beaterías, yo creo. Y estoy convencido de que mi arte, si sus principios se entendieran con toda seriedad, significaría el final del capitalismo de estado.»

«¿Ah, sí, Bernie? ¿Cómo?», le preguntó Hope, soñolienta. Una brisa procedente del exterior le acarició la piel y secó el sudor del lado que no presionaba la sábana arrugada. Cuando hacía el amor, Bernie sudaba como si estuviera en un baño de vapor, y su pareja se bañaba con él.

«La geometría», respondió él con énfasis. «La geometría es lo que nos aprisiona, y tiene que ser derribada desde dentro. Todo se remonta al cubismo, y mi geometría refuta el cubismo. Donde ellos dibujan bordes, utilizando perfiles para que resalten las formas y los espacios, yo trabajo con la totalidad del espacio, lo lleno a rebosar de color. He matado la anécdota y he liberado el color por primera vez en la historia de la humanidad. Basta de anécdotas, tanto figurativas como abstractas. Los críticos no lo entienden. Son las personas con menos condiciones para entenderlo. El mundo del arte vive bajo la mesa capitalista, y se contenta con recoger las sobras. Los esclavos no se dan cuenta de que volcar la mesa es la manera de alimentarse.»

«Qué violento pareces, con lo bonachón que llegas a ser.»

«Esos cabrones me han vuelto violento. Me han acorralado contra la pared. El artista tiene que oponerse al mundo, eso es lo que le ha caído en suerte. El objeto es pintar, y punto. Ser desconocido y no importarle un bledo a nadie: en eso estriba el verdadero heroísmo. El anonimato es lo único verdadero. Mira a tu maridito. Ahora es famoso... *Life*, las secciones de chismorreo... y eso lo está volviendo loco, lo está desquiciando. Pero, sinceramente, ser un don nadie me está afectando de la misma manera. Es un oficio de pena, mi querida roja... ¿cómo coño nos metimos en esto?»

«¿Sería por el amor a la belleza?»

«La belleza... ya nadie usa esa palabra. Ésa no es la categoría, mi pequeña hotentote.» Ella le había contado la anécdota de su juventud llameante; él se retorció una guía del bigote y soltó una risa de bribón. «Tu categoría está condenada, mi hermosa dama. La categoría es lo sublime. Si no es sublime, tíralo al vertedero, es anécdota. La pincelada es anécdota. He tardado veinte años en comprenderlo así, mira si soy burro.»

Hope se preguntaba hasta qué punto lo que él decía, con aquel lenguaje que ella detestaba, era un parodia. No obstante, sus telas tenían unos títulos resonantes, como *Vir heroicus*, *Crux*, *Spatialis*, *Ultima ratio*, *Animus sine termine*, y nombres imponentes como *Solomon*, *Guinevere*, *Azrael.*

«Los mequetrefes dicen que mis telas están vacías, pero en realidad están llenas, llenas a reventar. Cualquiera que se coloque ante ellas con ojos y corazón puede notar la cúpula del cielo sobre su cabeza, el horizonte a sus espaldas. Están llenas de *color*, no de colores. Sabes tan bien como yo que existen los falsos entusiasmos. Salpicaduras, remolinos y rociadas que no llenan en absoluto el vacío.» Esto era una alusión irónica a Zack, pero ella, que le había traicionado con su cuerpo, no estaba en condiciones de defenderlo. «Una actividad vacía», manifestó Bernie y, al volverse hacia ella, una vaharada del ámbar de su loción para después del afeitado asaltó el olfato de Hope, seguida por la tristeza del sudor ya viejo, la acritud que los hombres transportan en las arrugas del cuello. «Miras eso y ves muchas cosas, una multitud de colores que se precipitan por aquí y por allá, pero no hay una sensación de plenitud, son anécdotas, es como los tragos, uno exige otro, no conducen a ninguna parte, es como *Los peligros de Paulina,** cada episodio te deja en suspenso. Pero los mequetrefes de Nueva York, los mequetrefes encargados de las reputaciones, no quieren la plenitud, sino la excitación. Que se jodan, eso es lo que digo. ¿Qué dices tú, roja?»

«Si he de serte sincera, Bernie, no me importaría un poco de reconocimiento. Por mí misma, aparte de Zack.»

«Desde este momento te reconozco, Hope McCoy, como la chica más simpática que se ha cruzado en mi camino desde que cumplí los cuarenta y cinco. Estas sesiones me están salvando la vida.»

«Cómo me tomas el pelo.»

«No te tomo el pelo. Ven a vivir conmigo y sé mi amor, y algo, algo demostraremos.»

* Serie cinematográfica de suspense, la que tuvo más éxito del cine mudo (1914), interpretada por Pearl White. Cada episodio de veinte minutos finaliza con la vida de Pauline en peligro, y el episodio siguiente comienza con su rescate. En 1947 se filmó un musical basado en esa serie. *(N. del T.)*

«"Todos los placeres". Mira, eso es una broma cruel. Jeanette es un tesoro, y Zack está muy celoso de...» Se interrumpió antes de decir *de los pintores cuyas mujeres tienen dinero.*

Pero él intuyó adónde iba ella a parar, y su boca pequeña y delicada, cuyos menudos músculos le daban una expresión sardónica, movió nerviosamente las guías del bigote.

«Celoso de la pasta que ella trae a casa. Seguro que sí. ¿Cuándo pondrá freno a la bebida ese pobre necio? Va a matarse y se llevará a alguien consigo al otro barrio. No quiero que seas tú.»

«Cómo te preocupas por mí, Bernie. Es enternecedor. Él necesita esa fogosidad», intentó explicarle. «Su manera de pintar es como tocar música de jazz, necesita ahogar los demás sonidos. No creo que cuando está tranquilo su cabeza también lo esté, no sé si comprendes lo que quiero decir.» *¿Quién dice que estoy loco? La junta de reclutamiento, por lo menos.*

«Pobre necio», dijo Bernie, y se dio la vuelta con brusquedad para levantarse de la cama, momento en que ambos, el *Vir heroicus* y la hotentote, debían vestirse a toda prisa, con una inevitable sensación de incomodidad. Mientras ella estaba desnuda junto a la balaustrada, la piel cubierta de pecas, el olor a pintura y disolventes químicos le llegaba desde el estudio en el piso de abajo, el olor de las grandes telas monocromáticas, y recordó el nombre del otrora famoso escultor del esclavo griego, Hiram Powers. Éste y su amigo Horatio Greenough, que esculpió a George Washington como un Zeus con el pecho desnudo. A través de la enorme pared de cristal en la casa de Bernie y Jeanette, Hope vio los campos de patatas, las laboriosas hileras bañadas por el sol. Las hileras ordenadas de objetos, desde los pupitres en el aula a las rayas en la tela de sirsaca, siempre le hablaban a Hope en su lenguaje personal de paz.

–Bernie se portó bien conmigo en una época en la que me sentía perdida –le dice a Kathryn–. Perdida con respecto a mi propia obra, perdida con respecto a lo que debía hacer con Zack. Él estaba destruyéndose, y por mi propio bien tenía que evitar que eso me afectara tanto.

–¿Usted y Bernie se plantearon alguna vez la posibilidad de casarse?

–Jamás. Se llevaba muy bien con Jeanette. Era bastante feliz con ella y, al margen de la felicidad, él la necesitaba para mantenerse. Yo no era feliz con Zack, pero estaba ligada a él. Cuanto más nos peleábamos, más fuerte era nuestro vínculo. Había hecho algo grande y eso, a mi modo de ver, lo convertía en un héroe. Además, sinceramente, ¿adónde podía ir si lo dejaba? En aquellos tiempos no existía la libertad absoluta con la que su generación ha crecido, esa idea de que casi es un deber llevar a cabo lo que uno quiere. Esperábamos sufrir penalidades. La Depresión, la guerra y luego esos chinos y rusos a los que mantener a raya. Éramos fuertes y piadosos a nuestra manera. Y sin embargo, ¿sabe?, me pregunto si el hecho de ser norteamericanos no nos divertía más que a usted. Los océanos a través de los cuales llegó nuestra gente todavía eran enormes, y las cosas aún daban una sensación de novedad, los banjos y las ciudades cuadriculadas y el jazz y todos aquellos inventos cuyo mérito nos atribuíamos, como el aeroplano. Las canciones emitidas por la radio, los comediantes del domingo por la noche, los bares que sólo servían refrescos y, en la farmacia, los específicos... todo eso era *nuestro.*

Empieza a parecer una charlatana, recordar a Bernie ha estimulado su vena oratoria. Él conseguía que se distendiera. Con cada persona somos ligeramente distintos y, desde luego, a ella le había gustado la forma de ser de Bernie cuando estaba con ella. Le gastaba bromas, y eso a ella le agradaba. Su abuelo también lo había hecho, de una manera suave.

–El... el aspecto físico de su relación con Bernie...

Cielo santo, la chica está empeñada en acostarse con

Hope y sus hombres, incluso sin que la grabadora esté en marcha. En un acceso de impaciencia que sacude su viejo y menudo cuerpo como una inestable embarcación de vela latina al recibir una ráfaga de viento, Hope le dije a Kathryn con firmeza:

–Bernie Nova era un hombre juicioso, estaba cuerdo, por lo general no empezaba a beber hasta las seis de la tarde, y eso era para mí un cambio muy satisfactorio. –Entonces baja el tono de voz, demuestra que perdona la indiscreción de la otra y que le habla de mujer a mujer–: Era un dandi, pero no un mujeriego. Creo que, como les sucede a la mayoría de los hombres, el sexo lo azoraba desde un punto de vista filosófico, Él y Jeanette lo habían superado, por lo menos así me lo dijo. Claro que eso es lo que dicen los hombres casados. Bueno, todavía queda ensalada de atún.

–No, por favor, no puedo más. Estaba deliciosa, pero he comido más que suficiente. A menudo me limito a tomar un yogur para almorzar.

–Entonces permítame que me la coma yo, directamente del cuenco, si no le importa. No me gusta tirar nada, es tan fastidioso hacer la compra y traerla a casa... pero también detesto llenar el frigorífico de sobras pasadas.

Recordar a Bernie la ha estimulado, le ha hecho sentir apetito. En aquella época, la parte oriental de Long Island parecía joven, cuando aún estaba escasamente poblada, apenas se veía invadida por unas pocas personas selectas de la ciudad y las marismas, playas y abras rocosas mostraban el mismo aspecto que tenían desde los tiempos de los glaciares. El sol calentaba incluso en noviembre, sin que lo suavizaran los grandes árboles de hoja perenne de Ardmore, aquellos nogales negros, castaños de indias y tuliperos de anchas hojas que se alzaban en los céspedes y terrenos de las fincas como cumulonimbos, y cuya sombra hacía que la hierba creciera tierna y filamentosa a su alrededor; incluso los tenistas apenas se bronceaban bajo el cielo blanco y bochornoso. Hope aparentaba ir a East Hampton para dedicar una hora a diversos recados, y avanzaba a toda velocidad por el terreno liso y arenoso en el Oldsmobile descapotable, como una versión de Emma Bovary a mediodía, cuando corría descalza por los prados, al amanecer, hacia su cita. Rememora a la Hope de entonces deslizándose, entre los campos de patatas y los tenderetes en que los granjeros vendían sus productos, hacia la elegante casa de Bernie (las grandes telas de Bernie, con la pasión del color sin figuras, el elegante gusto de Jeanette, oscuro y apagado, propio de la avenida Madison), mientras Zack, que se había ido en bicicleta a la Gota de Limón o, presa del desconcierto y el temor, a pasear por los bordes de la marisma con *Trixie*, desaparecía de su mente, dejaba de ser una triste carga. Con un aleteante pañuelo a la cabeza y gafas de sol, Hope, sintiéndose ligera como una flecha, no contaminaba el paisaje sino que absorbía la inocencia de los campos, de las casas descoloridas por la sal marina, el molino de viento con tejas de madera que se encontraba en el extremo de Fireplace Road. Zack no solía emerger de su sopor conyugal para preguntarle dónde había estado, por qué la compra de esas pocas verduras adquiridas en la tienda de Drayton o en un tenderete junto a la carretera, esos artículos de tocador y aspirinas de la farmacia de Rowe había requerido tanto tiempo, o cómo se había pasado dos horas probándose jerséis y faldas plisadas en los grandes almacenes de los Hamptons y al final no había comprado nada. Si se lo hubiera preguntado, ella le habría mentido: «También he estado mirando la línea de otoño en Kip Shop. No había nada para mi figura, todo es para chicas esqueléticas de dieciocho años. Pensé echar un vistazo en las tiendas de Sag Harbor, pero cuando estaba a medio camino me lo pensé mejor. Por cierto, los bajos del coche hacen un ruido extraño, al cambiar de marcha. ¿Cuándo han comprobado por última vez el aceite?». Hacer el amor con Bernie, quiere decirle a Kathryn, era como servirse el almuerzo, obteniendo un placer doble, el de dar el alimento y luego consumirlo.

–No, no me importa –responde estúpidamente la joven, como si Hope le hubiera pedido realmente su aprobación. Tal vez estaba sumida en su propio mundo mental, mirando hacia atrás o hacia adelante, más allá de la entrevista, cuyos límites ya había estimado, aunque, fortalecida por la comida, aún no estaba dispuesta a darse por vencida.

–¡Y ahora el postre! –exclama Hope–. Tengo sorbete de frambuesa, más duro que una roca, pero el microondas puede ablandarlo, o galletas de avena inglesas. Se llaman Hob Nob de Carr, y son de la tienda de alimentos dietéticos, por lo que deben de ser bajas en calorías y estar llenas de cosas buenas para nosotras... tienen hasta salvado. O puede tomar ambas cosas.

–No, gracias, ninguna de las dos. Tal vez media galleta, si hay alguna partida. Deberíamos volver a la sala para que pueda librarse de mí.

–La verdad, Kathryn, es que pensaba que saliéramos un rato a tomar el aire. La atmósfera está tan cargada aquí dentro, todo el invierno con el mismo aire. Si caminamos hacia el cobertizo del manantial, hay un pequeño prado desde donde se ve claramente hasta New Hampshire, las Montañas Blancas.

–No, de veras, Hope... si es posible... para empezar no llevo el calzado adecuado.

–Lleva unas botas fuertes.

–No son fuertes. Son unas Via Spigas nuevas, y me hacen bastante daño.

–Pues quíteselas.

–No, por favor...

–Sus pies son más grandes que los míos, pero tengo unas botas de goma muy grandes que uso durante todo el invierno. Claro que, como el camino es en cuesta, podrían resbalar un poco en la pinaza.

–Es usted tan amable...

–Supongo que le gustaría tomar café, aunque sea un instantáneo bastante añejo.

–No, de veras. Nunca tomo café a esta hora del día. Me pone nerviosa.

–¿Qué hora es?

–Según el reloj del microondas, aún no son las dos.

–Las dos, Dios mío, se ha hecho muy tarde. No sé qué más podría decirle.

–Sólo hemos llegado a 1955 –le dice Kathryn.

–Entonces muere Zack.

–Pero no me propongo hablar sólo de Zack, sino también de usted. Como artista, como... como testigo del movimiento artístico de posguerra...

–Clem habría dicho «un testigo interesado». Mi obra le parecía patética, y no tenía la cortesía de ocultarme lo que pensaba. Cuando por fin empecé a obtener alguna atención por parte de la crítica, a fines de los años setenta, después de que Guy me abandonara y antes de casarme con Jerry y adquirir la costumbre de trabajar en serio durante dos horas al día, tras dejar a Dot en la escuela, intentó mostrarse galante y me dijo que siempre había sabido que yo tenía madera. «¡Madera!» Eso lo decía todo. Él mismo se había constituido en la voz del expresionismo abstracto o lo que fuera (la escuela de Nueva York, le gustaba llamarlo, como si nadie en la Costa Oeste pudiera hacer nada), y cuando eso pasó por completo de moda, él siguió vociferando, todavía convencido de que la testosterona era lo que proporcionaba energía al arte. ¿No le gusta esa palabra? Estoy aprendiendo a pronunciarla. Ésa y «feromona». Resulta que ese romanticismo al que todos nos entregamos y por el que morimos es una actividad estimulada por las feromonas... tenemos tan poco cerebro como los insectos. Según un documental que vi, yo dejé atrás todo eso bastante tarde; los leones machos entran en una especie de estado hipnótico, como zombis, en el que matan a todos los cachorros de una leona y entonces la invitan a copular. Y ella acepta, la pobre idiota.

Y mientras da rienda suelta a la lengua, Hope se pregunta qué feromonas que nadan en el organismo fresco y bien lubricado de esta joven se están infiltrando en sus propios receptores, haciéndola ser ligera, coqueta, inconsciente, a pesar de su posición irreversible al borde de la tumba. ¿Pero acaso está ahora menos viva que cuando medía su manita regordeta con la anchura del brazo de la poltrona de su abuelo? La poltrona sigue ahí. Ella sigue aquí. *Mientras hay vida...* Con qué frecuencia se ha dicho eso, como una broma amigable. Por muy ajeno a Dios que haya sido su vistoso entorno, siempre ha albergado la blanca y fría luz, el trémulo y tímido milagro de ser ella misma, ella misma y nadie más. Hay quien dice que el yo no existe, que eso no es más que algo formado con los puntos de vista ajenos... Quienes así opinan, ¿han estado vivos alguna vez?

Kathryn, en pie y encorvada con desmaña, parece una chiquilla suplicando que la disculpen cuando pregunta:

–¿Lavamos los platos?

–No, querida, déjelos. Cuando usted se marche, vendré aquí y los platos me recordarán lo bien que lo hemos pasado.

¿Se está acercando peligrosamente a una declaración de amor senil? Hope ha observado que, a su edad provecta, todo se adelgaza: la piel se adelgaza y manifiesta los daños causados por el sol, el cartílago se adelgaza y los huesos rozan unos con otros, la membrana entre lo que una siente y lo que dice se adelgaza. A veces, cuando se ve obligada a representar un papel en público, ante unos escolares o un grupo de personas que se declaran amantes del arte, debe reprimir el impulso de soltar lo absurdo, lo inaceptable. Las ceremonias de la conducta educada tensan su organismo. Ha tenido los ojos secos durante la mayor parte de su vida, y ahora puede llorar cuando está a solas en una habitación y algún momento que no volverá cruza por su mente o se sorprende contemplando un instante de equilibrio excepcional entre la luz menguante del día y las formas familiares del paisaje, mientras las golondrinas del granero estimulan con sus gorjeos a los polluelos, les enseñan a volar, porque volar, cazar insectos al vuelo, es la única manera en que pueden vivir. Cuando los pequeños se aventuran por primera vez fuera del nido, revolotean a toda velocidad en el aire, como balas de cañón con plumas, y entonces se arraciman en el canalón del tejado como si aún estuvieran apretujados en el nido abandonado.

–Necesito... –su voz la sobresalta, pues le ha salido ronca y cascada, por lo que debe empezar de nuevo–. Necesito una taza de té, si quiere que siga hablando.

–Sólo será un poco más –le promete Kathryn.

Lo ha dicho en el tono persuasivo de una madre, y al percatarse de ello sus labios trazan una sonrisa tan ancha como Hope no le había visto todavía, mostrando una franja de encía superior y dos colmillos simétricos que, aunque sin duda han recibido toda la ortodoncia que se merece una chica judía de clase media, no están alineados por completo con los otros dientes, un detalle que produce una fuerte y agradable impresión salvaje. La chica es torpe, lo demuestra su manera de moverse en la cocina, con los pies en las botas nuevas un tanto doloridos y los hombros encorvados como si quisiera reducir su altura unos pocos centímetros, de manera que los brazos se balancean un poco y las manos largas y blancas le penden vacilantes en el intervalo entre dos gestos. A Hope podría preocuparle el futuro de Kathryn, pero sabe que hay hombres atraídos por la torpeza, que les gustan las mujeres de gran envergadura, como un gran campo que deben poner bajo su control y añadir a su dominio personal. Hope ha sospechado a veces que la eficiente pequeñez de su persona atrajo a hombres deseosos de una mujer que requiriese unas atenciones mínimas.

–No tomaré, gracias. No quiero... *–No digas otra vez «mear»*, le ruega Hope en silencio–... sentirme llena, pesada. Es usted muy generosa al hablar de sí misma... me da una infinidad de indicaciones que deseo seguir.

Hope no se había propuesto esa clase de generosidad, sino ser parca y juiciosa, ya que cada palabra quedaba grabada en la cinta. Tal vez haya muerto antes de que se publique la entrevista con las desmañadas tonterías que la joven saque de su encuentro. ¿Qué dijo Emerson acerca de la muerte? Se acabaron las visitas al dentista. Renuncia al té. Ahora que las vueltas que le daba la cabeza han cesado gracias al lastre de la comida, los ángulos de la sala de estar se han afirmado y la estancia parece tan ordenada, rectilínea y transparente como una fábrica fotografiada o pintada por Charles Sheeler. El precisionismo* vuelve una y otra vez, hay un placer fundamental, un triunfo primitivo, en la captación de una apariencia, ya sea el efecto *trompe-l'oeil* de un Harnett o los múltiples reflejos angulares de un Estes. Las mujeres vuelven a sentarse; Kathryn manosea la grabadora que está sobre el viejo baúl de marinero con sus tachones de latón, introduce una cinta nueva y la pone en marcha.

–Bueno –empieza Hope, tomando la iniciativa y deseosa de apartarse de Zack, pues ya ha violado lo suficiente la intimidad de aquel pobre enfermo–. Soy viuda. A la edad de Cristo crucificado, no me queda más que una vieja casa

* El precisionismo es una técnica suave y precisa empleada por varios pintores norteamericanos en obras figurativas. Estuvo en boga sobre todo en la década de 1920. Estos artistas pintaban formas muy definidas, y uno de sus temas predilectos eran los edificios y paisajes perfilados contra el horizonte. Charles Sheeler (1883-1965), que a veces basaba pinturas en sus propias fotografías, es uno de los principales representantes de ese estilo. William Harnett (1848-1892), pintor de naturalezas muertas y maestro del efecto, tras un largo periodo de desprestigio volvió a ser apreciado a mediados del siglo XX. Richard Ester (1936) es el autor de la famosa tela *Tienda de comestibles* (1967), ejemplo de hiperrealismo, que se encuentra en el museo Ludwig de Colonia. *(N. del T.)*

de campo, algo más de una hectárea de terreno y un granero lleno de pinturas que nadie quería comprar.

–Pero eso cambió tras la muerte de Zack.

–Sí, algunos se mostraron interesados, pero yo no tenía prisa por vender. Por entonces creía apasionadamente en el valor de la obra de Zack, cosa que no me sucedió al principio, y esa obra era limitada. Cuanto más tiempo pudiera conservar las telas, tanto más valdrían. Las iría vendiendo una a una, y el comprador tendría que venir a verme. Nada de marchantes ni intermediarios. Los coleccionistas que podrían haberlas adquirido por unos cientos de dólares cuando Peggy o Betty las exponían me pagaron millares, decenas de millares. E incluso así consiguieron gangas. Ahora, cuando un Zack sale al mercado, se cotiza en millones, es más importante que Picasso, porque vivió la mitad de tiempo que éste y no dispuso de todas esas décadas para producir parodias de sí mismo.

–Pero convertirse en su agente a título póstumo no fue una gran carrera para usted, ¿verdad? –Si durante la comida, bajó un poco la guardia, ahora Kathryn ha vuelto a ponerse rígida, ha adoptado una actitud un poco acusadora.

–Pues no... pero yo no consideraría de ese modo lo que estaba haciendo. Tras la muerte de Zack, me sentía llena de actividad, tenía más tiempo para pintar, sin el estrépito de sus discos de jazz que me llegaba desde el piso de abajo. Algunas de mis viejas amigas, mujeres a las que conocí durante la guerra, en la ciudad, aparecieron de repente con sus maridos y sus hijos, y sin la presencia de Zack, que conseguía que todo el mundo se sintiese violento y no paraba de pelearse, los demás pintores y sus mujeres eran más cordiales conmigo de lo que habían sido durante años. Bernie y Jeanette, Onno y Renée, Roger y Linda (acababan de casarse, ella era veinte años más joven que él, una ex alumna suya de Hunter), Mahlon y Myrtle, aunque a los dos se les notaba la edad que tenían, él nunca se había abierto camino en el expresionismo abstracto, se había quedado rezagado en aquel limbo, repentinamente anticuado, del surrealismo tardío, incluso Jarl y Frieda, aunque él estaba a punto de trasladarse a California y, de hecho, casi se le había dejado de ver en el mundillo artístico neoyorquino, como si pudiera seguir enviando por correo aquellas telas enormes desde la región de las secuoyas y causar todavía impresión, pero allá, en la Costa Oeste, se convirtió en otro pintor místico pseudooriental, como Tobey o Graves,* sin apechugar, ¿sabe?, con la carga europea, la ardua tradición, gente que en realidad escapa de sus responsabilidades, aunque Jarl me habría matado si me hubiese oído decir tal cosa, siempre me consideró una frívola, cuando lo cierto es que yo era una de las pocas personas que conocía su procedencia: la ira cristiana, la terrible impaciencia con la manera de ser de las criaturas. Todos eran amables conmigo, y en algunas ocasiones lo pasamos muy bien, hubo deliciosas fiestas en el jardín, sobre todo el de la cochera violeta de Onno y el de la casa de Bernie, que era casi toda ella de vidrio, y comidas en la playa, aunque la isla estaba cambiando, más al interior estaban las casas de Levittown** y las edificaciones sin gusto de la gente pudiente en los Hamptons, levantadas en las dunas como si ninguna tormenta invernal pudiera deteriorarlas. Aquellos *nouveaux riches* nos invitaban constantemente, pero

* Morris Graves (n. 1910) es autor de obras instrospectivas que expresan un acercamiento místico a la naturaleza. Entre 1928 y 1930 hizo varios viajes al Extremo Oriente que influyeron mucho en su estilo. La obra de Mark Tobey (1890-1976) se caracteriza por una caligrafía rítmica y abstracta, en general blanca sobre fondo oscuro. Siempre le interesó la espiritualidad no occidental, pasó una temporada en un monasterio zen en Kyoto y estudió caligrafía china en Shanghai. *(N. del T.)*

** Levittown fue el nombre dado a unas urbanizaciones residenciales construidas después de la segunda guerra mundial por la constructora Levitt and Son, a fin de paliar la escasez de viviendas. Las casas eran sencillas, baratas y producidas en masa (algunos críticos las llamaban «cajitas»). El éxito de estas viviendas levantadas en Long Island permitió la expansión del sistema a otros estados. *(N. del T.)*

de todos modos disponíamos de tiempo para pasear descalzos bajo el sol, y las esposas trataban de ser amables, sobre todo Jeanette y Renée, se empeñaban en que saliera con ellas, como si fueran los años cincuenta y ser miembro de una pareja fuese algo de importancia trascendental, los hombres a los que conocían en las fiestas y con los que querían emparejarme eran en general gays, aunque entonces no los llamábamos así, todavía eran «mariquitas». Ahora me extraña que se molestaran en incluirme, pues había adquirido algunos de los hábitos de Zack, bebía más de la cuenta, me gustaba irritar a la gente y me había vuelto muy combativa con respecto a su obra. Ahora que ésta era todo lo que quedaba de él, yo la defendía con pasión, y no tenía el menor interés por encontrar otro compañero. La verdad es que eran las mujeres las que me llamaban la atención en aquellas fiestas, las esposas altas y delgadas, bohemias, unos diez años mayores que yo, varias de ellas europeas, divertidísimas, cargadas de brazaletes y prudentes, como pueden serlo las mujeres, con esa prudencia brujeril espontánea, en vez de una prudencia de criatura indefensa. Yo me preguntaba si la amabilidad que me mostraban no sería una manera de restregarme por las narices el hecho de que volvía a estar sola, como si la pareja como Dios manda de un artista tuviera que hacer lo que hizo Jeanne Hébuterne, arrojarse por la ventana,* tanto si estaba embarazada como si no, pero la terrible verdad era que la desaparición de Zack tenía sus compensaciones: de noche podía dormir sin que me llamara la policía o Zack llegara como un bólido a las cuatro de la madrugada, y finalmente trasladé mi caballete al granero, hice un inventario de las obras de Zack y las almacené (no era fácil saber cuáles estaban terminadas y cuáles no, por lo

* Esposa, modelo y musa de Amedeo Modigliani, que se suicidó arrojándose por la ventana de un quinto piso en París, un año después de la muerte del pintor en 1920. *(N. del T.)*

que dejé de hacer la distinción) y me puse a pintar unas telas cada vez más grandes, porque ahora disponía de espacio, hacía series de obras descomunales en las que la pintura corría como riachuelos, utilizando trapos y esponjas, una espátula de caucho, de esas que se usan para pringar la carne en el asador, un rociador de limpiacristales, cuya apertura agrandé con el diente de un tenedor, cualquier cosa que sirviera para dejar de lado pinceles y espátulas, pues quería que mi pintura se aproximara lo más posible al estado líquido, quería empapar la tela. Nunca la aprestaba ni la tendía en el suelo, que cubrí con linóleo, y hace diez años, cuando cedí la casa para que fuese un lugar histórico, miraron debajo del linóleo y descubrieron las salpicaduras de Zack que rebasaron los bordes de las telas, como una última obra maestra, por los colores sabes a qué obra pertenecen. En cuanto a mi obra, experimenté por primera vez ese estímulo masculino de la gran escala, al que los chicos se referían siempre. Usa un tamaño tan grande que no seas consciente de dónde termina la tela... ¡métete en ella y lucha por tu vida!

Kathryn examina las notas sobre su regazo. ¿La ha asustado ese arranque de confidencias por parte de Hope? Es una chica extraña, quisquillosa, caprichosa con la comida, vestida como un hombre castrado y que parece sentirse ofendida cada vez que Hope habla de sexo, aunque sus preguntas hacen que ese tema reaparezca una y otra vez.

–Antes de que demos por concluido lo relativo a Zack –le dice Kathryn, ahora actuando como una instructora, una maestra gazmoña–, ¿hay algo que le habría gustado decir y cree que no hayamos abordado?

–Bueno, no hemos abordado casi nada. ¿Le he hablado de la hermosura de su cuerpo, de que su pecho desnudo tenía un olor a... a almendras? No hemos abordado su manera de hablar, de una rudeza tan fantástica y, no obstante, tímidamente cortés al mismo tiempo, el buen chico que se asomaba desde el interior del chico malo. Por muy borracho que estuviera, Zack siempre observaba las reacciones de la gente. Es sorprendente, pero, como me sucede a mí, quería complacer a los demás. En nuestras constelaciones familiares, como dicen ahora, los dos tendíamos a dar satisfacción, no a ser líderes.

La palabra «líderes» le recuerda a Hope al joven simpático e inteligente del Departamento de Estado, un funcionario de asuntos culturales, en la fiesta que el Museo de Arte Moderno dio en la primavera de 1959 para celebrar el regreso de la exposición colectiva e itinerante Nuevos Pintores Norteamericanos, que recorrió ocho grandes ciudades de Europa Occidental durante un año. En la multitud artística, demasiado familiar, con su cháchara envuelta en humo de viejas amistades siempre renovadas (conservadores de museos, periodistas de publicaciones de arte, propietarios de galerías y sus esbeltos sicarios y pálidas siervas y los propios pintores, los astros canosos y piráticos) y su atmósfera viciada de envidia rancia y agravio reprimido, el joven diplomático destacaba en virtud de cierto lustre, con su traje de franela gris, la camisa blanca con las puntas del cuello abotonadas y corbata azul de rayas, el cabello más corto que el de cualquier otro asistente a la fiesta, casi un corte a cepillo como el que luciría John Kennedy cuando hiciera la campaña por la presidencia al año siguiente, cabello corto y rubio rojizo con una zona recta a un lado y, detrás, unos pocos pelos cortos juvenilmente erguidos. Aquel funcionario cultural del Departamento de Estado estaba claramente alborozado por haber sido invitado a la reunión del *demimonde* artístico y la oportunidad de conversar con la viuda de un artista famoso, aunque al principio hablaba de Zack con cierta reserva, ya que ella había vuelto a casarse, su estado de gestación era muy avanzado y el nonato (debía de ser Paul) se entrometía en su intercambio como alguien que escucha escondido detrás del protuberante tapiz. Sonrosado, con la respiración un poco entrecortada, el aliento con olor a champán, el simpático joven de gafas sin montura se le acercó medio paso más y le dijo: «Su marido... perdone, su anterior marido... produjo un impacto formidable. Tenía que haber visto a los jóvenes, los italianos y los alemanes, sobre todo, reunidos alrededor de sus telas. Su silencio, la expresión de sus caras... era como si estuvieran en una iglesia. La exposición fue sensacional, se notaba el entusiasmo, la expectación de aquellos chicos mientras iban de una tela a otra. Y la reacción crítica... la USIA* está preparando una serie de traducciones que le enviaremos a usted, pero ya puedo decirle que esas críticas o son entusiastas o son furibundas. Los plumíferos de izquierda de París, Milán y Bruselas se pusieron como locos. Sabían que la fiesta, con su patético y *retardataire* realismo social, las palomas de la paz picassianas, el falso arte campesino y los carteles proletarios en el estilo más estúpido de Léger, se había terminado. Los comunistas son divertidos», siguió diciendo el joven de las gafas sin montura, en un tono filosófico, tratando de ver las cosas desde el punto de vista del enemigo, «tuvieron cierto buen arte, los mexicanos, los constructivistas, pero esos inflexibles soviéticos del círculo gobernante van totalmente en la dirección contraria, les aterra el más ligero soplo de originalidad, saben que basta con que alguien exclame "¡Mu!" para que todo el castillo de naipes se venga abajo. Sus paniaguados que escriben en *Le Monde* y el *Corriere della Sera* no supieron qué era lo que los había golpeado, pero sí que una bomba les había estallado en la cara: la libertad en acción, pequeños. Sólo en Norteamérica. Toda esa fuerza, sensación, atrevimiento, interiorización y exteriorización simultáneas. Eh, ¿queréis una revolución? ¡Pues aquí la tenéis! En todas las ciudades, incluso en Madrid, la sala de la exposición estaba hasta los topes. Europa jamás había visto nada similar, un surrealismo sin la sonrisa afec-

* Siglas de United States Information Agency. *(N. del T.)*

tada, una abstracción sin geometría, cada cuadro una lucha con Dios. El yo... el yo y la belleza, la belleza y el yo. No estaban sólo impresionados, sino también conmovidos. Y aquéllos eran unos chicos duros... habían crecido en tiempos de hambre y bombardeos, ambos bandos les habían lavado el cerebro después de la guerra, eran lo bastante cínicos para engullir a Sartre, a Brecht y a sus grotescos compañeros de viaje. Puede que hagan falta cien años más de parálisis, pero aquél fue un cambio decisivo. Créame, señora Holloway, los artistas de este país han hecho algo grande. Siento mucho que el señor McCoy no viviera para verlo. Si los vejestorios de Washington creyeran en el reconocimiento a los artistas, a su marido le darían una medalla póstuma».

De modo que Zack, demasiado loco para ser soldado cuando todos los demás lo fueron, se merecía de todos modos una medalla. Por ser un norteamericano ejemplar, en las fangosas trincheras de la expresión de su personalidad. En aquellos tiempos, el propio presidente de la nación fue pintor aficionado. Pero Hope no intenta parafrasear para Kathryn la retórica del joven diplomático, ahora viejo pensionista, si no fallecido, que sirvió a su imperio en muchos puestos exóticos, adquiriendo en cada uno de ellos otro lenguaje, otra habitación llena de recuerdos regionales. Recordar a aquel joven le ha recordado lo que ahora dice:

–Durante aquellos primeros inviernos en los Flats, Zack, tras haberse pasado una hora en el frío exterior, entraba en casa y admitía que no había pintado nada, no había abierto un bote de pintura. Yo le preguntaba qué había estado haciendo, y él respondía sin vacilación: «Rezar». No creo que me dijera eso con la intención de que lo tomara en serio, pero yo lo hacía de todos modos. Rezaba para que se le mostrara la luz, y durante algún tiempo la vio. Recuerde que fue él quien quiso que nos casáramos en una iglesia.

Kathryn se siente incómoda y cambia la postura de las largas piernas enfundadas en negro, mientras examina sus notas.

–Conoció usted a Guy por medio de Bernie –le dice.

–Supongo que sí. La verdad es que he olvidado las circunstancias exactas. Como le he dicho, tras la muerte de Zack, Bernie se convirtió de alguna manera en la ola del futuro. Sus colores lisos, el minimalismo y también el monóculo, su aire de dandi, los títulos en latín y los cigarrillos de color en la boquilla de carey, todo eso le hacía ser atractivo, mientras que Zack, Jarl e incluso Phil parecían matones que recordaban a los pintores jóvenes todo lo rudo y fanático de aquella América para alejarse de la cual se habían trasladado a Nueva York. Bernie y Jeanette recibían en casa a los jóvenes, con los que les unía una gran amistad (dado su negocio, ella consideraba cada fiesta como la cancelación de una deuda), y me parece que aún corría el año cincuenta y seis cuando Guy y sus amigos, que vivían en el centro, fueron al piso de Central Park Oeste. Creo que conocí a Guy en el verano del cincuenta y siete, pero no fue en el piso de los Nova, sino en el desván de Guy en la calle Pearl, donde dio una fiesta para celebrar la primera exposición que acababa de convenir con Leo. Se había ganado a duras penas la vida decorando escaparates en Bonwit's y haciendo anuncios de zapatos para Bloomingdale's, y varios del grupo, Bernie y Jeanette, Seamus y la chica con la que éste salía entonces (a Seamus nunca le duraba mucho tiempo una pareja, sus chicas eran sobre todo para exhibirlas, en el fondo era un sacerdote), me invitaron a acompañarles, debía de ser agosto, cuando la ciudad, tras el éxodo veraniego, te daba aquella sensación de pertenecerte que tanto me gustaba. Guy había alquilado aquella enorme sala llena de las chucherías que recogía en la calle, aunque observé que la zona del desván en la que pintaba estaba mucho más aseada de lo que estuvo el granero de Zack. Afirmó que me conocía de antes, que nos habíamos visto en alguna inauguración... yo viajaba mucho a la ciudad desde la muerte de Zack, pues habría sido suicida pasarme todo el invierno en los Flats, y Bernie y Jeanette disponían de una habitación para mí, me había convertido en una especie de hija para ellos, desde que Bernie y yo ya no nos acostábamos, eso se acabó con la muerte de Zack, la mujer de otro es una cosa y una joven viuda otra muy distinta. La verdad es que asustaba a los hombres: yo estaba demasiado disponible y, presumiblemente, sin blanca.

–¿Presumiblemente?

–Ojalá nunca se le muera su marido, Kathryn, pero si le ocurre eso tal vez descubra que el sexo es lo último que añora... y no es que ese aspecto hubiera sido muy satisfactorio con Zack. El impulso se disuelve en todos los demás sentimientos, la culpa, no tanto la sensación de culpabilidad por haber sobrevivido como la culpa que sientes por no haber hecho las cosas de un modo diferente, y la irritación por el estado chapucero en que ha dejado tus asuntos, como los hombres que dejan los calcetines en el suelo y se marchan, y el alivio, hablando con franqueza, de haberte liberado. Enredarte con otro hombre es lo último que deseas, por lo menos así fue en mi caso. Una de las cosas que me gustaban de los jóvenes pintores era la condición de homosexuales que caracterizaba a la mayoría de ellos, e incluso los que no pertenecían al bando gay eran excéntricos. Su obra era inexpresiva y tramposa, y cuando les preguntabas por ella se limitaban a encogerse de hombros y se mostraban evasivos. Procedían del campo comercial, el escaparatismo, el diseño, la pintura de rótulos, incluso de vallas publicitarias, y carecían de aquella ardiente pasión teórica, supongo que un resto del marxismo, que tenía la generación de Zack. Aquellos nuevos artistas actuaban como si todo fuese una payasada, como si la vida fuese una broma y la pintura también, aunque trabajaban con ahínco, sigilosamente. Descubrí que Guy era incansable. En cuanto me tuvo instalada con los niños en un piso, y él en el llamado «Hospicio», fue como si estuviera casada con un abogado de Wall Street, porque Guy nunca estaba en casa.

–Cuando conoció a Guy, ¿le recordó a Ruk?

Esta pregunta sorprende a Hope, le parece agresiva, aunque, desde luego, en su momento la gente percibió cierta similitud; la observaron, por ejemplo, los amigos de los años cuarenta (Bernie, Onno) que recordaban a Ruk, y se fijaron en ello los especialistas en la época, que llegaron incluso a encontrar similitudes estilísticas entre ellos (la uniformidad, el trasfondo burlón), pero entonces Hope no vio que se parecieran tanto: se sintió atraída por algo nuevo que Guy aportaba, una inteligencia descuidada que hasta entonces no había visto en ningún hombre, como no fuese alguno de los ricos y ociosos amigos de papá en Filadelfia, que se pasaban el día entero sentados en el Club de Cricket de Germantown, jugando al backgamon.

–Bueno –reconoce–, los dos eran altos, guapos y rubios, pero Guy tenía ese suave cutis rosado inglés, y Ruk el tono cetrino eslavo, como una especie de lienzo de fina textura coloreada. Además, era muy emotivo y exageraba su situación como Guy jamás se habría molestado en hacerlo. Ambos hombres tenían, no sé cómo decirle, cierta *levedad*, pero en el caso de Ruk notabas que la levedad era un defecto, que acabaría con él, que era una clase de levedad condenada, y que su obra, a pesar de la gran habilidad con que la realizaba, era pintura de sociedad, *à la mode*, y las modas cambian, mientras que en el caso de Guy la levedad lo ayudaría a mantenerse a flote, no estaba sujeto a una sola e inamovible idea de sí mismo. Siempre iría por delante de ti, un paso por delante, sin dar siquiera la impresión de correr. No se trataba de ironía, porque Ruk podía ser irónico, pero era una actitud medio sombría, una desconfianza del mundo, mientras que Guy era, bueno, era un hombre risueño... se le ocurrían aquellas ideas como si fuesen de una obviedad absoluta, allí tendidas, sobre la superficie de las cosas, como así era, en efecto. ¿Pero quién más las veía? Siempre estaba recogiendo desperdicios, siempre que caminábamos por la ciudad lo hacía, como si esos trozos de papel y lata fuesen flores. «Todo es tan encantador», le oía decir a menudo, y no se reía. Guy no solía reírse, y cuando sonreía era a la manera de los sordos, que sonríen cuando no acaban de oír lo que les dices.

«De modo que eres la señora McCoy, la auténtica señora McCoy», le dijo en la fiesta organizada en su desván de la calle Pearl.

«Lo fui.»

«Debe de haber sido maravilloso.»

Ella notó que semejante descaro indiferente, enigmático y alegre le crispaba los músculos de la cara. Sin duda todo el mundo artístico sabía que su vida con Zack había sido una tortura durante cinco años.

Guy suavizó su observación:

«Por lo menos desde el punto de vista artístico. Lo demás, la vida corriente, todos tenemos que aguantarlo. Deberías enorgullecerte de lo que hiciste posible. Ahora todos nosotros tenemos que partir desde el punto al que él llegó, el maravilloso lugar que se ganó con su pintura. Por cierto, me encanta la nueva línea de tu obra... esas grandes telas que dan la sensación de la pintura en estado líquido, como platos cocinados a toda prisa. Me hacen salivar».

Hope llegó a la conclusión de que podía disfrutar de su encuentro con un hombre que parecía sordo a cualquier reproche y que era divertido. Ancho de hombros, vestía un desgastado jersey de cuello de cisne lila bajo una chaqueta rosa con las puntas del cuello abotonadas, el labio superior destacaba por su longitud, su mirada era fría y adusta, y su ligero acento inglés armonizaba con su manera de hablar directa y sincopada.

«¿Por qué será que cuando las mujeres se vuelven menos formales las llaman desordenadas o descuidadas y, en cambio, cuando los hombres hacen lo mismo se les considera enérgicos y convincentes?», le preguntó ella.

«No es del todo justo, ¿verdad?»

«No me lo parece.»

«Sin embargo, por el mismo principio, a un hombre que hace punto en el metro lo miramos dos veces, y a una mujer que hace lo mismo sólo una.»

«¿Te dedicas a hacer punto?»

«No, qué va. Carezco por completo de la paciencia necesaria. Todo lo que hago debo hacerlo rápido, creo que se contamina si vuelvo a pensar en ello. La contemplación mata... ¿no dijo eso algún griego?»

«Lo dudo», respondió Hope, y pasó casi rozándole por su lado para examinar las telas dispuestas en el desván, con su monótona vista de edificios de ladrillo al este y en los espacios entre ellos, barcos, el río y Brooklyn. A primera vista sus pinturas no se distinguían fácilmente de los desperdicios que recogía en los bordillos y los cuartos traseros de la parte inferior de Manhattan. Había varios animales disecados (un zorro, un águila, un gallo hinchando la pechuga para cantar), de los que había prescindido un taxidermista o su viuda, y un rimero de latas (de cerveza, sopa, aceite) convertidas en formas planas y dobladas por el tráfico de la calle, paraguas abandonados en mitad de un aguacero, fragmentos rayados de barreras policiales astilladas, sucias señales de tráfico caídas o arrancadas de sus postes, cajas de cartón con logotipos y palabras estampadas, electrodomésticos inservibles, revistas viejas, fotografías desechadas y pósters rasgados. Algunos de esos objetos estaban montados en láminas de conglomerado aprestado, con salpicaduras y toques de color que parecían hechos al azar pero que daban una impresión de pureza y frescura: un espectador había cubierto aquellos desechos normalmente inadvertidos, aquellas escamas dejadas por el dragón del exceso industrial, con gestos de pintura. El efecto más llamativo, pero curiosamente seductor, lo producía una cama montada sobre un panel vertical, con la colcha, las sábanas y la almohada ahuecada clavadas con chinchetas en los ángulos superiores, la funda de la almohada garabateada a lápiz de mina blanda y todos los tejidos atacados con pintura aguada, goteante. Era una cama estrecha y estaba bien hecha, como la haría un soltero meticuloso. Un gusto frío e inescrutable, como un barniz de preservación, recubría esos *objets trouvés* embadurnados, esos *collages* tridimensionales, como un ordenado homenaje al desorden.

«¿Qué te parece», le preguntó Guy a su lado, su tono un tanto brusco y algo apresurado por el deseo de escuchar una buena opinión. Se habían apartado del lado más luminoso de la estancia, donde la fiesta seguía con todos aquellos neoyorquinos apretujados, como si estuvieran en el metro o en un montacargas. «Bastante terrible, ¿no?»

En lugar de confirmar o desmentir este juicio, ella le respondió con cautela:

«Sé a qué te refieres cuando dices que has de empezar a partir de Zack.» Tocó los riachuelos de pintura solidificada, el cartón pegado y la hojalata aplastada. «Libertad», siguió diciendo. «La libertad de pintar, de pintar sobre cualquier cosa. Pero aquí hay una ironía que Zack jamás tuvo. Su seriedad era absoluta.»

El joven pintor protestó.

«No me siento irónico cuando trabajo. ¿Cómo era aquello tan famoso que decía tu difunto marido? ¿"Yo soy naturaleza"? Yo no soy naturaleza, pero cuanto nos rodea en la ciudad lo es, la basura, los anuncios, las baratijas culturales.»

«La cama me gusta», admitió ella, deseosa de que la obra de Guy le gustara más de lo que le gustaba. La cama se burlaba, con un meticuloso alejamiento de los materiales que la constituían, todo lo contrario de los enfoques de Zack, Onno, Hochmann y Korgi. Cada uno de ellos, a su manera, se abandonaba a merced del lienzo en evolución, de su vida activa, mientras que ese mismo proceso cuando intervenían objetos reales (animales disecados salpicados de pintura, anticuados receptores de radio de plástico) adquiría un carácter distinto, más seguro y más insinuante. Así trabajaba Guy, con la inclusión de objetos conseguía el efecto deseado por partida doble. «Es una cama de soltero», comentó ella.

«Como la mía.»

«Deberías volver a la fiesta. Te estoy monopolizando.»

«Estas obras te gustarán más. Son de hace unos años.»

La precedió hacia una serie de lienzos que no eran enormes, de metro veinte por metro ochenta, metro ochenta por dos cuarenta, colocados en un armazón de tablas de pino construido con tal pulcritud que Zack, a pesar de sus pretensiones de que pertenecía a la mañosa clase obrera, jamás habría encontrado tiempo para hacerlo. Cuando Guy caminaba a su lado, Hope tuvo la sensación de que era más alto que Zack, más alto de lo que le había parecido al principio. Los miembros y el torso parecían crecerle mientras alzaba los brazos para retirar una tela colocada sobre las tablas a la altura de su cabeza. La extrajo cuidadosamente; unos copetes amarillentos de papel de periódico pegado sobresalían de la pintura, que era una minuciosa aplicación al encausto en vez de una capa gruesa de óleo, lo cual producía un empaste más brillante y rugoso.

«¿Qué es?», le preguntó él, sujetando la ancha tela con los brazos extendidos mientras su cara aparecía por encima del borde superior, pálida, con un tenue brillo y una expresión traviesa, los iris como de cristal azul y las líneas del labio superior hacia abajo. Tenía los dientes largos, como los de un inglés.

«Es... es una bandera de Estados Unidos.»

«¿Tú crees? No ondea, no la izan a lo alto del asta.»

«Comprendo lo que quieres que diga, que es una *imagen* de la bandera, como el cuadro *Esto no es una pipa,* de Magritte.»

«Es una señal», le dijo Guy. «Me resulta más fácil pintar

cuando el tema no me pertenece, cuando es como si la imagen estuviera preestablecida. No quiero que la pintura trate de mí, que sea una revelación de mis sentimientos.»

¿Tenía sentimientos? Hope sentía curiosidad.

«Pero», replicó ella, consciente de que veía algo nuevo (como le ocurrió cuando Hochmann le dio la primera lección, y de nuevo cuando, en el granero de Zack, con aquellas corrientes de aire, examinó las primeras pinturas efectuadas totalmente con la técnica del goteo, y cuando visitó la casa de Bernie, donde sus grandes campos de color y sus franjas estrechas y verticales vibraban en la amplia y luminosa sala de la planta baja, aquel radiante golfo que se extendía por debajo de su adulterio), «¿cómo no va a ser así? Eres el creador.»

«Siempre hay maneras de crear sin ser el tema. Yo soy tan sólo un medio», le dijo el alto desconocido, con aquella extraña y fría modestia que era difícil distinguir de las alturas de la vanidad. «Tú... tú eres un fin en ti misma. Tú y Zack y todos los demás agonistas.»

«Agonistas... para ti somos antiguos. ¿Cuándo naciste?»

«En 1925.»

«¿Quieres saber cuándo nací?»

«Si quieres decírmelo...»

«1922.»

«Al alcance», dijo Guy, sonriendo. Le había leído el pensamiento de una manera desagradable, pero tal vez no inexacta. Por detrás de su escudo de timidez, Guy era perspicaz. Ella estaba sexualmente interesada, la excitaba la novedad de su ataque a la belleza. En otoño, cuando en la flamante galería de Leo tuvo lugar la exposición de Guy, Hope volvió a observar, en un espacio público, el impacto y la impudicia de la cama contrahecha, el águila salpicada de pintura, la bandera inexpresiva, y otra bandera toda ella en blanco, sólo las pinceladas y sutiles diferencias en la tonalidad amarilla definían las barras y las estrellas, blancos y mapas con la misma finalidad de ofrecer sus perfiles para que los pintaran por dentro, imágenes desprovistas de su finalidad y llenas de pintura, trazos que, Hope lo veía sobre todo en los lugares en que danzaban y parpadeaban sobre fragmentos semiocultos de periódico, eran tan expresionistas como las obras de Zack, Onno y Phil, pero con el tono subyacente de una broma, una capa en un emparedado de significados indirectos. Guy contenía un Zack enfriado, un Zack sin la congestión, la amenaza y la ingenua codicia de gloria.

En un tono acusador, deseosa de poner las cosas en claro, como si hubiera un jurado invisible, Kathryn le dice a Hope:

–Sólo habían pasado dos años desde la muerte de Zack cuando usted comenzó a mantener relaciones con Guy Holloway.

–«Mantener relaciones» es una forma de decirlo demasiado categórica. Nos veíamos aquí y allá, sobre todo en casa de Bernie y Jeanette, pero a veces en el desván que Seamus O'Rourke tenía en la calle Mercer. Era la época en que Seamus comenzaba a abrirse paso, con los rectángulos borrosos, los flotantes parches de color, de los que la gente decía que eran modernas versiones del Espíritu Santo, y es que Seamus tenía una auténtica vena religiosa, le entusiasmaba el reconocimiento que por fin obtenía y, desde luego, empezó a beber demasiado, yo veía las señales aunque era una borrachera más feliz, por así decirlo, que la de Zack, él tenía un fondo espiritual que de alguna manera sancionaba su entrega a la bebida. Y reaccioné con mucha lentitud hasta tomármelo en serio cuando Guy empezó a... ¿cómo se dice ahora?... a tratar de ligar conmigo, porque yo había supuesto, como le he dicho, que era gay, su entorno lo era, desde luego, un grupo de escaparatistas y actores secundarios que no acababan de triunfar, y ésa fue una de las razones de que me sintiera relajada a su lado y disfrutara con su compañía. Era el hombre de mejor carácter y el más expresivo con el que jamás había estado. Juntos hacíamos muchas cosas extravagantes, íbamos a restaurantes exóticos, albaneses o etíopes, antes de que nadie más lo hiciera, y a los baños de vapor con sección mixta que había en la calle Delancey, algo que no habría hecho con un hombre al que considerase sexualmente normal. Recuerde que le hablo de comienzos de los años cincuenta, y casi cualquier pequeña desviación parecía un atrevimiento. A principios de 1958, el verano después de su exposición en la galería de Leo, cuyas obras, y eso fue lo asombroso, se vendieron casi todas, a pesar del ridículo que los críticos volcaron sobre ellas, Clem ni siquiera se molestó en asistir (yo dejaba que las obras en papel de Zack, realizadas con la técnica del vertido, se vendieran por unos pocos miles de dólares, Guy me dijo que las estaba regalando, otra de sus habilidades era la capacidad que tenía, como un mago, para saber lo que daría de sí el mercado... aquel invierno, había empezado a decir, debía de ser casi al comienzo de la primavera, hacía frío en Nueva York y la ciudad era gris y horrible, me habló de ir al Oeste con él, con él y un par de jóvenes, el padre de uno de ellos trabajaba en la industria del cine, Hollywood se venía abajo, la televisión estaba matando los estudios, pero de todos modos ese muchacho deseaba un trabajo fácil y agradable, quería ser director de cine y más adelante intervino en algunos de los *happenings* de Guy, y su amiguete era un hombre de color pero de piel clara, creo que entonces aún no los llamábamos negros, que se había formado en la escuela de ballet y tenía un cuerpo adorable, todos lo veíamos bastante, cada vez que íbamos a un motel con piscina y él se metía en el agua con aquel sucinto bañador negro de estilo francés, causábamos un pequeño escándalo local, pero me encantaba ver el país, sobre todo el sudoeste y el sur de California, era un mundo distinto al del nordeste, con toda aquella luz que inundaba las interminables carreteras entre colinas violáceas, como en los cuadros de O'Keeffe, y luego viñedos y naranjales, y todo muy abierto, incluidos los caracteres. Tal vez mis impresiones se reforzaron porque fumaba marihuana por primera vez, «hierba», la llamábamos entonces, «porros», aún decían otros, por lo menos aquello no me engordaba... cuando intentaba acompañar a Zack, el alcohol me ensanchaba las caderas, y la verdad es que su efecto nunca desapareció del todo, los dos kilos y medio que pierdes se convierten en una plataforma a la que, tras un intervalo aceptable, añades los dos kilos y medio siguientes, ¿no es cierto? Pero usted es demasiado joven, o de una esbeltez demasiado natural, para que le pregunte esto. Durante aquel viaje, cuando aún estábamos en Virginia Occidental, comprendí que Guy era heterosexual, que de hecho lo era por completo cuando aquello se le metía en la cabeza.

–Se casaron ese mismo año –sigue acusándola la entrevistadora.

–Sí, querida Kathryn. En aquellos tiempos no se vivía en pecado, y estábamos locos el uno por el otro. Él era todo cuanto Zack no fue y, sin embargo, un genio a su manera y yo... bueno, ¿quién sabe lo que vio en mí? Supongo que una madre a la que podía tirarse, algo bastante clásico. Su madre verdadera era de Rhode Island, descendiente de uno de los refugiados para quienes los puritanos de Massachusetts eran unos tiranos. No eran cuáqueros sino otra cosa... antinomianos, creo que los llamaban, lo cual significa que creían que todo vale, o debería valer. Su apellido de soltera era Pearson. Su padre, el señor Holloway, era de origen inglés, y de ahí le venía a Guy su acento, que podía emplear a discreción, y sus sentimientos hacia Norteamérica: nos consideraba francamente salvajes, llenos de vitalidad y apetito y de una vulgaridad terrible y maravillosa, mientras que a mí los norteamericanos me parecían básicamente concienzudos, serios y en general exhaustos, debido al clima bochornoso, la ética del trabajo y las expectativas con que nos hicieron cargar aquellos heroicos padres fundadores, aunque en realidad los padres en cuestión tenían unas opiniones bastante malas del hombre corriente. El norteamericano medio es mucho menos vulgar y presuntuoso que, digamos, el inglés... por ejemplo, no tenemos nada parecido a esos hinchas de fútbol tan gamberros. El padre de Guy desapareció pronto. Su madre aún vivía en Rhode Island, en Jamestown, en una casa desvencijada, con tejado de madera, de la bahía, con el panorama de un puente, y una de las cosas que a Guy le gustaban de mí, tal vez una de las principales, era que cuando me comparaba con ella, yo salía bien librada. Como yo, la mujer era bajita y estaba llena de energía... cotorreaba con esa malicia seductora que una adquiere cuando vive en un lugar bonito y alejado, y nos llevábamos la mar de bien, nuestro entendimiento era «bárbaro», tal como decía Guy de mis encuentros con su madre, que tratábamos de que no fueran muy frecuentes. La mujer me veía cogerle de la mano y suponía que él lo necesitaba, pues había permanecido soltero hasta los treinta y tantos. Imaginaba que su vida en Nueva York era una serie de locuras, una Sodoma y Gomorra, y era tan materialista y esnob que permanecía ajena al éxito realmente notable que él estaba teniendo como artista. Yo también suplía esa omisión; le decía que jamás había visto un artista que produjera obras y ganara dinero como su hijo. Sobre todo en los años sesenta; parecía que en todas las ciudades de un país que superaba los doscientos millones de habitantes hubieran decidido levantar aquellos edificios altísimos, con pisos de desnudas paredes, y todos ellos necesitaran un Holloway para llenar el espacio. Las cosas que pintaba para establecer su idea tan inteligente sobre la figuración y la realidad («Esto no es una pipa, ¿o sí?»... la gente las tomaba en sentido literal; las banderas y las botellas gigantes de Coca-Cola y los paneles con tiras cómicas ampliadas eran cosas que conocían y amaban, cosas norteamericanas. Debo decir... puedo decirle esto aunque él esté vivo, tiene el Alzheimer demasiado avanzado para que se sienta dolido... que yo tenía mis reservas acerca de buena parte de su obra. Aquellas pinturas alfabéticas estarcidas, por ejemplo, con la palabra «azul» en color naranja y señales de stop pintadas de verde, me parecían una vuelta al dadaísmo. Zack y su generación habían rechazado el desdeñoso carácter juguetón de los surrealistas que estuvieron aquí durante la guerra, y en cambio intentaban extender, después del cubismo, el legado de Cézanne y Velázquez, la majestad de la pintura, del color y de la forma. Guy tenía buen ojo, de profesional (sus composiciones, incluso cuando las combinaba con animales disecados y esas cosas, siempre estaban equilibradas, y sabía cuándo era preciso detenerse, cuándo había que decir basta), pero era básicamente un hombre de ideas. Después de él, el arte norteamericano se redujo a una idea tras otra.

–¿La técnica del goteo no era una idea?

–Ay, Kathryn, la ensalada de atún la impulsa demasiado a llevar la contraria. El goteo, no tocar la tela, tenderla en el suelo... todo eso fueron ideas, pero las ideas no eran nada sin la ejecución. Nadie ha imitado jamás a Zack sin parecer de segunda categoría; ni siquiera eso... de tercera categoría. Mientras que Guy, una vez que hubo instalado su cadena de montaje en el «Hospicio», podía dar una idea a sus ayudantes y éstos se dedicaban a producir Holloways mientras él estaba sentado conmigo en el piso al norte de la ciudad, o viendo una película en Times Square. Inventó de nuevo el taller medieval, transformó el arte, haciendo que dejara de ser una confesión completamente personal y pasara a ser un artefacto, que pertenecía a todos y a cualquiera. En cierto sentido, fue más allá de los conceptos de bueno y malo: si un ayudante empleaba un color erróneo o producía una mancha al preparar una mampara de seda, Guy lo examinaba y decidía que podría estar bien, un artista no era un juez, él no estaba allí sentado con toga y peluca, ordenando ejecuciones.

–Me parece maravilloso –dice Kathryn, inclinándose hacia delante mientras habla, y la mano izquierda con sus uñas negras se mueve nerviosamente en el regazo– que se muestre tan entusiasta con respecto a Guy después de que acabara tratándola de una manera tan lamentable.

–¿Por qué lamentable? No me hizo daño intencionadamente. Durante diecisiete años fuimos útiles el uno al otro, y yo dejé de serlo para él antes que él para mí. Era un hombre que tenía necesidad de estar en movimiento. La última vez que nos vimos, antes de que el Alzheimer lo hubiera invadido por completo, su inquietud había dejado de ser elegante, ya no podía dominarse, su mirada iba de un lado a otro de la habitación, mostraba sin cesar sus largos dientes. Parecía aterrado, sabía que las cosas no iban bien. Pobre Guy. Hasta entonces nunca me había inspirado lástima.

El recuerdo del penoso estado de Guy se extiende a su propia situación, debido a la presencia de Kathryn, cada vez más surreal y obstinada, una presencia que aquí, en la sala de Hope, tan pura y tan poco utilizada, se convierte en monstruosa, como si en este entorno de cortinas de cretona marrón y cristales con una tonalidad lavanda hubiera un águila disecada cubierta de pintura aguada y goteante. En cierta ocasión, un día de verano, cuando paseaban por Broadway Oeste, Guy le comentó que todas las cosas, hasta que te concentras en ellas, parecen goma de mascar. A Hope le pareció entonces una desenfadada muestra de nihilismo, sin otra finalidad que divertirla, pero retuvo la frase, como un indicio de la intrínseca monstruosidad de todo, de su carácter amorfo e incoloro.

–¿Qué aspecto tenía? Quiero decir en general.

Hope titubea. La pregunta parece tan sencilla que debe de ser una trampa.

–Me refiero... –Kathryn se ruboriza de un modo encantador– al aspecto que tenía para usted. Las descripciones varían, y ni siquiera hay dos fotografías de Guy Holloway con un parecido exacto.

–Suave –dice por fin Hope–. Tenía un rostro suave que a menudo parecía ladeado hacia mí, tal vez porque yo era mucho más baja. Sus facciones no destacaban demasiado; la nariz pequeña y recta, el labio superior alargado, unos labios que parecían abotonados, como las puntas del cuello de una camisa, y con una expresión un tanto dolida, tal vez porque sonreía tan poco (en esa impasibilidad radicaba gran parte de su fuerza). Los ojos eran algo saltones y de un azul desteñido, como porcelana de Delft. Era una cara que presentaba poca fricción al mundo.

–Al contrario de Zack.

–Ah, Zack... Él era todo fricción, por eso se pasaba tanto tiempo paralizado. Con Guy yo experimentaba la estupenda sensación de que no tenía que empujar el carro, o sacarlo una y otra vez de las zanjas... sólo tenía que viajar en él.

–Y entonces, con mucha rapidez, le dio usted tres hijos. A mi modo de ver, ése es el hecho más sorprendente de toda su vida.

–Pero ¿por qué? No hay nada más natural, la naturaleza se encarga de que eso suceda. Me habría encantado haber empezado antes, porque resultó que eso, tener hijos, se me daba bien. Tenía la pelvis adecuada, a pesar de lo menuda que era. Y no vinieron con tanta rapidez, cada uno de ellos tardó nueve meses... Paul en junio del 1959, Piet en noviembre de 1960 y Dot en 1962. Nos ilusionó mucho tener una niña. Después de que naciera Piet, Guy y yo acordamos que lo intentaríamos una vez más, con la esperanza de que fuese una chica. Nació justo un mes antes de que yo cumpliera los cuarenta. Usted ha dicho que es «sorprendente». Lo que me sorprendió fue que Guy me pidiera que la llamásemos como su madre, yo no había creído que estuvieran tan unidos, pero tal vez, a su modo de ver, lo estaban. A los chicos les habíamos puesto los nombres de dos pintores favoritos, más de Guy que míos, desde luego, unos pintores secos, cerebrales (mi padre me había aguijoneado contra el matrimonio con aquel Zack que había abandonado a su familia, ¿por qué recompensar a esa clase de gente?), así que me resultaba desconcertante tener que dirigirme a la inocente chiquitina, mi propia hija, con el nombre de mi más bien intimidante suegra. La solución fue llamarla Dot. Y poco después Guy emprendió su serie de obras con el procedimiento de fotograbado bendéi, unos paneles de tiras cómicas con grandes puntos mecánicos, lo cual era una especie de homenaje.* Era un buen padre, divertido con los chicos, aunque claramente competidor, cuando eran dos como cuando fueron tres, pero tener una hija hacía que se le cayera la baba. Incluso le cambiaba los pañales, mientras que mostraba muchos remilgos para hacer lo mismo con los niños. Hablaba de iniciar una serie de lienzos con caca infantil, y creo que examinó los aspectos técnicos del asunto, pero nunca lo hizo... esta mañana le he mencionado las parodias que se hacían de Zack, cuando alguien se orinaba sobre láminas de cobre, pero no fue Guy, por lo menos no recuerdo que fuese él.

Claro que no era Guy. Era alguien secundario, en busca de una barata dosis de fama. Orina, heces, los primeros reflejos en los medios de comunicación. Hope mira de soslayo por la ventana y ve que el día abrileño declina. Un aguachirle de luz blanca se extiende inmediatamente por encima de las montañas que se alzan en el horizonte, pero ni un solo rayo de sol atraviesa las nubes. La oscuridad en el oeste se ha extendido y ahora alcanza también al sur, y contra el fondo negro azulado se agitan algunos copos de nieve, que van de un lado a otro, suben y bajan, como si nunca fuesen a tocar el suelo. Pero Hope sabe, porque se lo dicen sus sensibles huesos, que el día no es lo bastante frío para que nieve, por lo menos a esta altura mediana. Cerca de las

* Dot, diminutivo de Dorothy; *dot* significa «punto», de ahí lo acertado del nombre en este caso. *(N. del T.)*

cumbres, donde los jóvenes esquiadores se deslizan por la helada y granulosa superficie, ya hacia el final de la temporada, la nieve puede cuajar y acumularse, pero aquí se convertirá en lluvia. El cosquilleo del suspense la impulsa a restregarse los brazos a través de las mangas de la camisa de lana. Se pregunta si ya son las tres de la tarde. Nunca ha adquirido el hábito de llevar reloj, ni siquiera cuando vivía en la ciudad, con sus citas constantes. Sabe que el tiempo es más elástico de lo que indica el reloj. Algunas actividades (pintar, jugar al tenis como cuando ella y Jerry aún eran jóvenes para practicar deportes) lo aceleran, de modo que una hora transcurre como si tu vida se hubiera saltado un diente de la rueda dentada, mientras que otras (la jardinería, las tareas domésticas, conversar con alguien que te violenta) lo extienden como si la vida fuese eterna, como esos copos de nieve incapaces de posarse en el suelo.

–¿Cree usted –le pregunta Kathryn en el tono acusador que ha adoptado su voz desde que Guy se ha convertido en el tema central de la conversación, un tono que le recuerda a Hope el de una hija llena de indignación inducida por la psicoterapia– que usted y Guy intentaban demostrar algo?

–¿Y qué habría sido eso?

–En el caso de Guy, que no era homosexual, y en el suyo, que todavía era joven.

–Lo era, ¿no le parece?

–No para ser madre.

La voz de la joven se ha replegado a la defensiva, ya que ella nunca ha sido madre.

–Cielo santo –suspira Hope, compasiva–. Tenía la mitad de los años que tengo ahora. Debía de ser muy joven.

Los hijos. ¿Quién habría pensado que alguna vez formarían parte del pasado, que serían un capítulo cerrado? Durante veinte años estuvieron presentes a cada paso, no sólo la acompañaron y dependieron de ella, sino que constituyeron la justificación de su vida, su entorno casi absoluto.

El egocentrismo inocente y voraz de los niños llenaba todas las habitaciones a las que llegaban sus gritos, y la conmoción que creaban era cada día más veloz, de manera que el tiempo pasaba volando, o por lo menos así se lo parece cuando mira hacia atrás a través de los numerosos velos del cambio y el crecimiento, con su fatal corriente subterránea de dejar algo atrás, de dejar atrás un surtido de juguetes y anhelar otro, de superar los impedimentos del lenguaje y los errores gramaticales, de aprender a corregir sus encantadores defectos de dicción, sus ganancias y sus pérdidas, el hecho de que respirasen su aliento cuando ella se inclinaba sobre las camas donde dormía cada cabecita, cálida y húmeda a su tacto, con el ardor de la vida nueva y frágil, con la etérea belleza de los niños dormidos, sus miembros desamparados y pálidos entre los pliegues de las sábanas, sus sueños que a veces los despertaban, llenos de terror, sus temores también experimentados por ella, sus accesos de cólera como manchas en el corazón de la madre, sus pérdidas y ganancias compartidas por ella mientras crecían día tras día, centímetro a centímetro, dominaban el lenguaje, adquirían las costumbres sociales, iban a la escuela, sus personalidades eran cada vez más definidas y limitadas... Paul, rubio, tímido y astuto como su padre; Piet, nervioso y maleable como ella, y la pequeña Dot, que heredó el nombre de Dorothy a los trece años, cuando murió su abuela, una confusa mezcla de genes latentes durante generaciones, labios gruesos, piel oscura, amante del sol, y un cabello negro y áspero que sólo podía proceder de la abuela materna de Hope, Virginia Lafitte, que era de Nueva Orleans y había muerto un año antes de que Hope naciera, y del padre huido de Guy, a quien las fotografías mostraban con una mata de pelo oscuro y erguido y unas espesas cejas negras sobre los ojos algo protuberantes, los iris de una palidez lechosa. Poco femenina, Dot insistía en ponerse ropas de chico, ser como papá. Hasta los seis o siete años, su sistema nervioso la despertaba en plena noche y la hacía entrar en la habitación de sus padres para que la consolaran. La reñían tan a menudo por turbarles el sueño, que se resignó a pasar levantada y a solas aquellos periodos de insomnio. Con una aflicción que parecía próxima a la raíz de la existencia humana, Hope se entristecía al descubrir en el dormitorio de la niña unas muñecas diseminadas, la casa de muñecas desordenada o un cuento ilustrado abierto, señales de que se había entretenido en plena noche mientras sus padres y sus hermanos dormían, entregados a sus sueños. En algún momento de la infancia de Dot, en el piso de la Calle 79 Este, habían adquirido un gato, llamado *Pierre*, un siamés al que habían cortado las garras, cuya sedosa cabecita, cuando la restregaba contra alguien, tenía la fuerza de un puño, y cuyo ronroneo se oía en la habitación contigua. Aunque ni Hope ni Guy quisieran admitirlo, la finalidad de *Pierre* era la de proporcionar a Dot otra criatura nocturna mientras sus padres dormían a pierna suelta. Resulta curioso lo poco que la memoria de Hope conserva de aquel largo y problemático peregrinaje de la maternidad: el contacto de la cabeza ronroneante de *Pierre*, el peso muerto del pequeño Piet, como un saco de azúcar, cuando lo amamantaba en el sillón de piel con su grueso cojín (el año anterior Paul había parecido mucho más liviano, aunque la diferencia de peso entre uno y otro era de poco más de cien gramos); el olor del linóleo que amortiguaba el estrépito en la escalera del jardín de infancia no afiliado a una confesión determinada, allá en Central Park, un día lluvioso; la constante recogida de bloques de construcción, piezas de Lego, coches de plástico rotos y muñecas Barbie desnudas; las comidas infantiles a base de guisantes y palitos de pescado y bocadillos cortados a trozos del tamaño de fichas de dominó en platos de plástico con un estampado de borrosos patos, topos, puercoespines y conejos que vestían chaquetas azules de grandes botones.

Cruza por la mente de Hope una mano femenina morena con la uña del pulgar clara, la de Brenda o la de Martine o la de Josie, depositando uno de esos platos ante un niño sobre la blanca mesa de la cocina.

–Disponía de ayuda –le dice a Kathryn–. Tiene usted razón, ya era demasiado mayor para tener tres hijos de menos de cuatro años. Tan sólo perseguirlos me deslomaba, y en invierno contentar a los tres en el parque infantil de Central Park durante diez minutos antes de que empezaran a quejarse de frío. Por suerte, Guy tenía mucho dinero, una barbaridad más o menos a partir de 1962, por lo que podíamos disponer de servicio, niñeras, aunque no las llamábamos así, una chica venía durante el día y cocinaba para los niños, otra venía de cinco a siete para darles la cena que había dejado preparada la otra chica y los bañaba. Yo bañaba a Dot en otra bañera, los chicos eran demasiado juguetones y presuntuosos para mí, y a ella le aterraba el jabón en los ojos. Yo quería ocuparme de todo, porque mi propia madre no lo había hecho, pero era demasiado mayor y supongo que mimada, y estaba demasiado deseosa de volver a mis cuadros.

Recuerda ahora a la pobre Dot a los trece años, tenía que ir Brearley y en el vestíbulo lloraba y gritaba porque el aparato de ortodoncia y el acné la humillaban y no quería ir, jamás de los jamases, detestaba a todas aquellas zorras rubias, escuálidas y melosas. Al llegar a la adolescencia, Dot se había vuelto llenita, su piel cetrina se llenaba de granos y Hope se sentía desesperada, incapaz de cambiar el cuerpo de su hija de la misma manera que raspas una pintura y la rehaces, y sin un padre a mano para decirle a Dot que seguía siendo su linda pequeña, porque por entonces, en 1975, Guy se había marchado. Murió su madre y él se marchó, como si la voluntad distante de la mujer, su sentido de la propiedad, hubieran retenido allí a Guy, entre las habitaciones vacías, los juguetes olvidados y las voces femeninas. Paul y Piet estaban en un pensionado. Jeanette Nova (Bernie, el locuaz y viejo maestro que gozaba tímidamente del brillo de la fama tras una vida de desafiante oscuridad, también había muerto pero Jeanette, cada vez más delgada, como un hilo vibrante en el telar de la ciudad, se mantenía viva gracias a la decoración de interiores, las fiestas de las galerías y los chismorreos) le dijo que el hecho de que Guy hubiera vivido tanto tiempo con ella era un cumplido para Hope. Había sido una santa al hacer la vista gorda de esa manera. ¿La vista gorda? Pero Hope no quería preguntarle: *¿la vista gorda ante qué?* Jeanette seguía hablando por los codos, con aquellas arrugadas manos cargadas de anillos de plata oscilantes en la brillante sala, fuera la que fuese, donde tuvo lugar esa conversación, las luces de la ciudad desparramadas más allá de las ventanas con cristal triple, tal vez había cierto deseo de venganza en la animación con que hablaba, el afecto que se tenían ambas mujeres era una mezcla como el café irlandés, tirando en diferentes direcciones. «¡Nadie previó que llegarían tantos niños!», le dijo a Hope con su voz estridente, enronquecida por el ambiente de las fiestas.

–La gente se sorprendía –le dice Hope a Kathryn– de que Guy demostrara ser tan buen padre, pero así era su naturaleza, lo propio de él era intentarlo todo y ser productivo. Supongo que, en cambio, tenía poca capacidad de resistencia. Sus estilos artísticos tendían a durar dos o tres años como mucho, y a menudo trabajaba en dos estilos a la vez. Por ejemplo, al mismo tiempo que hacía aquellas divertidas y enormes reproducciones de plástico de comida basura, empalagosas de pintura, lo mismo que un auténtico Big Mac, con mostaza, ketchup y salsa, él y sus ayudantes producían aquellas serigrafías múltiples de accidentes de tráfico y sillas eléctricas y, después de 1963, de Jackie con su sombrerito redondo sin alas y su expresión de estupor, con una sensación visual tan diferente e impersonal, a base de gélidos colores fluorescentes. Aunque en todo lo que hacía Guy había amplio espacio para lo accidental, para lo que no había sido planeado. Es una paradoja: Zack, cuyos mejores trabajos parecen todos ellos accidentales, como si un derviche hubiera dado vertiginosas vueltas entre las latas de pintura, insistía con toda seriedad en que su obra no contenía accidentes, como tal vez le he dicho antes... perdone si lo he hecho, Kathryn. Ésa era una de las pocas cosas coherentes de sus afirmaciones en público, cuando ni Clem ni yo teníamos que poner las palabras en su boca. Era algo relacionado con la dignidad de lo que estaba haciendo, su dominio masculino de la obra. Guy, en cambio, que se convirtió en una especie de fábrica, después de que adquiriese aquella casa en la calle Veintisiete y la llamara Hospicio Holloway, y hasta lo firmara todo con las letras «HH» estarcidas, dependía del accidente, de que interviniera la imperfección humana. Recuerdo que, antes de que resultara tan evidente que no quería verme en el Hospicio (que allí se sentía a sus anchas con el grupo de bichos raros y drogatas a los que daba cobijo), me tomé una tarde libre, dejé a los niños en casa y fui a echarle una mano en las serigrafías acrílicas que estaba haciendo, porque me interesaba aprender el proceso, llevaba años sin tocar un pincel o un lienzo, no había hecho más que unos esbozos al carbón de los niños dormidos y una rápida aguada o dos de las ventanas del piso. En fin, allá en el Hospicio (Guy afirmaba que ese nombre significaba que el arte estaba en las últimas y allí era donde había ido a morir) él miró el resultado de mis trabajos de aquella manera veloz, tan concentrada que casi asustaba, y me dijo: «No, cariño, lo has hecho con una perfección excesiva, tiene que haber cierto descuido. Mira aquí». Entonces embadurnó varias obras con el canto de la mano y, cuando me repuse del sobresalto, vi que habían mejorado, el aspecto humano había afectado al mecánico, haciendo que la idea de repetición, de un proceso repetible, fuese conmovedora. Las imperfecciones somos nosotros, que tratamos de brotar, como granos. Cuanto menor es la imperfección, tanto más conmueve en cierto sentido. Pasó de incluir en sus obras fragmentos de envases de cartón a duplicar los mismos envases, con la mayor precisión posible, aunque todavía puedes ver que están hechos a mano. No creo que sus ayudantes del Hospicio comprendieran mejor que yo por qué razón hacer una sola serigrafía de un párrafo de periódico es sólo copiar, pero hacer toda una serie, hasta dieciséis, todas ellas cubiertas por una capa de rojo cereza o turquesa, era una obra de arte merecedora de colgar algún día de las paredes de un museo. A Zack sólo le interesaba expresar lo que el pintor sentía, a Guy más bien lo que veía el espectador. A su manera, era un teórico tan complejo como Bernie y Roger, pero jamás hablaba de teoría, por lo menos conmigo.

Hope tiene la sensación de que intenta conseguir que Kathryn se sienta cautivada por Guy, como un digno sucesor de Zack, pero la otra no se deja convencer, y Guy aparece en su mente con algún defecto o pequeñez adheridos, mientras que Zack es todo *glamour* en pantalla panorámica. La voz de la joven, cada vez más áspera, con un toque de ronquera catarral a medida que la sala se enfría en armonía con el ambiente exterior, en el que chispea la nieve mientras oscurece, le da a entender que ya ha escuchado bastante acerca de Bernie, Roger y las teorías artísticas.

–Menciona usted el Hospicio –le dice en un tono acusador–. La gente que lo frecuentaba consumía droga en grandes cantidades, sobre todo cuando Guy empezó a hacer películas experimentales. Un miembro del personal murió de sobredosis de heroína, y la actriz de una de sus películas (una película cuyo visionado nadie soportaría, por supuesto; supongo que en eso estaba la gracia) se suicidó. ¿Cómo se sentía usted, mientras intentaba criar a tres hijos en el East Side superior, al ver que Guy acudía todos los días al escenario donde tenía lugar toda esa locura de los años sesenta y comienzos de los setenta?

El interrogante finaliza con un sorbo de aire por su larga y congestionada nariz.

–Bueno –dice Hope. Siente que la sangre le caldea las mejillas, que su sangre de cuáquera se encrespa para protestar–. Nunca pensé que un artista moderno pudiera o debiera ser un miembro convencional de la burguesía. El arte no ocupa un lugar cómodo en la vida norteamericana, y el artista tiene que estar fuera del sistema. Pero Guy nunca fue un drogadicto. No fumaba y apenas bebía. Incluso en nuestro viaje a la Costa Oeste, que fue como una luna de miel anticipada, fue muy comedido con la hierba... no quería que su cerebro corriera el menor riesgo, pues sabía desde la adolescencia que tendría que mantenerse gracias a su talento. Y tenía además aquella maravillosa habilidad para establecer compartimientos estancos. Como les sucede a la mayoría de los hombres norteamericanos, tenía una vida laboral y una vida doméstica. Éramos como la familia mimada y acomodada del propietario de una de aquellas fábricas decimonónicas donde explotaban al obrero, y que en casa no mencionaba ningún detalle desagradable. Se pasaba la velada conmigo y los chicos viendo *El show de Andy Griffith*, luego ponía un disco de Schubert en el tocadiscos de alta fidelidad y los dos jugábamos una partida de backgamon. A la mañana siguiente iba a aquel local, donde algunos de sus adláteres alucinados por la droga estaban haciendo una cama redonda delante de las cámaras. A Guy no le molestaba la sordidez, la veía como una parte de la realidad urbana que atravesamos a diario. Tenía mucha fe en su capacidad de mantenerse puro, de ser un transmisor puro que lo convertía todo en arte. Y hacía esto sencillamente afirmando que era arte, y sin alzar nunca la voz, eso era lo que más me maravillaba de él, su buen humor y su temperamento equilibrado. Puede que le cueste creerlo, pero con los niños él era el padre sosegado que les imponía disciplina, yo era demasiado impetuosa y me tomaba todo lo que no me gustaba como si fuera una afrenta personal.

Cuando, a pesar de que le habíamos comprado aquel gato, Dot entraba en el dormitorio y nos despertaba, era yo quien se ponía hecha una fiera, mientras que Guy la tranquilizaba y suavemente la llevaba de regreso a su cama. Al mismo tiempo, algunos críticos de arte, que por entonces se sentían muy a sus anchas con el expresionismo abstracto, cuando era un estilo ya claramente difunto, lo denunciaban como si fuese el Anticristo del arte, una especie de Rey del Desgobierno que reciclaba todo lo basto y estúpido de la vida norteamericana y engañaba a los museos para que lo exhibieran. Robert Hughes se mostraba especialmente mordaz en los artículos que publicaba en la revista *Time*. Era cierto que a los directores de los museos les gustaba lo que Guy hacía, pues encajaba con todo lo que, fuera del museo, la gente tenía que soportar para llegar allí, conectaba con la vida de la calle, con la tienda de regalos.

–Desde luego, se muestra usted muy generosa con Guy.

–Él era generoso conmigo. Incluso al final, cuando llegamos a un acuerdo para el divorcio. El dinero no le interesaba, excepto su aspecto físico, siempre decía que el dinero norteamericano era el mejor diseñado. No tuve que casarme con Jerome Chafetz por razones económicas. Lo hice porque nos enamoramos.

Kathryn produce lo que a Hope le parece un suspiro por la nariz, ligeramente líquido. La pobrecilla está bregando con un resfriado, y aún tiene por delante el largo viaje de regreso a la ciudad. Y todavía espera ponerse al día acerca de ese amor del que Hope no deja de alardear. Algunas mujeres se enamoran con facilidad, tienen hijos fácilmente y sus genes se vierten en el futuro, haciendo que la especie sea cada vez más romántica. Luego existe esa otra clase de mujer, en la que el proceso se detiene. La entrevista debe de estar llegando al final.

–Su hija, Dorothy... ¿Supuso para usted una conmoción o un trastorno la inclinación sexual que mostró al crecer?

Ahora Hope exhala un leve suspiro y entrelaza de nuevo las manos en el regazo tras balancearse unos instantes, tratando de encontrar una respuesta sincera. Su amor contenido por la hija lesbiana produce en sus adentros una negra ciénaga de tristeza que por lo general sortea en sus viajes al interior de sí misma. Busca evasivas, juega a la defensiva.

–No, ¿por qué habría de afectarme así?

Su primera y única hija, a la que había desatendido por necesidad. Los chicos aún estaban aprendiendo a andar, y eran una amenaza para sí mismos y cada uno para el otro. Entre una y otra toma de pecho, Hope dejaba a la niña en el moisés, en el suelo de la sala, como un paquete dirigido a una persona que no era ella, y cuando sus pisadas apresuradas indicaban al bebé que alguien estaba cerca, la pequeña Dot se agitaba en su capullo de mantas con algo que parecía el puro placer de compartir el mundo con otro ser vivo. Cuando Hope la tomaba en brazos, su cuerpo compacto y caliente se tensaba y estremecía con su inefable dicha particular, como una canción que no pudiera dejar de entonar; mamaba con avidez, apretando y soltando un dedo de su madre con una palma arrugada que asía con tanta suavidad como esas plantas llamadas boca de dragón. Su cuerpo se adhería y se adaptaba al de Hope, algo que no había sucedido con los chicos, que casi desde el comienzo ofrecieron resistencia y la rechazaron. Como en un espejo empañado, su espíritu se inclinaba sobre el aliento vital de aquella otra hembra, anticipándose a los juegos que compartirían, el retorno a su propia infancia, al tiempo que encomendaba a Dot al estoicismo de su sexo y se sentía justificada al desatenderla durante aquel intervalo en que las exigencias de los varones de la familia tenían prioridad. Sus hermanos continuaron superándola en categoría, gritando más que ella, brillando más, y la niña y su madre nunca tuvieron la sincera unión espiritual, no alcanzaron la afectuosa conspiración que Hope había previsto. Por el contrario, no hubo más que bloqueos y estancamiento. Cuando paseaba a la niña en su cochecito y doblaba la ventosa esquina en el cruce de la Calle 79 con Central Park, la legendaria y ancha avenida le parecía una enorme cinta para correr por la que avanzaban raudos los taxis amarillos hacia la barrera del edificio de la Pan Am a treinta manzanas de distancia y, como en una cinta para correr, en realidad no iban a ninguna parte.

Kathryn no se ha dignado responder. Espera que su víctima amplíe los detalles, que recupere otra pepita amorfa del lodazal de la memoria. Cualquier cosa que Hope diga acerca de Dorothy será grabado y tal vez impreso, aunque duda de que esta desmañada e implacable interrogadora, con una sustancia espiritual tan densa e inflexible, dé a la imprenta algo más que una mínima parte de estas palabras grabadas, en el artículo que está preparando para, Hope lo recuerda ahora por la conversación telefónica que tuvieron, una revista *on-line* que sólo existe en el ciberespacio.

–Ella heredó los ojos azul claro, ingleses, de Guy –le dice–, mientras que los chicos los tenían del mismo color avellana terroso que yo, con una diversidad de tonos verdosos, según el color de la camisa que llevaran.

–¿Era la preferida de Guy?

–De chiquitina, sí, pero luego, cuando creció, Guy parecía sentirse más cómodo con los chicos. Era amigable y bromista con Dot, pero también recelaba un poco de ella, temía acercarse demasiado a un mecanismo que no entendía. Eso formaba parte de su personalidad, no quería meterse en algo que no comprendía si no era capaz de predecir el resultado. En esto no se parecía a Zack, quien se metía en lo que fuera y luego comenzaba a inquietarse. Si Guy hubiera sido Zack, habría adiestrado a los ayudantes para que hicieran obras con la técnica del goteo hasta que todos los mercados, tanto los extranjeros como del interior del país estuvieran saturados. Eso parece cínico... nada generoso, ¿no es cierto?, pero es que en las inspiraciones de Guy había tanta frugalidad como abundancia. El arte, que había sido tan vehemente, imperioso y, sí, existencial cuando yo era joven, se había enfriado y convertido en ideas que actuaban de forma separada... ¿ya he dicho esto? Lo que no era pop era borde duro* o campo de color. Compare las grandes pinturas de Bernie con las de... Ad Reinhardt y Morris Lewis. ¿Qué ha sido de la pasión de Bernie, de aquellos cielos gigantescos de puro color y la enorme apuesta que hizo? Se ha convertido en un sabor de helado.

Hope sabe que Kathryn no quiere seguir hablando de pintura con ella, pero confía en desviarla del tema de su hija. Kathryn no está dispuesta a desviarse.

–¿Qué edad ha dicho que tenía Dorothy cuando Guy se marchó?

–Bueno, ya hacía algún tiempo que había empezado a marcharse. Cada vez pasaba más horas en el Hospicio, y asistía a acontecimientos en Tokio, Venecia y Río de Janeiro que duraban semanas. A lo largo de los años sesenta, sus proyectos se fueron magnificando. Guy se enamoró de las vallas publicitarias, y pidió a varios pintores de vallas que le enseñaran cómo se hacían. Entonces produjo unas vallas tan enormes que no entraban por las puertas y era preciso exhibirlas en los patios de los museos o en viejas estaciones de ferrocarril abandonadas, como las que comenzaban a abundar en los centros urbanos de las grandes ciudades. Por si esto no fuese bastante ostentoso, le dio por diseñar monumentos públicos, como unas tijeras del tamaño de la Torre Eiffel, enormes bates de béisbol, gomas de borrar textos mecanografiados y pinzas de tender la ropa, pero ninguna autoridad estatal o municipal se atrevió a levantarlas, aunque unas

* *Hard Edge*, una pintura abstracta de tipo geométrico que tuvo auge en los años sesenta y cuya característica principal era que los contornos de las formas estaban muy marcados. *(N. del T.)*

pocas sí lo hicieron, sobre todo en el Medio Oeste, confiando en dar un poco de dinamismo a los moribundos centros de sus ciudades. Y aunque jamás se construyeron, generaron todos aquellos dibujos y planos que, naturalmente, tenían su valor. Como le he dicho, Guy no desperdiciaba casi nada.

–Iba usted a decirme lo que sintió ante la tendencia sexual de Dorothy.

–¿Ah, sí? ¿No será más bien que no iba a decírselo?

En este punto muerto, el chasco de Kathryn es como una corriente que le abrillanta el rostro. Se coloca un mechón de lustroso cabello detrás de una blanca oreja que, Hope ve por vez primera, no está pegada al cráneo sino que es abocinada, como un muchacho antes de que la virilidad empiece a desarrollarlo. Con la mano todavía alzada, la entrevistadora se inclina adelante para comprobar si la grabadora sigue murmurando.

–Apáguelo –le dice Hope, presa de un súbito acceso de desesperación–. Se lo diré si apaga esa víbora de cacharro.

Los ojos de Kathryn, oscuros como ciruelas o pozos de tinta negra con una tonalidad de herrumbre, lanzan desde el rostro cabizbajo una mirada sorprendida y desafiante que muestra una media luna blanca bajo cada iris. Abre los labios para objetar.

–No quiero que quede constancia de nada que pudiera dolerle a mi hija –le explica Hope.

La joven reprime su filial impulso de discutir y, obediente, alarga la mano (un trecho de huesuda muñeca brota de la mano extendida) para apagar la grabadora.

Hope se echa hacia atrás en la mecedora y habla como si lo hiciera con una mujer de su edad.

–Guy y yo habíamos dado por sentado que una hija nuestra sería hermosa –le confiesa–. ¿Por qué pensamos tal cosa? Supongo que porque ambos éramos artistas, y nos lo merecíamos. Nos considerábamos... ¿cómo es esa anticuada y encantadora manera de decirlo?... sí, bien parecidos. Daba por supuesto que un padre larguirucho y lampiño y una madre pulcra, pizpireta y dotada de curvas tendrían de manera natural una hija alta, elegante y femenina. –Cruza por su mente el incómodo pensamiento de que a Kathryn se la podría considerar alta y elegante–. En cambio –sigue diciendo–, Dot tenía esos problemas cutáneos que le he mencionado, el pelo negro y áspero, unas cejas que casi se unían por encima de la nariz, los labios gruesos y una expresión de terquedad. Nunca superó mi altura, y parecía como si los ojos azul claro de Guy hubiera llegado a su cara procedentes de otro planeta.

–Pero de todos modos –replica Kathryn, sorprendiéndola, como si también su lengua, ahora que la grabadora está apagada, se hubiera liberado–, una cara no es sólo un inventario de sus facciones. Si una mujer tiene espíritu, una actitud positiva y se maquilla como es debido...

–Dot no se maquillaba. Consideraba el maquillaje como una especie de hipocresía, o bien creía que en su caso, con las cicatrices del acné, no servía de nada. La triste ironía es que, si hubiera nacido diez años después, habría contado con un remedio, Accutane, que obró maravillas en el nieto de un socio de Jerry, un chico que ahora tiene la piel de un ángel. Dot en cambio...

–De todos modos, es sólo un defecto superficial.

–Quien no lo padece puede decir eso con facilidad. La mayor parte de lo que vemos es superficie. Después de que Guy se marchara, sufrí lo indecible mientras crecía aquella desdichada niña sin padre que detestaba su imagen en el espejo, y percibía eso, mi culpa, por supuesto... cuando alguien pide a gritos que le echen la culpa, tendemos a complacerle. Todo mi pasado, digamos la vivacidad de mi juventud, la ofendía. Decía de mí que era una persona tonta, patética, que había dedicado toda mi vida a atraer a los hombres y, supongo que para mortificarme, insistió en mantener la relación con Guy, hasta los últimos años, cuando ya es imposible la comunicación con él, con aquella hermosa y serena mente que había tenido... –Hope se da cuenta de que está divagando, y trata de sortear los bordes cubiertos de carrizos de esa ciénaga en el interior de su cabeza–. Ah, querida, qué tristes son las relaciones humanas, ¿no es cierto?

Kathryn no se molesta en mostrarse de acuerdo. Insiste, como si no viera de cerca y no se percatara de lo molesto que le resulta a su interlocutora tanto interés por el tema. Es ese extraño aspecto líquido y oscilante de sus ojos... ¿lleva tal vez lentillas?

–¿Cuándo le informó Dorothy de su inclinación sexual? ¿Cuándo resultó evidente?

Hope se siente hastiada de repente; percibe el hastío como una aguja de hielo que se le clava en el alma y la paraliza.

–Empezó a actuar en Stanford como lo que era, de una manera flagrante, con el pelo corto, chaquetas masculinas y esa clase de detalles. No creo que empezara a practicar en Brearley, porque detestaba mucho a aquellas chicas rubias, o eso decía, pero lo cierto es que la primera amiga sentimental que se trajo de California era una rubia alta y deliciosa, aquello está lleno de ellas, surfistas de cabello descolorido por el sol, creo que la chica era de La Jolla, una princesa de Park Avenue al estilo de Los Ángeles, con un bronceado color de miel, ojos gris pizarra, una encantadora ignorancia absoluta de todo lo relativo a la cultura... yo misma me sentí bastante atraída por ella, Marcy se llamaba, eso ocurría pocos años después de que Jerry me hubiera salvado de cierta promiscuidad experimental, supongo que debido a mi enojo con Guy... ¿todavía está de moda pensar que cuanto hacemos se debe al enojo? El bronceado también le sentaba bien a Dot, le solucionaba el problema de la piel, las cicatrices seguían allí, pero armonizaban con su figura achaparrada y la cabellera espesa, y con el aspecto un tanto amenazante que había llegado a adquirir, supongo que era una versión de «lo negro es bello»; parecía chicana, salvo por su manera de hablar, rápida e inteligente, que había heredado de Guy, carecía por completo de mi titubeo y mi tendencia a perder el hilo, de avanzar a tientas hacia el final del túnel... a decir verdad, Kathryn, volví a enamorarme de ella, de mi pequeña, nerviosa y pesada Dot con aquella nueva, exigente y formidable manera de ser. Desde luego, era exigente conmigo. Me acusó de seducir a Guy, apartándole de su verdadera orientación, cosa que me costó mucho tomarme en serio, puesto que por entonces había vuelto a casarse, con Gretchen, la domadora de caballos de Connecticut. Según Dot, Gretchen, delgada y fuerte, cuyo físico parecía el de un jinete profesional, no era más que un chico que casualmente tenía coño, de modo que habría sido imposible convencerla de que abandonara su nueva militancia. Cuando se graduó, mi matrimonio con Jerry le pareció una entrega tan absoluta al capitalismo que no quiso tener nada más que ver conmigo, y, aunque confieso que es horrible sentir eso, lo cierto es que fue para mí un alivio, fue como cuando, de pequeña, por fin volvía a la cama.

–¿Cómo reaccionó usted a la acusación de que había seducido a Guy? ¿Puedo encender de nuevo la grabadora?

–Oh, sí, adelante. No creo que nada de esto importe. Salvo para nuestros hijos, es como si todos estuviéramos ya muertos.

El sonido del pequeño aparato gris y el murmullo que Hope oye como si fuera un zumbido, alteran la atmósfera de la sala. Los muebles de madera, las lámparas de cerámica con sus pantallas pálidas y plisadas, las cortinas de cretona desvaída con su dibujo de rosas parduzcas, las ventanas con sus delgados cristales parecen un poco más quebradizos y frágiles. Lleva viviendo tanto tiempo en esta casa que ha dejado de verla, y con la ayuda de los ojos de esta joven ahora ve que la casa está esperando: alfombras, cortinas y loros de loza y mirada fija, recuerdos de un viaje que hizo con Guy a México, hacia el final de su matrimonio, todo ello aguarda la purga y la renovación que tendrán lugar cuando ella haya muerto. Paul, Piet y Dorothy vendrán juntos, al principio ceremoniosos unos con otros, pero no tardarán en volver a las pautas de su infancia. Diseminarán los bienes y los venderán, habrá pocas cosas con las que quieran quedarse, cargarán en una camioneta las pinturas a medio hacer y las enviarán al marchante; los hijos se entristecerán al ver lo escaso que es, cuando se examina con frialdad el residuo que deja una vida. Hope estará más allá de la culpa y el amor. Su cielo y su recompensa será una quietud cuáquera. El adoctrinamiento religioso de su infancia no incluyó una vívida existencia ultraterrena, sino más bien una pureza de la ausencia, una liberación de cuanto aturde a la criatura humana. Más allá de las frágiles y alabeadas ventanas, la nieve ha dejado de chispear contra el reluciente fondo negro azulado del monte Joroba de Camello. Los árboles desnudos, los arbustos de hoja perenne y el césped marrón parecen ahora recubiertos por una fina capa de sebo lustroso, y la atmósfera tiene esa densidad estimulante que precede a la lluvia.

Hope se mueve, tratando a la vez de ahuyentar la premonición de la muerte y librarse de la punzada del hastío.

–¿Una persona que seduce a otra? ¿Es ésa su experiencia? ¿O no se trata más bien de que dos personas emiten señales y se rodean de unas auras atómicas que las aproximan? Lo que atrae a la gente es el instinto que le hace percibir la posibilidad de beneficio, de que habrá... ¿cómo lo dicen los físicos?... una ganancia neta de orden. Guy tenía un alma neutral a la que mi energía positiva atraía, y, desde luego, le excitaba mi relación con Zack, quien una vez muerto perdió todo su patetismo y sus aspectos detestables y se convirtió en... ¿en qué?... en el Espíritu Santo del arte norteamericano de posguerra. A Guy le divertía subvertir todo cuando Zack y los demás consideraban sagrado y, además, quedarse con su esposa. Le gustaban, ¿me atreveré a decirlo?, las estratagemas sexuales a las que yo había recurrido para excitar a Zack. Y es que ninguno de los dos se excitaba con facilidad, se quedaban tendidos boca arriba y me miraban mientras yo lo hacía todo, y, como es propio de nuestro adaptable sexo femenino, eso llegó a gustarme, que me contemplaran, que las cosas sucedieran casi a pesar de ellos. Después de Zack, me atrajo muchísimo de Guy que careciera por completo de impulsos autodestructivos. Aquella creatividad brillante y juvenil en la que ningún crítico, ni Clem ni Hughes ni Hilton Kramer podían hacer mella... fluía con naturalidad, una idea tras otra, una idea tras otra que no se le había ocurrido a nadie más, durante toda la década de los sesenta y en los setenta, hasta uno o dos años antes de que me dejara, cuando su obra se hizo presuntuosa y perdió su modestia pop. Esa modestia era el elemento al que respondía la gente, era lo que había abierto aquel arte heroico, hermético, interesado sólo en sí mismo de los años cuarenta y cincuenta al mundo presente que nos rodeaba. El arte de Guy apreciaba la basura, apreciaba a Estados Unidos tal como era, un país sucio, comercial y visualmente violento. Él era lo bastante forastero, lo bastante extranjero, para amar a Norteamérica. O así me lo parecía. Y nunca daba la impresión de esforzarse; hacía que pareciera fácil.

–¿Qué parte de su propia obra produjo usted durante ese periodo feliz? –le pregunta Kathryn.

–Aah, eso es doloroso: «periodo feliz». Como sabe muy bien, no hice gran cosa. Los hijos llegaron enseguida, y a pesar de que podíamos permitirnos tener varios sirvientes, los pequeños consumían toda mi energía, y cuando por fin dispuse de tiempo libre, el clima artístico había cambiado tanto que la abstracción y todo lo que Hochmann me enseñara parecía ingenuo y, por usar mi nuevo adjetivo preferido, presuntuoso. Ahora la ironía debilitaba el impacto de cualquier cosa, con o sin guerra de Vietnam, de la misma manera que cuando fui por primera vez a Nueva York, Duchamp, Ernst y Breton habían debilitado el impacto del arte que prevalecía antes de ellos; y a mí no se me daba bien la ironía. Tal vez a las mujeres, por regla general, no sé qué le parecerá a usted, no se nos da bien la ironía, lo que nos importa nos importa a fondo, no tenemos el lujo de distanciarnos. La única mujer capaz de hacer arte pop fue la venezolana Marisol,* aquel genio latinoamericano que, cincel en mano, logró destacar en el mundo del arte. Ella era escultora, pero yo quería pintar, quería usar una pintura pringosa, pero que cuando se solidificaba ya no daba su brazo a torcer. Ésa era mi idea del arte.

Kathryn titubea antes de hacer la siguiente pregunta, por lo que debe de ser intencionada.

–¿Le dio Guy alguna razón para abandonarla?

–¿Necesitan los hombres dar una razón? Se limitan a seguir adelante, como el búfalo. Recuerdo que en un momento determinado admitió que yo le aburría.

Él le había dicho: «No seas aburrida, Hope. No sigas proponiendo esto y aquello como remedios. No existe ningún remedio».

«¿Por qué no, Guy, por qué no?» Vestida con un diáfano camisón de gasa, se movía contra él; notaba la oscilación de sus senos desnudos bajo la gasa, mientras la dignidad y la vergüenza habían quedado atrás, olvidadas.

«Por favor, cariño, haces que me duela la cabeza. Últimamente me duele a menudo, es algo alarmante. Tu vida seguirá como antes. Tendrás el piso y los niños y mucho dinero, lo único que cambiará es que yo no estaré presente. Puedes empezar a salir con otros.»

«¡Tengo cincuenta y tres años, idiota satisfecho de ti mismo! ¡Esa parte de mi vida ha terminado, no quiero ver a na-

* La escultora Marisol se apellidaba Escobar, pero le disgustaba la identidad patrilineal y renunció a su apellido. *(N. del T.)*

die más que a ti, cabrón, a ti, a ti!» Incluso entonces se preguntó por qué había roto a llorar al pensar en su ausencia. En realidad, desde hacía años, cada vez se ausentaba más.

–Se burló de mí por tratar de encontrar una solución –le dice Hope a la entrevistadora–. Le había propuesto que nos marcháramos de la ciudad, como tanta gente estaba haciendo... con el auge de las drogas, las ciudades se habían vuelto espantosas, los impuestos eran insuficientes para costear escuelas y servicios, había basura por todas partes... y tener un piso más pequeño en la ciudad, o hacer un apartamento en la planta superior del edificio de piedra rojiza en Chelsea donde estaba el Hospicio para nosotros y los hijos cuando nos visitaran. ¡Ja! Lo último que deseaba Guy era verme en el Hospicio. Pensé que podíamos tener un pisito en la ciudad y trasladarnos a la granja de Connecticut que él compró como una forma de inversión de su dinero, porque en aquella época el negocio inmobiliario era mucho mejor que el del mercado de valores, el cual, aunque la gente se olvide, no fue a ninguna parte durante toda una década, estaba como ahora, agotado. Puesto que teníamos el terreno, más allá de New Milford, a Guy se le ocurrió otra apuesta segura: la de invertir en caballos, puede que entonces el cerebro ya se le empezaba a ablandar, y fue así como Gretchen entró en nuestras vidas, como una amazona. Ahora que lo pienso, casi la primera vez que oí hablar de esa mujer, Guy dijo de ella que tenía el culo tan duro como el de un muchacho, de tanto cabalgar.* Cuando me abandonó, ya todo era de dominio público, él no se molestaba en negarlo, y yo estaba tan desesperada, Kathryn, que le rogué que se quedara con ella, que siguiera acostándose con ella, pero que no nos dejara a mí y a los niños.

* El autor juega aquí con la expresión *hard-assed* que, si bien en sentido literal significa «de culo duro», se utiliza coloquialmente para designar a una persona tenaz, pragmática, inflexible, intransigente. *(N. del T.)*

–¿Cómo habían sido las relaciones sexuales de ustedes dos?

El sexo de nuevo, se dice Hope. Ha sido un error tocar este tema; ahora la chica no va a soltarlo.

–Yo creía que bastante buenas –responde, alzando la barbilla–, pero tal vez no había prestado suficiente atención. Guy nunca se había mostrado muy interesado por el sexo, al contrario de Ruk o Jerry. Para Jerry era esencial; resoplaba, gritaba, quería hacerlo a diario. A diario, pese a lo mayores que éramos. Con Guy lo hacíamos... no sé, menos de una vez a la semana, quizás un par de veces al mes, cuando volvíamos de una inauguración, alegres tras haber tomado champán en vasos de plástico y con la noche todavía por delante, pero no tan alegres como para que Guy se sintiera impulsado a hacer algo en su mesa o tablero de dibujo. En esos momentos solía ser muy productivo. Los chicos estaban en Putney, y Dot en su habitación, escuchando casetes. Mostraba menos emoción que cinco años atrás, cuando los Beatles se separaron. Guy me decía una y otra vez que eso no tenía importancia para nadie, excepto para mí durante algún tiempo, pero que lo superaría, que descubriría una nueva fase. Su pensamiento lo compartimentaba todo en fases. Y, naturalmente, en cierto sentido tenía razón. Guy no solía equivocarse.

Y, no obstante, recuerda que Guy había llorado con ella, que de sus fríos ojos azules brotaban lágrimas que se deslizaban por el rostro inmóvil y suave. La atraía hacia sí, sus alientos ardientes se mezclaban mientras le murmuraba: «No sabes cuánto lo siento, Mickey, cuánto lamento que esto termine. La vida es una mierda».

«Mickey» era un sobrenombre superviviente de los tiempos del noviazgo, cuando ella era la viuda de McCoy. Él había pensado que le sentaba mejor que el nombre de Hope. Rehusaba la franqueza del nombre verdadero, la entrega demasiado entusiasta de sí misma que indicaba. Las lágrimas que él vertió al final de su tramo del camino fueron auténticas, pero lo cierto era que lloró por cumplir, como un impuesto que tuviera que pagar antes de seguir adelante. Su mente siempre estaba en activo, siempre por delante de ella, por delante de la manada. Al recordar cómo Guy se había vuelto escurridizo entre sus manos y se había marchado cortésmente, Hope se pregunta si su hija no tenía razón, si no había seducido a aquel hombre, si unir sus vidas no había sido más idea suya que de él, más un resultado de los ardides de ella que de los deseos de él. En el ardor de una nueva relación con un hombre, el instinto femenino orienta a la mujer hacia unos extremos que, de otro modo rebasarían los límites. Le hacía una felación mientras él se arrodillaba a horcajadas en su cara sobre el raído sofá marrón en el desván de la calle Pearl, un sofá que parecía un objeto más entre los desechos encontrados en la calle, y entonces le enseñaba el pálido semen dentro de la boca, expuesto en la lengua arqueada como una pequeña obra maestra del tachismo* antes de tragárselo o derramarlo en su pene todavía erecto. Incluso su pene era suave, apenas afeado por las protuberancias y las venas que tenían otros hombres, y recordaba un consolador de marfil o la erección en la obra maestra que Marisol llevó a cabo con un encendedor.

El abuelo, con su parpadeo retozón, solía decirle: «A Dios no se le engaña: aquello que un hombre siembre, eso es lo que cosechará». También la mujer cosecha. La seductora convertida en esposa es sustituida por la siguiente. Sin embargo, el sexo no había sido lo esencial en su relación con Guy, cuyo poder era presexual, de igual modo que su frescura y su arte nunca fueron tan hermosos como cuando eran infantiles... polos gigantescos y triángulos de hojaldre realizados en plástico y cosidos por los esclavos del Hospicio, re-

* Del francés *tache,* borrón, mancha. Tendencia pictórica desarrollada en los años cuarenta, cercana al expresionismo abstracto y a la gestualidad espontánea de los surrealistas. *(N. del T.)*

llenos de capoc, diez veces mayores que su tamaño real, o bien mecanismos como teléfonos públicos montados en lonas que se dejaban colgar de la pared del museo como la piel de Marsias, o enormes letras del alfabeto vaciadas en bronce como hombres a caballo, o fardos de dinero de juguete expuestos con toda seriedad.

–El cabrón me echó de su lado –le dice Hope a Kathryn, a quien no quería hablar de las lágrimas que habían compartido ni del semen con el que hizo juegos malabares en la boca, donde él podía verlo con un aire de repugnancia que a ella le recordaba a Bernie–, dejándome con un montón de dinero y tres niños a medio criar. Allí estaba yo, y al mirar su cara inteligente, entristecida, amigable, impenetrable por completo, tuve una sensación de pánico, estoy segura de que usted también lo habrá experimentado, como cuando te preguntas: «¿Conozco de veras a este hombre? ¿Lo he conocido alguna vez? ¿He significado alguna vez algo para él?».

Lo que no puede mencionarle, porque le avergüenza demasiado, es la imagen recordada de su persona a los cincuenta y tres años, presa del furor, suplicante, rogándole a Guy que no se marchara, proponiéndole seguir casados pero sin compromisos, proponiéndole residencias separadas, la reforma de su personalidad, un sometimiento aún mayor: una actriz bajo los focos, a la que ve menuda, el escenario varía desde el piso en el East Side, con su mobiliario geométrico y sus espejos que agrandan el espacio, hasta la granja de Connecticut con sus vallas blancas, los establos rojos, el porche con columnas y óvolos en el techo del salón principal. Las luces del escenario son lo bastante fuertes para que las lágrimas no fingidas de la actriz sean visibles desde los últimos asientos de la galería mientras ella se encoge y contorsiona en las invisibles garras de la humillación, rechazada una vez más por un hombre que, en el fondo, sólo ama su arte, cuya personalidad no es más que la satinada cubierta protectora del artista, el luchador inmortal, eternamente joven a los cincuenta años.

–Era como tratar con un niño –le dice a Kathryn–, pero hizo que me diera cuenta de lo infantil que era yo también, hasta qué punto a cualquier edad somos todavía niños necesitados. Tenía la sensación de que Dorothy me escuchaba a hurtadillas y me juzgaba; yo estaba perdiendo a su padre, su único padre. Carecía del vocabulario con que más adelante expresaría sus juicios sobre mí y sus rechazos, mi patética feminidad orientada al varón, etcétera, y no creo que jamás comprendiera hasta qué extremo mi aflicción se debía al deseo de no decepcionarla, a ella y a los chicos.

–Los chicos... no habla mucho de ellos.

–Eran mayores que Dot. En cierta ocasión, Paul me dijo que le sorprendía que la separación no se hubiera producido mucho antes, porque lo distante que era papá, tan poco cordial, tan antipático. Los chicos estaban en Putney y, en verano, Guy los llevaba a Connecticut, con la inflexible Gretchen, y de viaje por Europa, es decir, más de lo que hacía a menudo conmigo, porque decía que no le gustaba volar por encima del agua, y que si yo lo acompañaba a las grandes exposiciones en Venecia o Bruselas no hacía más que aumentar su ansiedad, que todo aquello era un puro negocio, mercados de carne en cierta manera, y que volvería a casa lo antes posible; decía que necesitaba vivir en Estados Unidos, saber lo que daba la televisión y lo que había en las tiendas, que Europa sumía a su sensibilidad en la confusión, que el arte de los europeos era como su modo de ser, arrogante y, según él, de una cursilería inigualable, un arte que carecía del sentido de crisis. De no haber sido medio inglés, no creo que nos hubiera encontrado a los norteamericanos tan divertidos como nos veía. Los chicos querían a su padre, desde luego, aunque la amplitud de su fama los volvió recelosos cuando fueron lo bastante mayores para darse cuenta, y compartían con él esa actitud masculina, el silencio. Tal vez por eso me gustan tanto los hombres, porque, al contrario de mí, son capaces de refrenar la lengua. Ah, querida, miro una y otra vez por la ventana, a ver si ya ha oscurecido, y todavía no, estamos en primavera y los días se alargan, hay luz detrás de las nubes.

–Paul y Piet se dedican a las finanzas y las inversiones.

–Sí, ¿no es sorprendente? Uno de ellos dirige un fondo de inversión mobiliaria, y el otro se ocupa de fusiones y adquisiciones, he olvidado cuál de los dos exactamente se dedica a una u otra de estas actividades. Ambos ganan más dinero de lo que soy capaz de imaginar, intentan ocultármelo, pero lo veo por las zonas donde están sus casas, su estilo de vida y lo mucho que gastan sus mujeres. Guy era prudente con el dinero, y tenía aquella fascinación estética por los billetes de dólar, de modo que no resulta tan sorprendente. Los dos chicos han sido de lo más juiciosos al mantenerse apartados del arte... en sus casas tienen las obras más pedestres que es posible adquirir, y que obedecen por completo a los gustos de sus mujeres y los decoradores, Guy solía quejarse de eso antes de que se volviera tan lelo, pero creo que en el fondo le satisfacía que sus hijos hubieran salido tan prácticos. Él era práctico, desde luego, supongo que lo estoy diciendo una y otra vez. Tengo la machacona sensación de que hay algo acerca de Guy que no he dicho todavía. Es difícil hablar con lucidez de un hombre que te ha abandonado. Incluso ahora los críticos lo rechazan, diciendo que es un peso ligero, pero no es cierto; lo mismo que Durero y Leonardo, Guy intentaba mejorar nuestra comprensión de lo real, en cierto sentido fue el último mohicano de la pre y la posmodernidad, cuando era necesario ser ligero, cuando la ligereza era la única alternativa al hundimiento, a hundirse como les ocurrió a Zack, Seamus y Phil y la única manera de mantener a flote la identidad, poniendo el prefijo post a lo moderno, a Dios, a lo serio. Cuando Nixon terminó el borrador de su discurso y dimitió, aquellas fueron las últimas cosas serias que el pueblo norteamericano percibió como serias, antes de que las noticias se convirtieran por completo en entretenimiento.

–¿Y Dorothy? ¿A qué se dedica?

–La pobrecilla siguió en el mundo artístico, picoteando en los márgenes. Guiones de películas que casi se llegaron a rodar, mientras trabajaba en una galería de San Francisco, hasta que quebró. También escribía poemas que luego publicaba en revistas de lesbianas. Como le he dicho, no nos comunicamos, ella vive allá, en el condado de Marin, donde los años sesenta no han muerto del todo, con una holandesa de pura cepa, no una Ouderkirk trasplantada mucho tiempo atrás, sino una auténtica holandesa procedente de Europa. Se conocieron en una conferencia o una reunión de protesta en la Costa Oeste, para salvar las secuoyas o el salmón o las focas o esa especie de perca por la que hubo tanto jaleo cuando estaba en peligro de extinción y que ahora ya sólo está amenazada. La última vez que visité a Paul en Brooklyn Heights, vi en su tablero de avisos una instantánea de las dos que Dot le había enviado por Navidad. Dot tenía el pelo blanco como la nieve, aún no ha cumplido los cuarenta y lo tenía tan blanco como un diente de león, tan corto que se mantenía hirsuto y posiblemente teñido, algunas mujeres que lo tienen medio gris se lo blanquean del todo, su vanidad no les permite teñirlo tal como era antes, de modo que dan ese paso en la otra dirección, pero no creo que Dot hiciera tal cosa. Aún tenía las cejas oscuras, oscuras y anchas sobre los ojos fríos y claros de Guy, y conservaba el aspecto rollizo de cerámica de arcilla, las marcas del acné como un error en la cocción, pero la expresión de su cara era desenvuelta y evidenciaba ganas de pelea, mi pequeña y querida Dot, una tortillera de pelo blanco. Su amiga sonreía mostrando mucho los dientes y parecía de una altura grotesca, metro ochenta por lo menos, algo que no parece propio de los holandeses, desde luego no de los Ouderkirk. Todos éramos más bien compactos.

Con el dedo corazón se quita las lágrimas de la cara, unas lágrimas que a todas luces tienden a brotar con facilidad desde el día que Guy se marchó.

Kathryn se aclara la garganta, que se le está quedando seca, y pregunta:

–¿Se le ha ocurrido pensar alguna vez que el silencio de Dorothy es una manera de ser amable con usted, al suponer que usted la considera un fracaso y que se siente incómoda por su culpa?

–Pero eso no es cierto, de ninguna manera. La quiero más que...

No, eso sería demasiado duro con los chicos, que ahora la aguantan, como en el pasado sus hermanos la aguantaron a ella, y tendrán que ocuparse de ella cuando dé el siguiente paso cuesta abajo y ya no pueda seguir ahí, donde Jerry la dejó. Para esquivar la elección, vuelve la cabeza y examina el cielo a través de los delgados cristales. Parece la cara inferior de algo, cubierto de nimbos ondulantes, como rompeolas en un mar al revés. No obstante, hay en el cielo suficiente luz para que sus pupilas se contraigan. Por el este, blancos jirones se deslizan sobre una grisalla jaspeada. La lejana joroba del monte adquiere un aspecto adusto al sumirse en la sombra. Hope habla como si se abriera paso palabra a palabra.

–Creo que pudo haber tenido razón cuando me acusó de que vivía pendiente de los hombres. Pero entonces el mundo del arte era casi exclusivamente masculino; eran los hombres quienes contaban con el exceso de energía, el instinto del combate. No es nada prudente que le confiese una cosa como esta, pero las mujeres artistas siempre me han parecido unos pegotes, ya sean las refinadas solteronas de Cassatt o bien las perezosas y las modelos como Valadon, a quien algún hombre como Degas daba unos pinceles y una palmadita en la cabeza. ¿Qué es lo que mejor recordamos de Valadon? Que fue la madre de Utrillo y cuidó de aquel alcohólico, que vivió hasta los setenta años gracias a ella. Me aborrezco por decir una cosa así... son mis compañeras de estudio, mis hermanas bohemias, mucho más divertidas que los hombres, más perceptivas y trabajadoras, una de mis tías solteras hacía unas encantadoras acuarelas de capuchinas y del riachuelo Brandywine... pero las mujeres no se lanzan al ataque; son demasiado tímidas y respetuosas, lo cual es bastante comprensible, y se distraen con facilidad, algo no menos comprensible. Me encantaba Grace Hartigan, una mujer de mi edad, tan llena de confianza en sí misma, tan poco temerosa del color, pero ni siquiera ella pudo romper amarras del todo y abandonarse a la abstracción total, no daba crédito a no poder apoyarse, aunque sólo fuese un poco, en el paisaje que la rodeaba, que le proporcionaba los títulos de sus obras y ciertos fragmentos furtivos y bonitos de alusión pictórica. No podía pintar a partir de nada, de sí misma, sólo un hombre se atrevería a hacer eso. ¿Qué es lo que han dicho todas esas artistas a las que se ha dado tanta publicidad en los últimos treinta años más que «tengo coño»? Bueno, todo el mundo sabía que tenían coño. Otras mujeres lo sabían, yo lo sabía, y la noticia se vuelve aburrida con mucha rapidez. Sólo a los hombres les excita la información, de modo que ahí estamos de nuevo. Señalándonos con el dedo ante los hombres. Pero ¿es eso tan malo? ¿No es saludable y fructífero?

Por sus frutos los conoceréis, otra frase que su abuelo decía con frecuencia. Y *por cuanto eres tibio, voy a vomitarte de mi boca*, esto solía decirlo de la segunda taza de café por la mañana. Hope siente calor en el rostro, el de ese deseo de satisfacer, de interceder, que ilustra precisamente lo que se ha propuesto expresar, la debilidad femenina.

Kathryn posa en su largo regazo negro la mirada entristecida de sus ojos oscuros, y examina el fajo de notas dispuestas en líneas impresas con láser.

–Empezó a pintar de nuevo poco antes de que Guy la dejara, en el setenta y cinco –le dice.

–Sí, en efecto. Los chicos estaban aquí, en Vermont, Dot se pasaba el día entero en Brearley y Guy estaba en el Hospicio con sus revoltosos. Me instalé para pintar en un cuarto esquinero que había sido la habitación de una sirvienta. Su única ventana daba a un sombrío bloque de pisos de color beis, junto al parque. La curiosa locura de la gente que lleva adelante sus vidas tras todas aquellas aberturas y balcones idénticos... eso me condujo, supongo que por primera vez, a las cuadrículas, a las pautas regulares repetidas en toda la superficie. El Op-art llegó y desapareció en los años sesenta, y todos sus astros habían sido extranjeros (Vasarely, Soto, Riley), pero aún tenía algo interesante para mí, algo muy norteamericano y dominguero: las aceras de una ciudad pequeña, aquellos patios delanteros en los que no había gran cosa, un vacío sereno pero lleno de plenitud americana. Eso se observa en la obra de Sheeler, en la de Grant Wood. Me encantaba la serenidad que conllevaba pintar diseños horizontales, los colores lo bastante próximos para que nada evidente llamara la atención del espectador, nada anecdótico. Al principio intentaba introducir cosas, pequeñas variaciones, interrupciones en las franjas, pero todo eso me parecía impuro. «Pintura invisible», llamaron los críticos a una exposición que me organizó Leo, y no era una crítica amable. Pero tenía que evitar el color fuerte por temor a que me comparasen con Zack, cuando ahora estaba casada con Guy. Por deferencia a Guy, al principio añadí letras o flechas para dar al cuadro un toque pop, pero a él no le gustó. Pensaba que mi obra era como hacer punto, y tal vez eso contribuía a que se sintiera sexualmente repelido. –Hope se ríe–. Decía que verme llenar todos aquellos espacios diminutos le daba escalofríos.

–No creo que Bridget Riley encaje en su descripción de las mujeres artistas. Y todavía está en plena forma.

–No, supongo que no encaja, y tiene usted razón, está en

plena forma. Admiro a Riley, por supuesto. Ya he mencionado a Marisol. Casatt, en sus momentos más inspirados, me conmueve; aquellos piececitos cuadrados que están siendo lavados con tal solemnidad, las rayas de la bata que viste la mujer. No debería usted emplear en mi contra lo que le he dicho... ha sido un intento de expresar la desconfianza en mí misma y de responder a mi hija, cuyas acusaciones todavía me escuecen.

Kathryn alza los ojos de sus notas, y una vez más los blancos brillan en la penumbra.

–¿Le recuerdo a su hija? –le pregunta.

–No. Bueno, en cierta manera. Las dos tienen... ella lo tenía... el cabello oscuro y con mucho cuerpo. Las dos hacen que me ponga a la defensiva. Pero usted... –no quiere decirle «es guapa»– me da una sensación de éxito, o de que se encamina en esa dirección, mientras que Dorothy sigue pareciéndome la chiquilla que nos rogaba que la dejáramos meterse en nuestra cama, y que más adelante suplicaba tener un rostro sin defectos.

–Es posible que ella no se vea en absoluto de esa manera. En las fotografías que he visto de ella, antes de que el pelo se le volviera blanco, como usted dice, tiene un aspecto triunfal. Y bastante atractivo.

–Muy amable por su parte.

La acusación de amabilidad hace que Kathryn se sienta incómoda. Hope se ha propasado, como hiciera tan a menudo con los hombres, dando por sentada una intimidad aún no establecida del todo. Siente dolor en las manos, en las articulaciones superiores de la mano derecha, en la base de las uñas. El cuerpo, atacado por sí mismo, lanza un grito silencioso. Se cubre la mano con la izquierda, para acallar el dolor. Kathryn se inclina hacia delante para echar un vistazo al preocupante Sony, que aspira su silencio con un runruneo, y pasa seis o siete hojas de notas y preguntas.

–Lo sé –dice Hope con prontitud, al percibir una pausa

en la conversación–. Está a punto de llover, salgamos al jardín a estirar las piernas. No ha visto el panorama. Luego tomaremos té, o café si hace una excepción y lo toma instantáneo, y tal vez un tentempié, no puede hacer el largo viaje hasta Nueva York con el estómago vacío. Antes podía comer sólo cuando es la hora –sigue diciendo, suavizando su firme propuesta, difuminando las aristas–, o me daba un festín o pasaba hambre, pero cuando una envejece parece ser que el estómago se le encoge, porque ahora siempre estoy mordisqueando alguna cosa pero me daría asco tener que hacer una comida completa, por eso esquivo siempre esas cenas que acompañan a las concesiones de premios. Hay noches en las que ni me molesto en calentar una sopa y me limito a mezclar con un poco de leche el cuenco de bayas y frutos secos que tengo en el frigorífico, mientras miro las noticias. Aquí, y sin una de esas feas antenas parabólicas, sólo capto una cadena. A mi modo de ver, las antenas son tan desagradables como guardar coches sin neumáticos en el jardín delantero. Veo el programa de Dan Rather, y hay noches en que la recepción es mala y apenas puedo distinguir su voz. A menudo tengo la impresión de que Rather se siente como yo, como una anciana petulante. No suelo quedarme hasta el final, porque los anuncios suelen ser insultantes: píldoras de hierro, medicinas contra las hemorroides y pañales para la incontinencia; eso revela lo poco que los jóvenes se interesan por las noticias, así que en general estoy arriba y en camisón antes de las ocho.

¿Ha dicho todo esto sólo para darle a entender a la otra que se está haciendo tarde? Hope se siente un poco mareada por tanto gasto de saliva, pero es muy intenso su deseo de comunicarse con esta joven opaca y poco receptiva, que le está diciendo:

–De veras, no necesito comer ni beber nada. Ya ha sido demasiado generosa. No tenía intención... sólo me quedan unas pocas preguntas más.

–Pero me acosa el temor, el terror, Kathryn, de no haber respondido en absoluto a su pregunta. Por favor, hagamos una pausa. Son las cuatro pasadas.

Así lo indican las manecillas delgadas como hilos del reloj dorado sobre la repisa de la chimenea. Piet, su hijo mediano, tuvo dificultades para comprender el principio de los relojes, y lo cierto es que, cuando ella intentó explicárselo, resultó que no era tan fácil aclarar por qué la minutera recorre doce horas mientras la segundera sólo recorre una, y ¿por qué doce horas cuando el día tiene veinticuatro? El patético asombro del niño permaneció en su mente durante años, hasta mucho después del momento indeterminado (podría haber sido en la escuela, o tal vez Brenda o Josie se lo explicaron con éxito) en que comprendió el funcionamiento del mecanismo y cargó con el conocimiento de saber la hora, de modo que cuarenta años después no llegaba tarde a las citas con clientes multimillonarios dispuestos a fusionar o adquirir. Es posible que heredara de ella su bloqueo mental: aunque Hope estudió varios cursos de piano, en una época en que las habilidades artísticas modestas aún formaban parte del equipo de una mujer para la caza de marido, la clave de fa ha seguido siendo para ella una especie de rompecabezas; ahora, cuando para entretener a sus nietos intenta tocar un villancico o un himno pascual, tiene que colocar los dedos de la mano izquierda pensando «Lo dulce me seduce», la inicial de cada palabra correspondiente a la de una nota, la-do-mi-sol, un agradable recordatorio en contraste con el deprimente y frustrante de la clave de do: «Fuera lo dulce, monada», fa-la-do-mi. ¡Cómo se enojaba cuando sus deditos gordezuelos no podían alcanzar la octava que exigía el gran libro amarillo de música, unos arreglos supuestamente para niños! No era justo.

–¡Vamos! –le dice a Kathryn, tendiéndole la mano–. Debe salir al jardín. Olvide por un rato esas aburridas hojas de preguntas que nos recuerdan lo que preferiríamos olvidar.

Aunque su mano permanece tendida unos segundos, la entrevistadora no la toma con la suya, sino que emplea ambas manos (largas, pálidas, de trabajadora, impulsadas por un serio propósito que resulta erótico y que choca con las uñas esmaltadas de negro, o tal vez de un violeta intenso, como de berenjena) para apagar la grabadora y dejar las ordenadas páginas de notas sobre el baúl de marinero, después de haberlas colocado en equilibrio sobre el ancho brazo del sillón y decidir que eso no era lo mejor, puesto que el acto de levantarse, aunque lo hiciera con cuidado, con la trayectoria seguida por su cuerpo desde un lado del ancho cojín de cuadros, podría volcar las páginas y desparramarlas por el suelo. Hope ya se ha levantado de la mecedora, sintiéndose por fin liberada, segura de que sus deberes hacia esta incomodante persona casi han concluido.

–Primero –le dice casi cantando–, permítame que ponga a hervir el agua para el té, y así podremos tomarlo nada más volver. Sólo estaremos fuera un momento. Sé que está pensando en el tiempo.

–No, qué va –replica Kathryn, pero en un tono vacilante.

Sin hacer caso de lo que piense realmente la otra, ahora imparable, Hope la precede hasta la cocina, y pasan ante la estrecha y empinada escalera de pino natural, con dos depresiones en cada escalón producidas por el desgaste de una doble cascada de pisadas. Jerry quería reemplazar los escalones, que en algunos lugares aparecían desgastados hasta la mitad de su grosor original, pero Hope siempre se negó, le gustaban así, testigos de aquellos laboriosos campesinos cuyos pies pisaban fuerte los escalones cuando subían para acostarse al final de la fatigosa jornada y al amanecer bajaban para emprender otra con el olor de las carnes fritas del desayuno, salchichas y costillas, harina de avena y pan moreno, comidas para mantenerse durante las seis horas hasta mediodía. Bajo la escalera, un trastero con la puerta de bordes reforzados con listones oculta escobas, un plumero, un

Electrolux y utensilios de limpieza cuyo olor le recuerda a Hope, cuando abre la puerta, cosa que no suele hacer, el de las golosinas azucaradas, unos utensilios que aguardan la visita semanal de la señora Warren, quien siempre trata de darle a Hope un cachorro, pues ella y Jason tienen un pequeño negocio de cría de perros labradores. La estrecha puerta con sus listones en los bordes, el zócalo y el marco de la ventana al otro lado del vestíbulo están pintados de un gris cálido, ni fuerte ni suave, más claro que el de un buque de guerra pero más oscuro que el peltre, un color de topo, anticuado, de poco brillo, que Hope eligió de un muestrario de Colonial Williamsburg veinte años atrás, cuando ella y Jerry compraron la casa, con la intención de que fuese un lugar donde pudieran alejarse de todo, incluso de la televisión, salvo un solo canal; un lugar donde su mortalidad pudiera encontrarlos en casa cuando llamara bruscamente a la puerta, aunque lo cierto es que Jerry murió en el Hospital de Nueva York, entre el East River y la avenida York, por encima pero no muy lejos de los chirridos de los taxis cuando hacen virajes repentinos y los aullidos de las ambulancias que llegan a la entrada de urgencias. Hope coloca la tetera sobre los dientes mellados del quemador y la llama azul y, mirando por la ventana, ante el fregadero, verifica su impresión de que la lluvia ha titubeado: las gotas depositadas en los cristales están secándose. Cuando Kathryn entró por la puerta principal, a la que no llamaría nadie que conociera la casa, la desconocida y alta joven llevaba una capa con capucha de cachemira violeta, que dejó en el sofá de la sala, pero es una prenda demasiado fina y tal vez no de suficiente abrigo para los comienzos de abril en Vermont. Sin embargo, al lado de la cocina, en ángulo recto con el pasillo que conduce al estudio, hay una pequeña habitación utilizada para quitarse la ropa y el calzado mojados o embarrados, con ganchos para sujetar los esquíes, los palos y las botas, cuando esos esfuerzos eran todavía factibles, y más ganchos a menor altura para colgar los anoraks, de los que Hope tiene varios, de colores mostaza, granate y ante, todos ellos más o menos sucios por haberse restregado en los maleteros de los coches y con el relleno de plumón de ganso algo aplastado por los años; esas prendas, usadas en la desaparecida época en que ella era más vigorosa, cuelgan sobre hileras de botas, mosaicos de cuero, goma y lona que llegan hasta el tobillo, para la nieve y el barro. No hay necesidad de ese calzado, pues el césped está todavía helado, pero toma el anorak de color mostaza para ella y tiende otro, el granate, que parece más grande, más nuevo y más grueso –era de Jerry, lo ve enfundado en él por un instante, el cabello gris y rizado, espeso como lana, elegantemente hendido por la tira elástica de las gafas de esquí amarillas, antes de que lo ocultara bajo la gorra de esquí de rayas verdes que le daba el aspecto de un macizo duende, y el rostro bronceado con la pequeña cicatriz descentrada en el labio superior (una pelea de juventud; era un matón en sus años mozos)– a Kathryn, quien estúpidamente se la pone sobre los hombros como si fuese una capa y, caminando con cautela, como una garza que vadeara una corriente, cruza la puerta trasera, baja la piedra de molino que sirve de escalón y, calzada con esas Via Spigas totalmente inadecuadas, con las escalas que forman los cordones y los tacones de singular altura, pisa la tierra, un poco enfangada ahí, al lado de la puerta, donde el césped a la sombra es ralo. Desde luego, se dice Hope, esa mujer tiene la agresividad pasiva de una niña pequeña, a la que nada satisface del todo y, sin embargo, no puede expresar una objeción que permita discutir con ella para intentar convencerla de que está equivocada.

–Ahí tiene la vieja huerta –le dice Hope, señalando en el aire frío y gris, hacia un lugar colina arriba–. Todavía produce unas manzanas y peras agusanadas. Ahí está el comedero de pájaros, donde las ardillas aterrorizan a los paros carboneros y a una pareja de cardenales que vienen por aquí, aunque al macho no lo he visto últimamente, hay gatos huidos en el bosque. Tengo ocho hectáreas en esa dirección y otras seis en ésta. Vayamos a la fachada de la casa... tenga cuidado en esta parte, los topos hicieron un tremendo trabajo el verano pasado, y sin embargo los jardineros se niegan a pasar el rodillo, dicen que nadie tiene ya rodillos, que eso ya no forma parte del cuidado de un jardín. Cuando era niña, en Filadelfia, en todas las casas había un rodillo de césped; lo llenabas de agua con la manguera del jardín y la oías chapotear en el interior, chapoteaba mientras empujabas el rodillo adelante y atrás, y, si no prestabas atención, casi hacía que te cayeras de espaldas cuando parabas. Tenga cuidado, esas botas suyas no son tan prácticas como parecen, tienen las suelas demasiado lisas.

Hope piensa entonces, aunque se lo calla, que es ella la que debe tener cuidado, a su edad el final de la independencia empieza con un solo paso en falso, un tobillo, una cadera rotos, una curación siniestramente lenta. Sus hijos se ocuparán de ella y no podrá seguir viviendo sola como lo hace, sin que nadie la vigile; libre. Sabe que los dos hablan de ella, como lo hacían sus padres cuando estaba en cama y a punto de dormirse, arrullada por el murmullo de sus voces en la planta baja.

Después de haber ansiado durante horas llevarlo a sus pulmones, el aire exterior es menos rejuvenecedor de lo que había previsto. Experimenta esa lasitud irresistible que sobreviene a los ancianos al caer la tarde. Jerry solía hablar de «tónicos». «Es hora de tomar un tónico», decía, cuando Hope había intentado pasar otra hora en el jardín o ante el caballete, y ella achacaba su sobrepeso a esa copa diaria a que la invitaba. Hasta mediada la cincuentena, cuando se casó por tercera vez, conservó una figura de la que no tenía que avergonzarse demasiado cuando llevaba pantalón corto o un vestido negro ajustado. Luego engordaría poco a poco, sus brazos se volverían fofos, pero en aquellos años aún estaba dotada de cintura y sus caderas no parecían un par de talegos llenos de artículos para un largo viaje. No podría haber cazado a Jerry de haber tenido la forma que adquirió cuando fue su esposa.

Éste es el presente, se dice Hope. Este momento escueto y sin barniz alguno al aire libre. *Aún estoy viva*. El ambiente es húmedo y gris, no gélido, pero con una brisa fresca que le roza la garganta, donde el cuello de cisne tiene holgura, y no se ha molestado en subir la cremallera del anorak. La zona delantera del jardín, en la que hay tanta vellosilla, tanto diente de león y llantén como césped, todo ello uniformizado de color pardo por el invierno, termina en un muro de mampostería sin mortero, reparado por las suaves manos urbanas de Jerry hasta que se cansó y pagó a los hombres de Warren (Jason, sus tres hijos y Serra, su hermano gemelo y soltero) para que terminaran el trabajo. El sendero de acceso, por llamarlo de algún modo, parte de la carretera hacia la casa, en el lado donde el comedero pende del haya, con los pinos al fondo. Kathryn había avanzado en su coche, un Honda cupé naranja con un solo guardabarros sin pintar, seguramente resto de un accidente en la ciudad, rebasando agresivamente el sendero, para aparcar en ángulo bajo el haya, donde ni Hope ni los Warren lo hacen jamás. Al otro lado del muro, un camino de tierra con altos almiares de heno a los lados, conduce a las casas de sus dos vecinos, a los que nunca ve, uno de ellos ministro unitario retirado de la zona de Siracusa y el otro una personalidad radiofónica de los años cuarenta, antaño famoso y al que ahora, en general, se supone fallecido. «Estamos entre los ángeles», bromeaba Jerry. Más allá del camino se extiende un accidentado prado, con rocas, fantasmales matas de bardana y unos pocos brotes de cedro que a los segadores se les pasaron por alto en otoño. La fría brisa es más intensa en la parte delantera de la casa, en esa extensión sin abrigo abierta a la perspectiva panorámica en la que alternan los colores marrón, azul de humo y verde apagado de pino y de la que se alza un leve zumbido de tráfico por la autopista que cruza el valle, coches y camiones que corren invisibles por la ruta 89. Hope se sube la cremallera del anorak hasta la barbilla. Las distantes montañas se superponen en olas como viscosas pinceladas azules, de estudiada continuidad, sobre cristal. En lo alto las nubes se alinean, abigarradas y jaspeadas masas de vapor en movimiento. Unas dispersas y frías gotas son como alfilerazos en su cara y el dorso de la mano con la que señala.

–Eso es la Joroba del Camello –informa a su acompañante–. Una hermosa tarde, hace veinte años, cuando era más joven, subí hasta la cima.

Es esto, vuelve a pensar, este presente gris, esta luminosidad del cielo cubierto, un tiempo más frío y desabrido de lo que corresponde a abril, este aire húmedo y cortante en sus delicados pulmones, este vacío que se extiende hasta donde alcanza la vista. Presenciar el mundo junto a otra persona le hace percatarse de lo pequeño que es todo, lo breve e incluso insignificante comparado con las expectativas y el apetito insondable de nuestra alma. Un mundo hecho a nuestra medida sería eterno. En cambio, los billones de moléculas de H_2O suspendidas en el cielo y los millares de árboles desnudos que desde kilómetros de distancia se mezclan en un tono azulado, un color neutral pero delicadamente compacto, como el fondo formado por una mezcla de azul, verde, gris y rosa tan frecuente en las naturalezas muertas tardías de Cézanne, y la miríada de estructuras microscópicas que nos dotan de conciencia se escabullen a toda velocidad.

–Deprisa –le dice a su callada acompañante–. Tiene que ver mi jardín. Está en el otro lado de la casa.

Caminan por la extensión de hierba rígida y ondulante, con algunos afloramientos de roca rugosa que fue materia fundida por el fuego millones o miles de millones de años atrás. Son dos mujeres de edades y altura distintas pero unidas por la determinación fraternal de lograr que este momento sea un éxito, un momento como el jirón de tiempo más delgado posible, más delgado que el liquen sobre las rocas que resisten sin saberlo. Pero en el jardín, que era hermoso y amplio, y estaba vallado cuando Jerry aún vivía, y del que Hope todavía se ocupa en la medida que se lo permiten sus fuerzas, sin más ayuda en verano que la poca que pueden prestarle los hombres de Warren, demasiado ocupados en otras faenas viriles, y la que consigue con sus halagos a la hija de Mildred y Jason, una adolescente con sobrepeso cuyos pensamientos están a kilómetros de distancia, sin más intereses que los chicos y la música que escucha a través de unos susurrantes audífonos, una música que ahogaría el menor atisbo de pensamiento que por casualidad surgiera en su pobre cerebro, Hope no puede creer que ella estuviera alguna vez tan atontada, la música le llegaba desde la radio de sus padres y apenas le rozaba la conciencia, las voces nasales de unos hombres que cantaban a través de megáfonos, música de hotel neoyorquino, de trompetas con sordina, incluso en la guerra bailaban cuando sonaba la música, el *swing*, pero no la llevabas en la cabeza como una coraza... en el jardín no hay casi nada que ver: el rastrojo del polemonio del verano pasado y unas pocas hojas de hosta caídas sobre la tierra cuando ella, con sus doloridas manos, se apresuró a arrancar las plantas un día de octubre mucho más frío de lo que correspondía a la estación, e inexplicablemente se le pasó por alto un oxidado alambre para sostener peonías que luego desapareció, perdido durante meses bajo la nieve. Muertos, completamente muertos aparecen los retorcidos y espinosos tallos del rosal trepador que ella guió a través del enrejado de la valla verde que Hope, Jerry y los gemelos Warren instalaron para poner un marco, por así decirlo, al lienzo multicolor del jardín. Jason era el campechano, el extrovertido, el vendedor, pero Ezra era el artesano.

–Debe de ser bonito en verano –dice Kathryn, sin convicción, aunque Hope no puede culparla por ello, pues la ocasión es poco convincente, y ahora se pregunta por qué ha tenido tanto empeño en salir al jardín.

–Es de estilo inglés –replica Hope–, es decir, apretado y desaliñado, y tiendo a perder el entusiasmo por él hacia finales de junio, cuando hace calor incluso aquí arriba.

En la tierra que ya ha empezado a despertar, ve unas grietas indicadoras de que ha habido reblandecimiento y nueva congelación, y empiezan a asomar por ellas los brotes redondeados de los narcisos y los puntiagudos de las azucenas amarillas. Delante de la casa, en el lado sur, junto al granito de Barre (esa ciudad de Vermont célebre por sus canteras) de los cimientos, ya están floreciendo las campanillas blancas y el azafrán. Los verdes filamentos de los ajos silvestres no tardarán en aparecer entre la hierba. El jardín y los cuidados que requiere parece un desafío que la abruma, una cuesta cruel que deberá remontar en el futuro. No consigue introducir suficiente aire del día que declina en sus pulmones, enfisematosos tras décadas de fumar sin freno. No dejó de hacerlo hasta que se casó con Guy. Éste nunca había fumado y se quejaba del olor de los ceniceros en el piso, su faceta remilgada y quejumbrosa le habría desagradado de no ser por el esfuerzo que ella misma hacía por impedirlo; el público que lo veía como la encarnación del genio inventivo loco, de la irreverente rebelión pop contra los siete siglos de tradición pictórica desde Giotto en adelante, se habría decepcionado al saber hasta qué punto Guy era un pedante metódico y abstemio. Bebía con moderación, pocas veces algo más fuerte que vino, y fumó hierba con ella la última vez que estuvieron de vacaciones en México, en lo que fue la última boqueada de su matrimonio. En lugar de hacerlo por la ruta 10 en un Nash Rambler de dos tonos rojizos, modelo 1956, viajaron en un Boeing 727, con un dúo birracial y bisexual de cuerpos corpulentos y ambiciones vagas, pero tan pronto como ella y Guy aterrizaron en Guadalajara la luna les pareció más grande, como una pieza de cerámica en una exposición, y su pálida luz olía, sí, olía a flores, las flores de los árboles que se empapaban del rocío nocturno y se cerraban cuando los cantos de los gallos señalaban la llegada del alba, y aquella agradable velada en el balcón, los dos en ropa interior, la transportó a 1958. Era como si hubiese salido a cabalgar con Guy, con la intención de dar rienda suelta a la montura, pero ésta resultara pusilánime y la carrera hubiese terminado con una brusca sacudida. Ese contratiempo se había estado fraguando; Guy sabía que la pusilanimidad significa la ruina del arte y que ningún movimiento artístico del siglo XX mantiene su vigor durante diez años si tiene esa tendencia a ser manso, que la etiqueta se seca y abarquilla; aunque los artistas viven eternamente gracias a la medicina moderna, su momento de vigencia se convierte en un cadáver y la disolución es irreversible, la resurrección revolotea en la superficie de la biología molecular. Guy había sido lo bastante sensible para sentirse como un cadáver ambulante, con una mujer que superaba con creces la cincuentena y tres rehenes de la fortuna que recibían una costosa educación privada, así que no era de extrañar que recurriera a la abnegada Gretchen para dar un paseo menos accidentado.

–Estaba pensando, Kathryn... –le dice Hope, con la voz constreñida y susurrante bajo el apremio del aire libre–, al contemplar el monte Joroba del Camello... Jerry y yo solíamos subirlo con facilidad, aunque ni siquiera entonces éramos jóvenes, con una cesta de comida y una botella de vino... estaba pensando en el animal humano, en lo maravillosa que es la maquinaria biológica que nos proporciona la conciencia y en cómo la desperdiciamos. Aunque no nos suicidemos, tendemos a encontrar la vida más insípida y aburrida que cualquier otra cosa, estamos descontentos y nos limitamos a malgastarla. Estoy segura de que ésa es la razón de que, entre todas las obras de Shakespeare, *Hamlet* nos atraiga tanto, porque es la única que nos afecta personalmente, porque expresa ese aspecto de la vida *desatendida*, el desperdicio de la mente, del cuerpo, de todo cuando debería llenarnos de alegría y hacernos obrar con cuidado. ¿Cree que lo que le digo tiene algún sentido?

Hace esa pregunta porque sabe que puede llegar demasiado lejos; desde que era niña ha notado que su espíritu desbordante retrocede al encontrar resistencia en el semblante de sus interlocutores, y la sangre de su propio rostro es un dique que contiene el rubor.

La alta joven se arrebuja en el anorak prestado, que continúa llevando estúpidamente como si fuese una capa. Su cara, con la blancura del yeso, un grano visible en el lugar donde la ventana de la nariz se encuentra con la mejilla y vestigios de polvos de maquillaje en la nariz arqueada, se enfrenta al aire libre. Su respuesta es cauta:

–No creo que nadie dijera de usted que ha desperdiciado su vida. Eso es lo que la hace tan interesante para mí.

–¿Ah, sí? ¿Le interesa de veras? Yo la veo como una terrible dispersión... es lo que dice mi hija, mucho atender a los hombres, y luego pintar con un estilo que a ellos, según decían, les irritaba, y ahora que casi es demasiado tarde, pintar de una manera que parece fiel a mí misma pero que tal vez sea una huida de mí misma, de los colores del mundo, que en aquella manifestación mía un tanto pomposa que usted leyó asimilaba al diablo... qué raro es la mención del diablo por mi parte, sé que pensará usted eso, pero es que hay algo ahí afuera, si una tiene cierta sensibilidad hacia lo divino, que se le resiste, que empuja hacia el otro lado. Sé que usted y su generación pensarán de mí que estoy loca de remate, pero la inexistencia de Dios es algo a lo que no puedo acostumbrarme, me parece antinatural.

Los labios de Kathryn (unas complicadas trenzas de músculo, contemplados de cerca bajo esta fría luz natural, diseñados para darse placer a sí misma y a otros, a no ser que tema contaminarse; ¿pero cómo no va a temer eso su generación, de la misma manera que Hope temía que la coaccionaran?) se mueven en silencio, tratando de encontrar las palabras adecuadas, el cerebro tal vez entumecido por esta salida no solicitada al aire libre y el grandioso panorama, donde pequeñas y frías gotas de lluvia están agujereando el velo de la sensación. O tal vez, si es judía, no puede formular la cuestión de Dios exactamente como lo haría un cristiano, para el que no hay más alternativa que la aceptación sin reservas o el rechazo total. Para el pueblo elegido, la relación con Dios ha evolucionado más allá de la posibilidad de considerarlo un conocido con el que uno ha dejado de relacionarse, convirtiéndose en una familiaridad que engendra desprecio: Bernie se lo expuso cierta vez a Hope de este modo, su corpachón fatigado con olor a sudor y tabaco tendido a su lado en la cama mientras sus telas les lanzaban desde el piso de abajo silenciosos gritos de color uniforme y apasionado. Ser judío le divertía, jugaba con ello, amontonaba las cenizas de esa condición sobre su cabeza de dandi y transformaba su furia tribal en socialismo visionario. Se nota la vacilación en la voz de Kathryn cuando le dice:

–Un ex novio, que hacía el doctorado en físicas en Columbia, me explicó que, con el conocimiento que hoy han alcanzado los investigadores, la verdad es que no hay ningún lugar para Dios en el universo.

–En nosotros, querida. El lugar está en nosotros, por débiles e insensatos que seamos.

–Me explicó que es una cuestión de energía, de ecuaciones. Al final todos los elementos se alejarán mucho unos de otros y transcurrirán miles de millones de años con todo muerto y oscuro. No habrá ningún sitio donde podamos estar, ni siquiera como puras almas, porque también las almas necesitan energía.

Estas palabras le producen a Hope un escalofrío. No puede pasar por alto que las gotas de lluvia les caen en la cara y las manos y tamborilean sobre sus anoraks Gore-Tex.

–Estoy segura de que, desde cierto punto de vista, tiene razón –replica Hope con impaciencia–. Pero mire hacia allí, en el bosque, puede ver un trocito de tejado, el de la caseta del manantial. También puede ver el sendero que conduce hasta allí y desde donde se abarca un panorama incluso más amplio. Todos los veranos tenemos que derribar algunos árboles que obstaculizan la visión del paisaje. Hablo en plural, pero, naturalmente, quienes los talan son los hombres que contrato, una familia de machistas que detestan que una mujer les dé instrucciones.

–Yo...

–Puede prescindir del paisaje, lo sé. Volvamos adentro, antes de que se evapore del todo el agua para el té.

Sin embargo, Hope nota que le ha sido beneficiosa esta salida al cosmos, tan diferente en las sensaciones que produce, tan extenso, complejo y benigno, comparado con el cuadro que pintara el ex novio de Kathryn. Ex, antiguo... ¿Mucho mayor que ella? ¿Tiene esta chica un novio que no es mayor, que la aguarda para calentarla y consolarla, para escuchar su relato acerca de esta vieja bruja parlanchina que vive en su colina solitaria a la que ella tardó una eternidad en llegar e incluso tardó más en el trayecto de regreso? Hope siente en el rostro que el roce con el ambiente exterior la ha refrescado; tiene la piel tensa, con la plenitud que recuerda de la infancia, cuando ser ella misma le parecía demasiado bueno para ser verdad, cuando su vida era un crecimiento cotidiano estimulado por el alimento de todos los días y el sueño de todas las noches, cuando la luna y sol tenían el mismo tamaño en el cielo, aunque no existía ninguna razón necesaria para ello. Conduce a Kathryn de vuelta a la casa, pasan junto al comedero para pájaros que cuelga del haya desnuda, por encima de los vislumbres de barro junto a la piedra de molino que sirve de escalón ante la puerta de la cocina; las hoja mal encajada de la contrapuerta chirría sobre su muelle oxidado, y la puerta auténtica, algo vencida sobre los goznes, se abre empujada por el hombro de Hope. También a Kathryn, pese a sí misma, a juzgar por el brío de sus pasos y la rapidez con que se quita el anorak granate, se le ha levantado el ánimo.

–¡Qué estupendo debe de ser disponer de tanto espacio para usted sola! –exclama–. Creo que todo mi apartamento no es más grande que su cocina. Y esas fastidiosas torres que dominan por completo el panorama.

–Mis hijos creen que es demasiado espacio para una anciana sola y menuda. Bueno, ¿qué puedo ofrecerle para comer?

–¿Comer? No es necesario, gracias, pero si pudiera ir al baño...

–Claro, ya sabe dónde está. Pero debería comer algo antes de ponerse en camino.

–Aún me quedan unas pocas preguntas. Sólo hemos llegado a los años setenta.

–Lo sé, pero lo principal del relato ha concluido. La parte que puede considerarse fuera de lo corriente, el matrimonio con dos hombres de genio. Jerry no era ningún genio, pero sí generoso y simpático. Ante todo, ¿le apetece té o prefiere ese viejo café instantáneo al que antes ha hecho ascos?

–El café, por favor. Hacía frío ahí afuera.

Su voz se aleja y la puerta del baño de debajo de la escalera se cierra. Al quedarse sola, Hope percibe el cosmos a su alrededor, tantas estrellas bajo los pies como por encima de la cabeza, las interminables galaxias y los miles de millones de años oscuros que vendrán, y se apresura a reunir tazas y platillos, una bolsita de infusión para ella (de manzanilla, adquirida en la tienda de alimentos dietéticos, lo más apropiado a esta hora del día, porque una noche de insomnio tras haber estado agitada todo el día es lo último que necesita, mañana quiere empezar una nueva tela, de franjas algo más anchas y un tono gris más fuerte, más cálido que el último, para dormir bien necesita ejercicio físico y hablar sentada en la mecedora no lo es) y para la visitante el café sin descafeinar con su etiqueta roja y la amable cinturita (los lados curvados hacia adentro del vidrio en sus dedos doblados le recuerdan algo, pero no da con qué), y saca del frigorífico la pesada hogaza de pan con arroz y pacana («Sin conservantes, endulzado con zumo de fruta») procedente de la misma original tienda de Montpelier a cuyo frente están unos antiguos *hippies* entrados en años, y del armario al lado del fregadero doble saca los tarros rectos y achaparrados de mermelada Dundee y mantequilla de cacahuete Skippy. La chica ha de comer. Hope cae en la cuenta de qué es lo que le recuerdan los lados cóncavos del frasco de café instantáneo: las paredes curvas de la galería Arte de Este Siglo, de Peggy, diseñada por... ¿cómo se llamaba?, Fritz, uno de aquellos alemanes ambiciosos, como el Hans que provocó la recaída de Zack en la bebida... Fritz Kiesler, no Kreisler, Kiesler y sus sillas siete veces modificables, que podían convertirse en mesas o atriles o caballetes, una idea que no cuajó pero que en aquella época parecía perfectamente adaptada al futuro, madera cubierta de linóleo de brillantes colores, plástico moldeado todavía por inventar, el suelo turquesa. El futuro estaba allí, en 1942, sobre una tienda de comestibles de la Calle 57 Oeste. Había armatostes, un molinillo de Duchamp, una cinta transportadora de Klees, Hope acababa de llegar a Nueva York, y todas esas novedades artísticas tan divertidas le producían una sensación de vértigo; las paredes se curvaban, no como los lados del frasco de café, pero la idea era la misma, de curvas cuando esperabas unos lados rectos, eso le habían recordado, lo que notó al tocarlas, haciéndola retroceder hasta un tiempo tan lejano que era alarmante, el retorno de aquella sensación que tenía en lo alto de las catedrales y de la Torre Eiffel cuando Jerry empezó a llevarla a Europa, cosa que ni Zack ni Guy hicieron, porque uno era demasiado pobre y el otro no se preocupaba en absoluto de esos detalles, la sensación de que se encontraba a demasiada altura, y que podría ser capaz de deslizarse a través del suelo por aquellas galaxias indiferentes bajo sus pies.

Kathryn regresa del baño. Hope percibe la diferencia en su rostro recién relajado. Hay que ver descenso de la tensión tan modesto se requiere para satisfacer lo que Freud llamaba el principio del placer.

–Esto es un lujo que me permito a veces –le dice Hope–. Un emparedado de mermelada y mantequilla de cacahuete con este pan especial de arroz y pacana. Tiene que probarlo. Nos ayudará a seguir adelante.

–Yo...

–Sé lo que va a decirme, que usted no toma comida basura –concluye Hope por ella–, pero esto es otra cosa. El pan procede de una tienda de alimentos dietéticos que está a veinticinco kilómetros de distancia, me juego la vida cada vez que conduzco hasta allí. Debe de estar hambrienta, querida, yo lo estoy, desde luego.

A contrapelo de su naturaleza sacrificada, ambiciosa y, no obstante, patosa, Kathryn se sienta y, no sin cierto recelo, se come medio emparedado de pan pesado y de color oscuro, untado de sustancias infantiles, con unas capas no muy gruesas, porque de lo contrario, como la experiencia le ha enseñado a Hope, se te pringan los dedos. Las dos mujeres, que han estado tan ocupadas con su intercambio de preguntas y respuestas, comen en un silencio que es una novedad para ellas. El tiempo apremia; el reloj digital de la cocina indica las 5:06. La lluvia, que se va intensificando, cae al otro lado de la ventana más alejada, a través de la que Hope examinara antes el cielo deshilachado. La tormenta se ha resuelto en una brillantez perlina más allá de los riachuelos en los cristales, mientras el sol, oculto, desciende por el oeste. Kathryn sorbe el café, a pesar de que, como el té de Hope, debe de estar ardiendo, y la anciana se compadece de ella.

–Si tiene tanta prisa, podemos ir con las tazas a la sala y sentarnos ante la grabadora. Pero termínese el bocadillo. ¿No está bueno?

–Muy bueno, me recuerda los viejos tiempos. Está delicioso, pero sólo puedo comerme la mitad, de veras. Es curioso, los fines de semana mi novio me dice que engullo como un caballo, es increíble que no me engorde, pero cuando estoy trabajando no tengo apetito, estoy demasiado concentrada. Anoche tampoco dormí muy bien. El motel está junto a la autopista ochenta y nueve, el tráfico era incesante, algo sorprendente en una zona tan rural.

Así que ahora tiene novio en activo. Hope se siente aliviada. Y celosa.

–Pobrecilla, debía de estar inquieta. ¿Por qué?

–Por no hacerle las preguntas adecuadas.

–Oh, estoy segura de que son muy correctas. Si dejamos de lado algo importante, se lo diré. ¿Pero no es eso lo que afirma la teoría de la psicoterapia freudiana, que todo gira alrededor del asunto principal, aunque uno hable por completo al azar? ¿A qué se dedica su novio, si puedo preguntárselo?

Kathryn baja los párpados, unos párpados que, a la luz fluorescente de la cocina, parecen espléndidamente embadurnados, como los de una reina bíblica pecadora y desafiante. A la joven le molesta encontrarse de improviso en el papel de entrevistada, pero ha aceptado tantas muestras de amabilidad de la pintora que no ve ninguna salida.

–Trabaja en el mundo del cine, eso es lo que le gusta –responde–. Forma parte de un equipo que prepara tráilers, un empleo a tiempo parcial, pero quiere trasladarse a la Costa Oeste y subir en la escala hasta llegar a director. También actúa, pero eso no es algo que le chifle.

–¿Actuar no le chifla? Qué interesante –replica Hope, aunque no le encuentra ningún interés en especial–. ¿No es pintor?

–No, no. Me acompaña a las inauguraciones y exposiciones de vez en cuando, y no entiende por qué me atraen. En ese sentido, es un auténtico filisteo.

–¿Qué ha dicho que ayuda a hacer?

–Tráilers. También se les llama avances. Ese trabajo es un arte, hay que secuenciar los trozos que tienen más energía. A veces trabajan con fragmentos de películas que sólo están rodadas a medias y nadie conoce el final.

–Bueno, el final es precisamente lo que no queremos que esos.. ¿cómo se llaman?... tráilers nos revelen. A Jerry le encantaba el cine, le gustaba salir, así que nos desperezábamos e íbamos al cine, en Nueva York a la calle Ochenta y seis. Aquí íbamos a Burlington. Pero al cabo de un tiempo todas las películas parecían hechas para adolescentes. Te sentías manipulada, con tantas persecuciones de coches que daban por sentado que te interesaban, tantas explosiones y salvaciones por los pelos, y eso era todo. Debe de preocuparle eso de que él quiera trasladarse a Los Ángeles.

–No mucho, la verdad. Está a menos de seis horas en avión. Quiero que triunfe y sea feliz con lo que le gusta.

–Claro, pero ¿y usted? Sin duda su lugar está en Nueva York.

–He estado una vez en Los Ángeles y me gustó. El clima suave, el ambiente español, las autopistas. Allí se tiene la sensación del futuro.

–¿No lo encontró... cutre?

–Allí cultivan el arte. La verdad es que la escena artística es de lo más animado.

–Tienen esos coches con el chasis que casi roza la calzada y unos museos muy bonitos y prácticamente vacíos.

–Usted se marchó de Nueva York.

–Pero no me alejé mucho. Mentalmente nunca me fui de la ciudad. Y voy allá una y otra vez, hasta que viajar se me haga demasiado cuesta arriba. No sacrifique su profesión por un hombre.

Kathryn no replica «usted lo hizo», pero ambas lo piensan, aunque con la salvedad de que Hope nunca se traicionó a sí misma por completo, y que más que sacrificar, pospuso. De alguna manera supo que tenía tiempo y podía esperar hasta llegar a este presente, a ser por fin ella misma.

La entrevistadora la sorprende al echarse a reír, pues posee una risa más bonita, más ligera, más musical de lo que Hope habría esperado a juzgar por su cara caballuna.

–¡No parece usted aprobar a Alec, y eso que no le conoce en absoluto!

–Es que le deseo lo mejor –replica Hope, sin sonreír–, y no estoy segura de que lo mejor sea un hombre que se dedica a hacer tráilers. Siempre he sido susceptible con las personas que quieren dedicarse al cine. ¿Qué es lo que no le gusta a su novio del oficio de actor? Por lo menos parece una profesión noble, en cierto modo un antiguo arte.

–Él lo considera un mercado de carne. Alec es muy buena persona, le gustaría si lo conociera, aunque piense que pintar ya no significa gran cosa. Según él, cuando las imágenes empezaron a moverse, todo terminó para las que no lo hacen. –Cambia de postura ante la mesa y mira el medio emparedado restante como si fuera a comérselo, pero en vez de hacer eso toma un sorbo del café que se está enfriando rápidamente. Por alguna razón, el calor del microondas desaparece mucho antes que el bueno y anticuado calor que produce la llama, un hecho que fascina a Hope–. Verá –le dice Kathryn, en un tono que no es exactamente de censura–, la mayoría de nosotras no podemos encontrar esos hombres geniales para casarnos. La mayoría de nosotras vamos tirando por el camino del medio, y confiamos en que por lo menos sea realmente el del medio.

–Nunca me ha atraído un hombre porque fuese famoso –replica Hope, y se yergue en la silla al tiempo que nota calor en el rostro–. Guy me resultaba atractivo por su alegría y su descaro. Cuando me casé con Zack, era un desconocido en los círculos artísticos, pero desde luego era pobre e iba cuesta abajo a toda velocidad. Y la verdad es que sus cuadros no me gustaban. Mi familia pensaba que era un matrimonio ruinoso, y en muchos sentidos lo fue.

–Sin embargo, usted estaba a su lado cuando le llegó el reconocimiento. Usted tuvo que ver con ello.

–Hice que se instalara en Long Island, y eso le benefició... durante un tiempo. Pero, y esto sólo puedo decírselo a usted, mi pequeña colaboración en su éxito me satisface menos que si hubiera sido yo la reconocida.

¿Es eso del todo cierto? Dar la bienvenida a Zack en la casa relativamente caldeada después de que él se hubiese pasado varias horas en el gélido granero tenía sus satisfacciones, el prodigio de su compañía, un orgullo no exento de preocupación. Aquel hombre cercado por necesidades acuciantes, por la dependencia de sustancias químicas y la incoherencia social, en lugar de llevarle una sanguinolenta presa de caza colgada a la espalda, podía llevarle el espectro, en sus manos y ojos, sus bellos ojos occidentales, leonados y sagaces, de la belleza; la belleza extendida en aquellas grandes telas fijadas en el suelo con cinta adhesiva, con sus espirales y salpicaduras de pintura pura que se iba secando. Entonces, mientras él hablaba con su pareja, con el aliento visible todavía en forma de gélido vapor, era como si ella lo hubiera hecho también, codo con codo, como si hubiera arrancado aquellas horas imperecederas al mundo destinado a morir.

–¿No se termina el emparedado? –le pregunta Hope a la entrevistadora. Se siente un poco dolida por el rechazo en un detalle tan trivial–. Lo envolveré en papel transparente Reynolds para el viaje de regreso. No es perjudicial, de veras, aunque la mermelada contiene azúcar. A veces es lo único que he podido comer durante días, cuando estaba aislada por la nieve.

–Pobre Alec –dice la otra mujer, sumida en su propio mundo, donde su novio ha recibido una herida.

Hope se olvida del peso que tienen sus palabras para estos seres inocentes a los que incluso un tenue resplandor de la fama puede dejar deslumbrados. Es cierto que no le ha hecho ninguna gracia la observación de que al novio no le gustan las galerías de arte. Para ella eran como cuevas de Aladino, desde su primer vislumbre de Arte de Este Siglo, con sus paredes curvas, y luego, cuando se casó con Guy, de Hansa, Reuben, Judson y Red Grooms, donde tenían lugar *happenings* y pequeñas representaciones teatrales que, si bien dejaban desconcertado al reducido público, sembraban en sus mentes la semilla de una nueva comprensión de las cosas, con menos prejuicios, con menos expectativas de ver la consabida jerarquía, y luego las galerías en el centro de la ciudad, las de Leo y Sidney, que dieron al arte pop su celebridad y lo abrieron a los nuevos coleccionistas, a los nuevos y juguetones capitales norteamericanos, y ella conoció a Jerry en una de esas galerías. En general, en el silencioso ámbito de esos locales había una atmósfera de conflicto, con la escasa asistencia de visitantes, las chicas sentadas a la mesa, tratando de superar el amodorramiento, las pinturas con sus brillantes colores y las esculturas con su inmovilidad despiadada, aguardando la llegada del amor, del espectador, del comprador, mientras unos ruidos machacones y ociosos se filtraban desde la trastienda. Aquellas galerías albergaban obras producidas en la soledad y la confusión, pero también en un estado anímico de exaltada satisfacción, de alejamiento de las masas, una obra realizada en el límite de la utilidad, un arte que socava sus propios usos con tanta rapidez como es posible identificarlos, un arte en el borde del arte que se viene abajo, fragmentos dispuestos en esas salas de Manhattan desnudas, aunque, para Hope, estaban muy lejos de ser tristes; en ellas siempre se sentía animada y feliz, eran como un templo cuáquero, sagrado en su silencio, listo para la visita de los feligreses.

–No me haga caso –le dice a su visitante, al notar, aunque sin que ello le importe gran cosa, que la chica se ha sentido ofendida–. Vayamos a la sala. ¿Puedo ofrecerle algo más? ¿Una ensaladita rápida? ¿Unas nueces del Brasil? ¿Qué me dice de una galleta de avena sin gluten y con muy poca grasa?

Kathryn se levanta, apoya las palmas sobre la mesa para ayudarse, pero no se digna responder. La lluvia azota la claraboya de la cocina, pero su sonido llega amortiguado a la sala. Las dos mujeres, taza en mano, se acomodan de nuevo en sus asientos, y Kathryn, al tiempo que se inclina hacia delante para encender la grabadora, afirma:

–Me gustaría volver un momento a Guy. No tengo muy claras las razones por las que la abandonó.

–Ni yo tampoco –concede Hope, al notar que su interrogadora tiene la intención de profundizar más, a fin de hacerle pagar por la duda acerca de Alec que Hope ha sembrado–. La cuestión es que salió de mi vida y de las de los niños como de puntillas, tras diecisiete años de vida juntos, o por lo menos tras diecisiete años en los que había regresado fielmente a casa.

–¿Cree de veras que se mantuvo al margen de las drogas en el Hospicio? ¿Qué me dice de las anfetaminas? ¿La coca? ¿Los barbitúricos? En muchas de esas películas experimentales que se rodaron con su nombre, es evidente que los actores han tomado ácido: el travestido, o uno de ellos, en *Rosas enfermas*... el otro día la estaba viendo en vídeo con Alec, y casi no hay interrelación de los actores, cada uno va a la suya, con esa sonrisa embobada, no hay ningún intento de acercamiento entre ellos, y no digamos de recordar un papel que pudiera hacer avanzar el relato.

–Pero, Kathryn, querida, tal vez se trate de que no hay relato porque no debería haberlo, porque ya no hay relatos, lo mismo que la pintura, como usted dice, o como dice Alec, tuvo que prescindir de la anécdota. Por eso Hopper y Wyeth nos parecían unos dinosaurios, porque parecían seguir contándonos relatos. Un relato presupone un autor, mover desde arriba a los personajes, movernos a nosotros, los lectores, desde arriba, para llegar a algún punto moralmente inteligible, y ¿quién iba a creer en nada de eso, después del Holocausto, después de la bomba atómica...?

Kathryn reacciona con tal rapidez que las hojas de preguntas que tiene en el regazo se deslizan y tiene que darles una palmada para evitar que caigan al suelo, un suelo de viejas tablas pintadas del color rojo negruzco reluciente de ciertas cerezas.

–Gracias por mencionar la bomba atómica. En todo este periodo de la Guerra Fría, entre 1945 y 1989, ¿afectó a su manera de pensar la amenaza de la aniquilación nuclear? ¿Sintió miedo alguna vez?

–Un poco en el sesenta y dos, cuando la crisis de Cuba, sobre la que acaban de hacer una película, pero eso fue todo. Recuerdo el día en que el mundo pudo haber estallado, cuando los barcos rusos avanzaban hacia nosotros: era una preciosa mañana de otoño, y yo iba por la avenida East End hacia el consultorio del pediatra, empujando el cochecito de los gemelos Paul y Piet, demasiado acalorada con mi nuevo abrigo de entretiempo; en el consultorio estaba encendido el televisor y se emitía una telenovela. La gente es optimista. Tiene que serlo. Nunca pude creer que los dirigentes mundiales serían tan estúpidos como para hacerlo saltar todo por los aires.

–Pero...

–Hitler lo habría hecho, va usted a decir. Pero los rusos, los soviéticos, eran como nosotros... grandes y torpes países sin necesidad de *Lebensraum*, no países pequeños y capaces de proezas espectaculares, como Alemania y Japón, enloquecidos por esos mitos racistas y su amor a la muerte. Los rusos aman la vida... no tiene más que leer sus novelas. Los que tenían la sartén por el mango eran comunistas, pero también lo eran la mayoría de los pintores de más edad a los que conocía, incluso cuando estalló la guerra. Al hablar del periodo de posguerra, ustedes, los jóvenes, siempre nos dicen que estábamos muy obsesionados por la amenaza del Armagedón nuclear, pero lo cierto es que eso casi nunca me pasaba por la mente, y, al fin y al cabo, si ocurría, ¿qué podría hacer yo? Era como ser atropellado por un trolebús... eso también podía suceder. En cuanto a Guy y las drogas, no olvide que la mayoría de sus ayudantes en el Hospicio pertenecían a una generación más joven que él y mucho más comodona y nihilista, habían crecido protegidos y mimados, y creían al mismo tiempo que no se les debía negar nada y que la estructura de poder existente, que les había dado cuanto tenían, era por completo perversa. Guy tenía tres años menos que yo, pero ambos habíamos pasado por la experiencia de la Depresión y la guerra; de hecho, como sabe usted gracias a su investigación, él participó a su manera en la guerra, se pasó dos años en el servicio de guardacostas, destinado en las Aleutianas, donde se le helaba el magro trasero. No hablaba mucho de ello, pero cada cinco años acudía a las reuniones de la tripulación del patrullero en el que sirvió. Había una relación, aunque está usted en lo cierto, la relación no era lo que él buscaba, ni la pasión tampoco. Los primeros artistas que conocí siempre hablaban de la pasión; Bernie, por supuesto, y Roger siempre se refería a sus sentimientos cuando pintaba, mientras que Onno y Zack vertían su pasión en la tela, esos trazos furiosos, ese frenético exceso de pintura, pero nunca vi que Guy perdiera los estribos ni que expresara decepción o desagrado hacia otra persona, incluso al comienzo, cuando los críticos decían tantas estupideces sobre la belleza y la variedad realmente asombrosa de lo que estaba haciendo. Siempre leía las críticas, pero nunca decía nada, en todo caso se mostraba regocijado. Y, cuando el dinero empezó a lloverle, tampoco mostró demasiado entusiasmo.

¿Por qué habla sin parar? Porque quiere que esta mujer se canse del tema, quiere ocultar la humillación que Guy le infligió al abandonarla como si nada, a ella y a los niños, el dolor de presenciar aquello, de ver a los únicos hijos que tendría jamás deshechos y perplejos por su deserción. Ella es como Guy por su buena crianza, porque percibe el valor de un frente de combate, porque lo ve todo como un frente de combate, cree en una meta controlada, a pesar de todos los regates fortuitos. Se sentía confabulada con la frialdad de Guy, con aquel distanciamiento, producto de una serena consideración, que era imprescindible para que jamás perdiera su actitud afable, y entonces él la desdeñó, la expulsó de su pequeño club. Antes de que la tenaz e insistente muchacha pueda pensar en otra cosa, Hope prosigue:

–Hacia el final, como le he dicho, cuando terminaba la década de los setenta, empecé a sentirme tensa, la tensión de conservar la delantera, de seguir siendo atractiva para las galerías y los museos. No resulta fácil lograr que el *kitsch* y la pacotilla parezcan otra cosa. La tragedia del artista moderno, o tal vez debería decir posmoderno, es que el tiempo que dura la atención del público es mucho más breve que su vida creativa normal. Duchamp renunció a seguir creando y con ello ganó muchos puntos, Korgi y Seamus se suicidaron, y Zack también lo hizo, en cierto sentido. Sin embargo, para un artista sin tendencias autodestructivas hay demasiado tiempo. Si encuentra temprano su vena creativa, su arte acaba por agotarse. Las obras que Guy realizó antes y después de dejarme, las enormes estatuas públicas, las falsas vallas publicitarias, los libros gigantescos coloreados en unos tonos espantosos, no eran buenos. Tenían el mismo descaro, pero carecían de... ¿cómo podríamos decirlo?... de la alegría original. Él creyó que, al abandonarme, podría recuperar la alegría.

Así es como ella ha concebido el abandono, como un producto secundario de la búsqueda emprendida por el artista.

–Hubo cierto escándalo relacionado con el trabajo de Guy, sobre todo las películas y los *happenings*, con toda su desnudez y homoerotismo. ¿Cómo reaccionó usted a eso? ¿Cómo lo hicieron sus hijos, cuando llegaron a adultos?

–Consideraban que formaba parte del trabajo de papá –responde Hope, mintiendo un poco sin que le importe en absoluto, porque la curiosidad de la visitante está desgastando su sentido ético. En cualquier caso, cuando más imbuida de ética se siente es por la mañana, mientras pinta, y su exaltación se va desmoronando a medida que avanza la jornada. Hace un esfuerzo por reflexionar y ser sincera–. Los chicos se enfrentaron a esa situación volviéndose muy convencionales, ya cuando estudiaban en Buckley... por cierto, fue Guy quien quiso que fueran a ese centro, yo había pensado en alguna escuela más progresista, pero él dijo que no, quería que sus hijos estuvieran encasillados, que tuvieran el tipo de educación formal que él y yo habíamos tenido... y luego en Putney, donde casi nadie más era convencional. Dot se rebeló por su cuenta, y ya hemos hablado confidencialmente de ello. Lo que es difícil recordar de esos años es que Guy no se ponía traje y corbata como los demás hombres que vivían en el edificio, sino que iba al centro de la ciudad, como lo hacían ellos, vestido con el cuello de cisne, chaqueta de mezclilla y tejanos, y regresaba a la hora de cenar, o bien telefoneaba y me decía que el trabajo lo retenía y que cenáramos sin él, lo mismo que también hacían muchos otros hombres. Cumplía con sus deberes, asistía a los actos de la escuela y jugaba a *softball* con los demás padres e hijos cuando hacían excursiones a Central Park, y durante los doce primeros años, por lo menos, trató de ser un marido normal. Fuimos juntos a uno de aquellos ballets en el sótano de la iglesia Judson, y vimos a un grupo de jóvenes que se contorsionaban desnudos embadurnándose unos a otros de pintura con las yemas de los dedos, para simbolizar el sucio lucro capitalista o lo que fuera, y entonces volvimos a casa y cenamos una ensalada de lentejas y un vaso de leche en la cocina, hablando en susurros para no despertar a los niños. Guy era un hombre juicioso, de carácter apacible...

–O mermelada y mantequilla de cacahuete –la interrumpe Kathryn.

–¿Cómo? –Hope se había concentrado en la escena doméstica, buscando lo que tenía que decir sobre Guy para ser justa con él.

–He recordado el bocadillo que me ha dado –responde la joven–. Qué dulce era.

–Demasiado dulce, supongo. No se lo ha terminado. Todos ustedes, los jóvenes, temen mucho al azúcar. –Que esta joven se atreva a bromear sobre los gustos al parecer inocentes de la anciana le provoca a Hope una irritación que ella se resiste a manifestar, porque cualquier señal de disputa o diferencia que sea necesario zanjar prolongará la estancia ya excesiva de la entrevistadora. Hope vuelve a intentarlo–: Un hombre de carácter apacible, juicioso, y a todos nos resultaba fácil olvidar que era una celebridad, una figura esencial del arte norteamericano cuando éste todavía marcaba la pauta en el mundo, y que al margen de sus obligaciones como cabeza de familia, luchaba por mantener su posición. Se despertaba en plena noche y no volvía a dormirse, yo me daba la vuelta, me colocaba bien el antifaz sobre los ojos y le dejaba sentado bajo la lámpara de lectura. Por la mañana me lo encontraba en la mesa del desayuno con el *Times* leído de cabo a rabo y unos surcos en la cara que no le había visto antes. Con aquella facilidad de intuición suya, que no le costaba ningún esfuerzo, se daba cuenta de que perdía contacto con las nuevas tendencias, que se estaba quedando rezagado. A finales de los años sesenta, no eran sólo el pop, el op y lo poco que quedaba del expresionismo abstracto, sino que todo se iniciaba por entonces: el minimalismo, el arte disperso, ese *earthwork* consistente en modificaciones artísticas a gran escala de extensiones de terreno, el arte conceptual, que sólo utilizaba palabras y afirmaba la falsedad de pretender que la percepción no es una cuestión del lenguaje, o de la teoría. Guy solía decir que Europa nos enviaba su teoría crítica para matar nuestra creatividad. Las cosas llegaron a tal extremo que cualquier tendencia artística que todavía produjera cuadros u otros artefactos que, por muy engorrosos que fuesen, pudieran colgar de una pared y esculturas que se pudiera exhibir en salas de estar no demasiado impúdicas, corría el peligro de quedarse anticuada. Por mucho que Guy se esforzara, por muy inventivo que fuese, el arte pop, con sus banderas y sus rimeros de envases de cereal Wheaties, mientras aquellos muchachos enfurecidos llenaban las calles y quemaban banderas norteamericanas, estaba empezando a parecer cómodo, y por eso no me importaba gran cosa el consumo de drogas en el Hospicio, ni las películas porno que ahora parecen tan curiosas y borrosas, porque hacían que la empresa de Guy, llamémosla así, se mantuviera en la onda, le permitían conservar su faceta de *maudit*. Por motivos egoístas y por el bien de los niños, lo cual está a un paso del egoísmo, lo quería tan domesticado como fuese posible, mas para él, en tanto que artista, eso no era saludable, ya no podemos tener Vermeers y Chardins, ya no podemos ensalzar la vida burguesa, porque de alguna manera fue culpable de lo de Vietnam, Birmingham, el colonialismo y tantas otras cosas, y, como le he dicho, a él le costaba un gran esfuerzo fingirse burgués, fingir que el arte puede ser un negocio. Me culpo en parte por haberle seguido la corriente, por fingir como él sin más objetivo que mi propia comodidad doméstica, y eso explica que, cuando él me dejó de repente, opusiera tan poca resistencia. Dot se dio cuenta, y me odia todavía por haber sido tan débil. No diga eso en su artículo, por favor. Pero ¿qué podía hacer yo? Pensé que podría ser lo mejor para él, para su arte.

–No sé por qué el arte no puede ser un negocio –replica Kathryn, pensativa–. En el pasado fue una actividad gremial, y eso no tenía nada de vergonzoso.

–Supongo que de la misma manera que la religión no debería ser un negocio, o ser uno solo y no todo un surtido. Claro que la religión tiene un producto fiable con el que comerciar, que no es otro que el temor y la soledad que experimentamos, mientras que el arte ha de convencer a la gente de que lo necesitan, que necesitan algo más puro y más auténtico de lo que obtienen en otra parte, en todas las demás transacciones de la vida. Esa pureza y esa autenticidad merecen la pena, tanto si uno las posee como si las contempla desde todo lo lejos que se quiera. Al alma, si usted no rechaza ese concepto, no puede mancharle la preocupación y el egoísmo. Cuando conocí a Guy, él tenía un delicioso desinterés, sereno y productivo, en aquel desván lleno de cachivaches que recogía en la calle, y cuando le llovieron encima el dinero, los halagos y los premios, notó que lo estaba perdiendo, perdía la pureza, la inconsciencia que puede producir algo realmente nuevo. Empezó a tomarse las cosas demasiado a pecho, porque tenía que hacerlo, porque quienes lo rodeábamos dependíamos de él, y eso era cruel. Pero debo decir que nunca hizo nada importante, que tuviera suficiente alma, suficiente desinterés para que fuese importante, mientras estuvo bajo los cuidados de aquella amazona con callos en el trasero de tanto restregarlo con la silla de montar. Y ahora es la niñera de un hombre que no tiene la menor idea de quién es ella ni de quién es él.

–Deberíamos pasar a otra cosa –Kathryn tiene la cara de decirle a Hope, cuando ha sido su cerril pregunta lo que ha desencadenado el monólogo de la pintora–. Hábleme de Jerry. ¿Dónde se conocieron? ¿Recuerda en qué ocasión?

–Sí, claro, fue en una inauguración de Guy. Al contrario de la mayoría de los asistentes, Jerry intentaba mirar las obras, y yo estaba cansada de la conversación superficial. Nos encontramos uno al lado del otro ante una anticuada máquina de escribir de aspecto blando, que tenía el doble de su tamaño real y estaba hecha de reluciente vinilo blanco, todas las teclas redondas superpuestas y mezcladas y el carro colgante como las patitas de un indefenso cordero recién nacido, y ambos dijimos al unísono: «Es preciosa». Preciosa. ¿Qué puedo decir de Jerry que todo el mundo no sepa ya? Era un hombre adorable, lo era por lo menos para mí, se divorció de su mujer para casarse conmigo, un favor que, la verdad, nunca me hizo Bernie. No es que yo lo deseara. Bernie estaba... estaba moldeado en exceso por la ciudad, y formaba con Jeanette un equipo demasiado unido. Como decíamos antes, en la década después de que le... le conociera *a fondo,* a Bernie todo le salió a pedir de boca, era el padre de esto, el padre de aquello, cuando lo cierto era que no habían tenido hijos, el campo de color, los perfiles muy delineados, incluso del *earthwork*, como las líneas de creta, de tres kilómetros de longitud, que alguien trazó en el desierto de Mojave a finales de los años sesenta, si no recuerdo mal, utilizando el desierto como una de las grandes telas monocromas de Bernie. Aquellas grandes y lisas pinturas que todo el mundo detestó durante años... Peggy no las soportaba, y Betty tampoco, y resulta que eran la carretera que conducía al futuro, mientras que los enormes lienzos verticales de Jarl eran un engorro para los museos a los que había convencido de que los adquiriesen, ocupaban demasiado espacio en las paredes, Jarl quería que le dedicaran una sala tras otra, y Zack estaba inmovilizado en su coyuntura, era un clásico como Ryder o Bierstadt, pero imitarle sería irremediablemente fatal, en realidad nadie más sabía cómo hacer lo que él hizo, hasta qué punto aguar el esmalte y qué clase de palo usar. A Bernie le atribuyeron incluso la técnica lisa y sin empaste que Guy empleaba al principio, y nunca he visto a Guy tan ofendido, era como si se tomara a mal el pequeño papel que Bernie había desempeñado antes en mi vida y del que, por supuesto, le había hablado, pero esa clase de celos sexuales de tipo convencional era lo último que Guy se permitiría jamás confesar.

–¿Y no hubo, incluso mientras estaban casados, algunos hombres más jóvenes –pregunta Kathryn en el tono cuidadoso, algo retraído, con el que confía penetrar en el torrente sanguíneo de Hope sin romperle la piel–, artistas que realizaban *performances*?

Aquellos jóvenes cuerpos varoniles, de contornos imprecisos, masa muscular redondeada de hombros y muslos, los lisos abdómenes y sus delicados colgantes, surgen en la mente de Hope como cadáveres enterrados en barro, y rostros inexpresivos. Jeb. Randy. Tenían nombres, direcciones, filosofías, aspiraciones. Habían confiado en servirse de ella, pero eso no era nada fácil, ni siquiera ella podía servirse de sí misma en su propio beneficio. Los negros fueron una aventura para ella; eran bailarines, y sus pies tan ejercitados eran nudosos y conmovedores. Henry. Kyle. Diferían de los blancos en que, en cuanto empezabas a hablarles, creían saber lo que querías, y estaban en lo cierto. Ella quería liberarse. Con la misma docilidad con que se adherían a ti, permitían que los dejaras, algo muy ventajoso para ellos, pues era aquélla una época en que los ofrecimientos improductivos eran la moda política.

–Por favor, querida –protesta–. Había dejado atrás los cincuenta. Era una *grande dame*.

–Pero todavía muy atractiva. He visto muchas fotografías. También he visto –añade Kathryn, al ver que Hope no dice nada– que la consideraban un discípulo más de Bernie, por las franjas.

–Mis franjas eran mucho más pequeñas y más numerosas que las suyas –replica Hope; la voz se le hace más firme cuando se interna en el terreno de su arte–. Yo diría que soy discípula de Hochmann, uno de los últimos. Sigo tratando de practicar el «empuje y atracción» que nos enseñaba, pero en un espacio más tranquilo y somero. –Con los dedos doblados, Hope señala a la joven unos dos centímetros de espacio, para mostrarle lo sutil que el empuje y la atracción se han vuelto en sus brumas grises–. Como el empuje y la atracción, que apenas se perciben, de la respiración.

Ahora se pregunta si alguna de sus infidelidades hirió a Guy. En su momento creyó, o se obligó a creer, que él lo había querido, con aquel confuso impulso que lo llevaba a ocultarse en una masa de identidades y un torrente de parodias, en un arte que no se circunscribía a una sola personalidad. Su pequeño grupo de amantes constituyeron su Hospicio, su modesto refugio.

Kathryn decide no profundizar más en esa dirección.

–Y durante todo aquel periodo, usted conservó la casa donde vivió con Zack en los Flats –comenta.

Esto parece una acusación. Aunque Hope ha intentado presentar a la joven una imagen cautivadora de Guy, pintando un enternecedor retrato cuyos rasgos son la hermosa fluidez, el instinto y, al final, el estancamiento en su dolor, pues los ciclos del mundo artístico hacen que pase de moda incluso el talento más despreocupado, quien conmueve de veras a Kathryn es Zack. Sí, es él quien ha puesto en contacto a las dos mujeres. La entrevistadora está dando a entender que Hope traicionó a su segundo y tercer maridos al conservar la casa donde vivió con el primero. Ella no lo niega.

–Supongo que fue por la seguridad que me daba poseer algo propio, que había heredado. Al principio tenía las obras que él me dejó, para ocuparme de ellas y protegerlas. Luego, cuando se hicieron tan valiosas que mi protección no bastaba, y mis estancias en la ciudad eran más largas y frecuentes, me resultó más fácil dejar los viejos muebles en su sitio, que habrían parecido unos trastos mezclados con el costoso mobiliario que Guy y yo teníamos. Pasábamos allí los veranos, a los chicos les encantaba, la playa, la curiosa sensación que producía la isla tan alargada... aunque Guy nos acompañaba cada vez menos, decía que detestaba las fiestas de los ricos y la arena dentro de los zapatos. Creo que el fantasma de Zack lo oprimía. La nueva comunidad artística se interesaba más por la naturaleza casi intocada de Fire Island que por la elegante localidad veraniega de East Hampton. Alquilaba la casa fuera de temporada, por muy poco dinero si el inquilino me caía simpático, en ocasiones a un amigo de Zack, parroquiano como él de La Gota de Limón, o bien a uno de los protegidos de Guy que necesitaba un lugar donde serenarse. El dinero era menos importante que impedir que la casa se deteriorase y convirtiera en una ruina. Cuando me uní a Jerry, él tenía su propia casa en Southampton, pero nunca vio la necesidad de vender la propiedad de los Flats, a la que llamaba «mi as de reserva». La verdad es que Guy, con su afición al coleccionismo, estaba preocupado. Contrató a un vigilante que vivía en la casa, puesto que, cuando yo me encargada de todo, se rompían objetos o los robaban, y ambos comprendimos que el valor de la propiedad estribaba en mantenerla, y sobre todo el granero, tal como estaba cuando Zack vivía allí.

–Y ahora es un museo.

–Sólo se puede visitar con cita previa. Hay grupos de escolares que viajan hasta allí. Y algunos directores de documentales utilizan la casa. No queda nadie más que yo que sepa lo que ha cambiado, qué mueble falta, esa clase de detalles, pero la verdad es que el ambiente se aproxima mucho al de la época de Zack. Para ciertas personas él se ha convertido en un artista de culto, no tan grande como Elvis o Marilyn, sino, digamos, como James Dean. Como pintor, Zack fue mucho más importante que Dean como actor, pero bueno, los dos se mataron en accidentes de coche, y tenían en común aquel aspecto inquieto y engreído... esos entusiastas necesitaban un sitio que visitar, ¿y cuál sería mejor que la casa donde Zack realizó toda su obra importante?

–Claro –dice Kathryn–, y, además, mantiene intacta una parte de su vida.

–¿Pone reparos a eso?

–En absoluto. La envidio. La mayoría de nosotros vivimos en una casa, luego nos mudamos y el propietario se la alquila a otro inquilino.

–No me envidie, querida. Usted tiene su vida por delante y la mía ha quedado atrás. No querría estar en mi piel un solo instante, hay muchos dolores que he aprendido a pasar por alto, pero usted los notaría, le resultarían insoportables.

Sería descortés discutir esto, aunque Hope percibe que Kathryn se siente tentada a discutir, su alargada cabeza retrocede como si oliera algo o para escuchar el sonido de la lluvia que tamborilea en las ventanas y produce ese gemido bajo y armónico en el canalón, y Hope observa por primera vez lo bella que es la parte oculta de la nariz de esta mujer: la curva termina en una punta donde se encuentran dos pequeños planos, la faceta inferior se prolonga en el tabique, que se extiende más bajo de lo habitual, de manera que, vista de perfil, la ventana se ensancha como si resoplara, tierna, ávida y con la tonalidad rojiza que le dan los minúsculos afluentes sanguíneos. Este atisbo de su interior físico hace que resalten en todo su esplendor los demás rasgos de la muchacha, los ojos de color ciruela oscuro con esa curiosa vidriosidad, los fruncidos labios sin pintar, que no sonríen debido a la tensión de la entrevista, las orejas pequeñas, un poco abocinadas y de un blanco etéreo, poco desarrolladas en comparación con la mandíbula y totalmente visibles gracias a los pasadores que le mantienen el cabello apretado contra el cráneo, un cabello que, si le dieran rienda suelta a su tendencia natural, se desparramaría sobre la almohada. Hope la ve como una mujer a la que un hombre podría adorar, podría enloquecer de amor por ella y, al depositar la simiente en sus entrañas, tener la sensación de haber realizado la obra de su vida. La extraña idea, que hace un momento ha propuesto de un modo espontáneo, la de transponer la identidad de la joven desconocida sentada ante ella a su propio cuerpo, con los dedos artríticos, los pasajeros dolores en el pecho, la frecuente falta de aliento y los trastornos abdominales, porque su estómago cada vez más reducido se resiste a aceptar las comidas diarias que ella le introduce a la fuerza, engendra unas fantasías más vivas (las ensoñaciones que aletean en una mente fatigada) de la mutua violación de sus vidas privadas, como escorpiones en el interior de una botella, la joven invadiéndola con sus preguntas mientras Hope, a su vez, intenta imaginar la vida íntima de Kathryn, la sensual criatura que se oculta bajo los rizos del lustroso vello púbico.

–¿Entonces su relación con Jerome Chafetz empezó cuando aún estaba casada con Guy Holloway? –le pregunta la entrevistadora.

–Sí, varios años antes, pero fue una relación del todo decente –replica Hope–. Jerry había comprado varias de las esculturas de vinilo blanco que creaba Guy, aprovechando que el mercado, no sólo del pop sino de todo el arte, se había enfriado. –Le satisface demostrarle que, gracias a su tercer matrimonio, sabe utilizar los términos propios de las finanzas–: Los árabes embargaron la exportación de petróleo a Estados Unidos porque habíamos ayudado a Israel en la guerra del Yom Kippur, y la economía sufrió lo que llamaban una estanflación durante el resto de la década.

–Pero Jerome Chafetz no pasó hambre.

–Puede llamarle Jerry si lo desea. Todo el mundo le llamaba así, incluso los subordinados y el servicio que teníamos aquí. Mucho antes de que me convirtiera en su esposa, Jerry había llegado a ese encantador nivel en el que su dinero producía inevitablemente más dinero. Había sido agente de Bolsa y luego analista de valores para uno de los primeros fondos de inversión mobiliaria. A comienzos de los años sesenta estableció su propio fondo de inversión, diseñado para atraer a pequeños inversores tanto como a los administradores de los fondos de pensiones. Se inclinaba por la sencillez, y al principio sólo tenía tres fondos («Superincremento», «Incremento seguro» e «Incremento lento», y, curiosamente, este último era el que tenía más demanda), la gente confiaba en ese método de inversión, entonces los que tenían dinero todavía eran muy conservadores. La idea de que todo el mundo era rico o pronto lo sería no llegó hasta la administración Reagan.

Antes de decir algo, Kathryn pone a prueba sus palabras, con un movimiento nervioso de su espléndida nariz.

–Jerry... falleció en 1986.

–Sí. Nos habíamos casado en el setenta y siete. Nueve años maravillosos. Debimos de levantarnos la voz alguna vez, pero no lo recuerdo. Él me llevaba once años, y creo que me veía como la compañera con la que podría empezar a gozar un poco de la vida antes de que se le acabara el tiempo. Los fondos estaban en manos de administradores más jóvenes, y viajábamos mucho por Europa o el Caribe o veníamos aquí. Compramos esta casa en 1980. Él había sido un chico de ciudad durante toda su vida, y descubrió que le encantaba la tierra, la hierba, las rocas... construyó largos muros de piedra con sus propias manos. Le salieron callos, y me los enseñaba con orgullo.

–Era coleccionista de arte. En su interior debía de haber un artista frustrado.

–Frustrado no, siempre decía que elegir acciones bursátiles era un arte y no una ciencia. Llegué a la conclusión de que quienes se dedican a las finanzas son más felices que quienes se entregan al arte. No están siempre ensimismados, pueden relajarse sin necesidad de ponerse ciegos de alcohol. Jerry jugaba a tenis, leía novelas y hasta poesía, le gustaba cocinar, leía libros de cocina, medía con precisión las cantidades de todos los ingredientes, mientras que a Guy la comida le traía sin cuidado, si no se trataba de hacer una hamburguesa de yeso o pintar una hilera de tartas en el escaparate de una pastelería. Y Zack... bueno, Zack se habría dado de narices con la cocina.

Apenas ha pronunciado estas palabras, Hope tiene la sensación de que son injustas. Durante los primeros veranos en la isla, Zack asaba filetes en la barbacoa, y algunas mañanas, cuando se despertaba con resaca antes que ella, preparaba unos huevos revueltos o hacía una tortilla con las verduras sobrantes que encontraba en el frigorífico o que recogía en el huerto, al que iba descalzo sin que le importara el rocío. La valla del huerto y los trabajos de ebanistería que Zack realizó en la casa cuando empezaron a vivir en los Flats demostraban un instinto de orden, un instinto que luchaba contra su tendencia a la autodestrucción.

–Lo siento –le dice a Kathryn–, no es del todo justo decir eso de Zack. La verdad es que era mañoso, pero mi primera experiencia auténtica de una persona entregada a lo que podríamos llamar el arte de vivir fue Jerry. Mi sangre cuáquera desconfiaba de todo lo que perteneciera a la criatura...

–¿La criatura?

–Nuestro ser físico, el ser físico terrenal. El color, el sexo, la ostentación. Ya sabe, los pecados. ¿Ha oído hablar de los pecados?

–Naturalmente –responde Kathryn, y vuelve la cabeza como si la pregunta fuese una especie de bofetada.

Hope se arrepiente de lo que ha dicho, e intenta explicarse, a sí misma y a Jerry.

–Los artistas entre los que viví podían ser alegres e ingeniosos cuando estaban juntos, pero siempre estaban inquietos, tenían muchos celos unos de otros y se gastaban bromas maliciosas... Zack era el blanco de muchas de ellas, pero entonces daba rienda suelta a su hostilidad y destrozaba la sala de estar del bromista... había, en fin, una sensación de, ¿cómo lo llamaríamos?, de diversión excesiva, como si no supieran del todo qué hacer con la vida, la parte de la vida que no era un intento de alcanzar la inmortalidad, los placeres cotidianos que son lo que posee la mayoría de la gente. Jerry me permitió recuperar esas satisfacciones cotidianas. Me enseñó que un día desperdiciado en realidad no era un día desperdiciado.

Surge un recuerdo de Jerry: lo ve jugando al tenis. Hope lo había practicado mucho en Ardmore y Maine, y en Long Island jugó de vez en cuando partidos en los que, comparada con la mayoría de las esposas y novias, e incluso de los hombres (intelectuales que descuidaban el físico y carecían de su preparación adquirida en el club de campo), ella parecía tener bastante estilo y fortaleza; pero cuando jugaba con Jerry, en la pista situada en el terrado del club atlético en el centro de la ciudad, el servicio de su marido, por mucho que él intentara debilitarlo, alzaba la pelota y la dirigía hacia la cabeza de Hope. «¡Ah, querida!», exclamaba Jerry cuando ella, una vez más, volvía a meter la pata en la devolución. El efecto topspin de su servicio era tan fuerte que ella no podía encajarlo, y resultaba embarazoso, pero al mismo tiempo la emocionaba tanto que ella lo recuerda ahora, la potencia sin esfuerzo con que Jerry le lanzaba la pelota desde el otro lado de la red y enviaba aquel proyectil velludo en línea recta a su frente. Eso era característico de él, y le hacía preguntarse cuándo había aprendido a golpear con semejante efecto topspin aquel hombre, con su estricta educación neoyorquina y judía, sin pistas de tierra batida, sin equipos de tenis en la escuela. Hope sonríe para sus adentros y rechaza compartir el recuerdo con Kathryn. Jerry tenía una musculatura pronunciada, pantorrillas sobresalientes y duras, abdomen liso y cubierto de vello, que ocultaban los pantalones de sus trajes grises. Estaba en forma, era un competidor.

–¿Cómo era la relación de sus hijos con Jerry?

–Muy buena. Era más cariñoso que su padre biológico, o por lo menos estaba menos absorto en sí mismo. Organizaba excursiones, conseguía entradas para ver a los Rangers o los Knicks durante las vacaciones escolares, o llevaba a Dot al Teatro de Danza Alvin Ailey, ella pasaba entonces por una fase liberal aguda y hablaba de dejar Brearley y dedicarse de alguna manera a atender las necesidades de los pobres, y él la escuchaba durante horas, mientras que yo no tenía paciencia, me parecía una actitud muy pretenciosa, con un trasfondo de violencia hacia el gobierno elegido que me recordaba al fascismo, un gobierno que sencillamente era falible, pero inadecuado para unos espíritus tan selectos como el suyo. Y el vegetarianismo de Dot hacía que cada comida que le preparaba supusiera un dolor de cabeza más. La verdad es que me encantaba que fuese a pasar parte del verano con Guy y Gretchen. Los chicos se aproximaban a la veintena, la edad de ir a la universidad, e incluso en verano cada vez los veíamos menos, pero el compromiso de Jerry, el interés que sentía por ellos, nunca menguaba. Por entonces los hijos que tuvo con su primera mujer, Pearl (decía que sólo se casaba con mujeres de nombre monosilábico) ya eran adultos y estaban casados, y se dedicaban a cosas bastante vagas y que no parecían llevar a ninguna parte, como un doctorado en chino mandarín, un negocio de informática, medicina holística y agricultura orgánica en Colorado, por lo que creo que se sentía satisfecho cuando mis dos chicos le abordaban con preguntas sobre el mundo de las finanzas. No quiero que piense, o que transmita a sus lectores *on-line* o lo que sean, que los hijos que tuvo con Pearl fueron unos fracasados; no, todos se situaron bien, como suelen hacerlo los hijos que no se han echado a perder irremediablemente el cerebro con las drogas, que es lo que hubiera ocurrido si Zack y yo hubiéramos tenido niños, pero los hijos que tuve de Guy nacieron demasiado tarde para aquella ingenuidad de los años sesenta, y, en cualquier caso, habían heredado en gran parte el buen sentido protestante de Guy y mío. La verdad es que estudiar mandarín ha resultado ser una elección muy sensata, porque el muchacho en cuestión vive en Taiwan y viaja continuamente a la China continental por motivos de trabajo, y el negocio de informática fue muy bien hasta el año pasado, cuando la actividad disminuyó. Pero estas trivialidades domésticas no deben de interesarle, querida, esta *Küche und Kinder*, como dicen los alemanes, a usted sólo le interesa la pintura, como me sucedía a mí cuando tenía su encantadora edad.

–¿Cuál era la actitud de Jerry hacia su pintura?

–De lo más entusiasta, me apoyaba por completo. Me exigía que cada mañana dedicara un tiempo a pintar, y uno de los motivos por los que compramos esta casa fue el de librarnos de las llamadas telefónicas y la idiotez de la vida social neoyorquina. Esa exposición que le he mencionado, cuando aún estaba casada con Guy, obtuvo unas críticas tan tibias que necesitaba estímulo. No tomé un pincel durante años, y cuando lo hice, ya instalada aquí, intenté olvidar todo lo que Hochmann nos enseñó y me dediqué a pintar naturalezas muertas, utilizando la cocina como tema, cacerolas, teteras en los estantes, el borde del estante perfectamente horizontal y al nivel de los ojos del espectador, en grises amarronados, nada reluciente, todo mate, como arcilla sin vidriar. Y ventanas de nuevo, sólo que ahora eran ventanas rurales, más allá de las cuales no había gran cosa, nubes de lluvia de bordes deshilachados, tonos de gris apenas distinguibles, pero con los marcos de guillotina y la masilla muy cuidados, como si los viera en primer plano alguien que estuviera allí en pie, meditando, me hacía reír que mi estilo se volviera tan similar al de Wyeth, de quien todo el mundo siempre se había burlado tanto, pero intentaba purgarme de la abstracción antes de atacarla de nuevo. Quería que las cosas parecieran hechas a mano, pero al mismo tiempo sentía una avidez por lo rectilíneo y los colores suaves. Jerry, que me había construido el estudio y jamás decía nada que me desalentara, cierta vez me preguntó si no debería ser más violenta. Zack, por supuesto, fue violento, aquellas terribles salpicaduras que te hacen imaginarlo blandiendo el pincel en el aire como para destrozar algo, y luego, claro, el goteo y las manchas con que Guy solía unificar sus telas y burlarse de la idea de acabado, y lo que Hochmann predicaba había sido violento a su manera, veloces y repentinas trayectorias descendentes y rectángulos de color crudo que se pelean dentro del marco, el empuje y la atracción, y tal vez entonces, cuando Jerry me procuraba la sensación de ser querida y mimada, un poco como me la diera mi abuelo, era libre para expresar la desconfianza que me causaba la violencia, el miedo al color como la botarga del diablo, eso que dije en aquella mojigata declaración mía que usted me ha leído al comienzo de la entrevista. O bien –se apresura a añadir Hope al ver que Kathryn hace un ligero movimiento, como si fuese a interrumpirla–, complacía a Jerry de la misma manera que complací a mis maridos pintores al imitarlos, pero en este caso dándole algo que coleccionar, unas telas sosas y serenas, de tamaño modesto, que no desentonarían con ningún otro objeto de la sala. Verá, Kathryn, cada vez había menos obras coleccionables. Jerry solía decir que el arte se había desprendido de la pared. ¿Cómo vas a coleccionar una obra de *earthwork*? Ni siquiera puedes llegar a ella, a no ser que conduzcas durante horas por Arizona. O una *performance*, con toda esa sangre y estropicio de mentira: una joven se desnuda, moja su larga cabellera en una lata de pintura (confiemos que sea de látex) y se arrastra hacia atrás, sobre una larga tira de papel, para simbolizar el flujo menstrual en la mente sexista unidireccional del varón o lo que sea. ¿Qué se puede conservar de algo así? El largo reguero de pintura seca no significa nada si no sabemos que se hizo con el cabello de la cabeza de una mujer. En los años setenta hubo una artista japonesa que practicaba el «arte corporal»; se metía el mango del pincel en la vagina, se agachaba y pintaba así unos pocos símbolos, pero la verdad es que no podía hacer gran cosa, un círculo, tal vez, o una cruz o unos trazos al azar, del mismo modo que se puede adiestrar a los elefantes para que pinten algo con una brocha en el extremo de la trompa, y por eso tenía que informarnos de que aquello significaba que toda la creación procede de la vagina. He visto que a Zack le han llamado el padre de la *performance* (la película que el alemán mandón rodó aquel día, hacía demasiado frío para estar al aire libre, sobre todo con una camiseta negra, de esas que se ciñen al cuerpo y revelan la musculatura), pero esas llamadas *performances* de Zack, sus bailes cuando estaba solo, eran rutas hacia un producto, una pintura abstracta espléndida sin reservas, tan explosiva, sedosa, vacía y llena como el mismo cosmos. Zack reinventó lo sublime. Iba en pos de la eternidad. Se imaginaba a sí mismo como un muralista del Renacimiento cuyo trabajo era imperecedero. La permanencia era precisamente lo que los nuevos artistas no podían tolerar, y la NEA* seguía soltando dinero para todas aquellas *performances*, aquellos vídeos y espectáculos óptico-cinéticos y endebles instalaciones desmanteladas y tiradas a la basura al cabo de una semana. Ah, querida, debo de parecerle bastante helmsiana,** ¿no es cierto?

–O quizás otra clase de artista. Pero, ¿por qué razón el arte habría de ser permanente cuando nada lo es? ¿Por qué ha de considerarse privilegiado? ¿Cree usted que los artistas que pintaban las paredes de las cavernas pensaban en algo más que en la caza del día siguiente? Y mire el estado real en que se encuentran la mayor parte de los murales renacentistas... Piero della Francesca ha sido restaurado casi por

* Siglas de National Endowment for the Arts, agencia independiente del Gobierno federal norteamericano, que busca el reconocimiento a nivel nacional y ofrece apoyo a importantes proyectos artísticos. *(N. del T.)*

** Se refiere a John Helms, de Memphis, Tennessee, un pintor absolutamente figurativo, de paisajes, viejos graneros y temas bucólicos. Sus cuadros realistas figuran en numerosas colecciones privadas de Estados Unidos. *(N. del T.)*

completo, y *La última cena* consiste en unos pocos fragmentos pegados en una sala vacía de Milán.

Ésta es la parrafada más larga que Kathryn ha pronunciado en el transcurso de la entrevista. Está enseñando las uñas, se le nota el intelecto acechante detrás de la deferencia. Ese participio desconstruccionista, «privilegiado». Ambas mujeres están fatigadas. Las dos cabelleras, una castañorrojiza entrecana, la otra negro ala de cuervo, se están aflojando debido a la humedad, mientras la lluvia tamborilea en el exterior. La luz que entra por las ventanas ha disminuido; los delgados cristales, con su tonalidad lavanda y sus burbujas distorsionantes, devuelven a la sala reflejos fragmentarios de los muebles, destellos curvos de luz de lámpara sobre superficies de cerámica, pálidas e inestables sombras que son caras y manos. La primera vez que asistió a una clase de Hochmann, había una naturaleza muerta iluminada de costado y mezclada con celofán reflectante. Hope alza el mentón para repeler a la invasora con una andanada de energía:

–¿Cómo puedes coleccionar una enorme maraña de cuerda que pende del techo en una sala de museo? ¿O un montón de ladrillos usados o cuatro metros cuadrados de placas de cinc en el suelo? ¿O un rollo de lámina de plomo que, desenrollado, mide diez metros? Ésa era la obra maestra de alguien, no recuerdo quién, tal vez aquel matón que instaló una gran lámina de hierro oxidado en un pequeño y bonito parque del centro. Es cierto que Jerry tenía algunas piezas minimalistas, unos cubos de plexiglás muy bonitos, y la gente los utilizaba para dejar las copas encima. ¿Cómo puedes coleccionar la llamada escultura ligera? ¿O pintadas artísticas realizadas con espray y que cubren todo un lado de un vagón del metro? Todo eso es de un liberalismo tan *chic*, de un carácter demótico tan *faux*... Y todas aquellas fotografías que se hacían los mismos artistas, Cindy Sherman y los demás, en las que aparecen haciendo muecas o lanzando por la boca chorritos de agua o rodando sobre cristales rotos o con el cuerpo cuajado de *piercings*... ¿cómo puedes colgar eso de la pared con la cara seria? ¿O pelotas de baloncesto suspendidas sobre un depósito de agua Perrier, o vacas cortadas en rebanadas y conservadas en formaldehído? ¿Quién querría poseer semejantes objetos?

Kathryn está a punto de responder con vehemencia, pero se contiene.

–Podría argüirse, supongo, que el arte no tiene ninguna obligación de respetar el concepto de propiedad. No debería ser poseído, tan sólo debería *ser*.

–Bueno, ¿y quién pagará para que sea? ¿De qué sirve que sea si lo único que hace es expresar los rencores y las neurosis del artista? ¿Dónde está la transacción?

La joven, que sin duda no desea que su entrevista degenere en una disputa o un debate que se podría sostener en una escuela de arte, o en cualquier equivalente del siglo XXI de los reservados en la taberna Cedar, con sus bancos tapizados de cuero, se niega a responder a las preguntas de Hope y vuelve a lo personal: cruza de nuevo las largas piernas enfundadas en el misterioso tejido de cordoncillo negro, se aclara la garganta, cosquilleada por la sequedad, y examina las páginas impresas con láser, ya muy manoseadas y arrugadas, antes de preguntarle en un tono firme:

–¿Pudiera ser que Jerry, como no había objetos que coleccionar, la coleccionara a usted?

Hope no puede por menos de reírse y admirar aquel valor y aquella dureza de corazón.

–Eso lo decían, sin duda –replica–, pero nunca hasta ahora me lo habían dicho a la cara.

–Parece bastante evidente –dice Kathryn, como si Hope fuese realmente un objeto al que se puede criticar de una manera desapasionada y no una persona, alguien que fue niña, con sentimientos y un criterio sentimental, orgánico, de su propio valor–. Zack, Guy... Jerry los tenía a ambos en usted, unos grandes artistas que ahora le resultaban inteligibles, productores de decoración para las paredes. Usted era decoración para la casa.

–Qué dura es usted, querida. Y eso que hasta ahora teníamos una relación tan amigable.

En el semblante pálido de la visitante, como si fuese una hoja de papel fotosensible, aparece una sombra de consternación. Los jóvenes no se consideran capaces de herir a las personas mayores, más ricas y más famosas que ellos, creen que incluso la celebridad más liviana reside en una esfera virtual inalcanzable para ellos.

–Por mi parte es muy amigable –replica Kathryn débilmente–, hasta tal punto que tal vez no pongo suficiente cuidado en mi manera de plantear las cosas. Además, me siento culpable por haberle robado el día entero. Tan sólo trato de *verles*, a usted y a Jerry.

–Pero no hace falta que se esfuerce tanto por ver. Él era un hombre mayor, yo era una mujer mayor, nos divertíamos mutuamente. Y nos consolábamos. Fue el único de mis maridos del que podría decir que me consolaba. Siempre sabía lo que yo quería decir, aunque tuviera dificultades para decirlo.

–¿Le gustaba a Dorothy?

–Jerry no podría haber sido más amable con ella, pero no, supongo que no. Dot era leal a Guy, así se desquitaba de mí, aunque fue Jerry y no Guy quien la matriculó en Stanford y le financió aquellos años de posgrado, cuando ella «trataba de encontrarse a sí misma». Al margen de lo que eso significara... entonces la gente no solía perderse a sí misma, uno era lo que era y ya estaba, no podías perderlo... la chica realizaba la búsqueda con un coste que me parecía excesivo, ella y las chicas bonitas y tontas que eran sus parásitos. No crea usted que no explotaba el hecho de ser la hija de Guy, a pesar de su «independencia».

–Usted tuvo una formación autodidacta que no dejó de estar financiada, ¿no es cierto?

Otra bofetada. Dios mío, se dice Hope, la chica está enojada. Hace una pausa antes de responder.

–Comprendo lo que quiere decir. Obedecer al instinto creativo, dedicarse a la búsqueda de la belleza, es un lujo que la mayoría de la gente no puede permitirse. Mi hija y yo somos unas arpías testarudas, ¿verdad? Mis pobres padres, amantes de la respetabilidad (filadelfianos, la elite más apocada del Este, mi padre detestaba ver su nombre en letras de molde incluso en relación con un proceso)... nunca se me ocurrió lo embarazoso que debió de ser para ellos que me marchara a Nueva York, donde hice cosas inenarrables, y luego me casara con un zafio borracho salido de ninguna parte. Creo que pensé, si es que llegué a pensar algo, que me querían y cualquier cosa que me hiciera feliz también los haría felices a ellos.

–¿Y fue así? Quiero decir, ¿era usted feliz?

–Del todo, querida. Tanto como puede serlo cualquiera, dado ese hábito que tenemos los seres humanos de querer más de lo que tenemos. Me encantaría tener una gran reputación, en vez de ser una especie de nota al pie longeva.

–Usted no es ninguna nota al pie –replica Kathryn con una firmeza sorprendente–. No lo es para mí ni para muchas otras mujeres jóvenes. Su obra, tan equilibrada y serena y, no obstante, valiente y profundamente femenina, significa mucho para nosotras. Por eso estoy aquí.

–¿De veras? Qué halagador. Creí que había venido para hablar de Zack y Guy. De Jerry no, porque tan sólo fue una persona rica. Pero, mire, el arte cabalga sobre el dinero.

Cuando la halagan, Hope tiende a mostrarse quisquillosa, se despierta en ella el espíritu de contradicción, el diablillo cristiano de la modestia.

Kathryn contraataca.

–¿Y qué me dice del arte de las pintadas callejeras? ¿O del jazz?

–Al final, sí. Es la manera de difundirse, el marketing,

que siempre anda buscando un nuevo producto que comercializar. El dinero confundió a aquellos pobres chicos de las pintadas callejeras, los abandonó sin miramientos en cuanto pasó la moda y dejó que la droga y el sida acabaran con ellos. A mí el dinero de Jerry me llevó a Europa, cosa que casi nunca se molestaron en hacer mis anteriores y geniales maridos. Fuimos una y otra vez, nos alojamos en los mejores hoteles de Venecia, París y Londres, pero también de Grecia y Portugal, Dinamarca y Noruega, gran parte de Inglaterra y Holanda, vi por fin lo que decía Henry James, que en Europa, dondequiera que mires, hay algo contemplado y completo, a través de los siglos todas las generaciones han aportado algo de interés, pequeños detalles como una escalera curva o una antigua placita con un pozo en medio, un edificio torcido para que encaje en un espacio sobrante, o la manera en que los pueblos italianos brotan de sus colinas, como árboles en un risco, y el límite de altura en los centros de las ciudades antes de que se inventaran los ascensores, sólo tantos tramos de escalera como una persona podía subir a pie. Todo estaba hecho a escala humana, y la belleza no era más que el deseo que tuvieron todos aquellos muertos de vivir decentemente, ellos y sus padres y sus hijos, pulimentando las piedras de las aceras con las suelas de sus zapatos. Lo sé, Norteamérica ya no es tan joven, tiene muchas de esas cosas, y sin la tiranía y el sistema clasista que levantó los palacios europeos, pero aquí todo es todavía relativamente apresurado y convencional, y parece desgastarse y volverse *démodé* con mucha rapidez. Cuando Jerry me llevaba a Europa y nos pasábamos allí varias semanas, en chalets o pisos de alquiler, tenía la sensación de que aquello era como un bosque antiguo, donde todo crecía junto, viñedos, ciudades y museos, aunque, naturalmente, ahora está inundado de americanismo de la especie más endeble, «endeble» porque ellos no han tenido lo único que nosotros tuvimos, nuestro encuentro particular con la naturaleza, esa trágica virginidad de los espacios inmensos. Y la gente, la manera en que te tratan y se tratan entre ellos, las mujeres que ves en las calles de Florencia, con los ojos redondos, como actrices, siempre representando un papel, y las francesitas, tan afectadas ellas, incluso las agentes de tráfico con tacones altos, medias y elegantes trajes oscuros, sus gestos tajantes, la manera en que emplean una y otra vez las mismas palabras, incluso la manera en que los europeos te desdeñan y te cobran de más, todo eso es tan humano, tan práctico, como si se hubiera hecho antes mil veces y no hubiera necesidad de inventar nada más. En la escuela solían decirnos que los norteamericanos lo inventamos todo, y, aunque eso no era cierto, claro, comprendes por qué debería serlo. *Cielo santo, ¿y qué?*, estará usted pensando. Pero se trata del arte y el dinero, allí todavía ves las iglesias y los palacios, el mercado oficial de arte que nosotros nunca hemos tenido, percibes cómo se entretejía todo, en vez de acumularse, como siempre ha ocurrido aquí, donde el arte siempre ha sido algo adicional y más bien tonto.

La entrevistadora no la ha estado escuchando, sólo lo ha hecho la grabadora, mientras la joven iba pasando las hojas llenas de preguntas, en busca de cabos sueltos.

–Si me lo permite, quisiera hacerle una pregunta personal. Observo que tiene aquí muy pocos ejemplos de arte de posguerra, el arte de su vida, por así decirlo. ¿A qué se debe? ¿Y qué me dice de la colección de Jerry? Aunque según usted no había nada que coleccionar, sé que poseía varios cuadros de David Salle y Eric Fischl, y que durante largo tiempo adquirió obras de Wayne Thiebaud, que poseía algunas de las esculturas más pequeñas de Jeff Koons y Martin Puryear... no todo lo que se hacía en los años setenta y ochenta era arte de museo y propaganda, aunque pudiera parecerlo...

Kathryn se interrumpe, fatigada. La pobre chica ha llegado tan lejos sólo para terminar en vaguedad, en dispersión y chasco.

–Respecto a su pregunta –le dice Hope con brío, tratando de animarla–: Jerry nos dejó toda su colección adquirida antes de casarse conmigo a mí y a los hijos de su primer matrimonio. Hablamos de ello, y parecía lo más justo. Entonces hubo que pagar el impuesto de sucesión, casi la mitad de la herencia, y tuvimos necesidad de fondos, hubo una liquidación cuando él murió, pues no sólo había que cubrir el impuesto de sucesión, sino ciertas deudas insospechadas, entre ellas más de un millón que se debía a los marchantes. ¡Juicios! Me volví muy displicente, y me defendí con dureza en los pleitos. Al final, después de que los abogados se llevaran su parte, quedó menos de lo que nadie había esperado. Tuve que vender mi vivienda en la calle Setenta y nueve Este, la casa de Jerry en Southampton y su parte del piso que él y Pearl se dividieron al divorciarse. De todas maneras, ninguna de esas viviendas me servía de nada. Vine aquí y me instalé para vivir de manera permanente. ¿Dónde podría tener en esta casa unas obras de arte valiosas, a resguardo de cualquiera que la allanara? Un sistema de alarma era inútil, porque cuando llegara la policía los ladrones ya se habrían llevado el botín. Vendí los pocos Mc Coys importantes que me quedaban y los Holloways que formaron parte del acuerdo de divorcio, y coloqué ese dinero en un fideicomiso para Dorothy, un fondo por si alguna mujer maquinadora la tenía en sus garras, porque pueden ser tan depredadoras como los hombres, todavía más, ya que tienen la excusa de estar en desventaja en esta sociedad patriarcal. Los chicos no necesitan mi dinero, los dos se las arreglan muy bien... con los salarios y las primas que pagan en Wall Street, una se pregunta si queda algún dinero para el inversor. Bueno, a menudo no queda. En fin –concluye Hope esta torrencial revelación de sus desinversiones y sus valores en cartera–. Uno de estos días convertiré a mi hija en una rica mujer de edad mediana, cuando ya no pueda escuchar una sola palabra de agradecimiento a cambio. Supongo que tampoco debería poner eso en su artículo. Dejemos que Dot se lleve una sorpresa.

–Mi artículo no será tan largo como me gustaría que fuera. Tendré que prescindir de muchas cosas.

–Lo sé, lo sé –la tranquiliza Hope.

Pero nunca ha sabido lo poco que el mundo necesita que le demos. La belleza del mundo es impermeable, está absorta en sí misma. Su avalancha de palabras ha terminado por herir a Hope: ha conseguido que su propia muerte sea para ella más real de lo que desea; su muerte, que hará rica a Dot, aunque la chica lo interpretará de un modo sarcástico, como una especie de rendimiento de una inversión, como otro intento por parte de su madre de cortejarla y romper su justificado silencio, como un soborno más allá de la tumba, demostrándole que la acusación de culpabilidad contra su madre era correcta. ¿Culpable de qué? Hope no lo recuerda, pues durante todos estos años se ha sentido el blanco de un enojo que casi no tiene nada que ver con ella, que está relacionado con ciertas sustancias químicas con las que nació la chica, que la han mantenido despierta y que, finalmente, le han enfurecido porque su madre no estaba tan obsesionada por ella como ella lo estaba por su madre, cuyo único pecado, tal como Hope lo ve sinceramente, fue el de no rechazar el mundo sino aceptarlo con una excesiva ilusión, aceptar la promesa de libertad que le hacía Norteamérica, aceptar su sexo como otro elemento de su potencial y creer, lo que les resulta cada vez más difícil a estos jóvenes, a medida que las pruebas científicas en sentido contrario corroen la religión, que no estás del todo sola, que la voz que escuchas en tu interior es una compañía. Guy vino y se fue, una ensimismada probatura de paternidad, y ella, la que estaba siempre en el piso, cargó con la culpa de ser ella misma, el único pecado que cometía sin poder evitarlo en cada instante de su vida. La ingrata muchacha jamás había pasado hambre, nunca había salido a la calle sin la ropa suficiente. Sin embargo, este distanciamiento permea la zona cenagosa de culpa que visitan los pensamientos de Hope sobre la cercanía de su muerte y el recuerdo de la de Jerry, que ella presenció. Vio apagarse la luz en sus ojos. Amaba mucho la vida, lo mismo que ella, y había sido muy vigoroso, pero cuando la muerte se le acercó a hurtadillas, disfrazada de disfunción renal y debilidad cardiaca, Jerry se abandonó dócilmente a su abrazo, con sólo setenta y cinco años. Ofendió a Hope al no luchar más para quedarse más tiempo con ella. Debería haberse puesto en lista de espera para un trasplante de riñón, una espera que podría prolongarse un año, y a los médicos les preocupaba que su corazón no soportara el esfuerzo de una operación. Entretanto, podían hacerle un *bypass*, pero Jerry tenía sus dudas y se mostraba extrañamente desinteresado. Lo consideraba una complicación que beneficiaría sobre todo a los médicos y lo dejaría con un organismo necesitado de constantes cuidados. Hope comprendió que le daba miedo operarse, él que había temido tan pocas cosas, que se había lanzado con ímpetu a cada experiencia, incluida la que representaba ella. Hicieron el amor en su segunda cita, y la primera apenas fue tal cita, pues ella acababa de separarse de Guy y aún le resultaba difícil creer que no volverían a unirse, recordaba a Jerry de la ocasión en que permanecieron juntos ante la máquina de escribir de vinilo blanco y los dos comentaron que era hermosa, y luego, en otras exposiciones, cada uno gravitaba hacia el otro y ella empezó a notar que la atracción se encendía por encima de sus cabezas como uno de aquellos globos mentales de neón en un cuadro de Kienholz, y ella le llamó, sí, ella tomó la iniciativa, le telefoneó a su oficina en vez de hacerlo a su casa y le dijo que sus circunstancias estaban cambiando, por lo que podría necesitar cierto asesoramiento financiero, y él la llevó a almorzar a la planta baja del edificio, donde estaba el Lutèce, con sus dos escalones y su sala del fondo con claraboya y un resplandor salpicado de manchas como un *plein-air* de Bonnard, y una vez terminado el almuerzo puso sobre la suya una mano cálida, suave, el dorso velludo y moreno por la práctica del tenis y el sol en la playa de Southampton. Cuando Hope, entre lágrimas, le hablaba de su disgusto y su inseguridad, al verse rechazada cuando ella no era culpable de nada, tan sólo se había hecho mayor, responsabilizándose de los niños, ni siquiera Zack se portó así con ella en sus momentos más insultantes, por lo menos al final le había enviado flores... la mano de Jerry le dio un apretón que podría haber sido de mera simpatía, pero había un brillo penetrante y regocijado en sus ojos (el relato de abandono y aflicción desgranado por Hope le había hecho reír en varias ocasiones en las que ella no había pretendido en absoluto resultar divertida) que le parecía como una especie de dinero en el banco, aunque eso sucedía varios meses antes de su segunda cita; él había esperado a que su separación de Guy fuese de dominio público y estuviera en manos de los abogados, y a que su esposa pasara el invierno en Sarasota, adonde él iba en avión los fines de semana. Esa luz de interés, de malicia, en los ojos azul acero, unos ojos sorprendentes en un judío, se desvaneció en el hospital, los ojos adquirieron un color apagado, como si el azul estuviera mezclado con una fina ceniza, mientras los riñones y el corazón se apresuraban hacia el deterioro total y los médicos acudían a él como los amigos de Job que fueron a consolarle, vendedores que trataban de convencer a un cliente hermético o sordo, la vida en sus ojos y orejas y boca carnosa con la pequeña y sesgada cicatriz que parecía irse a pique mientras él se abandonaba a los cuidados del personal hospitalario, las limpias habitaciones blancas, los leves ruidos nocturnos, las luces piloto parpadeantes, como las de un puente de un gran barco que se deslizara por el mar, el engañoso ajetreo de jóvenes enfermeras e internos, como si su juventud y su salud eficiente pudieran ser distribuidas entre los pacientes tan equitativa y despreocupadamente como las comidas de régimen, las píldoras y los formularios de consentimiento, allá por encima del East River. Su habitación daba al río desde ocho pisos de altura, y de las estelas cada vez más anchas de remolcadores y gabarras rebosantes de chatarra oxidada y de las embarcaciones turísticas que daban la vuelta a la isla y rápidas lanchas policiales y de vez en cuando un yate a velocidad moderada, con las velas recogidas y dos chicas casi desnudas tomando el sol en la proa, contempladas por las ventanas de los rascacielos que van quedando atrás. A Jerry le gustaba el hospital porque era una ciudad dentro de otra ciudad y vibraba en él la corriente urbana impersonal durante las veinticuatro horas del día. Hope estaba enojada con él porque se sentía allí tan a sus anchas, por no poner más empeño en vivir con ella fuera de aquella seductora factoría de muerte, por dejar de una manera tan pasiva que la ciudad lo reclamara y dar el mentís al idilio de Vermont que ella había creado, tal vez a partir de los recuerdos de su juventud, cuando llevó a Zack a Long Island, cuando le hizo salir de los Flats inundados de luz en el extremo del mundo civilizado, donde él necesitaba estar para conseguir la fama, aquellos cinco años soberbios y monótonos, la obra maestra de Hope como esposa, allí, en la bahía Gardiners, a la vista de McGonicle's Harbor. La bahía se fusionaba con el canal, cuyas mismas aguas se estrechaban finalmente hasta el llamado río, un río tan sólo en la medida en que sus aguas circulantes eran un préstamo del Hudson. Pero Zack era un chico del campo, el espacio silvestre estaba en sus venas, mientras que Jerry había sido un chico de las calles pavimentadas y los incesantes sonidos humanos. «Jerry.... no me abandones.»

«¿Qué?» La súplica susurrada le hizo salir de algún refugio interior, un rincón de paz provocada por los tranquilizantes; sus párpados morenos, con los capilares rotos como los minúsculos hilos rojos y azules empotrados en los billetes de dólar, se curvaban alrededor de una porción mayor de los globos oculares, ahora que el rostro se le encogía y sus facciones se acercaban cada vez más al hueso.

Ella respondió en un tono más penetrante: «Te he dicho que te esfuerces más por mí, Jerry, por nosotros. No abandones».

Él se debatió para mantenerse despierto; los párpados se alzaron sobre los iris de un azul ceniciento y no dejaron de parpadear. «Mi vida ha sido un buen viaje, y este último trecho el mejor de todos. Te estoy muy agradecido, Tigresa.» La llamaba Tigresa desde una de las primeras veces que se acostaron juntos, cuando su avidez la sorprendió también a ella misma. El apodo no armonizaba precisamente con la impresión que le dio, en sus primeras citas, el cabello de Jerry, ralo pero grueso y acre, enmarañado como un vellón de lana de oveja. En el transcurso de nueve años se había vuelto más lanudo y más blanco, pero él siempre tuvo una vena de docilidad. Hope lo sedujo, apartándole de Pearl, y ahora lo seducía la muerte y lo apartaba de ella.

«Los médicos quieren hacerte un trasplante de corazón, Jerry, y tratarte con diálisis hasta que haya un riñón disponible.»

Él forzó los ojos a permanecer abiertos, y el esfuerzo hizo que apareciera una sonrisa tímida en los labios, con la cicatriz que le dejara una pelea juvenil.

«¿No crees que eso sería colocar un motor nuevo a un chasis oxidado? Y luego un carburador nuevo. Otro hombre biónico que lleva a la ruina al sistema sanitario.»

«Pero, Jerry, ¿es que no quieres ver a tu próxima nietastra? ¿Y ver a Piet convertido en tu socio?» Kay, la mujer de Paul, volvía a estar embarazada, y esta vez confiaban en que fuese una niña. Jerry tenía un interés tan profundo por los hijos de Hope como por los suyos propios, en realidad más profundo, puesto que para él incluso Dorothy era menos problemática que sus hijos tenidos con Pearl. Los hijastros podían ser amigos suyos, mientras que sus propios hijos eran dolorosas extensiones de sí mismo, cuando tenía conciencia de ellos, de modo que no se mataba por tener conciencia y así se ahorraba irritación. Hope lo instaba a comunicarse más con ellos, pero él no le hacía caso. «Nos comprendemos, y ellos saben que, si me necesitan, me tienen aquí.» Era como si ella hubiese abierto la página por uno de esos pasajes del Antiguo Testamento (linajes, leyes dietéticas, el Dios castigador, vengativo, bárbaro) que no tenían nada que ver con una doncella cuáquera. Los judíos de Norteamérica, por mucho que conversaran animadamente con el mundo gentil que los rodeaba, retenían algo, había una habitación que permanecía cerrada, y en esa habitación tenían lugar las transacciones entre ellos e, imaginaba Hope, el secreto guardado en su tabernáculo. Veían muy poco a los hijos de Jerry, y fueron los de ella, sus cambios de trabajo y piso, los partos y las promociones, los que mantuvieron a la madura pareja en contacto con las aventuras elementales de la vida durante los nueve años de su matrimonio, dedicados a viajar al extranjero, a Vermont y de regreso a Nueva York, y hacer lo poco que debían hacer para mantener sus posiciones en la escena artística, cada vez más difusa y carente de dirección, ella como pintora y él como coleccionista. Ahora Hope, sentada junto a la cama del enfermo, relataba esas nimiedades de unas vidas ajenas y él no podía ocultar su aburrimiento. Cerró los ojos, el orbe ocular visible bajo la frágil cobertura, los hilos rojos y azules de los capilares rotos que jamás serían reparados. Ella se echó a llorar, ante los límites de la criatura humana, que, como podía ver, incluían un límite a aquella relación, la más plena, la menos echada a perder de todas las que había tenido. Sin que su gentileza se redujera un ápice, Jerry la estaba abandonando. Siempre hubo cierto matiz de condescendencia en su buen humor, el desdén que suponía no concederle el honor de una pelea, de igual a igual, como ella se lo concedió a Zack y como

Pearl debía de habérselo concedido a él. Parecía decidido a concluir aquel último trato y guardarse para sí el posible déficit. Al percibir su silencio, Jerry abrió los ojos; tenían una vidriosidad inexpresiva que ella no había visto nunca ni en los ojos de Zack ni en los de Guy, y comprendió que cuanto una mujer hace por un hombre, todos sus cuidados y su afecto son insuficientes, para él se trata de algo secundario, no esencial. Lo que aquellos hombres habían amado era el arte, esto es, ellos mismos. Para Jerry ella había sido una adquisición barata y de buen origen. Para Zack y Guy fue tan intrascendente como un sueño, y así lo era ahora para Jerry, mientras lloraba y le pedía que viviera por ella. Le hastiaba, lo estaba enojando, a pesar de lo diminuta que se había vuelto. No tenía fuerzas para alejarla de un manotazo como si fuese una mosca. «No le des más vueltas, Tigresa», le dijo. «Ya veremos cómo están las cosas mañana.»

–Arriba tengo algunas piezas valiosas –le dice Hope a Kathryn–. Aquí, en la planta baja, no hay nada porque no quería que alguien mirase por la ventana y viera algo que valiese la pena robar. Aunque sería difícil que alguien que mirase por estas ventanas se diera cuenta. Creo que hace mucho tiempo, cuando Jerry y yo íbamos y veníamos, los lugareños comprendieron que aquí no había nada que pudieran revender. En realidad, en esta sala y en el comedor hay algunas pinturas que colgaron en la casa de mis abuelos en Germantown. La acuarela de las campanillas, por ejemplo, cerca del teléfono, el óleo de una naturaleza muerta que está en la pared del fondo y ese antiguo certificado de boda sobre la repisa, por encima del reloj.

–Estaba deseando saber qué era eso.

–Es un ejemplo de *Fraktur*, al estilo de los alemanes de Pennsylvania, un certificado de matrimonio, escrito en alemán. De niña me gustaba contemplar las figuritas que parecen muñecos, el novio y la novia. Parecen tan poco preparados para la vida matrimonial, ¿no es cierto? Son más bien como aquellos muñecos de papel a los que las niñas vestían también con prendas de papel. En el comedor, que ya nunca utilizo, hay algunas miniaturas del siglo diecinueve, de mis antepasados Ouderkirk, miniaturas ovales con marcos de boj forrados de terciopelo. Tienen las mejillas rosadas y los ojos azul claro, azules como los de dos de mis tres maridos. En algunos casos, la delicadeza de las pinceladas y el puntuado son extraordinarios. Pintaban sobre delgadas láminas de marfil, ¿sabe?, un material precioso muy finamente desbastado, y la acuarela no se fijaba en él con facilidad. ¿Quiere que vayamos a verlas?

–No creo que sea necesario. Me las ha descrito muy bien.

–Arriba, en los diversos dormitorios... déjeme pensar. En la habitación de los invitados hay unos grabados antiguos, desvaídos, ninguno de ellos muy valioso. El *Pinkie* de Lawrence en un marco de latón deslustrado, y el Vermeer de la mujer con la jarra de plata que está en el Metropolitan, con esa maravillosa franja de azul reflejado en el fondo, a distancia de la ventana... azul por todas partes, en realidad, incluso en la vara al pie del mapa, tanto que te preguntas si no habrá aflorado a través de otros pigmentos que se han descolorido hasta desaparecer. Y en la pared desnuda del rellano, en el piso de arriba, el óleo grande y confuso de un bosque que estuvo en el despacho de mi abuelo, la única pared que no tenía estanterías de libros ni una ventana. Cuando mi abuela le decía que no podía entender por qué miraba una pintura tan deprimente, él replicaba: «Es que los bosques son así, llenos de ramas muertas caídas. El pintor era un hombre sincero». En mi dormitorio tengo algunas obras modernas, y supongo que tendrán cierto valor para el coleccionista adecuado... la primera, una versión más tosca del pastel que me hiciera Ruk y que se encuentra en el Corcoran, y una serigrafía que me dio Bernie, una versión íntima de uno de sus óleos heroicos, un campo casi cuadrado de azul tan frío como la parte sumergida de un iceberg, con una sola franja muy descentrada de un rosa más disparatado, realizado con unas pinceladas bruscas y ligeramente desiguales. ¿Le gustaría subir al dormitorio y verlas?

–No creo que sea necesario. –Consciente de que puede parecer insensible, Kathryn añade–: Estará usted fatigada.

–Usted también, querida.

Su dormitorio... le habría gustado enseñar a esta joven y morena intrusa el lugar donde cada noche se entrega al sueño, su aireada celda, la cama bien hecha, la colcha *amish* con los bordes de color rosa, doblada con una precisión lineal y depositada al pie de la cama, con esa quisquillosa pulcritud de los viejos. La primera actividad de Hope todas las mañanas, tras vaciar su nada elástica vejiga y cepillarse los dientes (fundas e implantes en su mayor parte; su sonrisa es una mentira), es hacer la cama, una vez sintonizada la emisora de música clásica de Burlington, filial de la WNYC. Nunca ha pintado con música de fondo, al contrario de Zack, que ponía un jazz ruidoso (cuando instalaron la línea eléctrica en el granero, la ponía muy alta, como para ahuyentar a Hope), pero la necesita para hacer la cama con las doloridas articulaciones de los dedos. La música le hace olvidar la ignominia de estas tareas cotidianas, atender a las comodidades de nuestro ser físico, los tediosos ritos de la higiene. A menudo, todavía mojada tras haberse duchado, hace la cama desnuda, y su horrendo cuerpo de anciana con sus protuberancias, su falta de firmeza y sus manchas reluce bajo la luz matinal que inunda la habitación, con el Señor como su único testigo, al que imagina bastante satisfecho por su aspecto digno de una pintura de Schongauer; eso era arte protestante, Dios mirándonos a nosotros y no nosotros a Dios, y en el que todo holandés y judío de Holanda era un santo en la penumbra para el abrumado y ostentoso pincel de Rembrandt.

–No me gustaría que pensara –Hope le dice a Kathryn, quien una vez más se ha inclinado inquieta hacia delante, su cuerpo parece una navaja negra y doblada, para comprobar si el Sony sigue en marcha–, y sé que parezco una terrible gruñona y una filistea, no me gustaría que pensara que Jerry y yo desdeñáramos todo lo que se hacía en el mundo del arte a partir de 1975. Aquellas esculturas realistas que le sobresaltaron en el Whitney porque se parecían demasiado a las personas de carne y hueso, de tamaño natural y hechas con fibra de vidrio, vestidas con prendas auténticas, con ojos de cristal y pelo verdadero, una de ellas era un vigilante de museo y la gente le hacía preguntas... ¿cómo se llamaba el artista?... Sí, Hanson. Duane Hanson. Lo recuerdo porque murió hace pocos años y era más joven que yo. Incluso más joven, debería decir. Y había un joven artista británico, o quizás australiano, pero qué más da, Ron no sé qué, que estuvo en aquella exposición del Museo de Brooklyn que molestó tanto al alcalde Giuliani, tenía un nombre alemán, Monk o Munck, y se le ocurrió la misma idea, aunque no hace las estatuas de tamaño natural. Bueno, pues ese hombre hizo una réplica *perfecta* de su moribundo padre, no mayor que una casita para el gato, y luego una enorme de su propia cara, en la que se veía cada poro y cada pelo. Siempre me he sentido muy agradecida, ¿usted no?, porque no he de empezar el día afeitándome, no creo que las feministas aprecien de manera suficiente las incomodidades que han de soportar los hombres, aunque sea cierto que no han de parir, o sufrir de un modo tan horrible cuando aman. Al ver esos hombres de la Costa Este central, con sus barbas de cinco días que les dan a todos un aspecto de terroristas y ahora también con gorras de béisbol, supongo que para intimidar a los bateadores, la verdad es que me siento agradecida. Mueck, se me acaba de ocurrir el nombre. Eme, u, e, ce, ka, creo que es así.

¿Está divagando para que la chica se marche o porque no puede evitar soltarlo todo ante alguien obligado a prestarle atención?

–Esas esculturas tan realistas me conmueven –prosigue–. Nos dicen algo acerca del ser humano... sobre nuestra vulnerabilidad. Sólo tenemos la piel, tan desnuda, tan fácil de perforar, incluso sin un arma. Las uñas, las pestañas, incluso el cerumen, todos los diminutos toques que al parecer, en algún momento de la evolución permitieron a algunas personas sobrevivir mejor que otras, o encontrar pareja, aunque no estoy segura de cómo el cerumen tendría alguna utilidad en este último aspecto, por no mencionar las sutilezas moleculares en las que sólo reparamos cuando estamos enfermos porque entonces funcionan de una manera algo incorrecta. En fin, cuando miro hacia atrás, me resulta difícil recordar por qué desdeñábamos tanto el arte figurativo, por qué lo mirábamos con tanto desprecio... no queríamos que la pintura fuese *anecdótica*, ésta era la palabra que nos asustaba, la mera idea hacía palidecer a Clem y tenía que tomar otra copa para serenarse, y Hochmann también era absolutamente desdeñoso, con esa manera que tienen los alemanes de desear que algo no exista, pero ahora me pregunto si toda pintura no es anecdótica, un relato que el pintor quiere contarnos. Lo que no hará, lo que hará, lo que arde en deseos de intentar, lo que saca de lo más profundo de su ser y orienta hacia una especie de... ¿cómo lo diría?... de economía definitiva. El lienzo es una aventura. Clem tenía razón en eso, y el artista es el aventurero que va contando su relato a medida que trabaja. Lo siento, Kathryn, me temo que no estoy expresando esto muy bien, está más claro cuando nos remontamos casi al comienzo, a Giotto y Cimabue y la escuela de Siena, cuando se empezó a comprender la perspectiva y la expresión humana, y luego vemos esas habilidades dominadas con tal maestría en el alto Renacimiento, cuando el artista se jacta de lo que es capaz de hacer, Miguel Ángel te dice que puede hacer cualquier cosa, y Rafael también, en un tono más suave, y entonces esas habilidades llegan a ser tan corrientes que el arte acaba hartándose de ellas, piense en Ingres y en Copley, ese acabado enfermizo, y luego, en los años veinte y treinta, la ilustración de revistas y el realismo socialista soviético, tremendamente habilidoso, desde luego, con esa especie de talento receloso, lo vemos en Rockwell, quien por desgracia en estos mismos momentos deambula por los museos del país, mientras que, por supuesto, la corriente principal desde los impresionistas ha ido en la dirección contraria, disolviendo la imagen, dejando que planee y se aleje tintineando, hasta que llegamos a Zack y Onno y Bernie y no queda nada más que hacer si no son parodias. Sé que ha pensado usted mucho en la decadencia (¿cómo no hacer eso en estos tiempos, cuando todo un milenio ha llegado al final de su declive?), pero parece como si el arte tuviera que buscar a tientas para no ser decadente, tuviera que estar en la cúspide de lo posible, o de lo contrario no podríamos reaccionar a él como algo... algo, ¿le importará si digo «sentido»? Tiene que ser acerca de nosotros, separados de la nada tan sólo por el grosor de la piel. Tal vez no sea la nada, desconozco su credo religioso, quizá podríamos decir caer de nuevo en el resplandor.

La oscuridad en las ventanas les indica que, detrás del velo de la lluvia constante, el día ha cruzado la barrera del crepúsculo. Las manecillas casi invisibles del reloj sobre la repisa señalan las siete menos veinte. Si la chica se marchara ahora mismo, no llegaría a Nueva York como mínimo hasta la medianoche, con la mirada turbia y sensación de arenilla en los ojos, de tanto entrecerrarlos para ver más allá del cristal barrido por los limpiaparabrisas, ensordecida por su sonido, el de los neumáticos que corren por un firme mojado y el de la radio, que a Miguel Ángel no le hacía ninguna falta en aquel andamio, voces y canciones emitidas desde una cueva estrecha y herméticamente cerrada, forrada de material aislante; en lugar de ángeles mensajeros ahora tenemos ondas electromagnéticas, pinchadiscos que arrullan a la visitante de Hope, que ya tiene los sentidos amortiguados, las piernas acalambradas, una sensación de dolor en los hombros, de tanto aferrar el volante con las largas y blancas manos, unas manos de *Mona Lisa*, cuyos primeros estudios pueden verse en el supuesto retrato de Ginevra de' Benci que se expone en la National Gallery y en el de Cecilia Gallerani, en Cracovia, pero sin el negro o, con mayor precisión, el color berenjena de las uñas de Kathryn. Como si ya percibiera el confinamiento en el coche, Kathryn se mueve con rigidez en la poltrona de anchos brazos y tapizado de cuadros, y baja la vista para examinar la grabadora. Hope ha leído que la tecnología que va a imponerse es la digital, que permite un almacenamiento prácticamente infinito, pero ¿quién escuchará? ¿Quién transcribirá y leerá la infinidad de dígitos?

–Tiene que marcharse –le dice Hope.

–Sí, pero no hemos hablado de los quince años transcurridos desde la muerte de Jerry, y la manera notable en que usted resucitó, quiero decir con su pintura, por supuesto. Se ha creado una nueva reputación.

–¿De veras? ¿Cómo lo llama Shakespeare, la «reputación quimérica»? A la gente le divierte que la anciana siga dándole al pincel. Los críticos mencionan el suave espíritu cuáquero de mis abstracciones, pero creo que se trata más bien de aquello en lo que Bernie insistía, de la pasión. Aquellas monótonas telas suyas, con una o dos franjas de distinto color, en ocasiones sólo ligeramente distintas, que hacían preguntarse a la gente cómo podía haber pasión en ellas, incluso yo me lo preguntaba, pero allí estaba, una magnífica tirantez, como la superficie cuando la gran taza de una fuente se llena de agua hasta el borde, o aquel neominimalista, creo que de la Costa Oeste, que llenó un cubo negro de tinta negra, de modo que el lado superior parecía sólido, perfectamente rígido, y uno desea tocarlo pero, claro, no se atreve. Mire, mi joven oftalmólogo (ahora todos son jóvenes, todos los que antes solían ser mayores, los médicos, los abogados), mi joven oftalmólogo me explicó, y eso me pareció fascinante, que los ojos logran la excelente resolución que tienen porque sobre la película acuosa, que suaviza parte de las irregularidades microscópicas de la córnea, unas minúsculas glándulas sebáceas a lo largo del borde de los párpados, unas glándulas de las que hay literalmente centenares, segregan un revestimiento graso que la suaviza todavía más. El ojo de un halcón es cinco veces más agudo que el nuestro, cinco veces más graso, por así decirlo. La vista es el sentido depredador, ¿no es cierto? Oímos y olemos para protegernos, pero vemos para capturar y matar.

Nada más haber dicho esto, duda de que sea del todo cierto. La voz inquieta de la entrevistadora que se inclina hacia delante interrumpe sus dudas al formularle otra pregunta:

–¿Cree usted que las mujeres y los hombres ven de la misma manera, que pintan lo mismo?

Hope se estremece, empieza a sentirse herida por las exigencias de este encuentro. La pregunta es feminista pero no necesariamente estúpida. Quiere responderla lo mejor que pueda, y cierra los ojos, como si aquello que los isabelinos llamaban los rayos de sus ojos pudieran abrirse paso por la rojiza penumbra hacia una respuesta sincera.

–Miramos lo que nos interesa, lo que nos pertenece. Por ejemplo, cuando una mujer entra en una habitación, como es ama de casa ve una suciedad que a los hombres les pasa inadvertida. Una ve cómo se han vestido y maquillado las otras mujeres a fin de realzar sus mejores cualidades. Las mujeres tememos el peligro desde una mayor variedad de direcciones que los hombres, y por eso supongo que en su obra hay menos, ¿cómo podría llamarlo?, menos *afrontamiento*. En teoría, las mujeres deberían interesarse por los falos, y hay, corríjame si no está de acuerdo, un momento en que nos interesamos, un momento fisiológico, pero aparecen muchas más imágenes fálicas en las pinturas realizadas por hombres que en las de mujeres. Desde O'Keeffe y sus condenadas flores, más bien hay todo lo contrario. Nos pintamos a nosotras mismas. De modo que respondería a su pregunta diciendo que no, que hombres y mujeres no vemos exactamente igual, pero lo que pintamos es muy parecido. La especie humana está menos diferenciada por el sexo que muchas otras... creo que el macho y la hembra de ciertos parásitos intestinales no se parecen en absoluto. Nosotros, tanto los hombres como las mujeres, estamos hechos para correr, colgarnos de las ramas y comer frutos secos y bayas.

–Qué interesante.

–Sí, ¿verdad? He estado pensando en mi pintura desde que usted me sorprendió con esa declaración mía de hace cinco años. Parece ser que por entonces tenía un claro talante religioso. El color equivale al diablo... ¡menuda barbaridad! Mezclo muchos colores para formar mis grises, para producir tan sólo atisbos de lila, de beis, incluso de rosa, para producir la vibración entre las franjas, la *actividad*, la actividad atómica que está en todas las cosas, al parecer incluso en la superficie de aspecto más liso, porque si da usted crédito al microscopio, eso *hierve*, como, en cierto modo, las salpicaduras y los remolinos de Zack, o los goteos de Guy en la época en que me sentí atraída por él, antes de que se convirtiera en una fábrica, cuando afirmaba que no podemos eliminar la imperfección del arte, que eso forma parte de la perfección.

–¿Son su manifestación definitiva? Me refiero a sus pinturas recientes. Parecen más oscuras, más subidas de color.

–Supongo que contienen el terror y la tristeza de las últimas cosas, ¿por qué no decirlo? Aunque sea imposible de comprender, de imaginar.

Sin proponérselo, imagina su dormitorio, al que anhela retirarse. Sobre la mesilla de noche, las gafas de lectura, unas de repuesto enfundadas en un estuche de cachemira, un ejemplar de la última novelita de Muriel Spark, un reloj Braun cuadrado, con la cara invertida, a fin de no ver las manecillas fosforescentes si se despierta en plena noche porque si las ve, se asusta y no puede conciliar el sueño de nuevo, un antifaz para los ojos, que le ayudará a seguir durmiendo cuando la luz primaveral penetre por los lados de las persianas cada vez más temprano, tapones de cera para los oídos en un estuche de plástico (cuatro bolitas apretadas en hilera, como en una pintura de Roger Merebien) para aislarse de los ululantes búhos vermontianos, los coyotes invasores y el ruido del tráfico de la carretera 89, extrañamente audible por la noche, por alguna razón, más próximo que durante el día. Sobre la cómoda están los cepillos con reverso de plata que pertenecieron a su madre y unas pequeñas fotografías en color de sus nietos, incluidos los tres nacidos desde la muerte de Jerry. Y luego, en los años noventa, Dot y su gigantesca compañera holandesa adoptaron una niña vietnamita; Hope lo supo por Paul, quien le dio una copia a color de una fotografía que Dot le había enviado, puesto que Dot no le envió una a su madre. La niña, de unos cuatro años en la foto, parece huesuda y aprensiva por el resplandor del flash, pero sonríe animosa, dispuesta a convertirse en una norteamericana más.

–Por otro lado –sigue diciendo Hope–, cuando me pongo ante el caballete, no pienso en absoluto que la obra que estoy haciendo es la última, nada de eso, en mi mente hay toda una serie de ellas, tengo por delante una hilera infinita, como fichas de dominó.

–Qué encantador –replica Kathryn, tras aguardar la prolongación de la imagen. *Qué interesante, qué encantador*... la chica se ha quedado seca, como les ocurre a los hombres. Los hombres hacen lo que han venido a hacer y entonces se marchan, y durante mucho tiempo a Hope eso le pareció cruel.

–Debería marcharse –le dice a la entrevistadora.

–Sí, es cierto, pero es tan agradable estar aquí, tengo una...

–Inercia.

–Sí, exactamente.

–Debe volver a la ciudad, a su vida. Dígale a ese novio suyo que procure ser abierto de miras cuando la acompañe a una galería. Si no capta lo divertido que es, tal vez no sea el hombre más adecuado para usted.

–Creo que es difícil que Alec se divierta cuando son tantas las cosas de su vida, empezando por su carrera, que aún están por decidir.

–Cuando todo esté decidido, será demasiado tarde. El momento es siempre *ahora*. Resulta que no existe ningún *después*. Todo lo real es algo que se da ahora.

–Dígaselo a él –replica Kathryn.

–Me encantaría. Nací hace demasiado tiempo para que me avergüence aprender de los hombres, pero hay cosas que ellos también pueden aprender de nosotras, y los más listos lo saben. Los hombres ven lo que está delante de ellos, pero no siempre ven todo lo demás.

Hope tiene la impresión de que Kathryn está delante de Alec, y él no acaba de ver que tal vez ella no esté siempre ahí, que está madura y habría que recogerla.

Ambas mujeres titubean en el umbral ante ellas: el final de las palabras, la reanudación de la carga que cada una acarrea.

–Antes de que apague la grabadora, ¿hay algo más que quisiera decir?

Hope abre la boca y mira el extremo del techo algo combado y descolorido aquí y allá, como si viera algo asombroso.

–Tengo la sensación de que queda algo por decir, pero no se me ocurre qué podría ser –responde, y entonces añade–: He sido una mujer afortunada. En realidad no creo que el mundo sea obra del diablo, o solamente del diablo.

Kathryn se inclina adelante con esa torpe impaciencia suya, como si superase una tendencia mecánica a quedarse atascada, y apaga el minúsculo Sony de color gris paloma, la tercera presencia en la sala, inmóvil, insomne, consciente de todo. La entrevistadora hace un esfuerzo para levantarse, sorbiendo aire por la nariz, y Hope se balancea hacia atrás en la mecedora de diversas maderas, ante el esplendor de este despliegue: las largas y negras piernas, los pantalones de fino cordoncillo ceñidos a los muslos y ensanchados sobre las botas, la chaquetilla de suave y negro cuero de imitación, que la chica no se ha quitado en todo el día, como un mudo comentario a la frialdad de la estancia comparada con casi cualquier piso de Nueva York. El jersey de cuello de cisne, cuya blancura contrasta con el resto de su atuendo, le protege la garganta, y por encima de las pequeñas orejas abocinadas dos curvos pasadores de plata que sujetan aplanado el cabello largo y lustroso teñido con alheña. Desde las suelas de sus botas de puntera cuadrada hasta la coronilla debe de medir metro setenta y siete o setenta y ocho. Es de suponer que la altura de Alec, como la de ella o superior, es uno de los motivos por los que le conviene. Como Hope es de baja estatura, pudo elegir entre la más amplia variedad de hombres. Ambas mujeres lucen el peinado hacia atrás, completado con rapidez, de las simpatizantes del arte, de quienes realizan, atravesando las espesuras de la transacción comercial, atravesando el descuido y los embrollos personales, una actividad entusiasta, desinteresada, incorruptible y ardiente. Kathryn mete la grabadora y las páginas de notas en su bolso negro, tan grande que más bien parece una cesta de la compra, que ha aguardado junto al sillón, sobre la alfombra de trapos trenzados.

–¿Quiere el medio bocadillo para el viaje? –le pregunta Hope–. Y podría darle una bolsita de plástico con nueces, pasas y frutos secos. Estoy preocupada por usted, porque no hay muchos sitios donde detenerse desde aquí a la autopista de Nueva York... esas terribles tiendas abiertas las veinticuatro horas donde venden sobre todo dulces rancios y el *National Enquirer*. ¿No le encantan los titulares? «El auténtico amor de Julia secuestrado por alienígenas», «La pérdida de peso de Whitney horroriza a sus admiradores».

–No, Hope, gracias, de veras. Es el coche de Alec, y si dejo el volante pegajoso de mermelada me matará.

–Vaya por Dios. No parece un hombre fácil de complacer.

–En el fondo es muy cariñoso, pero, como le he explicado, está pasando por una fase difícil de su vida.

–Bueno, eso nos ocurre a todos, ¿no? ¿Cómo sería una fase de la vida sin dificultades? Adiós, Kathryn. Me he olvidado de su apellido como una tonta.

–D'Angelo, con apóstrofe.

–Claro.

Le suena vagamente, por haberlo oído cuando la joven la llamó por teléfono para concertar la entrevista, como un susurro lejano en su oído. Qué estúpida ha sido al creer durante las horas que han pasado juntas que la chica era judía. Bueno, por lo menos es hija del Mediterráneo, el mar que es madre común del vino y las razas de piel olivácea y de todas las ideas por las que todavía se rigen los hijos de las brumas nórdicas.

–Muchísimas gracias –le dice la intrusa–. Me ha dado mucho, muchísimo más de lo que puedo utilizar. Me siento culpable por haberle ocupado toda la jornada.

–He trabajado una o dos horas ante el caballete antes de su llegada. Después de pintar, mi tiempo vale muy poco, y parece interminable. Me temo que la he aturdido con mi cháchara. Aquí me paso muchos días sin hablar con nadie, excepto por teléfono, y ni siquiera lo hago a diario.

–Debería tener un animal de compañía.

Esta sugerencia desconcierta a Hope, pero tal vez ella se lo ha buscado, al mostrarse más desamparada de lo que se siente.

–Jerry y yo tuvimos perros, unos preciosos perdigueros de buen carácter. Los llevábamos con nosotros a Nueva York y, cuando viajábamos a Europa, los dejábamos en una residencia canina de Bolton. Parecían sentirse heridos al ver que nos íbamos, y luego, a la vuelta, temía que les reventara el corazón de tanta alegría. ¡Para que hablen de pasión! Tras la muerte de Jerry, *Júpiter*, el último de los perdigueros, se murió también, se consumió esperando en vano a su dueño junto a la puerta. La verdad es que los perros no respetan a las mujeres tanto como a los hombres, y pensé en hacerme con un gato, pero entonces llegué a la conclusión de que era más puro no tener ningún animal, y no cargar a mis hijos con el problema de librarse de ellos. Las criaturas del bosque son mis animales de compañía. Incluso los osos, aunque no me gusta ver las marcas de sus garras en los árboles más cercanos a la casa. Ahora, ¿sabe?, hay más osos en estos bosques que a comienzos del siglo diecinueve.

–No lo sabía.

Había algo que Hope estaba a punto de decir cuando fue interrumpida, y ahora lo dice:

–Tener la oportunidad de hablar tanto ha sido un regalo para mí. He podido revisar mi pobre vida de arriba abajo.

Kathryn iguala esta manifestación un tanto afectada con una propia:

–Es tan poco habitual que una persona de mi generación hable con alguien tan satisfecho de su vida... Mis amigos están bien alimentados y ganan bastante dinero, por lo menos algunos de ellos, y supongo que tienen suficiente actividad sexual, pero en realidad no están satisfechos. Carecen de esa capacidad. Usted está satisfecha, ¿no es cierto?

Hope se ríe, porque la relación entre ellas se ha vuelto de nuevo tan curiosamente formal.

–Me satisface haberla conocido, señorita D'Angelo. Y supongo que me satisface el hecho de que cada vez que me quedé sola en la vida, tuve de todos modos una razón para seguir adelante. Si tienes cierta vocación por él, el arte nunca te abandona. Siempre está dispuesto a coquetear. Bueno, creo que ahora, antes de que se vaya, debe ir al lavabo. Insisto en ello. Es muy difícil, incluso cuando no llueve, encontrar servicios junto a la carretera donde no te humillen obligándote a pedir la llave.

Mientras Hope le va diciendo estas cosas, Kathryn cruza con paso majestuoso el salón y, en el vestíbulo, con un solo gesto amplio y rápido, se pone la capa de cachemira violeta que, al entrar, dejó en el sofá de alto y delgado respaldo. La capucha le da un aspecto siniestro pero encantador, la larga nariz sobresale de la sombra, y el gran bolso negro le pende del brazo doblado. Reflexiona un momento y decide:

–Sí, aceptaré su ofrecimiento. Muchas gracias.

Entonces, una vez más, el ruidoso taconeo de sus botas avanza hacia el lavabo de debajo de la escalera. En la cocina, Hope extrae rápida y furtivamente una bolsa de plástico de la caja que guarda en un cajón, abre el frigorífico y, de un juego de recipientes que hay en un estante de la puerta, saca una modesta cantidad de nueces del Brasil, cacahuetes sin tostar, pacanas tostadas y ligeramente saladas, pasas, galletitas saladas recubiertas de yogur y albaricoques secos. Al apretar los resaltes del cierre hermético de la bolsa, los dedos le duelen. Kathryn acepta la gruesa bolsa del tentempié sin protestar ni molestarse en darle las gracias, como una niña apresurada que sale de casa para ir a la escuela. Está pensando en el viaje que le aguarda; sus ojos ya miran a través del parabrisas rítmicamente recorrido por los limpiadores.

–Ha sido muy amable –le dice, aturdida por la partida–. ¿Quiere que le envíe una transcripción de la entrevista?

–Oh, no, por favor. No soportaría leer lo que le he dicho.

–¿Desearía aprobar las citas que utilice en mi artículo? Como le he dicho, me ha proporcionado mucho más de lo que puedo utilizar.

–No, de veras, querida. Estoy segura de que serán unas citas del todo fieles. Las tiene grabadas. Y, si he de serle sincera, no puedo imaginar quiénes serán los lectores de ese artículo.

–Incluso podría haber varias opciones de publicación impresa, según el enfoque que le dé. Mi agente está muy entusiasmado por las posibilidades.

–Yo nunca tuve agente, pero supongo que ser entusiastas forma parte de su trabajo. Si empieza a sentirse cansada y se le cierran los ojos, querida, incluso después de haberse comido un orejón, debe prometerme que hará un alto, y no en el arcén ni en una de esas amplias zonas de descanso para camioneros donde ocurren cosas terribles, sino al lado de un restaurante con las luces encendidas y gente que entra y sale.

–Lo tendré en cuenta, de veras. Adiós de nuevo, señora Chafetz.

Kathryn tira del pomo de la puerta, pero sin éxito; Hope, que conoce todos los caprichos del pestillo, tanto si el tiempo es seco como húmedo, lo abre de un tirón. El húmedo aliento vital de la lluvia, su sonido y su agitación en la oscuridad, el atisbo a la luz que surge de la puerta abierta de finas líneas verticales, centelleantes de reflejos, su imponente presencia que se extiende hasta perderse de vista en la oscuridad de la que cae: la bestia se enfrenta a las dos mujeres. Las lámparas de la sala de estar sólo iluminan un pequeño tramo de césped muerto y las copas que parecen salpicadas de lentejuelas de los arbustos plantados cerca de la casa, las blancas telarañas empapadas sobre el tejo podado, como pañitos de adorno sobre una mesa. Las losas irregulares conducen vagamente a la oscuridad llena de susurros donde está aparcado el coche de la visitante, bajo el tamborileo de la lluvia.

–¡Oh, no salga, por favor! –exclama Kathryn cuando Hope abandona el refugio del tejadillo, sobre las losas del porche que veinte años atrás sustituyeron a las tablas deterioradas–. ¡Se va a mojar!

–Es sólo un momento. Me hará bien. Jerry siempre acompañaba a los invitados hasta sus coches.

Puesto que no tiene elección, a menos que utilice su

mayor estatura y fuerza juvenil para empujar a la anciana al interior de la casa, Kathryn se vuelve moviendo el brazo, una negra forma que surge de la capa, con un gesto de desesperación tal vez humorístico, y avanza por las losas primero con paso firme y luego, ya en la oscuridad, titubeante. Hope, que conoce cada irregularidad del sendero, toma a Kathryn del brazo, notando a través de la cachemira la carne tensa y flexible de la otra mujer, endurecida por «el trabajo fuera de casa» y el ejercicio de correr por aceras y calzadas. La lluvia, fría y algo agitada por la brisa, humedece la cara de Hope y le produce una sensación agradable. Bajo el haya, las gotas de lluvia son más gruesas, reunidas y liberadas por las ramas desnudas, y caen ruidosamente sobre el metal hueco. El automóvil prestado, con su reluciente guardabarros sin pintar, es una forma en la noche menos nítida para la vista que para el oído, cuando Kathryn llega a su lado y roza con la llave la portezuela, que absurdamente ha cerrado impulsada por el hábito que tiene de hacerlo en la ciudad. Es un coche viejo y barato, y no está equipado para abrirse y cerrarse con sólo apretar un mando electrónico, como el Caravan azul real de Hope. Oh, sí, ella sabe que su todoterreno engulle demasiado combustible, pero el espacio interior, suficiente para contener telas de metro y medio por metro ochenta, y la exaltación que le produce sentarse a tal altura por encima de la carretera le parecen lujos que se debe a sí misma hacia el final de su vida. Que los jóvenes hereden un mundo agotado. Llega el metano, y el hidrógeno separado del agua mediante energía eléctrica de procedencia eólica, ella lo escuchó en uno de *Los Viernes de la Ciencia,* el programa de la emisora NPR.

Bajo el haya, Hope tiene la sensación emocionante de que un calor de compasión y envidia le invade el rostro, como si en la oscuridad, bajo las gotas de lluvia, se hubiera encontrado con un yo más joven; cuando Kathryn se vuelve, tras haber abierto la portezuela, para despedirse por última vez, tendiéndole una mano larga, blanca, fría y húmeda, Hope, en lugar de estrechársela, le da un abrazo, aunque como es mucho más baja, sus labios no rozan la mejilla de la joven sino la ósea curva de su mandíbula. De todos modos, prolonga el abrazo, gozando del contacto con el otro cuerpo, rígido e impaciente, desnudo y fragante bajo la ropa, más cálido que el aire; en medio de la cortina de lluvia, un aroma de espeso cabello negro.

–Viva su vida –le dice, en un susurro que le sale de dentro como un grito–, vívala, querida. No será mía, no puede ser mía, nosotros fuimos todos tan ingenuos en cierto sentido, creyéndonos tan importantes para el mundo, pero será suya, su propia vida. No se quede atrás. No deje que ese Alec o cualquier otro hombre se la arrebate.

Kathryn, que se ha quedado un momento paralizada, le devuelve el abrazo, tal vez con más fuerza de lo que se había propuesto, e inclina la cabeza lo suficiente para prometer:

–De acuerdo, lo procuraré.

El beso rápido que su cara mojada estampa en la cara mojada de la anciana tiene la misma cualidad severa y escultural que su boca: endurecida por la seriedad, por la concentración en el esfuerzo de la entrevista, negándoselo todo a sí misma salvo alguna que otra sonrisa. Ahora, en efecto, parece sonreír desde el interior de la empapada capucha de suave lana.

–Gracias por haber sido tan generosa con su tiempo, y tan sincera –le dice la entrevistadora–. Por favor, es preciso que vuelva a la casa.

–Yo le estoy agradecida porque me ha dejado hablar por los codos, haciendo que todo aquello volviera a ser real para mí.

¿Ha sido sincera? ¿Demasiado sincera? ¿Acerca de Dot? No importa. La verdad es que son muy pocas las cosas que importan. ¿Por qué nos inquietamos tanto? Hope deshace el abrazo; nota la lluvia que se filtra a través de su gruesa camisa de lana, que le humedece la piel y más allá, esa capa de su ser en la que un día se instalará la muerte. En la región donde vivía de pequeña, la gente decía «vas a atrapar la muerte», refiriéndose a los resfriados, que acechaban en el aire como fantasmas, junto con los gérmenes de la polio y ondas de radio. Nuestros antepasados africanos creían que caminamos a través de enjambres de espíritus, y resulta que estamos rodeados por invisibles microorganismos.

Kathryn encuentra la manija de la portezuela del coche de Alec; en la oscuridad atravesada por la lluvia se abre una brecha de luz, como las estrellas que ve quien recibe un golpe en la cabeza, y esa cuña luminosa que brota por el lado del conductor revela las botas de puntera cuadrada de Kathryn, el suelo que se está convirtiendo en barro a su alrededor, algunas briznas de hierba aplastadas, porque aquí está el borde del césped, y varios guijarros diseminados, cada uno con su bien definida proyección de sombra, como algo que al señor Hartz, el vecino de Ardmore, le habría gustado que Hope viera. ¿Qué pensaría aquel hombre al verla, cuando se aproxima a los setenta y nueve años y es tan ciega a los detalles como cuando tenía diez? Como no se atreve a correr, retrocede por el camino de losas irregulares cuya situación sus pies se saben de memoria, aunque aún se siente agradecida por la creciente visibilidad a medida que se aproxima a las ventanas iluminadas de la casa. Se encienden los faros del coche de Kathryn, y entonces giran, en el inicio de una maniobra de cambio de sentido en tres movimientos, de modo que la tierra bajo los pies de Hope parece dar vueltas, ladearse sobre una ola de iluminación rastrilladora que exagera cada contorno y bolsa de sombra en el césped incoloro; se alza hacia ella como la superficie lunar hacia la cápsula que aluniza, pero disminuye cuando el automóvil de la visitante vira más adelante, cambia de marcha y enfila el sendero de tierra con las luces de cola parpadeando como los ojos de un dragón airado. Se oye un solo toque de claxon, los conos luminosos de los faros, llenos de lluvia centelleante, se detienen un momento y entonces desaparecen detrás del muro de piedra en el lado superior de la carretera pública, macadamizada. Hope ha llegado al porche, seco a medias, saluda agitando la mano, aunque la joven ya no puede verla, y entra en la casa.

«Debería tener un animal de compañía.» Un gato mataría a los pájaros que acuden al comedero. Un perro le impondría la opresión del amor y la necesidad de sacarlo a pasear, de alimentarlo, de seguirle la corriente, de aceptarlo como una persona cualificada del todo, aunque desconcertada con frecuencia. Después de haber hablado tanto, Hope se siente disgustada consigo misma, como le sucede tras haber comido demasiado. No hay nada que hacer, salvo dejar que vaya desapareciendo de su organismo, y eso requiere días. Las manecillas delgadas como hilos del reloj sobre la repisa de la chimenea indican las siete cuarenta y siete, un poco pronto para acostarse, incluso en su caso, pero tiene mojada la camisa verde musgo, junto con el cabello, las sandalias Birkenstock y los calcetines de color borra, y no quiere «atrapar su muerte». Una pulmonía podría matarla, si el cáncer o la estenosis arterial no acaban antes con ella. Cuando intenta personificar la muerte, imagina al propietario de una galería, que siempre tiene la ventaja, pese a lo menudo, jorobado y deferente que es. Se lleva la mano a la parte posterior de la cabeza y se quita la cinta elástica de color caramelo que compró en una tienda de todo a cinco y diez centavos, en Montpelier, y que ha mantenido en su sitio la fantasmal y gris cola de caballo, y, distraída, se la desliza en la muñeca izquierda mientras se encamina a la cocina, donde se restriega vigorosamente el cabello mojado sobre la pila con un paño de secar los platos de cuadros azules. Se desabrocha la camisa de lana, pesada a causa de la lluvia que ha absorbido, y va de un lado a otro con el jersey pajizo de cuello de cisne, que sólo tiene el cuello mojado, y, con una mano sobre el mostrador de mármol, se quita las Birkenstocks y los gruesos, grises y empapados calcetines. Sube dos grados el termostato de la cocina. Abre el frigorífico, y la obediente lucecita que se enciende automáticamente le recuerda la luz que se derramó sobre las caras e incómodas botas de Kathryn. Tras contemplar las parcas provisiones en los estantes de varillas de cromo paralelas, toma el medio emparedado que envolvió en papel de aluminio para que Kathryn se lo llevara consigo pero que la chica desdeñó. Mientras lo desenvuelve, los destellos que refleja la arrugada hoja Reynolds se deslizan sin que ella los vea por los paneles del falso techo de material sintético con las luces empotradas y accionadas mediante un reóstato. Piensa que la muchacha desdeñó el emparedado, desdeñó el café instantáneo, le dio a entender que amaba a Zack más de lo que Hope lo amó jamás y, después de todo eso, tras un ataque prolongado durante todo el día, le ha dado las gracias de una manera más bien superficial. Mordisquea un ángulo del pan de arroz y pacana, saboreando primero la azucarada mermelada y luego la oleaginosa mantequilla de cacahuete, y camina por el corredor hacia su estudio, comiendo al andar, con lo que va dejando migas en el suelo. Así alimenta a los ratones. Un gato también mataría a los ratones, otra cosa desagradable, pues le traería los cuerpecillos peludos y mordidos para que ella lo alabara, o para enseñarle a matar ratones, como si fuese una gatita. Sus tiempos gatunos han quedado atrás. Sin duda, tras haber concedido a la chica todo un día de su tiempo cada vez más escaso en el planeta Tierra, puede darles unas migajas a los ratones. Mildred Warren vendrá mañana para hacer la limpieza. Mañana será un día movido: la señora de la limpieza y la visita al dentista, en Burlington, el doctor Weiss, una caries en un lugar donde la encía ha retrocedido de la funda de una bicúspide, de modo que la raíz está expuesta al deterioro. Tal vez el empaste eliminará el mal sabor de boca, que no se altera por mucho que se cepille los dientes y se enjuague con Listerine. Su boca es un centón de fundas, ortodoncia e implantes, y en cualquier tiempo pasado habría sido una de esas arpías grotescas como las que solía dibujar Leonardo a su manera serena y celestial, con sólo uno o dos dientes y el perfil completamente hundido. Pobre hombre, el genio de los genios, el primero desde los griegos y los romanos que se atrevió a examinarlo todo, el cuerpo y sus huesos e intestinos, las espirales acuosas de las corrientes de aire y los riegos fluviales, pero es evidente que jamás vio una vagina, por lo menos la que figura en sus cuadernos de esbozos es con toda claridad la de un cadáver, inanimada y boquiabierta.

Hope se había olvidado de apagar las luces fluorescentes de su estudio desde que estuvo allí un momento con la entrevistadora. Los tubos fijados al techo vierten una intensa luz azul en todos los rincones del amplio espacio, una luz fría y artificial que ella no utiliza para pintar; incluso en un día nublado, la luz del norte, cuando desciende con su oculto arco iris y penetra por los dos ventanales y la cúpula de la claraboya de plexiglás, es mejor, más real. La lluvia tamborilea sobre la claraboya como un demente que, a solas en una habitación, hablara consigo mismo. Hope siempre ha temido las goteras, pero hasta ahora el plexiglás ha resistido, y, cuando acondicionó el estudio para ella, Jerry le aseguró que jamás habría filtraciones de agua. La dejó cómodamente instalada. Sabía que ella volvería a estar sola. El espacio es demasiado grande, pues él no comprendió que la pintura de Hope sucedía en los centímetros que median entre la mano y el ojo, y ella se habría contentado con trabajar en la habitación libre del piso superior, como lo hiciera en la casa de los Flats hasta que el granero pasó a pertenecerle. A lo largo de las paredes, a sus espaldas, hay varios caballetes (porque le gusta trabajar en dos o tres cuadros a la vez, cada uno con su propia música gris como arpas tañidas en la niebla, el gris del grafito y el de las plumas de paloma, el de la playa y la piedra y las jabonaduras sucias... telas apoyadas una detrás de otra, con el reverso hacia fuera, mostrando el armazón, sus propias telas, secas, endurecidas y a la espera de su viaje a Nueva York y la próxima exposición, una retrospectiva en honor de su octogésimo aniversario en el año 2002, y unas pocas de sus primeros dos maridos, las de Zack, varios trozos de cartón aprestado, pintados con la técnica del goteo con tal despreocupación que nunca los ofreció a la venta, pues Zack, a su manera caótica, era un perfeccionista y destruía las obras que consideraba fallidas, obras que carecían del ímpetu de las honduras junguianas, y de Guy había unas pocas y juguetonas pinturas pequeñas, en papel y al pastel, una obra en acrílico, madera, alambre y papel de colores que formaba un ramillete pop entrelazado con una cinta que contenía las palabras «Brota eterna», obras que le regalaba en ocasiones familiares, aniversarios y cumpleaños durante los diecisiete años que duró su matrimonio. Ahora se le ocurre pensar que ambos hombres creían que el orden y la belleza debían ser artificiales, logrados mediante un esfuerzo titánico y consciente como el que muestran los imponentes murales de los años treinta, los que hacían propaganda de la visión trágica del socialismo humanista, mientras que ella se sentaba ante sus caballetes confiando en que, si permanecía humildemente quieta, acertaría a escuchar una música procedente de más allá del ruido viril. Qué tonta, tal vez. Pero todas las excusas del arte son endebles y desvaídas; lo que permanece es el mismo arte, la pintura que se mantiene intacta fuera cual fuese la esperanza o la intención que condujeron a ese arriesgado momento.

Se olvidó de apagar la profusa iluminación que le instaló Jerry, y ahora se olvida de por qué ha venido aquí, mojada, fatigada y echando un poco de menos a la visitante, esa chica valiente, tenaz e irritante, y entonces lo recuerda: para colgar el teléfono de pared. En la cocina tiene un contestador automático, pero Hope sabía que, desde la sala de estar, se esforzaría por escuchar los mensajes que llegaban; y habría sido todavía más descortés efectuar la desconexión allí o imponer a su visitante ese periódico graznido con que la compañía telefónica intenta decirte que tu teléfono está descolgado. Era mejor que graznara sin que nadie lo oyera en el estudio, entre las pinturas que nadie veía. El auricular (mucho más pequeño que los antiguos, que te llegaban de la oreja a la boca como en aquellas viejas ilustraciones de chicas atractivas y ligeras de ropa que dibujaba George Petty, mientras que estos nuevos auriculares y los móviles que se abren como una polvera sugieren que basta con estar en la vaga proximidad de los labios que hablan, a unos centímetros al lado, tal vez como parte del general desenfoque de la atención, las películas y los programas de televisión en los que las frases esenciales se pronuncian según el método teatral de Stanislavsky y la pantalla de la CNN intenta contarte tres historias al mismo tiempo, la del busto parlante, el titular que va reptando por el extremo inferior y los marcadores deportivos) le recuerda, mientras lo deposita en la horquilla vertical, los anticuados teléfonos públicos de Guy, de lacio vinilo, lacio como los conejos muertos de Chardin, aunque en la época en que los creaba estaba demasiado llena de vida y despreocupada por el límite de ésta para preguntarse si lo que Guy se había propuesto hacer era una metáfora de la muerte, y ahora él chochea demasiado para responderle si se lo preguntara, y su cerebro, según lo describen las revistas médicas, se está endureciendo, se está convirtiendo en cartílago inútil. Ella se observa a diario, en busca de signos de un destino similar, y a menudo le intriga lo que una debe de sentir cuando sabe cada vez menos y llega al enigma de que no sabe lo que no sabe, de la misma manera que un perro no comprende la superestructura del lenguaje y los convenios políticos y económicos que hay tras las presencias humanas de las que el animal hace tanto caso, con el hocico cuajado de capas y matices de olor humano.

La analogía evidente es la que podemos establecer entre nosotros y la mente divina, de la que no tenemos ninguna pista, o, más bien, lo único que tenemos son pistas.

Bien. El teléfono vuelve a ponerle en contacto con el mundo, con Mildred, que podría llamarla para decir que le resulta imposible ir mañana (es una mujer muy amigable, con sus chismorreos del valle, sus regalos de tartas y mantequilla de manzana* y repetidos ofrecimientos de un cachorro de labrador casi gratis, pero se atiene a su horario y tiene una vena orgullosa, trata a Hope como si fuese una igual a la que está haciendo un favor) y con sus hijos, si Paul o Piet desearan darle noticias o aliviar sus conciencias filiales, aunque suelen llamarle los fines de semana. Ha vuelto a conectarse en potencia con vendedores por teléfono, recaudadores de fondos para obras benéficas, alarmistas y chismosos, con las demás ancianas de la región, con unos pasados metropolitanos y unas predilecciones similares a las suyas, y con las voces jóvenes que la llaman en ocasiones, anhelantes oportunistas o los hijos o nietos de viejos amigos... la nieta de Jarl Anders se presentó en casa el verano pasado, con su buen color escandinavo pero las facciones delgadas y angulosas de Frieda y un tenue aire de bienhechora que era lo que quedaba de los transportes terriblemente proféticos de Jarl... o jóvenes tenaces con becas artísticas que confían en sacar partido, en forma de un poco de atención o una bendición de cualquiera cuyo nombre haya sido más o menos famoso en el pasado. Vuelve a estar conectada de nuevo con todo eso, aunque duda de que el teléfono suene, ahora que son más de las ocho. Al apagar los fluorescentes demasiado brillantes de Jerry, sumiendo en la oscuridad sus telas y el susurrante monólogo de la lluvia sobre la claraboya, Hope siente que se ha quitado un peso de encima, des-

* Pasta cremosa para untar a base de compota de manzana sazonada. *(N. del T.)*

aparecida la muchacha alta y morena, engullida por la tormenta, perdida en el vórtice ahora que ha quedado atrás el momento en que, ambas mojadas por la lluvia, la tuvo entre sus brazos, como Dot en aquellos días lejanos en que la niña yacía retorciéndose en la cuna, muriendo por que la tomaran en brazos, y le dio aquel beso frío y húmedo que la paralizó allí, junto al pálido guardabarros del coche. A Hope le alivia estar sola, pero la larga entrevista la ha dejado con la inquietante sensación de que los acontecimientos de su vida han estado demasiado próximos entre sí, comprimidos en una sola y animada porción de tiempo, en vez de desarrollarse como un lento desfile, orgánico y sagrado, de noches que se alternan con los días, fases de soledad e incertidumbre y desolación, pero también de fructífero sueño, ensoñaciones que alternan con franjas de actividad, de sociabilidad, danzando de una manera invitadora alrededor de un hombre hermoso y gastando la energía acumulada en una ociosidad estancada.

Cuando Jerry hizo construir el ala de la casa destinada a estudio para ella, añadieron un lavadero, y en ese pequeño espacio, ajustado como una bandeja de cubos de hielo que contuviera dos cubos enormes, las dos lavadoras blancas gemelas, los estantes con detergente, bombillas de recambio, aerosoles de apresto y «sheets/feuilles/hojas» Bounce, que se añaden a la colada para suavizar los tejidos, Hope se quita la camisa de leñador, el jersey con cuello de cisne de algodón amarillo, el cuello empapado como la viscosa argolla de un garrote vil, y los pantalones de pana marrón, más holgados por haber recibido la lluvia, y mete las prendas en la lavadora sin tomar el envase naranja de Tide ni tocar los mandos (el ciclo de lavado duraría veinticinco minutos y el secado podría tardar cuarenta o cincuenta, pero si dejara la ropa en la secadora toda la noche se arrugaría, y no quiere bajar de nuevo o no poder dormirse pronto si la novelita de Spark la adormece. Mildred puede hacer una lavadora mañana, mientras pasa la aspiradora por donde le place y quita el polvo de las superficies más fáciles de alcanzar, sin llegar nunca a las telarañas que hay alrededor de los travesaños de la silla o en lo alto de los rincones. La mujer todavía fuma, como lo hacen tantos de esos vermontianos de «pura cepa», y el olor acre y desenfadado en la casa hace que Hope recuerde con cariño los días en que todo el mundo fumaba, en la taberna Cedar de University Place, en la cafetería Waldorf de la Sexta Avenida, en las fiestas que la Artists Union daba en algún ático, en el cruce de la Calle 16 con la Sexta Avenida, espesas capas de humo, unos efectos atmosféricos propios de Whistler, vaharadas de depresión y guerra y temerarias aspiraciones artísticas. Hope nota el aire en la piel desnuda, y se le pone carne de gallina. Si algún merodeador o un oso de largas garras mirase por las ventanas laterales, obtendría lo que se merece, la visión de una vieja dama en ropa interior, bragas blancas y anchas, de un estilo que no tiene nada que ver con el estilo bikini ni con el tanga, y el sujetador de color «carne», aunque no es el color de la carne de los cuadros de Tiziano, Fragonard, Bonnard o Modigliani.

Tiene la boca seca por haber hablado tanto. Se toca los dientes con la lengua y aspira para comprobar la fetidez de su aliento, algo que siempre le produce inseguridad. Se lame los dedos, todavía pegajosos por el emparedado de mermelada, de la panera saca dos crujientes galletas de avena Carr's Hob Nobs y se sirve un vasito de leche desnatada, cerciorándose primero de que queda suficiente para el cuenco de cereales del desayuno y una pizca para el tazón de té que se lleva por la mañana al estudio. Se ve a sí misma haciendo todo eso con tal vivacidad como si la noche ya hubiera transcurrido. La sensación de la simultaneidad comprimida pende en su cabeza como el desplazamiento cerebral que se produce por la mañana tras haber pasado la noche bebiendo vino y fumando hierba, una especie de resaca que ha sufrido un deslizamiento lateral. Ella y Guy dejaron de tomar hierba por temor a quedarse lelos; por lo menos él lo hizo en el piso de la Calle 79, aunque indudablemente, como Jeanette Nova dio a entender maliciosamente, allá en el Hospicio pudo haber un consumo de droga muy superior al que ella creyó jamás, en actos que ella no pudo ver, como las filtraciones de agua que acaban por socavar los cimientos de una casa... pero ella y Guy, descendientes de protestantes radicales, compartían el recelo de rizar el rizo de la existencia terrena, y creían que el viaje consistía en estar vivos. Recuerda a Zack como más distante que Guy, como un ogro triste que ponía las mesas patas arriba y destrozaba los coches, metido en aquel rincón en el extremo de Long Island adonde ella lo había llevado. Debería sentir su presencia muy próxima, puesto que Zack dejó claras y dinámicas huellas de sus manos en las pinturas realizadas con la técnica del goteo, pero las telas que creó vertiendo la pintura directamente de los tubos y salpicándola mientras se entregaba a una especie de danza chamánica se han convertido en unos monumentos tan rígidos como los de Egipto, levantados con bloques de piedra pulimentada a mano.

En la sala de estar, donde Hope entra con el último puñado de almendras no saladas del día, su atención gravita hacia los objetos salvados de las casas de Germantown y Ardmore, los que su hermano superviviente no se quedó. Sobre una sencilla y cuadrada mesa de coser, de madera de arce ondulada, ve un desgastado tapete de algodón azul y rojo, de hilos desvaídos que todavía permiten distinguir dos estilizados pájaros árabes, cuya anatomía exacta sus ojos infantiles contemplaron con perplejidad, un cenicero de cobre martillado todavía con la mancha dejada por las colillas de Chesterfield que apagaba en él su padre y un candelabro de tosca cerámica, con vidriado de verdeceladón y asas garbosas, como los brazos de un hombre con las manos en las caderas. Esos objetos tuvieron significado intrínseco antes de que ella dispusiera de las palabras para debilitar el significado, sus manos y ojos los exploraron en la silenciosa antesala poco tiempo después de su llegada al mundo. En el fondo del penúltimo estante de un bargueño alto con puerta de cristal hay dos curiosos jarros que ella trató de pintar a la acuarela cuando recibía lecciones de Rudolph Hartz. Uno de ellos era pesado y marrón, tan pesado que daba la sensación de que estaba lleno, aunque casi siempre estaba vacío, un jarrón culibajo y con franjas violeta en el vidriado, y el otro cilíndrico y con franjas diagonales un tanto parecidas a la muestra de una barbería, unas franjas de color terroso que a Hope le recordaban las guardas jaspeadas de un lujoso libro o, como ahora, los colores en las alas del ángel arrodillado en la Anunciación que Fra Angelico pintó en la pared de la galería, al pie de las escaleras del convento de San Marcos. Es una obra inmortal pero ostentosa, con las plumas, las columnas y las flores, el pintor enclaustrado culpable de virtuosismo. Cuando Hope visitó el convento con Jerry, dos décadas atrás, prefirió la severa Anunciación de la celda de un monje, dos criaturas femeninas paralizadas en una habitación desnuda.

¡Cuánto había contemplado aquellos jarrones a la luz del porche lateral de Ardmore! Los había contemplado y había mezclado colores en las muescas de la tapa de la caja de acuarelas, su arco iris dividido en cuadrados cóncavos, robando con el pincel mojado de un cuadrado una pizca de rojo y de otro una temblorosa gota de azul, buscando en la mezcla el equivalente del brillante marrón violáceo del jarrón grueso, o el turbio remolino multicolor del de lados rectos. El mundo estaba lleno de colores, pero nunca aparecían sin mezclar. Aquel mundo desaparecido contenía muebles que ella todavía puede rememorar, un armario rinconero de pino con tonos rojizos; una cocina de carbón que su abuela utilizó en la casa de Germantown, de cuya tinteneante panza negra sacaba, con la mano enfundada en un mitón de amianto, una bandeja de galletas con pasas; una cama de columnas cuyo colchón se apoyaba en cuerdas y crujía en vez de rebotar cuando saltabas encima; el escabel, con sus largas y triangulares porciones de tarta de cuero coloreado en la parte superior, que «vivía», como decía la familia, en la galería del abuelo, junto con los tiestos de filodendros y el revistero de arce subdividido en el medio por un tabique con un ancho orificio cerca del borde para introducir los dedos y alzarlo. Allí estaba, cargado de revistas que dejaron de existir medio siglo atrás, junto a la poltrona tapizada de cuadros del abuelo, donde se sentaba a leer fielmente *The Saturday Evening Post*, incluidos los folletines románticos, con la cabeza echada hacia atrás para que la vista se beneficiara al máximo de las gafas bifocales.

En ropa interior, Hope se sienta en el sillón de anchos brazos y extiende los dedos sobre la madera de roble curvada. El pulgar y el meñique alcanzan fácilmente ambos lados del brazo. Tiene el dorso de la mano manchado y marcado por el sol y la edad, como si alguna vez se hubiera quemado, las venas más prominentes forman dibujos como letras móviles que ella casi puede leer, riachuelos sin orden ni concierto que han permanecido en sus cauces durante toda la vida. La hinchazón artrítica de varias articulaciones ha hecho que las falanges superiores de los dedos se desviaran de la línea recta, y Hope se maravilla de que esta nudosa mano de vieja bruja sea la suya.

Su abuelo entra en la estancia con su paso suave y furtivo. Aunque no es alto, se mueve por la casa encorvado, en actitud sigilosa, con el artero fingimiento del propietario que se hace pasar por el más dócil de los hombres. Hope se sobresalta, sintiéndose culpable al ser descubierta en su sillón, pero él parece divertido, y mientras la examina los ojos tras los cristales de las gafas pasan de un grado de aumento a otro al mover la pulcra cabeza de cabello gris arriba y abajo. A ella le parece gris de la cabeza a los pies, el cabello recto con la raya en medio y con muchas canas, el chaleco de lana gris sobre la camisa de rayas sin cuello, los pantalones que fueron negros, pero planchados tan a menudo y desgastados en las holgadas rodillas que son tan pálidos como una sombra y los zapatos que le cubren los tobillos están tan arrugados que al lustrarlos el brillo no es uniforme sino que está dividido en franjas. A la camisa se le ve el ojal donde debería estar el botón del cuello, y las mangas de puños alargados se sostienen en su lugar mediante unos elásticos negros por encima del codo. Emite un olor como el de la ropa de invierno guardada durante todo el verano en el alto armario de cedro. Con una formalidad cómica, alza una mano como para detener el tráfico de su mente y ceder el paso a sus palabras:

–No te inquietes. ¿Qué estabas midiendo con la mano?

La niña que ella fue hace mucho tiempo carecía de las palabras necesarias para explicarse.

–Estaba viendo algo –empezó a decir, y se interrumpió.

Tras una pausa, él observó:

–Éste es un asiento agradable desde el que contemplar la creación. Tenía intención de sentarme a leer el *Evening Bulletin* de ayer, en busca de noticias que se me pueden haber pasado por alto, y esperar el correo de la tarde. El bueno del señor Brubaker generalmente hace el reparto a las tres y media, si no se demora al charlar con esa viuda Kendall, que vive calle arriba. Está escrito en la Constitución, con toda evidencia, que el principal deber de todo Departamento de Correos es recoger los chismorreos de todo domicilio.

–¿De veras?

–Es una manera de hablar, pequeña. Las cosas no son lo que son, sino lo que parecen ser. He hecho lo que en la lengua corriente se llama un chiste. Dime, ¿hoy las señoritas no juegan, no reciben algún compañero de juego?

El abuelo examinaba su vida, y Hope, halagada, le hizo un informe completo.

–Ha venido Freddy Traphagen, pero ha tenido que irse a casa. La abuela ha ido a la carnicería, a comprar carne para asar y *scrapple*,* pero no he querido ir con ella, detesto la sangre y la manera en que el hombre del delantal enorme me sonríe. Mamá está haciendo la siesta y me ha dicho que no quiere que haga ningún ruido. Tú y yo podríamos jugar a las adivinanzas.

Notaba calor en el rostro por el intento de responder a la atención que él le prestaba, de una manera tan seria y cortés.

–Podríamos, desde luego, aunque tendría que modificar un poco los planes que te acabo de mencionar. En cambio, podríamos buscar un tesoro.

–¿Buscar un tesoro?

–Si cierro los ojos, tengo una vaga idea de dónde podría estar escondido, pero tendrás que cambiar tu postura en el sillón, tendrás que arrodillarte a su lado. Tu mano es tan delgada y pequeña comparada con la mía... Hazme un favor, nieta, y métela entre los dos cojines.

Hope le miró la mano, que pendía semicerrada al nivel del bolsillo del pantalón donde guardaba la navaja con mango de hueso, que utilizaba no sólo para mondar manzanas y melocotones en largas tiras espirales, sino también para cortarse las uñas. Cuando se las cortaba, su boca, más flexible que la de Hope, porque a él podían salirle los dientes, se le encogía al concentrarse, y los ojos se le volvían enormes en la mitad inferior de las gafas. La pequeña se daba cuenta de que él tenía razón, su mano era nudosa y estaba arrugada, tenía el color marrón de los periódicos que se guardan durante años en el fondo de un cajón, y los bordes de los dedos eran como los lomos redondeados de los libros o los dedos de chocolate que se han endurecido en la bandeja del fabricante de bombones. Un día que había sali-

* Harina de maíz cocida en leche combinada con trozos de cerdo, sazonada y cortada en tajadas para freír. *(N. del T.)*

do de compras con mamá, Hope observó desde la acera de la avenida Chelten, a través de la gran ventana, muy cerca de la zapatería, cómo hacían los bombones: el chocolate salía del grueso recipiente humeante y viscoso, pero se solidificaba con mucha rapidez, y la señora gorda que estaba sentada y rodeada por toda aquella dulzura sólo tenía el tiempo justo para trazar unas líneas con su cuchara en la superficie, veloz como la luz.

La obediente Hope se arrodilló junto al sillón e introdujo la mano, pequeña y redondeada, con grasa entre los nudillos, en el pliegue, al principio tan prieto que le asustaba. Palpó a su alrededor en un espacio oculto confinado por la tela, rogando que no le picara una araña o se le adhiriese un ciempiés con sus horribles y ondulantes patas. Bajo la lisa tela estaban los abultamientos metálicos que la mantenían firme por debajo, y a un lado, ya cuando estaba a punto de abandonar el intento, con una sensación desagradable en el brazo, como si se lo apretara un niño con malas intenciones, las yemas de sus dedos notaron los bordos duros y curvos de uno... no, dos pequeños objetos circulares. Asiéndolos con cuidado, los sacó de allí y los mostró en la palma: dos monedas, una grande y plateada, la otra pequeña y marrón. Ella sabía que esta última era un centavo, pero nunca hasta entonces había tenido la moneda grande en su mano.

–¿Qué es esto? –le preguntó a su abuelo.

–¿Es que no sabes leer? –respondió él.

–Las palabras todavía no. En el jardín de infancia nos han dicho que nos enseñarán el año que viene, en primer curso.

La señorita Fox tenía unos dientes grandes que se superponían y, según decía mamá, estropeaban su belleza natural. Mamá sabía mucho de belleza, y le dijo a Hope que nunca sería hermosa, pero que un espíritu radiante podría compensar esa carencia.

–¿Ni siquiera los números y el alfabeto?

–A lo mejor –replicó ella, sin saber con seguridad si mentía.

La voz del abuelo tenía un timbre asmático y suplicante.

–Mira la moneda grande a la luz de la ventana, jovencita, y dime qué detectan tus ojos.

Allí la atmósfera tomaba prestada la tonalidad azul de las hortensias que estaban al otro lado de la ventana, unas flores amontonadas como si se empujaran unas a otras para mirar el interior, para librarse del sol que estaba descolorando su azul.

–Hay una señora que entra en una gran bola, el sol se pone...

–Algunos dirían que sale.

–Y bajo sus pies hay unos numeritos, uno, nueve, dos, dos.

–Ése es el año en que la acuñaron, el mismo que a ti. ¿Y qué hay en el otro lado?

–Un pájaro que da miedo y hace lo mismo.

–Es un águila guerrera. Nuestro emblema nacional. Benjamin Franklin pensaba que el pavo silvestre sería más apropiado.

–Hay muchas palabras a su alrededor.

–Mira abajo. ¿Sabes qué letras son ésas?

Difícil tarea. ¿Por qué hacían las monedas de modo que parecieran tan anticuadas y confusas? Tuvo la sensación de que una fuerza gruñona actuaba sobre la imagen grabada y la complicaba.

–Creo que hay una hache, como en mi nombre, y una a y... es la que tiene un solo pie...

–La ele –dijo él–. *Half*, pero la ele no se pronuncia, gracias a los ilógicos hábitos de la lengua inglesa. Es medio dólar, cariño. Una moneda de cincuenta centavos. –La voz del abuelo cambió de nuevo, ahora más reposada en el pecho–. Tuya es, con mi bendición.

Hope dio la espalda a la ventana y vio que el abuelo se había sentado en la poltrona de anchos brazos. Por eso su voz había sonado un poco diferente. Le había robado el sitio. Ya tenía apoyados los desgastados zapatos en el escabel con los coloridos triángulos de piel, como trozos de tarta, aunque más de una vez Hope le había oído a la abuela decirle que no hiciera eso, que ensuciaba las costuras.

–Eh –dijo la niña–. Ése era mi sillón.

Su abuelo no pareció oírla. Encajó su protesta con una serena mirada de sus ojos gris azulado dividida por los cristales bifocales, una mirada en la que la niña vio una aprobación absoluta, un amor bifocal tanto de cerca como de lejos, muy próximo y eterno.

Hope sonríe al recordar el truco del viejo, y se da cuenta de que colocó las monedas allí, como si las plantara, para que ella las encontrara el día que él quisiera. El medio dólar y el centavo tenían una simetría sospechosa; la fecha de la moneda más grande era una casualidad excesiva. Desde aquel día, ella buscó entre los cojines con tal fidelidad que a veces no había ninguna moneda (no habían tenido tiempo de crecer) y nunca solía haber más que una moneda de diez centavos. En ocasiones había un clip sujetapapeles, otras una negra pastilla para la tos Smith Brothers, con una estrella en relieve, y cierta vez encontró la navaja, que se le había deslizado al abuelo fuera del bolsillo y estaba encajada en la hendidura. Cuando ella le devolvió la navaja con mango de hueso, el abuelo enarcó sorprendido las grises cejas y la recompensó con un cuarto de dólar. Hope piensa en explorar ahora mismo los dos cojines de cuadros escoceses, pero le duelen la espalda y la cadera tan sólo de imaginar que se arrodilla, gruñendo, sobre la alfombra oval de retales trenzados, y teme no encontrar nada.